DICK FRANCIS
MEWN DRYCH

Addasiad Dylan Williams

Gwasg
Gwynedd

© Dick Francis, 1980
Cyhoeddwyd gyntaf gan Michael Joseph Ltd, 1980.
Yna gan Pan Books Ltd., Cavaye Place, Llundain, SW10 9PG

Teitl gwreiddiol: *Reflex*

Ⓗ y testun Cymraeg: Dylan Williams, 1990.
Argraffiad Cymraeg cyntaf: 1990
ISBN 0 86074 057 9

Cyhoeddwyd dan gynllun comisiynu'r Cyngor Llyfrau Cymraeg.

Dymuna'r cyhoeddwyr gydnabod cymorth a
chyfarwyddyd Adrannau'r Cyngor Llyfrau Cymraeg
a noddir gan Gyngor Celfyddydau Cymru.

Cyhoeddwyd ac argraffwyd
gan Wasg Gwynedd, Caernarfon.

I

Pesychais, a phoeri llond ceg o fwd a glaswellt wrth i mi bwyso ar un penelin. Cododd y ceffyl yr o'n i wedi bod ar ei gefn eiliad yn ôl yn drwsgl oddi ar fy ffêr a charlamu i ffwrdd yn ddigydymdeimlad. Arhosais i bethau ddod atynt eu hunain ryw ychydig: y fegin yn dal i weithio er bod yr esgyrn yn ratlo ar ôl y glec, ac roedd y byd yn dechrau sadio wedi fy nhaith din-dros-ben drwy'r awyr ar ddeng milltir ar hugain yr awr. Dim niwed anarferol. Dim wedi ei dorri. Codwm arall; dyna'r cwbl.

Amser a lle: unfed ffens ar bymtheg, cwrs tair milltir dros y perthi, Sandown Park, dydd Gwener, Tachwedd, mewn glaw mân oer cyson. Wrth i anadl a nerth ddod yn ôl i mi, sefais a meddwl yn ddwys mai ffordd ddwl ar y naw oedd hon i ddyn yn ei fân dreulio'i fywyd.

Ysgytwodd y syniad fi. Feddyliais i erioed ffashiwn beth o'r blaen. Wyddwn i ddim am ffordd o wneud bywoliaeth ar wahân i farchogaeth ceffylau yn gyflym dros bob math o rwystrau, a doedd hi ddim yn job y gallai neb ei gwneud os nad oedd ei galon yn y gwaith. Aeth ias oer dadrithiad trwof fel yr argoel gyntaf o'r ddannoedd, yn annisgwyl, yn ddigroeso, yn awgrym o drwbl i ddod.

Llwyddais i'w atal heb lawer o ddychryn. Fe'm cysurais fy hun fy mod wrth fy modd â'r bywyd hwn; wrth gwrs 'mod i, felly y buodd hi erioed. Credwn nad oedd dim yn wahanol ar wahân i'r tywydd, y codwm, ras wedi ei cholli . . . pethau bach bob dydd; pethau'r busnes.

Gan gerdded drwy'r gwlybaniaeth i fyny'r rhiw mewn esgidiau rasio cyn deneued â phapur, meddyliais yn galed am y ceffyl roeddwn wedi dechrau'r ras ar ei gefn, a cheisio didol a dethol yr hyn yr o'n i am ei ddweud wrth ei hyfforddwr. Anghofiais am 'Sut ydach chi'n disgwyl iddo fo neidio os nad ydach chi'n ei ddysgu'n iawn?' er mwyn 'Mi fydd y profiad yn fuddiol iddo fo'. Diystyru 'Ci diwerth, rhuslyd, pengryf', a phenderfynu ar 'Hwyrach y byddai blincars yn welliant'. Byddai'r hyfforddwr yn gosod y bai arna i ac yn dweud wrth y perchennog 'mod i wedi camfarnu'r ffens. Y math hwnnw o hyfforddwr oedd o. Bai y peilot oedd pob damwain awyren.

Diolchais i'r nefoedd nad oeddwn yn reidio'n aml i'r stabl honno ac mai job diwrnod oedd hon am fod Steve Millace, y joci arferol, wedi mynd i angladd ei dad. Nid rhywbeth i'w wrthod oedd cyfle i reidio, hyd yn oed os oedd trychineb yn amlwg yn y llyfrau *form*. Ddim os oedd angen yr arian arnoch chi; ac roedd eu hangen arna i. Ac yn sicr, ddim os oeddech chi am gael eich enw a'ch rhif i fyny ar y bwrdd mor aml â phosibl i atgoffa pobl eich bod chi'n ddefnyddiol, yn llwyddiannus — ac ar gael o hyd.

Yr unig beth da am y ffens oedd nad oedd tad Steve Millace yno i gofnodi fy nghodwm. Roedd George Millace, ffotograffydd didostur yr eiliadau hynny yr oedd yn well gan bob joci anghofio amdanyn nhw, yn saff yn ei focs hanner y ffordd i lawr i'w hir gartref y funud honno. Diolch byth. Dyna hen feddwl bach cas, meddyliais. Ond ta-ta i'r hen grechwen foddhaus honno a ddeuai gyda'i luniau o fethiannau jocis. Ta-ta i'r camera a ddaliai, ar dair ffrâm a hanner yr eiliad, yr eiliad yr oedd cydbwysedd rhywun yn y lle anghywir, neu ei ddwylo yn yr awyr, neu ei wyneb yn y mwd.

Tra byddai ffotograffwyr eraill yn chwarae gêm deg ac yn eich dangos yn ennill o bryd i'w gilydd, codymau a chywilydd oedd busnes George. Ganed George i dynnu pobl i lawr. Mae'n bosib y byddai papurau newydd yn galaru am ei luniau ond prin oedd y cydymdeimlad yn y stafelloedd newid y diwrnod y dywedodd Steve wrthym fod ei dad wedi gyrru yn erbyn coeden.

Am fod Steve ei hun yn greadur hoffus, ni ddywedodd neb fawr o ddim. Er hynny gwrandawodd ar y distawrwydd, ac fe wyddai. Bu'n amddiffyn ei dad am flynyddoedd; ac fe wyddai.

Wrth ymlusgo drwy'r glaw meddyliais y byddai'n od, er hynny, na fyddem yn gweld George byth eto. Llygaid bywiog, clyfar, trwyn hir, mwstas a oedd, fel popeth arall, yn tynnu am i lawr, ceg a wenai'n sur. Ond rhaid cydnabod ei fod yn ffotograffydd arbennig. Gallai rag-weld ac amseru pethau; byddai ei lens bob amser yn edrych i'r cyfeiriad cywir. Dyn comic hefyd, ar un ystyr. Lai nag wythnos yn ôl dangosodd lun du a gwyn sgleiniog ohono' i â 'nhrwyn yn y mwd a 'nhin i fyny. Ar y cefn roedd wedi sgrifennu, 'Philip Nore, bob amser â'i drwyn ar y maen . . . ' Byddai rhywun wedi chwerthin pe na byddai'n gwybod mai malais oedd y tu ôl i'r llun. Gallai rhywun fod wedi maddau ei hen agwedd sarhaus pe na byddai'r creulondeb hwnnw yn ei lygaid. Taflwr crwyn banana ymenyddiol oedd y dyn, ac wrth ei fodd yn cuddio i gael gweld y boen a ddeilliai o'r llithriad. Byddid yn diolch am ei le.

Pan gyrhaeddais gysgod y feranda y tu allan i'r stafell bwyso, roedd yr hyfforddwr a'r perchennog yno'n barod yn aros yn gyhuddgar.

'Gwneud cawl bach neis o bethau, 'ndo?' meddai'r hyfforddwr yn ymosodol.

'Mi ddechreuodd neidio gam yn rhy fuan.'

'Dy waith di ydy gofalu nad ydy hynny'n digwydd.'

Doedd dim diben dweud na allai'r un joci ar wyneb daear ofalu bod pob ceffyl yn neidio'n berffaith bob tro, ac yn enwedig hen gythraul croes a oedd wedi ei ddysgu'n wael. Nodiais a gwenu'n ymddiheurol ar y perchennog.

'Hwyrach y byddai'n mynd yn well mewn blincars,' awgrymais.

'*Fi* fydd yn penderfynu hynny,' meddai'r hyfforddwr yn flin.

'Heb frifo, 'naddo?' gofynnodd y perchennog yn dawel.

7

Ysgydwais fy mhen. Sathrodd yr hyfforddwr yn sydyn ar yr ymholiad caredig hwn am fy nghyflwr a throdd ffynhonnell ei arian ymaith oddi wrth y posibilrwydd y gallwn ddweud rhywbeth ynglŷn â pham na neidiodd y ceffyl. Edrychais arnynt yn gadael heb unrhyw fath o chwerwder, ac anelu am ddrws y stafell bwyso.

'Esgusodwch fi,' meddai gŵr ifanc, gan sefyll o 'mlaen. 'Ai chi ydy Philip Nore?'

'Ie.'

'Wel . . . a fyddai hi'n bosibl cael gair efo chi?'

Roedd o tua phump ar hugain, mor dal â chrëyr glas, yn ddwys ac yn meddu ar groen swyddfa. Siwt frethyn lliw siarcol, tei streipiog, dim sbienddrych, ac yn edrych fel pysgodyn allan o ddŵr yn y lle hwn.

'Wrth gwrs,' meddwn, 'os arhoswch chi i'r meddyg gael golwg arna i, ac yna i mi newid i ddillad sych.'

'Meddyg?' Roedd wedi dychryn.

'O . . . mater o arfer. Pawb yn gweld un ar ôl codwm. Fydda i ddim yn hir.'

Pan ddois allan, yn gynnes ac mewn dillad bob dydd, roedd yn dal i aros. Fo, fwy neu lai, oedd yr unig un ar y feranda gan fod pawb arall wedi mynd i weld y ras olaf; roedd hi i'w chlywed fan draw.

'Fy . . . y . . . enw ydy Jeremy Folk.' Tynnodd gerdyn o boced ei siaced siarcol a'i roi i mi. Fe'i cymerais, a darllen: Folk, Langley, Son and Folk.

Twrneiod. Cyfeiriad yn St Albans, Hertfordshire.

'Fi,' meddai gan bwyntio'n swil, 'ydy'r Folk olaf 'na.'

'Llongyfarchiadau,' meddwn.

Lledodd hanner gwên bryderus dros ei wyneb, a chliriodd ei wddf.

'Rydw i wedi cael fy anfon . . . y . . . rydw i wedi dod i ofyn i chi i . . . y . . . ' Rhoddodd y gorau iddi ac edrych yn llywaeth ac yn annhwrneiol iawn.

'I beth?' gofynnais, gan geisio ei annog ryw fymryn.

'Mi ddeudson nhw na fyddech chi'n fodlon . . . ond wel . . . fe ges i fy anfon i ofyn i chi . . . y . . . '

'Gofyn beth?' meddwn, braidd yn frathog.

'I ddod i weld eich nain.' Llifodd y geiriau allan yn un bwrlwm nerfus, ac roedd o fel pe bai'n falch o gael gwared ohonyn nhw.

'Na wnaf,' meddwn.

Edrychodd ar fy wyneb, a chymerodd beth cysur nad oedd rhagolygon am storm i'w gweld arno.

'Mae hi'n marw,' meddai, 'ac mae hi am eich gweld chi.'

Marwolaeth o'n cwmpas i gyd, meddyliais. George Millace a mam fy mam. Galar negyddol yn y ddau achos.

'Glywsoch chi?' gofynnodd y dyn ifanc.

'Do, mi glywais i.'

'Rŵan? Heddiw, dwi'n 'i feddwl.'

'Na. Dwi ddim yn mynd.'

'Ond mae'n rhaid i chi.' Edrychai'n bryderus. 'Mae hi'n . . . hen . . . ac mae hi'n marw . . . ac mae hi ishio'ch gweld chi . . . '

'Biti.'

'Ac os na fedra i eich perswadio, mi fydd f'ewyrth . . . dyna'r *Son* . . . ' Pwyntiodd yn gynhyrfus at y cerdyn. 'Y . . . Folk oedd fy nhaid a Langley ydy fy ngor-ewythr, ac . . . y . . . nhw 'ngyrrodd . . . ' Llyncodd ei boer. 'Maen nhw'n meddwl 'mod i'n gwbwl ddi-werth, a bod yn onest.'

'Blacmel ydy peth fel'na,' meddwn.

Awgrymodd y fflach yn ei lygaid nad oedd o mor ddwl ag yr oedd o am i mi feddwl ei fod o.

'Dydw i ddim ishio'i gweld hi,' meddwn.

'Ond mae hi'n marw.'

'Welsoch chi hi eich hun . . . ydy hi'n marw?'

'Wel, naddo . . . ond . . . '

'Yna, mi fetia i nad ydy hi'n marw. Os ydy hi am fy ngweld

i, mi fyddai hi'n dweud ei bod hi'n marw er mwyn i mi ddod ati, am y byddai hi'n tybio na fyddwn i'n dod am unrhyw reswm arall.'

Edrychai fel pe bai wedi dychryn. 'Mae hi'n saith deg wyth, wedi'r cyfan.'

Edrychais yn drist ar y glaw di-baid. Doeddwn i erioed wedi cyfarfod fy nain, a doeddwn i ddim eisiau hynny, boed hi'n fyw neu'n farw. Doeddwn i ddim yn cyd-fynd ag edifeirwch erchwyn gwely, rhyw yswiriannau munud olaf, lathen o glwydi uffern. Roedd hi'n rhy blydi hwyr.

' "Na" ydy'r ateb,' meddwn. 'O hyd.'

Cododd ei ysgwyddau'n ddi-ffrwt, cerdded ychydig gamau allan i'r glaw yn ddiniwed fel plentyn, heb na chap nag ambarél. Ar ôl rhyw ddecllath trodd ar ei sawdl a dod yn ôl yn betrus.

'Edrychwch . . . mae eich angen chi arni hi, yn ôl fy ewythr.' Roedd o o ddifrif, mor ddwys â chenhadwr. 'Fedrwch chi ddim gadael iddi hi farw fel hyn.'

'Ble mae hi?' gofynnais.

Siriolodd drwyddo. 'Mewn cartref.' Pysgotodd am rywbeth mewn poced. 'Dyma'r cyfeiriad, ond fe af i â chi yno'n syth bin, os dowch chi. Yn St Albans mae o. Yn Lambourn rydych chi'n byw, 'nde? Felly, dydy hi ddim yn ofnadwy o bell i chi, 'nagydy? Wyddoch chi, fydd o ddim yn gan milltir, na dim byd felly.'

'Hanner cant, o leiaf.'

'Wel . . . hynny ydy . . . rydych chi wedi hen arfer gyrru hyd y wlad, 'ndo?'

Ochneidiais. Pa ddewis oedd 'na? Mynd yn wylaidd neu wrthod heb ystyried dim mwy. Doedd y ffaith ei bod hi wedi fy anwybyddu i er dydd fy ngeni ddim yn cyfiawnhau i mi ei gwrthod hi a hithau ar ei gwely angau. Hefyd, doedd dim posib bellach i mi ddal i'w hanwybyddu. Peth blin fyddai hynny hefyd.

Roedd y pnawn gaeafol yn troi'n gyfnos a goleuadau trydan yn dod yn fwy llachar bob munud drwy'r llen o law mân. Meddyliais am fy nhŷ gwag; fawr o ddim yno ar wahân i ddau ŵy, tamaid o gaws a choffi du i swper, a'r awydd i fwyta mwy ond heb yr hawl i wneud hynny. Pe bawn i'n mynd fyddai dim rhaid i mi feddwl am fwyd, a doedd beth bynnag oedd yn gymorth yn y frwydr fythol yn erbyn ennill pwysau ddim yn ddrwg i gyd. Hyd yn oed cyfarfod fy nain.

'Olreit,' meddwn gan ochneidio. 'Ymlaen â ni.'

Eisteddai'r hen ddynes yn syth fel gard yn ei gwely gan hoelio'i llygaid arna i. Os oedd hi'n marw, nid heno y digwyddai hynny, doedd dim sicrach. Roedd egni bywyd yn gryf yn y llygaid tywyll, a doedd dim rhwnc yn ei gwddf.

'Philip,' meddai. Datganiad, nid cyfarchiad. Edrychodd ar ei hŵyr o'i gorun i'w sawdl.

'Cywir.'

'Ha!'

Cynhwysai'r sŵn fuddugoliaeth a dirmyg, ac roedd yn bopeth yr oeddwn wedi ei ddisgwyl ganddi. Difethodd ei hewyllys goncrit fy mhlentyndod a gwnaeth fwy byth o niwed i'w merch ei hun. Hyd y gwelwn doedd 'na ddim ple emosiynol am faddeuant am fod; diolch byth. Roedd hi am gadw fwy na hyd braich oddi wrth ei pherthynas, hyd yn oed os oedd 'na rywfaint o gyfaddawd wedi bod.

'Fe wyddwn i y byddet ti'n dod dan redeg pan fyddet ti'n clywed am y pres,' meddai. Fel brawddeg agoriadol byddai'n anodd i unrhyw un wella ar honna.

'Pa bres?'

'Y can mil o bunnau, wrth gwrs.'

'Does neb,' meddwn, 'wedi sôn am arian wrtha i.'

'Paid â deud dy gelwydd. Pam ddoist ti, 'ta?'

'Fe ddeudon nhw eich bod chi'n marw.'

Crynodd drwyddi, gan ysgyrnygu. 'Ac mi rydw i. Mi rydan ni i gyd.'

'Ydan,' meddwn, 'bawb ar yr un raddfa. Un dydd ar y tro.'

Ni allai neb ddychmygu hon fel nain mewn llyfrau plant. Roedd ei hwyneb yn gadarn ac yn rhychog gan groesni. Roedd ei gwallt yn llwyd fel dur ond yn lân ac yn siapus. Ar ei chroen gwelw gwelid peth brychni henoed, ac ar gefn ei dwylo gribau o wythiennau glas. Dynes denau, bron yn wachul; a thal, hyd y gallwn ddyfalu.

Dodrefnwyd ei stafell fel lolfa a gwely ynddi yn hytrach nag fel stafell mewn ysbyty. Hen blasty wedi ei addasu i ddefnydd modern: gwesty â nyrsys yn ei redeg. Carpedi ym mhob man, llenni *chintz*, cadeiriau esmwyth i ymwelwyr, blodau mewn ffiolau. Marw bonheddig.

'Roeddwn wedi gorchymyn i Mr Folk roi'r cynnig i ti,' meddai.

Ystyriais. 'Y Mr Folk ifanc? Ar draws y pump ar hugain? Jeremy?'

'Nage, siŵr.' Roedd hi'n ddiamynedd. 'Mr Folk fy nhwrnai i. Ddeudais i wrtho fo am dy gael di yma. Ac fe wnaeth ei waith yn iawn. Dyma ti.'

'Gyrru ei ŵyr wnaeth o.'

Trois oddi wrthi ac eistedd, heb wahoddiad, mewn cadair esmwyth. Pam, tybed, nad oedd Jeremy wedi sôn am y can mil o bunnau? Go brin y byddai neb yn anghofio cyfeirio at y fath swm.

Syllodd fy nain arnaf yn gyson heb arlliw o dynerwch, ac fe syllais innau yn ôl arni. Roeddwn i'n casáu'r sicrwydd oedd ganddi y gallai fy mhrynu. Codai ei dirmyg bwys arna i, a doeddwn i ddim yn rhoi unrhyw fath o goel ar ei bwriadau.

'Mi adewa i gan mil o bunnau i ti yn fy ewyllys, ar rai amodau arbennig,' datganodd.

'Na wnewch,' meddwn.

'Beth ddywedaist ti?' Llais o rew; llygaid o gerrig.

'Mi ddywedais i na. Dim arian. Dim amodau.'

'Dwyt ti ddim wedi clywed fy nghynnig.'

Ddywedais i ddim. Rhaid cyfaddef fy mod i'n teimlo ysfa o chwilfrydedd, ond doeddwn i ddim am iddi hi, o bawb, weld hynny. Gan nad oedd hi mewn unrhyw fath o frys, fe lusgodd y tawelwch yn ei flaen. Rhagor o fesur a phwyso ar ei rhan hi, hwyrach. Amynedd syml ar fy rhan innau. Dyna un peth a ddysgais yn ystod fy magwraeth siawnslyd, y gallu i fod yn amyneddgar iawn. Aros i bobl ddod, na ddaethon nhw byth. Aros i addewidion gael eu cywiro, na chywirwyd mohonyn nhw byth.

O'r diwedd meddai, 'Rwyt ti'n dalach nag ro'n i'n ei ddisgwyl. Ac yn fwy o lanc.'

Arhosais ychydig mwy.

'Ble mae dy fam?' gofynnodd.

Fy mam, ei merch. 'Wedi mynd gyda'r pedwar gwynt,' meddwn.

'Beth ydy ystyr hyn'na?'

'Dwi'n meddwl ei bod hi wedi marw.'

'*Meddwl!*' Edrychai'n fwy blin na gofidus. 'Wyt ti ddim yn *gwybod?*'

'Sgrifennodd hi ddim i ddweud.'

'Mae dy wamalrwydd di'n warthus!'

'Go brin bod y ffordd y gwnaethoch chi ymddwyn cyn fy ngeni i yn rhoi hawl i chi feirniadu neb.'

Caeodd ei llygaid yn sydyn, ac yna'u hagor. Agorodd ei cheg, a'i chadw ar agor am bum eiliad llawn. Yna fe'i caeodd yn dynn nes bod cyhyrau caled i'w gweld yn wrymiau ar hyd ei gên. Syllodd yn wgus arna i â chymysgedd o gynddaredd a mileindra. Yn yr edrychiad hwnnw gwelais yr hyn y bu'n rhaid i fy mam ifanc ei ddioddef, a theimlais ruthr o gydymdeimlad â'r glöyn byw diniwed a esgorodd arna i.

Mi fuo 'na ddiwrnod, a minnau'n eithaf bychan, pan wisgwyd fi mewn dillad newydd a'm siarsio i fod yn ofnadwy o dda gan fy mod i'n mynd, gyda fy mam, i weld fy nain. Roedd fy mam wedi fy nghasglu o'r tŷ lle'r oeddwn i'n aros ac roedden ni wedi teithio mewn car i dŷ mawr lle gadawyd fi ar fy mhen fy hun mewn cyntedd i aros. O'r tu ôl i ddrws gwyn caeedig clywais lawer o weiddi. Yna daeth fy mam allan gan grio, gafael yn fy llaw a'm llusgo yn ôl i'r car.

'Ty'd, Philip. Ofynnwn ni am ddim byd ganddi hi byth eto. Doedd hi ddim hyd yn oed yn fodlon dy weld ti. Paid ag anghofio, Philip, hen *wrach* ydy dy nain di.'

Doeddwn i ddim wedi anghofio, er mai ychydig yr o'n i wedi meddwl am y peth oddi ar hynny. Rydw i'n cofio eistedd ar y gadair yn y cyntedd a gweld nad oedd fy nhraed yn cyffwrdd y llawr, yn aros yn stiff yn fy nillad newydd ac yn gwrando ar y gweiddi.

Wnes i erioed fyw gyda fy mam am fwy na phythefnos ddramatig bob hyn a hyn. Doedd gynnon ni ddim tŷ, dim cyfeiriad, unman sefydlog. Roedd hi ei hun ar ei thrafael yn wastadol, ac fe ddatrysodd y broblem beth i'w wneud â fi drwy fy ngadael am gyfnodau amrywiol yng ngofal rhes faith o ffrindiau priod syn, a oedd, wrth edrych yn ôl, yn anhygoel o amyneddgar.

'O, bydd yn gariad ac edrych ar ôl Philip i mi am ddiwrnod neu ddau,' dyna fyddai'n ei ddweud, gan roi hwb i mi yn fy mlaen i freichiau dynes ddieithr arall. 'Mae bywyd mor flêr ar hyn o bryd, dwn i ddim sut y do i i ben efo fo. Rwyt ti'n gwybod fel y mae hi, Deborah . . . (neu Miranda neu Chloe neu Samantha neu unrhyw un arall dan haul, . . . bydd yn *gariad*, ac mi ddo i i'w nôl o ddydd Sadwrn. Gaddo.' A chan amlaf byddai wedi rhoi cusan ar foch annwyl Deborah neu Miranda neu Chloe neu Samantha, a diflannu mewn cwmwl o lawenydd.

Daeth y Sadwrn ac ni ddaeth fy mam. Ond byddai'n siŵr o ymddangos rywbryd neu'i gilydd yn llawn cyffro a chwerthin a diolch diddiwedd fel pe bai'n nôl pecyn o'r swyddfa barseli. Gallwn aros gyda'r bobl ddieithr am ddyddiau neu wythnosau neu hyd yn oed fisoedd; fyddwn i byth yn gwybod pa hyd wrth gael fy ngadael, ac ni wyddai fy ngwesteiwyr chwaith, yn ôl yr hyn ro'n i'n ei gasglu. Dwi'n credu ei bod hi yn rhoi rhywbeth at fy nghadw, ond hwyl fawr oedd y peth i gyd.

Roedd hi, hyd yn oed i lygaid plentyn, yn hyfryd o dlws, yn gymaint â bod pobl bob amser eisiau ei chofleidio a'i mwytho ac yn sirioli pan oedd hi o gwmpas. Dim ond wedyn, pan adewid nhw yn dal y babi yn llythrennol y gwawriai unrhyw amheuaeth arnyn nhw. Tyfais i fod yn blentyn syn, distaw, yn cripian i bob man rhag ofn i mi darfu ar neb, ac yn byw mewn ofn parhaus y byddai rhywun, rywbryd yn fy ngadael i'n gyfan gwbl ar y stryd.

Wrth edrych yn ôl mae arna i ddyled fawr i Samantha, Miranda, Chloe, *et al.* Fues i erioed yn llwglyd, chefais i erioed fy ngham-drin, ac ni wnaeth neb, yn y diwedd, fy ngwrthod yn llwyr. Pan o'n i'n rhyw dair neu bedair, fe ddysgodd rhywun â gwallt hir, bangls a smòc ethnig imi ddarllen a sgrifennu, ond nid arhosais yn unman yn ddigon hir i fynd i'r ysgol yn ffurfiol. Wedi'r profiad rhyfedd o fodolaeth ddigyfeiriad a diwreiddiau, dyma fy rhoi yn fy nghartref tymor-hir cyntaf yn ddeuddeg oed, yn abl i wneud unrhyw waith o gwmpas y tŷ ond yn anabl i garu.

Gadawodd fi gyda dau ffotograffydd, Duncan a Charlie, a feddai ar stiwdio â'i llawr yn noeth, stafell dywyll, stafell ymolchi a gwely y tu ôl i len.

'O, byddwch yn gariadon pur ac edrych ar ôl hwn tan ddydd Sadwrn . . . ' Ac er i gardiau pen-blwydd ac anrhegion Nadolig gyrraedd, welais i mohoni wedyn am dair blynedd. A phan ymadawodd Duncan, i mewn â'm mam un diwrnod a 'nghymryd i oddi wrth Charlie a'm gyrru at hyfforddwr ceffylau a'i wraig yn Hampshire, gan ddweud wrth y trueiniaid syn, 'Dim ond tan ddydd Sadwrn, ac mae o'n bymtheg oed ac yn gryf. Mi wneith o garthu ac ati i chi . . . '

Am ddwy flynedd fe gyrhaeddodd y cardiau a'r anrhegion,

bob amser heb gyfeiriad i ddweud ble'r oedd hi. Ddaeth 'na ddim cerdyn ar fy mhen-blwydd yn ddeunaw oed, a ddaeth 'na'r un anrheg y Nadolig canlynol ychwaith. A chlywais i byth oddi wrthi wedyn.

Rhaid ei bod hi wedi marw o gyffuriau. Dyna'r casgliad y dois i iddo fo. Fel yr awn i'n hŷn, mi sylweddolais 'mod i wedi cael allan lawer iawn o wybodaeth amdani ac wedi dod i ddeall pethau.

Rhythai'r hen ddynes arnaf ar draws y stafell, yr un mor anfaddeugar ag erioed ac yn flin o hyd am yr hyn yr o'n i wedi ei ddweud.

'Ei di ddim yn bell efo fi wrth siarad fel'na,' meddai.

'Dydw i ddim ishio mynd yn bell,' atebais, gan sefyll. 'Does 'na ddim pwynt i'r ymweliad hwn. Os oeddech chi ishio dod o hyd i'ch merch mi ddylech chi fod wedi dechrau chwilio ugain mlynedd yn ôl. Ac amdana i . . . fyddwn i ddim yn dod o hyd iddi drosoch chi hyd yn oed pe bawn i'n gallu.'

'Dydw i ddim ishio i ti ddod o hyd i Caroline. Mae'n debyg dy fod ti'n iawn; mae hi wedi marw.' Doedd 'na ddim argoel o alar yn ei llais. 'Rydw i ishio i ti ddod o hyd i dy chwaer.'

'Fy . . . *beth*?'

Teimlwn y llygaid creulon yn fy asesu yn ofalus. 'Wyddet ti ddim fod gen ti chwaer? Wel, mae gen ti un. Mi ro i gan mil o bunnau yn fy ewyllys i ti os doi di o hyd iddi a dod â hi yma. A phaid â meddwl,' meddai'n chwerw, 'y gelli di gyflwyno unrhyw hen beth o fy mlaen i a disgwyl i mi dy gredu di mai dy chwaer ydy hi. Hwyrach 'mod i'n hen, ond dydw i ddim yn ffŵl. Mi fyddai'n rhaid i ti brofi i Mr Folk mai fy wyres i fyddai'r ferch. A dydy Mr Folk ddim yn un hawdd i'w argyhoeddi.'

Prin yr oeddwn i'n clywed y geiriau creulon. Yr unig beth a deimlwn oedd sioc. Dim ond fi oedd wedi bod yr holl flynyddoedd. Un ffrwyth y glöyn byw. Teimlwn bigiadau cenfigen ei bod hi wedi cael un arall. Fi oedd piau hi; fi yn unig, ac yn awr roedd rhaid i mi ei rhannu, i edrych arni mewn golau newydd a'i rhannu.

'Wel?' meddai fy nain yn siarp.

'Na,' meddwn.

'Mae'n llawer o bres.' Cyfarthodd y geiriau.

'Os ydyn nhw gennych chi.'

Ffrwydrodd. 'Paid â bod mor ddigwilydd!'

'Wrth gwrs. Wel, os nad oes dim ychwaneg, mi af i.' Trois a mynd at y drws.

'Aros,' meddai'n sydyn. 'Dwyt ti ddim ishio gweld llun dy chwaer, hyd yn oed? Edrych ar y gist acw.'

Fe'i gwelais yn gwyro'i phen tua'r dde. Rhaid ei bod wedi gweld fy mhetruster wrth i mi droi'r bwlyn, oherwydd meddai, â hyder newydd yn ei llais, 'Pam na wnei di edrych arni? Dim ond edrych.'

Heb fod ishio, mewn gwirionedd, ond am fy mod i'n cael fy nghymell gan chwilfrydedd diamheuol, cerddais draw at y gist ac edrych. Dyna lle gorweddai snap cwbl gyffredin, o faint cerdyn post. Fe'i codais, a'i ddal at y golau.

Merch fach, ryw dair neu bedair oed, yn eistedd ar gaseg.

Gwallt brown at ei hysgwyddau oedd gan y ferch, a gwisgai grys-T streipiau coch a du a phâr o jîns. Cob Cymreig digon cyffredin oedd y gaseg. Tynnwyd y llun, mae'n debyg, mewn iard stabl, ond roedd y ffotograffydd wedi sefyll yn rhy bell draw i ddangos llawer o fanylion yn wyneb y ferch. Byddai chwyddo'r llun yn helpu mymryn.

Edrychais ar gefn y llun. Doedd dim yno i ddangos o ble y daeth nac i ddweud pwy dynnodd y llun.

Roeddwn yn siomedig braidd, a rhoddais y llun i lawr ar ben y gist, yn ymyl amlen. Amlen a llawysgrifen fy mam arni. Cyfeiriwyd yr amlen at fy nain, Mrs Lavinia Nore, yn yr hen dŷ yn Northamptonshire lle bu'n rhaid i mi aros yn y cyntedd.

Yn yr amlen roedd llythyr.

17

'Beth wyt ti'n ei wneud?' gofynnodd fy nain mewn dychryn.

'Darllen llythyr oddi wrth fy mam.'

'Ond ro'n i . . . Ddylai'r llythyr yna fod yn y drôr. Rho fo'n ôl ar unwaith.'

Anwybyddais hi. Deuai'r llawysgrifen flodeuog, allblyg mor fyw i mi oddi ar y papur â phe bai fy mam yn y stafell, yn fyrlymus ac yn hanner chwerthin, yn galw, fel arfer, am help.

Nid jôc oedd y llythyr dyddiedig Hydref yr ail.

Annwyl Mam,

Mi wn i fy mod wedi dweud na fyddwn yn gofyn am unrhyw beth byth eto, ond dyma fi — yn ffôl fel arfer — yn rhoi un cynnig arall arni. Hwyrach y newidiwch chi eich meddwl. Rydw i'n anfon llun fy merch, Amanda, eich wyres, i chi. Mae hi'n annwyl ac yn gariad i gyd, ac yn dair oed erbyn hyn, ac mae angen cartref iawn ac addysg arni, ac er fy mod i'n gwybod na fyddech chi byth yn ystyried cael plentyn o'ch cwmpas, tybed a allech chi ddarparu lwfans iddi, neu un o'r pethau cyfamodi 'na? Byddai'r ferch fach yn byw gyda phobl hyfryd sy'n meddwl y byd ohoni ond sy'n rhy dlawd i fforddio rhoi popeth iddi gan fod ganddyn nhw dri phlentyn yn barod. Pe byddech chi'n gallu talu ychydig i'w cyfrif banc yn rheolaidd byddai'n golygu bod eich wyres yn cael ei magu mewn cartref hapus. Fyddech chi, hyd yn oed, ddim yn gweld colli'r arian. Rydw i mor awyddus iddi gael chwarae teg, dyna pam rydw i'n sgrifennu atoch rŵan.

Nid yr un tad sydd ganddi hi â Philip, felly fedrwch chi ddim ei chasáu hi am yr un rhesymau, a phe byddech yn ei gweld hi byddech yn ei charu, ond hyd yn oed os nad ydych yn fodlon ei gweld, plîs, Mam, a wnewch chi edrych ar ei hôl?

Edrychaf ymlaen i glywed oddi wrthych yn fuan. Plîs, Mam, atebwch y llythyr hwn.

Cofion,
Caroline
Rwy'n aros yn Pine Woods Lodge,
Mindle Bridge, Sussex

Edrychais ar yr hen ddynes galed.

'Pryd sgrifennodd hi hwn?'

'Flynyddoedd yn ôl.'

'Wnaethoch chi ateb?'

'Naddo.'

Tybiais mai peth ffôl fyddai cynhyrfu dros hen drasiedi. Edrychais ar yr amlen a cheisio darllen y dyddiad ar y marc post. Amhosibl. Tybed pa mor hir y buo hi yn Pine Woods Lodge, yn gobeithio, yn gofalu, yn awchu am gymorth? Wrth gwrs, gair cymharol oedd argyfwng yng nghyd-destun fy mam. Chwerthin ac estyn llaw oedd argyfwng — ac fe fyddai'r Arglwydd (neu Deborah neu Chloe neu Samantha) yn darparu. Go brin ei bod yn ddiwedd byd arni, ond rhaid ei bod yn eithaf drwg iddi ofyn i'w mam ei hun am help.

Rhoddais y llythyr, yr amlen a'r llun yn fy mhoced. Cywilydd o beth, yn fy marn i, oedd bod yr hen ddynes wedi cadw'r pethau yma yr holl flynyddoedd a hithau wedi anwybyddu eu neges, sef erfyn am gymorth. Teimlwn, rywsut, mai i mi, ac nid iddi hi, yr oeddynt yn perthyn.

'Felly, mi wnei di'r gwaith,' meddai.

'Na wnaf.'

'Ond rwyt ti'n mynd â'r llun.'

'Ydw.'

'Dyna ni, 'ta.'

'Os ydych chi am ddod o hyd i . . . Amanda . . . fe ddylech heirio ditectif preifat.'

'Mi wnes i,' meddai'n ddiamynedd. 'Tri ohonyn nhw. Roedd y tri yn ddi-werth.'

'Os methodd tri, yna fedra innau ddim llwyddo,' meddwn. 'Dydy'r peth ddim yn bosibl.'

'Doedd yr un cymhelliad ddim ganddyn nhw,' meddai'n fuddugoliaethus. 'Mi wnei di dy orau glas am yr arian rydw i'n ei gynnig.'

'Rydych chi'n anghywir,' meddwn gan syllu arni ar draws y stafell. Syllodd yr un mor ffyrnig a di-wên yn ôl arna i. 'Pe bawn i'n cymryd unrhyw arian gennych chi, mi fyddwn i'n chwydu.'

Cerddais at y drws a'i agor heb betruster y tro hwn.

'Amanda gaiff fy mhres i . . . os doi di o hyd iddi.' Fy nghefn dderbyniodd y geiriau hyn.

II

Pan es i'n ôl i Sandown Park drannoeth, roedd y llythyr a'r llun yn dal yn fy mhoced, ond roedd yr emosiynau a barwyd ganddyn nhw yn tawelu. Gellid ystyried yr hanner chwaer heb y gynddaredd blentynnaidd, ac roedd darn arall o'r gorffennol wedi syrthio i'w le.

Y presennol, ym mherson Steve Millace, a hawliai sylw pawb. Taranodd i mewn i'r stafell newid hanner awr cyn y ras gyda glaw mân ar ei wallt a digofaint cyfiawn yn ei lygaid.

Roedd rhywun wedi torri i mewn i dŷ ei fam tra oedden nhw yn angladd ei dad.

Dyna lle'r eisteddai pawb ar feinciau ar hanner newid yn gwrando mewn syndod. Edrychais ar yr olygfa — jocis ar ganol gwisgo, rhai yn eu tronsiau, rhai heb grysau, rhai yn eu sidanau, rhai yn gwisgo teits neilon ac esgidiau marchogaeth, a safodd pob un yn stond i wrando yn gegagored ar Steve.

Heb yn wybod bron, estynnais am fy Nikon, troi deial neu ddau a thynnu dau lun; roedd peth felly mor arferol fel na chymerodd neb y sylw lleiaf ohona i.

'Roedd yn ofnadwy,' meddai Steve. 'Yn ddiawledig. Roedd Mam wedi gwneud cacennau ac ati ar gyfer y perthnasau wedi iddyn nhw ddod yn ôl o'r amlosgfa, ac roedd y cwbwl wedi eu stwnshian i mewn i'r carped, y llenni a'r wal. Ac roedd 'na fwy o lanast yn y gegin . . . y bathrwm . . . Roedd hi fel petai gyrr o blant gwallgof wedi rhedeg hyd y lle er mwyn ei wneud mor fudr ag y gallen nhw. Ond nid plant oedd yn gyfrifol yn ôl yr heddlu . . . nid dwyn y stwff y mae plant yn ei ddwyn wnaethon nhw.'

'Pentwr o emau gan dy fam?' gofynnodd rhywun yn giamllyd.

Chwarddodd un neu ddau ac fe laciwyd peth ar y tyndra, er bod y cydymdeimlad â Steve yn ddigon diffuant. Ac ymlaen ag o gan ddweud y cyfan wrth unrhyw un oedd yn digwydd gwrando; ac mi ro'n i'n gwrando, nid am fod ei bèg newid y drws nesaf i fy un i yn Sandown, ond am ein bod ni'n dod ymlaen yn eithaf da, mewn ffordd o ddydd i ddydd, arwynebol.

'Fe falon nhw stafell dywyll Dad,' meddai. 'Jest rhwygo'r cwbwl. Nid jest y stwff y gallen nhw werthu aethon nhw, wyddost ti, y chwyddiadur a'r offer datblygu, ond fe aethon nhw â'i luniau, y lluniau a dynnodd o dros y blynyddoedd. Wedi mynd. Mae'r peth yn drist. Dyna Dad yn farw a Mam yng nghanol yr holl lanast a does ganddi hi rŵan ddim o'r hyn y treuliodd Dad ei fywyd yn ei wneud . . . ac fe aethon nhw â'r siaced ffwr gafodd hi'n anrheg ar ei phen-blwydd, a'r sent nad oedd hi wedi ei agor, hyd yn oed. Mae hi jest yn eistedd yno'n crio . . . '

Rhoddodd y gorau iddi yn sydyn, a llyncodd ei boer. Roedd y cwbl fel pe bai'n ormod iddo. Er nad oedd yn byw gyda nhw erbyn hyn, plentyn ei rieni oedd Steve o hyd; roedd ei ffyddlondeb yn rhywbeth y byddai pobl yn sylwi arno. Hwyrach nad oedd llawer iawn yn hoffi George Millace, ond chlywodd neb ei fab yn yngan yr un gair dilornus amdano.

Asgwrn bach a chorff ysgafn oedd gan Steve, ac fe roddai'r llygaid du-bits a'r clustiau mawr ryw olwg ddoniol iddo, ond gŵr difrifol ydoedd, a ddychwelai dro ar ôl tro i drafod yr hyn oedd yn ei gordd.

'Mae'r heddlu'n dweud bod lladron yn gwneud hyn am sbeit,' meddai, 'difetha tai pobol, dwyn eu ffotograffau. Mae'n digwydd trwy'r amser, mae'n debyg. Mi ddeudon nhw y dylen ni fod yn ddiolchgar nad oedd 'na biso a chachu dros bopeth; mae hynny'n beth cyffredin. Ac mi roedd hi'n lwcus nad oedd y cadeiriau ac ati wedi eu rhwygo â chyllell.' Ymlaen ag o i siarad yn ddi-baid wrth bawb am y digwyddiadau, ond wedi i mi orffen newid es allan i reidio fy ngheffyl cyntaf ac fe anghofiais y cwbl am drafferthion y truan.

Dyma ddiwrnod y bûm i'n edrych ymlaen ato — ond yn ceisio peidio — am fis, bron. Y diwrnod y byddai Daylight yn rhedeg yn y Sandown Handicap Pattern 'Chase. Ras fawr, ceffyl da, cystadleuaeth heb fod yn rhy galed, a chyfle gwych i ennill. Roedd y fath gyfuniad o amgylchiadau yn ddigon prin i mi ei werthfawrogi'n llawn, ond doeddwn i byth yn hoffi meddwl am y peth nes y byddwn i ar fy ffordd at y postyn. Clywais fod Daylight wedi cyrraedd y cwrs yn saff, felly doedd gen i ddim ond yr un ras nofis i ddychwelyd ohoni heb frifo cyn mynd ar ei gefn. Mi fyddwn yn ennill y Pattern 'Chase efallai, ac fe fyddai hanner dwsin o bobl yn baglu ar draws ei gilydd i roi ceffyl i mi yn y Gold Cup.

Dwy ras y dydd oedd fy nod arferol, ac os gorffennwn y tymor yn un o'r ugain uchaf ar restr y jocis ro'n i'n hapus. Ers blynyddoedd ro'n i wedi llwyddo i'm hargyhoeddi fy hun mai'r rheswm pam nad o'n i'n fwy llwyddiannus oedd 'mod i braidd yn rhy dal a thrwm i fod yn joci perffaith. Hyd yn oed gyda'r llwgu cyson i gael y pwysau i lawr ro'n i'n dal i bwyso deg stôn a hanner. Doedd gen i ddim gobaith efo'r dwsinau o geffylau oedd yn rhedeg gyda deg stôn neu lai. Tua dau can reid y byddwn i'n eu cael mewn tymor ac ennill tua deugain ohonyn nhw. Gwyddwn fod pobl yn fy ystyried yn 'gryf', yn 'ddibynadwy', yn 'dda dros y perthi', ond 'ddim yn arbennig iawn mewn ras sy'n dynn ar y diwedd'.

Mae'r mwyafrif o bobl ifanc yn meddwl y byddan nhw'n cyrraedd brig eu proffesiwn, ac mai rhywbeth i ddygymod ag ef ydy'r dringo. Heb y ffydd honno, mae'n debyg, ni fyddai neb yn rhoi cychwyn ar ddim. Rywle ar hyd y ffordd, maen nhw'n edrych ar y copa ac yn sylweddoli nad ydyn nhw'n mynd i'w gyrraedd. Hapusrwydd wedyn ydy mwynhau yr olygfa sydd ganddyn nhw ac nid cenfigennu wrth yr un na chân nhw byth mohoni. Yn chwech ar hugain oed roeddwn wedi dod i delerau â'r olygfa oedd gen i gan wybod nad awn i ddim uwch. Yn rhyfedd ddigon, roedd sylweddoli hyn wedi peri rhyddhad, nid digalondid, i mi. Fues i erioed yn grafangog o uchelgeisiol er 'mod i'n awyddus i wneud fy ngorau glas. Os na allwn i wneud yn well, wel, dyna ddiwedd arni. Ar yr un pryd doedd gen i ddim gwrthwynebiad i dderbyn unrhyw syrt am y Gold Cup, fel petai.

Ar y prynhawn hwnnw yn Sandown gorffennais yn bumed distaw allan o ddeunaw yn y nofis dros y clwydi ('da ond heb fod yn arbennig'). Ddim yn rhy ddrwg. Y gorau y gallwn i a'r ceffyl ei wneud y diwrnod hwnnw. Fel arfer.

Newidiais i liwiau Daylight a cherdded allan i'r cylch arddangos gan deimlo pleser digymysg ynglŷn â'r ras oedd i ddod. Safai hyfforddwr Daylight — roeddwn yn reidio'n gyson iddo ef — wrth ymyl y perchennog.

Chymerodd y perchennog ddim sylw o'm jôc am law mân perffaith a dweud heb unrhyw gyflwyniad, 'Rwyt ti i golli'r ras hon, Philip.'

Gwenais. 'Nid o angenrheidrwydd.'

'O angenrheidrwydd,' meddai. 'Mae fy mhres i ar un arall.'

Mae'n siŵr bod fy wyneb wedi dangos fy siom a'm gwylltineb. Roedd o wedi gwneud y math hyn o beth o'r blaen, ond nid ers rhyw dair blynedd bellach, a gwyddai nad oedd wrth fy modd o gwbl.

Dyn cydnerth yn ei ddeugeiniau oedd Victor Briggs, perchennog Daylight; wyddwn i ddim oll am ei gefndir na'i waith. Roedd hi'n amlwg ei fod yn ddyn anghymdeithasol, cyfrinachgar, a ddeuai i'r rasys gyda wyneb caeedig di-wên, ac ni fyddai'n siarad fawr ddim â fi. Gwisgai, bob amser, gôt las drom, het ddu gantel llydan, a menig duon trwchus. Yn y gorffennol, yn ôl y sôn, bu'n gambliwr trwm, ac wrth reidio iddo fo y ces i'r dewis naill ai gwneud fel yr oedd o'n dweud neu golli fy ngwaith yn y stabl. Cefais wybod hyn gan Harold

Osborne, yr hyfforddwr, yn fuan iawn ar ôl cyrraedd; os nad o'n i'n gwneud fel yr oedd Victor Briggs yn dweud, ro'n i allan.

Ro'n i wedi colli rasys i Victor Briggs y gallwn i fod wedi eu hennill. Fel'na mae hi; roedd rhaid i mi fwyta a thalu'r morgais ar y tŷ. I wneud hynny roedd angen stabl fawr arna i, a phe bawn i wedi troi 'nghefn ar honno mae'n debyg na fyddwn i wedi dod o hyd i un arall ar chwarae bach. A beth bynnag, ar wahân i Victor Briggs, roedd lle Osborne yn lle da. Felly, fel llawer joci arall mewn sefyllfa debyg, ro'n i wedi cadw'n ddistaw a gwneud fel y dywedid wrtha i.

Ar y dechrau mi gynigiodd Victor Briggs gil-dwrn sylweddol i mi am golli. Dywedais nad oeddwn i eisiau ei arian; mi fyddwn i'n colli pe byddai rhaid, ond chymerwn i mo 'nhalu am y gwaith. Ei ateb o oedd mai llanc a gormod o feddwl ohono'i hun o'n i, ond wedi i mi wrthod ei bres yr ail dro, rhoddodd y gorau i'w cynnig nhw a chadwodd ei sylwadau am fy nghymeriad iddo fo'i hun.

'Pam na chymeri di nhw?' gofynnodd Harold Osborne i mi. 'Paid ag anghofio dy fod ti'n dweud ffarwél wrth ddeg y cant y byddet ti'n ei gael am ennill. Mae Mr Briggs yn rhoi hwn i ti am ddim.'

Ro'n i wedi ysgwyd fy mhen, a phwysodd o ddim arna i. Mae'n debyg fy mod i'n ffŵl, ond yn rhywle, ryw ffordd neu gilydd, rhaid bod Samantha neu Chloe — neu rywun — wedi fy argyhoeddi y dylid talu am bechodau. Ac am na fu'n rhaid i mi wneud hyn ers tair blynedd, roedd y ffisig yn waeth nag arfer i'w lyncu.

'Fedra i ddim colli,' protestiais. 'Daylight ydy'r gorau o'r cwbwl. O bell ffordd. Mi wyddoch fod hyn'na'n wir.'

'Paid â dadlau,' meddai Briggs. 'A phaid â siarad mor uchel, os nad wyt ti am i'r Stiwardiaid dy glywed di.'

Edrychais ar Harold Osborne, ond roedd o'n rhy brysur yn

edrych ar y ceffylau'n cerdded o gwmpas y cae bach ac yn esgus peidio â gwrando.

'Harold,' meddwn.

Edrychodd arna i heb rithyn o emosiwn yn ei wyneb. 'Mae Victor yn dweud y gwir. Nid ar Daylight mae'r pres. Os enilli di, mi gostith yn ddrud inni; felly paid.'

'Ni?'

Nodiodd ei ben. 'Ni. Cywir. Tafla dy hun oddi ar ei gefn o, os oes rhaid. Tyrd yn ail, os mai dyna wyt ti ishio. Ond paid ag ennill. Dallt?'

Nodiais fy mhen. Ro'n i'n deall. Yn ôl yn yr efel binsio, wedi tair blynedd.

Tuthiais i lawr at y man cychwyn wrth i'r byd sydd ohoni gael y gorau ar y rhai sy'n cicio'n erbyn y tresi; fel arfer. Doeddwn i ddim wedi gallu fforddio colli fy job yn dair ar hugain, a do'n i ddim yn gallu fforddio'i cholli yn ddeg ar hugain yn sicr ddigon. Joci Osborne oeddwn i. Roeddwn i wedi bod efo fo am saith mlynedd. Petai o'n fy nhaflu allan, sbarion stablau eraill fyddwn i'n eu cael; llethr llithrig sy'n arwain at ddiwedd gyrfa. Fyddai o ddim yn dweud wrth y wasg 'mod i'n gadael am nad oeddwn i'n fodlon colli yn ôl y gofyn. Byddai'n dweud wrthyn nhw, gyda gofid, wrth gwrs, ei fod o'n chwilio am rywun iau . . . roedd rhaid gwneud yr hyn oedd orau i'r perchenogion . . . fel'na mae hi, rhaid i bob gyrfa ddod i ben . . . dyna'r drefn ac ati.

Go daria; doeddwn i ddim eisiau colli'r ras 'ma; roedd yn gas gen i fod yn anonest, a byddai'r deg y cant y byddwn yn ei golli y tro hwn yn fy ngwneud i hyd yn oed yn fwy blin. Pam ddiawl yr oedd Briggs wedi ailddechrau'r gêm ddwl hon ar ôl yr holl amser? Ro'n i wedi meddwl ei fod o wedi rhoi'r gorau iddi am fy mod i wedi ennill ychydig bach o barch fel joci a'i fod o'n gwybod mai gwrthod y byddwn i. Os oeddech chi'n ddigon da doedd eich stabl ddim yn awyddus i gynhyrfu'r dyfroedd rhag ofn i chi fynd i stabl arall. Hwyrach ei fod o'n tybio 'mod i dros y top ac yn ôl yn y cyfnod peryglus hwnnw o ansicrwydd. Ac roedd o'n iawn.

Reidio rownd mewn cylch wrth aros am arwydd i gychwyn. Edrychais ar y pedwar arall; doedd 'na ddim un da yn eu plith. Dim, ar bapur, allai guro Daylight. Dyna pam roedd pobl yn rhoi pedair punt ar Daylight i ennill. *Four to one on* . . .

Yn hytrach na mentro ei bres ei hun ar y telerau hyn, roedd Victor Briggs, mewn ffordd danddaearol, wedi cymryd betiau gan bobl eraill, ac fe fyddai'n rhaid iddo dalu'n ddrud pe bai ei geffyl ei hun yn ennill. A Harold hefyd, mae'n debyg; a beth bynnag oedd fy nheimladau at Victor, roedd arna i rywfaint o deyrngarwch i Harold.

Wedi saith mlynedd o gydweithio closiach na'r cyffredin, deuthum i'w ystyried nid â rhyw gynhesrwydd mawr, ond â chyfeillgarwch gwirioneddol. Roedd yn ddyn o ddicter a chyfaredd, o iselder tawedog ac uchelfannau trystfawr, o benderfyniadau unbennaidd a rhoddion hael. Gallai regi'n well a gweiddi'n uwch na neb ar y Berkshire Downs, a gadawai hogiau ifanc teimladwy ei stablau yn heidiau. Ar fy nydd cyntaf efo fo, fe glywodd pobl o Wantage i Swindon beth oedd ei farn am fy marchogaeth i, ond am ddeg y bore yn ei dŷ agorodd botel o siampên i ddathlu ein cydweithio yn y dyfodol.

Roedd yn ymddiried yn llwyr a hollol ynof i, ac roedd wedi fy amddiffyn rhag beirniadaeth pan fyddai hyfforddwyr eraill wedi petruso cyn gwneud hynny. Gwyddai fod pob joci yn cael cyfnodau gwael, ac roedd wedi dal i 'nghyflogi trwy rai felly yn fy hanes i. Yr ad-daliad yr hoffai ei gael am hynny oedd ymroddiad llwyr iddo ef a'i stabl, ac am y tair blynedd diwethaf roedd hynny wedi bod yn hawdd.

Galwyd y ceffylau at y tâpiau, a throis Daylight i wynebu'r ffordd gywir.

Dim giatiau cychwyn. Dydyn nhw ddim yn cael eu

defnyddio mewn rasys dros y perthi. Rhes o dâpiau elastig yn lle hynny.

Mewn diflastod oer a dicllon penderfynais y byddai'n well gorffen y ras, er mwyn Daylight, mor agos i'r dechrau ag y byddai modd. Gyda miloedd o sbienddrychau arna i, llygaid pobl y teledu, camerâu patrôl a phobl y wasg, byddai colli yn ddigon anodd beth bynnag; byddai'n ddwl pe bawn i'n gadael y peth tan y diwedd pan oedd hi'n amlwg fod Daylight yn ennill. Petawn i'n syrthio hanner milltir o'r diwedd heb fawr o reswm yn y byd, bryd hynny byddai pobl yn holi, a hwyrach y gallwn i golli fy nhrwydded; a doedd hi fawr o gysur gwybod fy mod i'n haeddu ei cholli.

Saethodd y tâpiau i fyny a chiciais Daylight. Doedd dim un o'r lleill eisiau bod ar y blaen. Mwy o broblemau; ni fyddai Daylight, ac yntau â digon o amser, byth yn syrthio wrth berth fel hon. Roedd Daylight yn un o'r ceffylau hynny oedd yn methu peidio â neidio'n dda. Ychydig iawn oedd yn rhaid i unrhyw joci ei wneud iddo fo. Ro'n i wedi ennill chwe gwaith ar ei gefn; ro'n i'n ei adnabod.

Twyllo'r ceffyl. Twyllo'r cyhoedd.

Twyll.

Damia, meddyliais. Damia, damia, damia.

Ar y drydedd berth y gwelais i fy nghyfle, ar dop yr allt wrth ddod rownd tro bach go sydyn draw o olwg y gwylwyr, braidd. Roedd o'n un a oedd wedi twyllo amryw dros y flwyddyn.

Dechreuodd Daylight simsanu — yn bennaf am ei fod yn cael yr arwyddion anghywir gen i, ac yn sicr am ei fod yn teimlo'r cynnwrf oedd ynof i. Rhoddodd garn brysiog iawn cyn neidio'r berth; cam nad oedd ei angen.

Da'r hogyn, meddyliais. I lawr â chdi os ei di. Fe'i ciciais ar yr adeg anghywir, tynnu'n rhy galed ar yr awenau a symud fy mhwysau ymlaen dros ei ysgwyddau.

Glaniodd yn flêr a baglodd gan ostwng ei ben i gadw ei gydbwysedd. Doedd o ddim yn ddigon i lorio Daylight, mewn gwirionedd, ond byddai'n rhaid iddo fo wneud y tro. Tynnais fy nhroed o'r warthol a hongian ar ei wddf a 'mhwysau i gyd ar ei ochr chwith.

Mae bron yn amhosibl aros ar gefn unrhyw geffyl yn y safle hwnnw. Gollyngais fy ngafael yn araf, llithro i lawr a bownsio ar y glaswellt. Clywed ei garnau'n taro'r ddaear, rhowlio unwaith neu ddwy, a dyna'r cyfan drosodd.

Eisteddais ar y glaswellt a llacio fy helmed gan deimlo'n uffernol.

'Hen dro,' medden nhw'n gwrtais yn y stafell wisgo. 'Lwc wael,' ac es ymlaen â gweddill fy niwrnod. Tybed a oedd rhai yn amau? Efallai nad oeddynt. Winciodd neb; wthiodd neb ei benelin yn ddoeth i'm hasennau. Fy nghywilydd fy hun a gadwodd fy llygaid wedi eu hoelio ar y ddaear.

'Cod dy galon,' meddai Steve Millace, gan fotymu lliwiau oren a glas. 'Dydy hi ddim yn ddiwedd y byd.' Cododd ei helmed a'i chwip. 'Mae fory'n dod.'

'Ydi.'

Aeth i gael reid arall. Mi es i i newid. Beth oedd wedi digwydd i'r cynnwrf oedd yna pan gyrhaeddais y cwrs? Beth ddigwyddodd i'r ennill? Beth ddigwyddodd i'r hanner dwsin o hyfforddwyr dychmygol fyddai'n gweiddi am fy ngwasanaeth ar gyfer y Gold Cup wedi'r ras? Beth ddigwyddodd i'r hwb ariannol yr oedd cymaint o'i angen? Sut o'n i i ddalu am y car newydd? Digalondid llwyr ar bob llaw.

Es allan i edrych ar y ras.

Gyrrodd Steve ei geffyl, gyda mwy o ddewrder nag o bwyll, ar gyflymdra ffôl tua'r berth olaf ond un a syrthio'n galed wrth lanio. Y math o gwymp caled a chyflym sy'n malu esgyrn, a gallai pawb weld ar unwaith ei fod o mewn trafferth. Fe'i llusgodd ei hun i'w ben-gliniau, ac yna eistedd ar ei sodlau gan bwyso'i ben ymlaen â'i freichiau am ei gorff fel pe bai'n ei gofleidio'i hun. Braich, pont yr ysgwydd, asennau; roedd rhywbeth wedi torri.

Cododd ei geffyl yn holliach a charlamu i ffwrdd. Arhosais am eiliad i weld dau ddyn cymorth cyntaf yn helpu Steve i fynd i'r ambiwlans. Diwrnod drwg iddo yntau hefyd, meddyliais, hyn a thrafferthion ei deulu. Beth oedd yn ein gyrru ni i wneud hyn, i fentro bywyd a wynebu siom a digalondid er mwyn mynd yn gynt, yn uwch, pan fyddai job mewn swyddfa yn talu'n llawer gwell?

Cerddais yn ôl i'r stafell bwyso gan deimlo'r darnau ohonof yr oedd Daylight wedi eu sathru yn dechrau tynhau a chleisio. Mi fyddwn yn ddu-las drannoeth. Fel arfer. Roedd hyn yn rhan o'r gwaith, a doedd dim yr o'n i wedi ei dorri hyd yn hyn wedi effeithio fawr arna i. Fel arfer ro'n i'n teimlo'n dda iawn yn gorfforol ac yn teimlo'n ffodus o gael byw mewn corff cryf, ystwyth. Dim nad oedd yn gweithio'n dda. Iechyd.

Dadrithiad, meddyliais, fyddai'n fy lladd. Pobl fel Victor Briggs fyddai'n gyfrifol am i mi roi'r gorau i'r bywyd hwn. Ond doedd hi ddim yn bryd eto. Er bod pethau'n suro, doeddwn i ddim wedi cael digon ar y bywyd hwn eto o bell ffordd.

Daeth Steve i mewn i'r stafell newid, ei fraich mewn sling a'i ben yn gam.

'Pont yr ysgwydd,' meddai'n flin. 'Diawl o beth.' Roedd y boen wedi gwneud pantiau yn ei fochau ac wedi gwelwi ei wyneb. Ond yr hyn a deimlai fwyaf oedd annifyrrwch.

Cafodd help gan was bach a oedd, mae'n amlwg, wedi hen arfer â thrin jocis wedi brifo. Daeth criw o jocis eraill o gwmpas a dechrau canu, gwneud te, dweud jôcs, tynnu eu lliwiau a gwisgo'u dillad bob dydd. Diwedd wythnos waith. Yn ôl eto ddydd Llun.

'Mae'n debyg,' meddai Steve wrtha i, 'na fedret ti ddim fy

ngyrru i adref?' Swniai'n bryderus a fyddai ein cyfeillgarwch yn ymestyn mor bell â hynny.

'Medraf, wrth gwrs,' meddwn.

'I dŷ Mam, wrth Ascot?'

'Iawn.'

'Mi drefna i fod rhywun yn dod i nôl fy nghar fory,' meddai. 'Uffar o niwsans.'

Tynnais lun ohono ef a'i was bach oedd yn tynnu yr ail esgid oddi arno.

'Beth ydach chi'n ei wneud efo'r holl luniau 'na?' gofynnodd y gwas bach.

'Eu rhoi nhw mewn drôr.'

Cododd ei aeliau mewn ystum o anobaith llwyr. 'Gwastraff amser.'

Edrychodd Steve ar y Nikon. 'Mi ddeudodd Dad y byddet ti yn ei roi o allan o fusnes un o'r dyddiau 'ma,' meddai.

'Chwerthin am fy mhen oedd o.'

'Ie, hwyrach; dwn i ddim.' Gosododd ei fraich yn ofalus yn llawes ei grys tra ceisiai'r gwas bach fod mor gydymdeimladol â phosib. 'Aw,' meddai Steve.

Roedd George Millace wedi gweld rhai o'r lluniau yr o'n i wedi eu gadael yn y car un tro.

'Beth sy gynnon ni fan hyn?' gofynnodd a gwên ar ei wyneb. 'Cartier Bresson? Gad i mi weld.' Gwthiodd ei law i mewn trwy'r ffenestr a gafael yn y pentwr. Doedd gen i ddim dewis ond eu rhoi iddo fo. 'Wel, wel,' meddai gan edrych arnyn nhw'n drwyadl. 'Ceffylau ar y Downs yn dod allan o'r niwl. Cachu rhamantaidd.' Taflodd nhw yn ôl i mi. 'Dal ati, 'washi. Hwyrach y tynni di lun un o'r dyddiau 'ma.'

Ac i ffwrdd â fo ar draws y maes parcio gan ailosod y bag camera trwm oedd ar ei ysgwydd. Fo oedd yr unig ffotograffydd nad oeddwn i'n teimlo'n gartrefol yn ei gwmni.

Roedd Duncan a Charlie, yn ystod y tair blynedd y bûm i'n byw gyda nhw, wedi dysgu popeth i mi. Doedd dim ots mai

31

deuddeg oed o'n i pan adawyd fi ar stepen eu drws, mi ges i dwtio yn y stafell dywyll a sgubo llawr y stiwdio; ac ro'n i'n falch o gael gwneud. Daeth yr wybodaeth yn araf ond yn drwyadl, ac erbyn y diwedd fi oedd yn printio popeth i Duncan a pheth o waith bara menyn Charlie. Byddai Charlie yn fy ngalw 'Ein cynorthwyydd labordy'. 'Mae o'n cymysgu ein cemegau,' meddai. 'Cofia, rŵan, Philip,' arferai ddweud, 'un *plus* naw ydy'r gymysgfa,' a byddwn yn arllwys y cyfan yn ofalus a theimlo y gallwn i fod o ryw ddefnydd i rywun wedi'r cwbl.

Hebryngwyd Steve yn araf i 'nghar.

'Ro'n i wedi addo rhoi help llaw i Mam i glirio'r llanast pan gyrhaeddwn i adref,' meddai. 'Hy!'

'Mae'n debyg bod ganddi gymdogion sydd wrthi'n barod,' meddwn gan agor drws y Ford newydd iddo fo. Taniodd y car y tro cyntaf, ac i ffwrdd â ni rhwng dau olau i gyfeiriad Ascot.

'Fedra i ddim dygymod â'r syniad nad ydy Dad ar gael,' meddai.

'Beth ddigwyddodd?' gofynnais. 'Beth wnaeth o? Gyrru i mewn i goeden?'

'Ia,' ochneidiodd. 'Mae'n debyg ei fod o wedi cysgu wrth yr olwyn. Dyna ydy damcaniaeth pawb. Pan ddaeth o at dro, aeth o ddim rownd. Rhaid bod ei droed ar y sbardun . . . Gwthiwyd pen blaen y car reit i mewn.' Crynodd. 'Ar ei ffordd adref o Doncaster oedd o. Roedd Mam wedi ei rybuddio i beidio â gyrru ar y draffordd wedi diwrnod hir a chaled. Ond nid ar y draffordd oedd hyn . . . roedd o mor agos i gyrraedd adref.'

Swniai'n flinedig ac yn isel ei ysbryd, a gallwn weld, er fy mod yn ceisio gyrru'n ystyriol, fod symudiadau'r car yn ei frifo.

'Roedd wedi aros am hanner awr yn nhŷ cyfaill,' meddai

Steve. 'Fe gawson nhw gwpwl o wisgis. Roedd yr holl beth mor ddiangen. Mynd i gysgu . . . '

Ymlaen â ni am filltiroedd tawel; fo yn meddwl am ei broblemau o, fi am fy rhai innau.

'Dydd Sadwrn diwethaf oedd hi,' meddai Steve. 'Dim ond wythnos yn ôl.'

Yn fyw un funud, yn farw'r nesaf. Fel pawb arall.

'Troi i'r chwith fan hyn,' meddai.

Wedi troi i'r chwith, i'r dde ac i'r chwith ddwywaith fe ddaethon ni at res o dai a safai ar eu pennau eu hunain mewn gerddi cysgodol.

Yn y pellter roedd rhywbeth yn digwydd. Goleuadau a phobl. Ambiwlans â'i drysau ar agor, a'i golau glas yn fflachio. Car heddlu. Heddlu. Roedd pobl yn cerdded yn frysiog i bobman. Doedd dim un llen ar ddim un ffenest, ac roedd golau yn arllwys o bob un.

'Rarglwydd!' meddai Steve. 'Eu tŷ nhw ydy hwnna. Tŷ Mam a Dad!'

Parciais y car wrth y tŷ a syllu'n ddisymud ar yr olygfa.

'Mam,' meddai Steve. 'Mam.'

Gallwn glywed bod ei lais ar fin torri, a gweld ei wyneb yn tynhau gan bryder ac emosiwn. Yn y golau edrychai'n ddiniwed ac yn ofnus.

'Aros yma,' meddwn. 'Mi af i i weld.'

III

Gorweddai ei fam ar y soffa yn y lolfa yn crynu, yn pesychu ac yn gwaedu. Roedd rhywun wedi ymosod yn gïaidd arni gan daro'i thrwyn, ei cheg a'i hamrannau. Sgleiniai ei boch a'i gên yn goch amrwd. Rhwygwyd ei dillad a doedd ganddi ddim esgidiau; safai ei gwallt ar ei phen fel bwgan brain.

Roeddwn wedi gweld mam Steve yn y rasys o bryd i'w gilydd; dynes ddymunol, barchus, yn tynnu am ei hanner cant, yn falch o'i gŵr a'i mab. Doedd y bwndel blêr a orweddai ar y soffa yn ddim byd tebyg iddi.

Eisteddai heddwas wrth ei hymyl, safai heddferch gerllaw yn gafael mewn cadach ac ôl gwaed arno. Yn y cefndir safai dau ddyn ambiwlans. Heb fod yn bell oddi wrthyn nhw clwydai cymydog benywaidd yn nerfus ac yn boenus. Roedd y stafell yn llanast llwyr, ac roedd ôl jam a chacennau ar y wal, fel y dywedodd Steve.

'Ai chi ydy'r meddyg?' gofynnodd heddwas wrth i mi gerdded i mewn.

'Na . . . ' Eglurais pwy oeddwn i.

'Steve wedi brifo!' gwichiodd y fam. Crynai ei cheg a'i dwylo. 'Mae o wedi brifo.' Prin y gallai siarad, ond eto deuai'r pryder am helynt ei mab fel poen newydd oedd yn bwrw i'r cysgod bopeth yr oedd wedi ei ddioddef hyd yn hyn.

'Dydy o'n ddim byd o werth, wir i chi,' eglurais yn sydyn. 'Wedi torri pont ei ysgwydd. Dyna'r cwbwl. Mi af i i'w nôl o ichi rŵan.'

Es allan i'r car ac egluro'n sydyn beth oedd wedi digwydd. Camodd o'r car yn wargrwm ac yn stiff.

'Pam?' gofynnodd yn ofer gan gerdded tua'r tŷ. 'Pam oedd raid i hyn ddigwydd?'

Gofynnai'r heddweision yr un cwestiwn hefyd.

'Roeddech chi'n dweud bod dau ohonyn nhw, gyda sanau neilon dros eu pennau. Ydi hynny'n gywir?'

Nodiodd ei phen. 'Ifanc,' meddai drwy wefusau chwyddedig. Gwelodd Steve a daliodd ei llaw allan iddo. Aeth Steve yn fwy gwelw byth wrth weld ei chyflwr.

'Hogiau du neu wyn?' gofynnodd yr heddwas.

'Gwyn.'

'Beth oedden nhw'n ei wisgo?'

'Jîns.'

'Menig?'

Caeodd ei llygaid. Edrychai'r un chwith yn waeth na'r un dde. Sibrydodd, 'Oedd.'

'Mrs Millace,' meddai'r heddwas, 'plîs ceisiwch ateb, beth ydach chi'n ei feddwl yr oedden nhw ei ishio?'

'Sêff,' atebodd, ond prin bod neb yn gallu ei chlywed.

'Beth?'

'Sêff. Ond does gynnon ni ddim sêff. Mi ddeudais i wrthyn nhw.' Diferodd dau ddeigryn mawr i lawr ei bochau. "Ble mae'r sêff?" medden nhw. A dyma nhw'n fy nharo i.'

'Does 'na ddim sêff yma,' meddai Steve yn wyllt. 'Mi ladda i nhw . . . '

'Diolch, syr,' meddai'r heddwas. 'Ond os cadwch chi'n dawel am ychydig, mi fydda i'n ddiolchgar iawn.'

'Roedd un jyst yn malu pethau,' meddai Mrs Millace. 'Y llall oedd yn fy nharo i.'

'Blydi anifeiliaid!' meddai Steve.

'Ddeudon nhw beth oedden nhw ei ishio?' gofynnodd yr heddwas.

'Y sêff.'

'Ie, ond oedd unrhyw beth arall? Ddeudon nhw eu bod nhw ishio arian? Gemau? Beth yn hollol oedden nhw ei ishio, Mrs Millace?'

Crychodd ei thalcen wrth feddwl, yna, drwy wefusau

clwyfus mwmianodd, 'Y cwbwl ddeudson nhw oedd "Ble mae'r sêff?" '

'Mae'n debyg eich bod yn gwybod bod rhywun wedi torri i mewn i'r tŷ yma ddoe?' mentrais ddweud.

'Roeddwn i yn ymwybodol o hynny, syr,' meddai'r heddwas. 'Fi fuo yma.' Edrychodd yn ofalus arna i am eiliad neu ddau, yna trodd yn ôl at fam Steve.

'Ddeudodd y ddau ddyn ifanc yma a wisgai'r masgiau o sanau neilon rywbeth am fod yma ddoe? Ceisiwch gofio, Mrs Millace.'

'Naddo . . . dydw i ddim yn meddwl.'

'Gan bwyll . . . ceisiwch gofio.'

Mi fu hi'n dawel am hir a threiglodd dau ddeigryn arall i lawr ei bochau. Druan fach, meddyliais. Gormod o boen, gormod o alar, gormod o wylltineb — a llawer o ddewrder.

O'r diwedd meddai, 'Roedden nhw fel teirw. Roedden nhw'n gwylltio. Yn fy ngwthio. Agor y drws wnes i, dyma nhw'n fy ngwthio'n ôl. I mewn i fa'ma. Dyna pryd y dechreuon nhw . . . falu pethau. Gwneud y llanast 'ma. Gweiddi . . . "Ble mae'r sêff? Deudwch ble mae'r sêff . . ." Yn fy nharo.' Oedodd. 'Dydw i ddim yn meddwl . . . eu bod nhw wedi . . . dweud dim am ddoe.'

'Mi ladda i nhw!' meddai Steve.

'Y trydydd tro,' mwmianodd ei fam.

'Beth oedd hyn'na?' gofynnodd yr heddwas.

'Dyma'r trydydd tro i rywun dorri i mewn i'r lle 'ma,' meddai. 'Digwyddodd . . . ddwy flynedd yn ôl.'

'Fedrwch chi ddim gadael iddi orwedd fan'na a gwneud dim ond gofyn cwestiynau iddi,' meddai Steve yn sarrug. 'Ydych chi wedi galw am feddyg?'

'Mae'n iawn, Steve cariad,' meddai cymdoges, gan symud yn ei blaen i roi cysur. 'Rydw i wedi galw Dr Williams. Mi ddeudodd o y byddai'n dod ar unwaith.' Er ei bod hi'n bryderus ac wedi dychryn, roedd hi'n mwynhau'r ddrama ac yn meddwl sut y gallai adrodd y cyfan wrth weddill y cymdogion. 'Ro'n i wedi bod yn helpu dy fam yn gynharach,' meddai ar frys, 'ond mi es i adref — drws nesaf, 'nde, Steve, i baratoi bwyd i'r teulu, a dyna pryd glywais i'r holl weiddi 'ma, a doedd o ddim yn swnio'n iawn o gwbwl, a dyna lle'r o'n i'n dod yn ôl i holi a oedd popeth yn iawn pan ruthrodd y ddau hen hogyn 'na allan — jyst rhuthro heibio i mi . . . a dyna lle'r oedd dy fam . . . felly, dyma fi'n galw'r heddlu a'r ambiwlans a Dr Williams . . . a phawb.' Edrychai fel pe byddai'n hoffi rhyw fath o ddiolch am fod mor feddylgar, ond roedd Steve y tu hwnt i'r fath beth.

Doedd gan yr heddwas yntau yr un gair o werthfawrogiad i'w ddweud wrthi. 'Ac rydych chi'n dal i fethu dweud dim am y math o gar oedd ganddyn nhw?'

'Roedd hi'n dywyll,' meddai mewn modd hunan-amddiffynnol iawn.

'Car lliw golau, maint canolig. Dyna'r cwbwl?'

'Dydw i ddim yn cymryd fawr o sylw o geir,' meddai.

Ddeudodd neb y dylai hi fod wedi sylwi ar y car arbennig hwn. Er bod pawb yn meddwl hynny.

Cliriais fy ngwddw a mentro cyfarch yr heddwas unwaith eto. 'Dydw i ddim yn gwybod faint o werth fyddai hyn, a hwyrach yr hoffech chi gael eich dyn eich hun i wneud y gwaith, ond mae gen i gamera yn y car os hoffech chi luniau o hyn i gyd.'

Cododd ei aeliau ac ystyried fy nghynnig a dywedodd y byddai'n hoffi hynny. Felly, i ffwrdd â fi i'r car i nôl y ddau gamera a thynnu set o luniau lliw a du-a-gwyn. Lluniau agos o wyneb Mrs Millace a lluniau llydan o'r stafell. Dioddefodd mam Steve olau'r fflach yn ddirwgnach. Fues i ddim yn hir.

'Dyma'ch gwaith chi?' gofynnodd yr heddwas.

Ysgydwais fy mhen. 'Na. Wedi ymarfer llawer, dyna'r cwbwl.'

Dywedodd wrtha i ble i anfon y lluniau, ac fe gyrhaeddodd y meddyg.

'Paid â mynd eto,' plediodd Steve. Edrychais ar ei wyneb gwelw a'i lygaid ofnus, ac eisteddais ar y grisiau yn y cyntedd.

'Dwn i ddim beth i'w wneud,' meddai. 'Fedra i ddim gyrru fel hyn, ac fe fydd yn rhaid i mi weld a ydy hi'n iawn yn yr ysbyty. Mae'n debyg y gallwn i gael tacsi . . . '

Ofynnodd o ddim, ond roedd y cwestiwn yna yr un fath. Cuddiais ochenaid fechan a chynnig mynd â fo yn fy nghar i. Welais i neb erioed mor ddiolchgar am beth mor fach.

Yn y diwedd fe fu'n rhaid i mi dreulio'r nos yno, oherwydd pan ddaethon ni'n ôl o'r ysbyty roedd o'n edrych mor flinedig fel na allai neb ei adael yn y fath gyflwr. Mi wnes i omlet i'r ddau ohonon ni; erbyn meddwl doedd yr un ohonon ni wedi bwyta er amser brecwast. Wedi bwyta mi gliriais ychydig ar y llanast.

Eisteddai yn welw ar ymyl y soffa heb ddweud dim am ei ysgwydd boenus. Hwyrach nad oedd yn ymwybodol o'r boen, ond roedd hi yno, yn ei wyneb. Ni siaradodd am ddim ond am ei fam.

'Mi ladda i nhw,' meddai. 'Y basdads!'

Mwy o blwc nag o synnwyr, meddyliais. Fel arfer. Roedd gen i syniad go lew pwy fyddai'n cael ei ladd pe byddai naw stôn a hanner Steve yn cyfarfod â'r ddau a ddyrnodd ei fam.

Mi ddechreuais i ym mhen pella'r stafell drwy godi nifer o gylchgronau, papurau newydd, hen lythyrau, a chaead a gwaelod fflat bocs papur ffotograffig deg wrth wyth. Hen gyfaill.

'Beth wnawn ni â hyn i gyd?' gofynnais i Steve.

'O, rho fo yn rhywle,' meddai'n amwys. 'Mi ddaeth peth ohono fo o'r rhesel sydd wrth y teledu.'

Gorweddai'r rhesel bren ar ei hochr ar y carped.

'Bocs rybish Dad ydy'r hen beth orenj, blêr 'na. Roedd o'n

ei gadw yn y rhesel efo'r papurau newydd. Thaflodd o mohono fo, dim ond ei gadw yn yr un lle flwyddyn ar ôl blwyddyn. Od, pan wyt ti'n dechrau meddwl am y peth.' Agorodd ei geg. 'Paid â phoeni gormod. Mi edrychith cymdoges Mam ar ôl y cyfan.'

Codais un neu ddau o fanion oedd hyd y lle: darn tryloyw o ffilm, tua thair modfedd o led wrth wyth o hyd, nifer o stribedi o negyddion ffilm 35 milimetr, wedi eu datblygu ond heb lun arnyn nhw, a llun hyfryd iawn o Mrs Millace wedi ei ddifetha gan gemegau oedd wedi tasgu ar ei gwallt a'i gwddf.

'Ym mocs sbwriel Dad yr oedd rheina,' meddai Steve gan agor ei geg. 'Waeth i ti eu taflu nhw ddim.'

Gosodais nhw yn y fasged sbwriel ac ychwanegu print a oedd bron iawn yn ddu a gwyn ac a oedd wedi ei dorri yn ei hanner ynghyd â rhai negyddion lliw eraill a oedd yn drwch o sbotiau magenta.

'Roedd o'n eu cadw i'w atgoffa ei hun o'i gamgymeriadau gwaethaf,' meddai Steve. 'Fedra i ddim credu'r peth na ddaw o byth yn ei ôl.'

Roedd 'na brint tywyll iawn mewn ffeil o ddyn mewn cysgod yn eistedd wrth fwrdd. 'Wyt ti ishio hwn?' gofynnais.

Ysgydwodd ei ben. 'Rybish Dad.'

Gosodais y cylchgronau merched a chyfres o gylchgronau ar waith coed yn ôl yn y rhesel, a phentyrru'r llythyrau ar y bwrdd. Tsieina wedi ei falu, hen focs gwnïo simsan, a biwro a rhaeadr o bapur yn llifo ohono oedd gweddill y stwff oedd ar y llawr. Ymddengys nad oedd pwrpas i'r difrod o gwbl ar wahân i greu dychryn ac argraff o bŵer a grym, yn union fel y gwthio a'r gweiddi a ddisgrifiodd Mrs Millace. Gweithred i ddychryn a drysu, a phan fethon nhw gael dim drwy ymosod ar ei heiddo fe ddechreuson nhw ymosod arni hi.

Gosodais y biwro ar ei draed, a rhofio'r rhan fwyaf o'r stwff yn ôl iddo, a hel ynghyd hen batrymau tapestri a phellenni o wlân. O'r diwedd gellid gweld darnau clir o garped.

'Basdads!' meddai Steve. 'Dwi'n eu casáu nhw. Mi lladda i nhw!'

'Pam fydden nhw'n meddwl bod sêff gan dy fam?'

'Duw a ŵyr! Hwyrach eu bod nhw wedi arfer ymosod ar weddwon newydd a gweiddi "sêff!". Dwi'n siŵr y byddai hi wedi dweud lle'r oedd hi petai ganddi hi un. E? Colli Dad fel'na. A dyna'r lladron 'na ddoe. Argol, dychmyga'r peth. Mi fyddai hi'n sicr o fod wedi dweud wrthyn nhw. Mi wn i y byddai hi.'

Nodiais fy mhen.

'All hi ddim cymryd 'chwaneg,' meddai. Roedd ei lais yn llawn dagrau a'i lygaid yn llawn ymdrech i beidio â'u dangos. Yfo, meddyliais, oedd agosaf i'r dibyn. Roedd ei fam yn ei gwely yn cael cydymdeimlad a thabledi cysgu.

'Amser gwely,' meddwn yn sydyn. 'Ty'd. Mi helpa i di i ddadwisgo. Mi fydd hi'n well fory.'

Deffrois ar ôl noson o gwsg anesmwyth i weld gwawr lwydaidd bore o Dachwedd yn cripian trwy'r ffenest. Roedd 'na lawer ynglŷn â bywyd nad oeddwn eisiau codi o'r gwely i'w wynebu. Rhywbeth yn debyg i weddill y ddynoliaeth, mae'n siŵr. Oni fyddai hi'n wych bod yn falch ohonoch chi eich hun, heb orfod ystyried hen neiniau caled a'ch anonestrwydd eich hun? Gan fy mod i'n berson sy'n cymryd pethau fel y dôn nhw ro'n i'n anhapus wrth gael fy ngwasgu i gornel yr oedd yn rhaid gweithredu i ddod ohoni.

Roedd pethau wedi digwydd i mi, wedi cyrraedd heb ofyn, ar hyd fy mywyd. Chwiliais i erioed am ddim byd. Dysgu pethau am eu bod nhw wedi dod ar fy nhraws i wnes i. Tynnu lluniau; diolch i Duncan a Charlie am hynny. Marchogaeth; am fod fy mam wedi fy ngadael efo pobl oedd yn cadw ceffylau. Pe byddai hi wedi fy ngadael efo ffermwr, mae'n debyg mai ffensio neu gyfrif defaid y byddwn i y funud 'ma.

Mater o dderbyn yr hyn a roddwyd i mi oedd bywyd am

gynifer o flynyddoedd, o fod yn ddefnyddiol, yn dawel, yn ddymunol a didrafferth, o ymatal, o fyw efo fi fy hun, ac o hunanddisgyblaeth. Dyna pam yr o'n i rŵan, fel dyn, yn anfodlon yn y bôn i ymladd neu i gynhyrfu'r dyfroedd.

Ro'n i wedi dysgu peidio â chwenychu pethau na allwn eu cael, fel nad o'n i rŵan eisiau fawr ddim. Wedi dod yr oedd popeth oedd gen i.

Cynnig tŷ rhes a job i mi wnaeth Harold Osborne. Fe'i derbyniais. Cynigiodd y banc forgais. Fe'i derbyniais. Cynigiodd y garej leol fath arbennig o gar. Fe'i derbyniais.

Fe wyddwn i pam yr o'n i fel yr o'n i. Fe wyddwn pam 'mod i wedi mynd gyda'r llif. Fe wyddwn pam 'mod i mor oddefol, pam na theimlwn unrhyw awydd yn y byd i newid pethau, i fod yn feistr ar fy ffawd fy hun.

Doeddwn i ddim eisiau chwilio am fy hanner chwaer, a doeddwn i ddim eisiau colli fy ngwaith efo Harold. Gallwn gario 'mlaen fel arfer heb wneud fawr ddim allan o'r cyffredin . . . ond eto, am ryw reswm na allwn ei ddeall, roedd y llwybr yna yn ymddangos yn un mwy annymunol nag erioed.

Yn flin â mi fy hun, gwisgais a mynd lawr y grisiau. Ces gipolwg ar Steve ar fy ffordd i lawr; roedd yn cysgu'n drwm.

Roedd rhywun er echdoe wedi how-sgubo'r llawr, gan greu pentwr o ddarnau o lestri a gweddillion bwyd. Yno, yng nghanol y llwch, yr oedd y coffi a'r siwgwr, ond roedd 'na lefrith ar ôl yn y ffridj. Yfais beth o hwnnw. I ddifyrru'r amser cerddais o stafell i stafell, jest i edrych.

Byddai'r stafell a fu unwaith yn stafell dywyll i George Millace wedi bod yn ddiddorol iawn, oni bai mai honno ddioddefodd lid y lladron cyntaf. Y cwbl oedd ar ôl oedd un fainc a redai ar hyd un ochr i'r stafell, dwy sinc ddofn gyferbyn â hi, a rhesi o silffoedd gwag ar draws y talcen. Dangosai'r olion ar y waliau ble'r oedd yr offer wedi sefyll, a dangosai'r staeniau ar y llawr ble'r oedd o wedi cadw ei gemegau.

Gwyddwn ei fod wedi gwneud llawer iawn o waith datblygu ei luniau lliw ei hun; gwaith na fyddai'r mwyafrif o ffotograffwyr yn ei wneud. Hen waith digon manwl a phoenus oedd prosesu sleidiau, negyddion a phrintiau lliw, ac er mwyn cael canlyniadau cyson a di-feth, roedd ffotograffwyr yn tueddu i roi eu gwaith lliw i labordai arbenigol a masnachol. Gyrrai Duncan a Charlie eu holl waith lliw allan; yr unig beth a wnaent o bryd i'w gilydd oedd printio lliw o negyddion.

Crefftwr o'r radd flaenaf oedd George Millace. Trueni am natur ei gymeriad.

Yn ôl pob golwg bu ganddo ddau *enlarger*: un mawr ac un bach. Bocs ar goes yw'r chwyddiadur, mewn gwirionedd; mae'r negydd yn cael ei roi yn y bocs lle mae 'na fylb a lens, ac mae'r golau yn glanio ar fwrdd gwyn ar waelod y goes.

Gellir symud pen yr *enlarger* i fyny ac i lawr. Mae hyn yn caniatáu chwyddo neu leihau y llun a welir ar y bwrdd gwyn. Po uchaf fydd y pen, mwyaf fydd y llun. Po isaf, lleiaf yn y byd fydd y llun. Math o daflunydd ydy'r *enlarger* mewn gwirionedd, a'r bwrdd gwyn ydy'r sgrîn.

I wneud print o'r *enlarger* byddai'n rhaid weindio'r pen i fyny neu i lawr nes cael y llun y maint cywir, yna ffocwsio ac yna, mewn golau coch, gosod darn o bapur ffotograffig ar y bwrdd yng ngwaelod y goes. Wedyn, mae'n rhaid rhoi'r golau yn yr *enlarger* ymlaen am gyfnod penodol o amser — sy'n amrywio yn ôl y negydd. Wedi gwneud hynny rhaid gosod y papur mewn cemegau: datblygydd, *stop bath*, *fixer*, a dŵr. Weithiau gellwch ddefnyddio *stabilizer*, a hei presto, os nad oedd rhywun wedi rhoi gormod o olau neu os nad oedd ôl ei fodiau hyd y lle, fe fyddai gennych brint clir o'r maint cywir.

Yn ychwanegol at yr *enlarger* byddai gan George focs a fyddai'n rheoli amseriad y golau, a phob math o offer i gadw tymheredd y cemegau ac i sychu'r papur. Byddai ganddo wahanol fathau o bapur ffotograffig mewn gwahanol feintiau, rhai mewn bocsys gwrth-olau arbennig. Byddai rhesi o ffeiliau yn dal ei hen negyddion mewn trefn, hidlyddion arbennig, jwgiau a sisyrnau a goleuadau. Popeth i bwrpas.

Roedd y cwbl lot, pob tamaid, wedi mynd.

Fel pob ffotograffydd gofalus, cadwai George ei ffilmiau ffresh yn y ffridj. Roedden nhw hefyd wedi mynd, yn ôl Steve. Dyna oedd achos y fandaliaeth yn y gegin, mae'n debyg.

Cerddais i mewn i'r lolfa a throi'r golau ymlaen gan feddwl pa un oedd y ffordd fwyaf derbyniol o ddeffro Steve a dweud wrtho fy mod i'n mynd. Edrychai'r stafell hanner taclus yn druenus; byddai'n torri calon Mrs Millace pan ddeuai adref. O hen arfer, ac am nad oedd gen i ddim byd arall i'w wneud, dechreuais godi a thwtio'r tameidiau o grochenwaith, ac edafedd a gwau.

Wedi hanner ei chuddio o dan y soffa gorweddai amlen blastig fawr ddu; nid peth annisgwyl mewn tŷ ffotograffydd. Edrychais y tu mewn iddi. Y cwbl oedd ynddi oedd tamaid o blastig trwchus clir tuag wyth modfedd sgwâr, ac ymyl syth iddo ar dair ochr ond ymyl donnog ar y bedwaredd. Mwy o sbwriel. Fe'i teflais gyda'r gweddill i'r fasged.

Gorweddai bocs sbwriel George Millace yn agored ac yn wag ar y bwrdd. Am ddim rheswm ar wahân i chwilfrydedd ffotograffig, gafaelais yn y fasged a thywallt ei chynnwys ar y carped unwaith eto. Yna, rhoddais gamgymeriadau gwaethaf George yn ôl yn eu bocs lle cadwodd o nhw, ac ailosod y tameidiau o tsieina a gwydr yn ôl yn y fasged.

Pam, tybed, yr aeth George i'r drafferth o gadw'r camgymeriadau hyn yn y bocs? Mae ffotograffwyr, fel doctoriaid, yn tueddu i gladdu eu camgymeriadau, yn hytrach na'u gadael mewn bocs yng nghanol cylchgronau. Gan fy mod i wedi bod yn eithaf hoff o bosau erioed tybiais y byddai'n ddifyr darganfod pam roedd George yn gweld y rhain yn gamgymeriadau mor ddiddorol.

Daeth Steve i lawr y grisiau yn ei byjamas. Edrychai yn frau a mwythai ei fraich ddolurus.

'Nefo'dd drigolion, rwyt ti wedi clirio'r cwbwl.'

'Doedd gen i ddim arall i'w wneud.'

'Diolch yn fawr iawn.' Sylwodd ar y bocs ar y bwrdd. 'Roedd o'n arfer cadw'r stwff yna yn y rhewgell,' meddai. 'Soniodd Mam wrtha i un dydd am y twrw fuodd pan ddorrodd y rhewgell. Nid poeni am y pys a'r cywion iâr a'r cacennau oedd o, ond poeni fod rhyw hufen iâ wedi toddi ar hyd ei rybish.' Gwenodd yn atgofus. 'Rhaid bod 'na le yma. Mae'n debyg ei fod wedi mynd yn flin iawn pan ddechreuodd Mam chwerthin . . . ' Oedodd. 'Fedra i ddim credu nad ydy o'n dod yn ôl.'

'Oedd dy dad yn arfer cadw pethau yn y rhewgell?'

'O, oedd. Tomenni o'r stwff. Mi wyddost fel mae ffotograffwyr. Yn cael cathod bach am nad oedd lliw yn cadw am byth. Ac y byddai ei holl waith wedi difetha ar ôl ugain mlynedd. Mi fyddai'n dweud yn aml mai'r unig ffordd i gadw dy waith ar gyfer llygaid y dyfodol oedd y rhewgell — ac nad oedd honno'n gwbl saff.'

'Wnaeth . . . ' meddwn yn araf. 'Wnaeth y lladron wagio'r rhewgell?'

'Argol fawr,' meddai wedi dychryn. 'Dwn i ddim. Feddyliais i 'rioed am hynny. Pam fydden nhw'n gwneud peth felly?'

'Mi ddygon nhw'r ffilmiau oedd yn y stafell dywyll.'

'Ond mi ddeudodd y plismyn mai sbeit oedd peth felly. Yr hyn yr oedden nhw ei ishio mewn gwirionedd oedd y stwff y gallen nhw ei werthu.'

'Wel,' meddwn yn betrus, 'mi gymerodd dy dad lawer o luniau nad oedd pobol yn eu hoffi.'

'Do, ond dim ond fel jôc.' Roedd yn amddiffyn ei dad hyd yn oed rŵan.

'Gawn ni edrych yn y rhewgell?'

'O.K. Allan yn y cefn mae hi; mewn rhyw fath o sied.'

Cododd oriad o boced hen ffedog a hongiai yn y gegin ac arweiniodd y ffordd drwy'r drws cefn ac i mewn i iard fechan lle safai biniau a logiau coed, a chlwstwr o fint yn tyfu mewn hen sinc wen.

'I mewn fan'na,' meddai Steve gan roi'r goriad i mi. Agorais y drws gwyrdd a gweld y rhewgell anferth yn sefyll rhwng hen beiriant torri gwair a thua hanner dwsin o barau o *wellingtons*.

Codais y caead. Y tu mewn, yn cynnal coesau o gig oen, oedd tri bocs metel llwyd, a phob un wedi ei lapio'n ofalus mewn bag plastic clir. Roedd neges ar ben un ohonyn nhw. PAID Â CHADW'R RHAIN WRTH YR HUFEN IÂ

Chwarddais.

Edrychodd Steve ar y bocs. 'Dyna ti, mi ddeudodd Mam ei fod o wedi mynd yn wallgof, ond ddifethwyd dim byd chwaith. Hynny ydy, difethwyd y bwyd ond roedd ei sleids yn iawn. Wedi hynny y dechreuodd o'u cadw yn y bocsys metel.'

Caeais y caead, cloi'r sied a mynd yn ôl i'r tŷ.

'Dwyt ti 'rioed yn meddwl mai ar ôl lluniau Dad oedd y lladron 'na, wyt ti? Cofia di eu bod nhw wedi mynd â modrwyau Mam, ei chot ffwr hi a phopeth.'

'Do . . . 'ndo.'

'Wyt ti'n meddwl y dylwn i grybwyll hyn wrth yr heddlu, fod y stwff yna'n dal i fod yn y rhewgell? Dwi'n siŵr bod Mam wedi anghofio ei fod o yno. Wnaethon ni ddim meddwl dim am y peth.'

'Well i ti drafod y peth efo hi,' meddwn. 'Gweld beth sydd ganddi hi i'w ddweud.'

'Ia, dyna fyddai orau.' Edrychai ychydig yn fwy calonnog. 'Un peth da, hwyrach ei bod hi wedi colli mynegai ei holl luniau a'r dyddiadau ac ati, ond mae ganddi beth o'i waith gorau, beth bynnag. Dydy o i gyd ddim wedi diflannu. Ddim i gyd.'

45

Helpais Steve i wisgo, ac mi es yn fuan wedi hynny; roedd yn teimlo'n llawer iawn gwell meddai. O dan fy nghesail roedd bocs rybish George Millace; dywedodd Steve wrtha i am ei daflu i'r bin.

'Ond ga i ei gadw?' gofynnais.

'Cei, wrth gwrs. Dwi'n gwybod dy fod ti'n hoffi ffidlan efo ffilms ac ati yn union fel ag y mae o . . . fel yr oedd o. Roedd o'n hoffi'r hen rybish yna. Dwn i ddim pam. Dos â fo.'

Daeth allan at y car efo fi, a sylwodd 'mod i'n taflu'r bocs i'r bŵt, wrth ymyl fy nau fag camera.

'Byth yn mynd i unman heb gamera, 'nagwyt? Roedd Dad yr un peth. Roedd o'n arfer dweud ei fod o'n teimlo'n noeth heb un.'

'Hen arfer,' meddwn gan gloi'r bŵt. 'Tarian rhyngot ti a'r byd ydy'r camera. Mae'n dy gadw di ar wahân, ac yn caniatáu i ti sylwi. Hwyrach ei fod o'n rhoi esgus i ti beidio â theimlo.'

Edrychai fel pe bai'n synnu fy mod i'n meddwl y fath bethau, ac mi ro'n innau'n synnu fy hun. Nid yn gymaint am fy mod i wedi meddwl y fath bethau, ond am fy mod i wedi eu dweud nhw wrtho fo. Gwenais i leddfu peth ar y gwir difrifol, a gadael argraff o ddychan, ac fe edrychodd Steve, mab y ffotograffydd, yn falch.

Gyrrais am awr ar gyflymder gweddus i fore Sul a chyrraedd Lambourn i weld car mawr tywyll wedi ei barcio y tu allan i 'nrws ffrynt.

Adeiladwyd y rhes o saith tŷ yng nghyfnod y Brenin Edward, ac ar hyn o bryd rhannwn y rhes ag athro ysgol, gyrrwr lorri gludo ceffylau, ciwrat, cynorthwyydd milfeddygol, gwragedd a phlant, a dwy hostel i weision stabl ffasiwn newydd. Fi oedd yr unig un yn byw ar fy mhen fy hun. Teimlwn ei bod hi'n anweddus bod gen i gymaint o le i mi fy hun yng nghanol cymaint o dorf.

Y tŷ canol oedd fy nhŷ i: dwy i fyny dwy i lawr, a chegin

fodern wedi ei hychwanegu ar y cefn. Wal frics wedi ei pheintio'n wyn oedd yr wyneb heb le i flewyn glas rhyngddi a'r ffordd. Drws du ac arno angen mwy na llyfiad o baent. Ffenestri alwminiwm yn lle'r pren gwreiddiol. Hen le wedi ei ail-wneud. Gallai fod yn well, ond hwn oedd fy nghartref.

Gyrrais yn araf heibio i'r car mawr tywyll a throi i lawr y lôn gul fwdlyd a redai y tu cefn i'r rhes. Parciais o dan y carport wrth y gegin. Wrth ddiffodd y peiriant gwelais ddyn yn dod allan o'r car. Doeddwn i ddim eisiau gweld neb ar fore Sul, yn enwedig heddiw.

Es trwy'r tŷ ac agor y drws ffrynt. Yno safai Jeremy Folk, mor dal ag erioed a'r un mor gorfforol anesmwyth, ac yn defnyddio'r un swildod anghysurus yn arf.

'Fydd twrneiod ddim yn gorffwys ar y Saboth?' gofynnais.

'Wel, mae'n ddrwg gen i, ond fel arfer, hynny ydy . . . '

'Ia,' meddwn. 'Dowch i mewn. Fuoch chi'n aros yn hir?'

'O, wel . . . does dim ishio i chi . . . boeni am bethau . . . '

Camodd trwy'r drws yn obeithiol, a daeth i delerau â'r siom mewn amrantiad. Roeddwn wedi aildrefnu'r parlwr i greu stafell dywyll a phasej. Dim ond cwpwrdd ffeilio a ffenest oedd yn y pasej. Gwyn oedd y waliau, gwyn oedd teils y llawr; dim gwybodaeth bellach.

'Ffordd hyn,' meddwn gan fwynhau ei ymateb yn ddistaw bach, a'i arwain heibio'r stafell dywyll, drwy'r hyn a fu yn gegin gefn ond a oedd rŵan yn hanner stafell ymolchi ac yn barhad o'r pasej. Ar y chwith roedd y grisiau. O'n blaenau y gegin newydd. 'Coffi 'ta sgwrs?' gofynnais.

'Y . . . sgwrs,' meddai.

'Ffordd hyn 'ta,' ac es i fyny'r grisiau. Ro'n i'n defnyddio un o'r llofftydd fel lolfa am mai hi oedd y stafell fwyaf yn y tŷ ac mai oddi yno y ceid yr olygfa orau o'r Downs. Y drws nesaf iddi yr oedd fy stafell wely.

Y lolfa: waliau gwyn, carped brown, llenni glas, golau *track*, silffoedd llyfrau, soffa, bwrdd isel a chlustogau hyd y llawr.

Edrychai Jeremy yn frysiog ar bob dim, yn cloriannu popeth.

'Wel?' meddwn heb awgrymu dim.

'Y . . . dyna lun deniadol,' meddai. Cerddodd draw at yr unig beth a hongiai ar y wal, llun o olau haul gwannaidd yn diferu trwy ganghennau di-ddail bedwen arian a safai yng nghanol eira. 'Y . . . print ydy peth fel'ma?'

'Ffotograff,' atebais.

'Ie wir? Wel, wel, mae'n edrych fel peintiad.' Trodd oddi wrth y llun a gofyn, 'Ble byddech chi'n byw petai gennych chi gan mil o bunnoedd?'

'Mi ddeudais i wrthi nad oeddwn i ishio'i phres hi.' Edrychais ar y modd onglog y safai yn fy stafell, nid yn ei siwt siarcol bob dydd, ond yn ei siaced frethyn ac arni glytiau penelin lledr. Ni chuddid mo'r ymennydd o dan ei act, a meddyliais tybed ai datblygu'r ymddygiad hwn a wnaeth o am ei fod â chywilydd o'i graffter.

'Eisteddwch,' meddwn gan gyfeirio at y soffa, a gwenodd fel pe bawn wedi rhoi anrheg iddo fo. Eisteddais i ar un o'r clustogau mawr. 'Pam na sonioch chi am yr arian pan welais i chi yn Sandown?'

Gwingodd ar y soffa. 'Wel, meddwl o'n i . . . y . . . petasech . . . y byddwn ni'n trio gweld a oedd gwaed yn dewach na dŵr, fel maen nhw'n dweud.'

'A phetai hynny'n methu, mi fyddech chi'n trio trachwant.'

'Rhywbeth fel'na.'

'Fel y byddech chi'n gwybod pa fath o berson o'n i.'

Winciodd ei ddwy lygad ar unwaith, yn anfwriadol, hwyrach.

'Ylwch,' meddwn, 'rydw i yn deall meddyliau o un sillaf, felly pam na wnei di roi'r gorau i'r . . . gwag siarad?'

'Mae hi'n anodd rhoi'r gorau i'r arfer,' meddai.

'Felly ro'n i'n amau.'

Edrychodd o gwmpas y stafell unwaith eto a meddwn i wrtho, 'Olreit, dwed yr hyn yr wyt ti'n ei weld.'

Ac fe wnaeth heb ymddiheuro dim, heb wingo. 'Rwyt ti'n hoffi bod ar dy ben dy hun. Yn emosiynol, rwyt ti'n oer. Does dim angen props arnat ti. Ac os nad ti dynnodd y llun 'na, does 'na ddim balchdra ynot ti.'

'Fi tynnodd o.'

'Twt, twt.'

'Ie,' meddwn. 'Beth wyt ti 'i ishio?'

'Wel, mae'n amlwg, 'ndydy? Dwi ishio i ti wneud yr hyn nad wyt ti ddim ishio'i wneud.'

'Dod o hyd i hanner chwaer na wyddwn i ei bod hi ar gael?'
Nodiodd.

'Pam?'

Ar ôl eiliad o betruster, a ddefnyddiodd i bwyso a mesur y dadleuon, meddai, 'Mae Mrs Nore yn mynnu gadael ffortiwn i rywun na ellir dod o hyd iddi. Ac mae hynny'n . . . anfoddhaol.'

'Pam mae hi'n mynnu?'

'Dwn i ddim. Fy nhaid sy'n cael y cyfarwyddiadau i gyd. Wrth gwrs, dydy hi ddim yn gwrando ar ei gyngor. Mae o'n hen ac wedi laru arni hi, a 'newyrth hefyd o ran hynny, ac maen nhw wedi rhofio'r llanast i gyd ar fy nesg i.'

'Mi fethodd tri ditectif ddod o hyd i Amanda.'

'Wydden nhw ddim ble i edrych.'

'Wn inna ddim chwaith.'

Ystyriodd. 'Mi fyddet ti'n gwybod.'

'Na fyddwn.'

'Wyt ti'n gwybod pwy ydy dy dad?' gofynnodd.

IV

Eisteddais â 'mhen yn gwyro tuag at y ffenest, yn syllu ar fywyd moel, tawel y Downs. Byddai'r Downs yno am byth. Rhygnodd distawrwydd hir rhyngom.

'Dydw i ddim ishio poitsian â theulu na wn i ddim amdanyn nhw, ac nad ydw i'n teimlo 'mod i'n perthyn iddyn nhw. Dydw i ddim ishio teimlo'u gwe nhw'n syrthio drosta i. All yr hen ddynes 'na ddim fy nhynnu i ati ar ôl yr holl flynyddoedd 'ma jest am ei bod hi'n teimlo felly.'

Oedodd Jeremy cyn ateb, a phan gododd roedd ychydig o'r chwithdod hwnnw wedi dod yn ôl i'w ymddygiad, ond nid i'w lais.

'Mi ddois i â'r adroddiadau gawson ni gan y ditectifs,' meddai. 'Mi adewa i nhw efo ti.'

'Na, paid.'

'Does 'na ddim pwynt i ti wrthod,' meddai. Edrychodd unwaith eto o gwmpas y stafell. 'Dwi'n gwybod yn iawn nad wyt ti ishio dod yn rhan o hyn, ond mae arna i ofn 'mod i am dy blagio di nes y byddi di'n fodlon.'

'Gwna dy waith budr dy hun.'

Gwenodd. 'Fe wnaed y gwaith budr tua deng mlynedd ar hugain yn ôl, 'ndo? Cyn geni yr un ohonon ni. Y budreddi yn dod yn ôl ar y llanw ydy hwn.'

'Diolch yn fawr.'

Tynnodd amlen hir drwchus allan o boced fewnol ei siaced frethyn a'i gosod ar y bwrdd. 'Dydyn nhw ddim yn adroddiadau hir iawn. Fe allet ti eu darllen nhw, 'n gallet ti?'

Doedd o ddim yn disgwyl ateb, a chafodd o'r un. Symudodd yn niwlog tua'r drws gan awgrymu ei fod o eisiau gadael, ac mi es i lawr y grisiau efo fo a'i ddanfon at ei gar.

'Gyda llaw,' meddai, gan aros yn annifyr wrth eistedd yn ei sêt, 'mae Mrs Nore yn marw. Mae hi'n dioddef o gansar ar asgwrn ei chefn. *Secondaries*, medden nhw. Does neb yn gallu gwneud dim. Mae ganddi chwe wythnos, hwyrach chwe mis. Ŵyr neb. Felly . . . y . . . does dim amser i'w golli, fel petai.'

Treuliais y rhan fwyaf o'r diwrnod yn y stafell dywyll yn datblygu a phrintio'r lluniau hynny o Mrs Millace druan. Fe ddaethon nhw allan yn glir a siarp, yn wir fe allai rhywun ddarllen y papurau newydd oedd ar y llawr, ac fe feddyliais ble tybed mae'r ffin rhwng balchder a boddhad. Hwyrach mai balchder oedd rhoi llun y fedwen arian ar y wal . . . eto, ar wahân i'r cynnwys, roedd printio llun fel'na i'r maint yna wedi bod yn broblem wirioneddol . . . beth fyddai cerflunydd yn ei wneud, taflu sach dros ei ddelw orau?

Arhosodd amlen Jeremy Folk ar y bwrdd i fyny'r grisiau lle gadawodd o hi, heb ei hagor, heb ei darllen. Pan gododd awydd bwyd arna i mi fwytais domato neu ddau a *muesli*, yna clirio'r stafell dywyll, ac am chwech o'r gloch cerdded i weld Harold Osborne.

Bob Sul am chwech o'r gloch byddai'n disgwyl fy ngweld i gael diod bach, a phob Sul rhwng chwech a saith byddem yn trafod yr hyn a fu yr wythnos gynt a'r cynlluniau am yr wythnos i ddod. Er ei holl fympwyon, dyn trefnus oedd Harold Osborne, ac roedd yn gas ganddo i ddim dorri ar draws y sgyrsiau hyn. Byddai ei wraig yn ateb y ffôn yn ystod yr awr honno, yn derbyn negeseuon ac yn cymryd rhifau iddo ef ffonio'n ôl. Unwaith bu'r ffrae fwyaf ofnadwy am ei bod hi wedi torri ar ein traws i ddweud bod y ci wedi'i ladd gan gar.

'Fe allet ti fod wedi aros am ugain munud!' gwaeddodd. 'Sut ddiawl ydw i am ganolbwyntio ar y Schweppes rŵan?'

'Ond y ci . . . ' criodd.

'I'r diawl â'r ci!' Rhuodd ar ei wraig am ychydig funudau yna mynd allan i weld corff briwedig ei gyfaill, ac fe griodd. Mae'n debyg bod Harold yn bopeth nad oeddwn i mohono:

oriog, emosiynol, yn llafar, yn byrstio â theimladau, yn llawn o gynddaredd a chariad ac ystryw a hyder. Dim ond yn ein hysfa sylfaenol i gael pethau'n iawn yr oedden ni'n debyg, ac roedd y ddealltwriaeth honno'n ddigon i'n cadw ni gyda'n gilydd. Byddai'n sgrechian arna i gan ddisgwyl i mi beidio â malio, ac am fy mod i'n ei adnabod cystal, doedd dim ots gen i. Byddai jocis eraill a phobl y wasg yn dweud yn aml mewn gwahanol raddfeydd o lid, 'Dwn i ddim sut wyt ti'n ei ddioddef o . . . ' ac fe fyddai fy ateb yn un geirwir, 'Mae'n hawdd.'

Ar y Sul arbennig hwn cafodd yr awr sanctaidd ei halogi cyn iddi ddechrau hyd yn oed; roedd gan Harold ymwelydd. Cerddais i'r tŷ o gyfeiriad y stablau a mynd i mewn i'r swyddfa a oedd yn lolfa yr un pryd, a dyna lle'r eisteddai Victor Briggs.

'Philip!' meddai Victor yn groesawus. 'Cymra ddiod. Edrych ar fideo o'r ras ddoe ydan ni. Eistedd i lawr. Wyt ti'n barod?'

Nodiodd Victor Briggs ei ben yn frwd ataf i ac ysgwyd fy llaw yn galonnog. Dim menig, meddyliais. Dwylo di-liw, sych heb ddim grym yn y gafael. Heb ei het gantel llydan roedd ganddo wallt du, syth, ac roedd yn moeli peth. Gwisgai siwt ddu ac edrychai'n wyliadwrus, rhag ofn i rywun ddarllen ei feddyliau. Dim gwên, dim ond awyrgylch foddhaus.

Agorais dun o Coca-Cola a'i dywallt i wydr.

'Dwyt ti ddim yn yfed?' gofynnodd Victor Briggs.

'Siampên, dyna mae Philip yn ei yfed, 'nde?' Roedd Harold mewn hwyliau da ac adleisiai ei lais liwiau cynnes y stafell.

Gorweddai gwallt Harold yn un lluwch gwyllt ar ei ben, adlewyrchiad o'i gymeriad, meddyliais. Roedd yn hanner cant a dwy ac yn edrych yn llawer iau, ac yn ddwylath o ddyn cryf. Roedd ei wyneb yn grwn yn hytrach na hebogaidd.

Eisteddodd yn ei gadair a rhoi'r fideo ymlaen i weld sioe Daylight yn y Sandown Pattern 'Chase. Edrychai mor falch â phe bai wedi ennill y Grand National. Diolch byth nad oedd Stiward hyd y lle, meddyliais, a doedd dim amheuaeth ynghylch y boddhad a gâi'r hyfforddwr o fethiant ei geffyl.

Dangosai'r recordiad fi yn mynd i lawr at y man cychwyn, yn aros, yn mynd; ffefryn pedwar i un, meddai'r sylwebydd, dim ond gorfod gorffen i ennill. Neidio'r ddwy berth gyntaf yn berffaith. Yn gryf heibio'r safleoedd . . . Daylight yn arwain ac yn rheoli'r ras . . . yn gyflymach i lawr yr allt . . . yna'r sgriw yn yr awyr a dyna'r silciau glas a choch yn llithro i lawr y gwddf ac o dan garnau'r ceffyl. Rhu o siom gan y dorf, a llais diemosiwn y sylwebydd yn dweud, 'Ac mae Daylight i lawr; Little Moth sydd ar y blaen yn awr . . . '

Dirywiodd y ras i fod yn duthian di-raen, ac yna daeth *action replay* o gwymp Daylight, gyda sylwadau craff y sylwebydd. 'Fe allwch chi weld y ceffyl yn rhoi cam bach diangen i mewn cyn iddo fo neidio ac yn taflu Philip Nore yn ei flaen . . . mae pen y ceffyl yn mynd i lawr wrth lanio a does gan ei joci ddim gobaith . . . mae Philip druan yn ceisio dal ei afael . . . ond dim gobaith . . . y ddau'n codi heb frifo.'

Safodd Harold a diffodd y peiriant. 'Artist,' meddai'n wên o glust i glust. 'Rydw i wedi gweld hwn ugain gwaith. Mae'n amhosibl i neb ddweud dim.'

'Doedd neb yn amau dim,' ategodd Victor Briggs. 'Fe ddaeth un o'r Stiwardiaid i fyny ata i a dweud, "Am lwc wael".' Daeth chwerthiniad o rywle y tu mewn i Victor Briggs, ddaeth hi ddim allan ond aros y tu mewn i'w frest yn crynu. Cododd amlen fawr a orweddai wrth ei wydr gin a tonic. Fe'i hestynnodd tuag ata i. 'Dyma fy niolch i ti, Philip.'

Dywedais mewn llais fflat, 'Rydych chi'n garedig iawn, Mr Briggs, ond does dim wedi newid. Fedra i ddim derbyn arian am golli . . . fedra i ddim.'

Rhoddodd Victor Briggs yr amlen i lawr heb unrhyw fath o sylw, ac nid y fo oedd yr un i golli ei limpin.

'Philip!' gwaeddodd Harold fel cawr uwch fy mhen. 'Paid

â bod mor hunangyfiawn. Mae 'na lawer iawn o arian yn yr amlen yna. Mae Victor yn hael dros ben. Cymer y peth a bydd ddiolchgar. A chau dy geg.'

'Mi . . . fyddai'n well gen i beidio.'

'Does dim ots gen i beth sy'n well gen ti. Dwyt ti ddim yn rhy fawr i gyflawni trosedd, 'nagwyt, y tri deg darn o arian sy'n codi dy gyfog hunangyfiawn di, 'nde? O! Rwyt ti'n codi pwys arna i. Ac mi gymeri di'r arian yna hyd yn oed petai rhaid i mi ei wthio fo i lawr dy gorn gwddw di!'

'Hwyrach y daw hi i hynny.'

'I be?'

'I wthio'r amlen i lawr fy nghorn gwddw.'

Mi glywais i Victor Briggs yn chwerthin; ond pan fentrais edrych arno fo doedd ei geg ddim ar agor chwaith.

'A dydw i ddim,' meddwn yn araf, 'ishio gwneud hyn byth eto.'

'Fe wnei di fel yr ydw i'n dweud!' gwaeddodd Harold.

Cododd Victor Briggs ar ei draed, a safodd y ddau ohonyn nhw gan syllu i lawr arna i.

Ymddangosai fel pe bai misoedd yn mynd heibio ond, o'r diwedd, dywedodd Harold mewn llais isel a oedd yn llawer mwy bygythiol na'i hefru blaenorol, 'Fe wnei di fel yr ydw i'n dweud, Philip.'

Codais yn araf ar fy nhraed. Er bod fy ngheg yn sych grimp, ceisiais wneud i'm llais swnio mor naturiol a thawel ag yr oedd modd.

'Plîs . . . peidiwch â gofyn i mi wneud yr hyn ddigwyddodd ddoe byth eto.'

Culhaodd llygaid Victor Briggs. 'Ge'st ti dy frifo gan y ceffyl? Mae'r fideo'n dangos ei fod o wedi dy sathru di.'

Ysgydwais fy mhen. 'Nid hynny. Y colli 'dy'r peth. Dydw i ddim yn hoffi colli. Dydw i . . . ddim ishio i chi ofyn i mi wneud hyn'na . . . eto.'

Mwy o ddistawrwydd.

'Edrychwch,' meddwn, 'mae 'na raddfeydd yn y pethau 'ma. Wrth gwrs 'mod i'n fodlon rhedeg ceffyl yn ysgafn os nad ydy o'n gant y cant ac y byddai ras galed yn ei flino ar gyfer y tro nesaf. Wrth gwrs 'mod i'n fodlon gwneud peth felly, ond dim byd tebyg i'r hyn ddigwyddodd efo Daylight ddoe. Mi wn i 'mod i wedi gwneud pethau fel yna yn y gorffennol . . . ond ddoe oedd y tro olaf.'

'Well i ti fynd rŵan, Philip,' meddai Harold yn oer. 'Mi gawn ni air yn y bore.' Nodiais fy mhen a gadael; doedd dim o'r ysgwyd llaw cynnes a brofais pan ddois i mewn.

Beth wnaen nhw, tybed? Cerddais yn y tywyllwch gwyntog i lawr y ffordd o'r stablau at fy nhŷ, fel y gwnes ar gannoedd o Suliau o'r blaen, a meddwl tybed ai dyma fyddai'r tro olaf. Pe bai o'n dymuno hynny, fe allai o osod jocis eraill ar geffylau o yfory 'mlaen. Doedd dim unrhyw fath o reidrwydd arno i roi reids i mi. Yn ôl pobl y Dreth Incwm, ro'n i'n hunangyflogedig, ac yn cael fy nhalu fesul ras gan y perchenogion, nid fesul wythnos gan yr hyfforddwr. A doedd 'na ddim llys apêl diswyddo annheg i'r hunangyflogedig.

Mae'n debyg mai breuddwyd gwrach oedd gobeithio y bydden nhw'n gwrando arna i. Eto fe redon nhw geffylau Briggs yn onest am dair blynedd. Ac os oedden nhw eisiau llygru'r chwarae, pam na allen nhw bigo ar ryw druan arall? Meddyliau ffôl. Ro'n i wedi gosod fy swydd wrth eu traed fel pêl-droed, ac mae'n debygol eu bod nhw'n cicio'r bêl allan o'r maes y funud yma.

Hen dro, mewn gwirionedd. Doeddwn i ddim wedi bwriadu dweud yr hyn ddeudais i, ond allan y daeth, fel dŵr drwy fan gwan mewn hen beipen.

Yr holl rasys hynny a deflais i ffwrdd yn y gorffennol, a heb fwynhau yr un eiliad o'r peth . . . Pam oedd pethau mor wahanol rŵan? Pam o'n i'n teimlo mor gryf am y peth y dyddiau hyn? Pam o'n i'n fodlon rhoi'r gorau i fod yn joci — oherwydd dyna o'n i yn ei fentro mewn difrif.

Pryd digwyddodd y newid . . . a sut gallai o fod wedi digwydd heb i mi sylwi? Wyddwn i ddim. Y cwbl ro'n i'n ei deimlo oedd fy mod i wedi teithio'n rhy bell i lawr y lôn yma i fedru troi'n ôl. Rhy bell i lawr lôn nad oeddwn i eisiau bod arni.

Es i fyny'r grisiau i ddarllen adroddiadau'r tri ditectif am Amanda. Roedd hynny, ar y cyfan, yn well na meddwl am Briggs a Harold.

Deuai dau o'r adroddiadau oddi wrth gwmnïau eithaf mawr, ac un gan sioe un dyn. Yr hyn oedd yn gyffredin rhyngddyn nhw oedd eu bod wedi defnyddio tipyn o ddychymyg i wneud i ychydig iawn o ffeithiau swnio'n lot. Cyfiawnhau eu tâl, mae'n siŵr. Doedd hi'n fawr o syndod, rywsut, mai'r un peth oedd gan y tri i'w ddweud yn y bôn.

Fedrodd yr un ohonyn nhw ddod o hyd i gofnod o'i genedigaeth. Pawb yn synnu a rhyfeddu at hyn. I mi doedd y ffaith yn syndod yn y byd; dim ond pan es i ati i gael pasport y darganfûm i nad oeddwn wedi fy nghofrestru, ac fe lusgodd y ffŷs yn ei flaen am fisoedd.

Gwyddwn beth oedd fy enw, enw fy mam, dyddiad fy ngeni, ac mai yn Llundain y ces i fy ngeni. Yn gyfreithiol, beth bynnag, doeddwn i ddim yn bod. 'Ond dwi yma,' protestiais. 'Ond does gynnoch chi ddim tamaid o bapur i brofi hynny, 'nagoes?' oedd ateb y swyddogion. Canlyniad yr holl falu awyr oedd 'mod i wedi methu cystadlu yn y ras yn Ffrainc.

Roedd y ditectifs wedi cribinio trwy Somerset House yn chwilio am gofnod o Amanda Nore, a oedd rhwng deg a phump ar hugain oed, wedi ei geni, o bosibl, yn Sussex. Er yr enw anghyffredin, chafodd yr un ohonyn nhw lwc.

Tynnais anadl rhwng fy nannedd. Gallwn wneud yn well na hyn'na ynglŷn â'i hoed.

Allai hi ddim bod wedi cael ei geni cyn i mi fynd i fyw efo

Duncan a Charlie oherwydd ro'n i'n gweld fy mam yn weddol aml cyn hynny, ryw bum neu chwe gwaith y flwyddyn, ac weithiau am wythnos ar y tro; byddwn yn gwybod pe byddai ganddi hi blentyn arall. Byddai'r bobl y byddwn i'n aros efo nhw yn sôn amdani pan oedden nhw'n meddwl nad oeddwn i'n gwrando, ac fe ddes dros y blynyddoedd i ddeall yr hyn yr oedden nhw'n sôn amdano, ond awgrymodd dim un ohonyn nhw erioed ei bod hi'n feichiog.

Golygai hynny fy mod i'n ddeuddeg, o leiaf, cyn geni Amanda, ac na allai hi, felly, fod yn hŷn na deunaw.

Yn y pegwn arall, doedd bosib ei bod hi mor ifanc â deg. Roeddwn yn sicr bod fy mam wedi marw rywbryd rhwng y Nadolig a fy mhen-blwydd yn ddeunaw. Gallai fod yn ddigon drwg arni y cyfnod hwnnw i sgrifennu at fy nain ac anfon y llun ati. Tair oed oedd Amanda yn y llun . . . felly, os oedd Amanda'n dal yn fyw, byddai'n bymtheg o leiaf.

Un ar bymtheg neu ddwy ar bymtheg, mae'n debyg, wedi ei geni yn ystod y cyfnod hwnnw pan o'n i efo Duncan a Charlie, a phan na welais i fy mam o gwbl.

Es yn ôl at yr adroddiadau . . .

Rhoddwyd Pine Woods Lodge, Mindle Bridge, Sussex i'r tri ditectif fel cyfeiriad gwybyddus olaf fy mam. Ac roedd y tri wedi ei throedio hi yno.

Nid gwesty bach preifat a sidêt oedd y lle, meddai'r tri, er bod yr enw yn awgrymu hynny, ond hen blasty wedi mynd â'i ben iddo. Tyfai coed yn yr hen stafell ddawnsio, a doedd dim to ar ran helaetha'r lle.

Roedd yn eiddo i deulu a oedd wedi marw o'r tir bum mlynedd ar hugain yn ôl, ac nid oedd gan eu perthnasau pell yr arian na'r dymuniad i gadw'r lle. Gosodwyd y tŷ ar y dechrau i wahanol grŵpiau o bobl (rhestr gan y gwerthwyr tai wedi ei hamgáu), ond yn nes ymlaen, hipis a sgwaters oedd wedi meddiannu'r adeilad. Erbyn hyn, fodd bynnag, roedd cyflwr y lle yn beryglus ac roedd ar fin cael ei werthu am y tir. Go brin, serch hynny, y byddai'r pris yn uchel gan fod cymaint o waith chwalu ar y tŷ ei hun.

Darllenais drwy restr y tenantiaid; ni wnaeth yr un ohonyn nhw aros yn hir. Cartref nyrsio. Encil i leianod. Comiwn artistiaid. Canolfan antur clwb ieuenctid. Cwmni teledu. Canolfan gydweithredol i gerddorion. *Colleagues of Supreme Grace*. Y Cwmni Post Cyfrinachol.

Aeth un o'r ditectifs ymlaen i ymchwilio ymhellach i'r deiliaid hyn.

Cartref nyrsio — euthanasia i bawb. Caewyd gan y Cyngor.

Lleianod — chwalwyd oherwydd ffraeo.

Artistiaid — gadael lluniau anweddus ar eu hôl.

Ieuenctid — malu popeth oedd yn dal yn gyfan.

TV — angen murddun i'w ffilmio.

Cerddorion — ffiwsio'r trydan i gyd.

Colleagues — nytars crefyddol.

Post — pleserau tröedig.

Doedd 'na ddim dyddiadau. Hwyrach y gallwn i ddarganfod pryd yr arhosodd fy mam yno, ac efo pwy.

Os o'n i eisiau, wrth gwrs.

Gan ochneidio, darllenais ymlaen.

Dosbarthwyd lluniau o Amanda Nore yn eang (siopau papurau newydd) yn ardal Mindle Bridge, ond chafwyd dim gwybodaeth am y plentyn, yr iard na'r gaseg.

Gosodwyd hysbysebion (costau yn amgaeedig) mewn amryw o gylchgronau ac mewn un papur Sul cenedlaethol (am chwe wythnos), yn dweud os oedd Amanda Nore eisiau clywed rhywbeth a fyddai o fudd iddi, y dylai gysylltu â Folk, Langley, Son and Folk, cyfreithwyr yn St Albans, Herts.

Roedd y ditectif a oedd wedi llunio'r rhestr hefyd wedi holi'r clwb marchogaeth lleol, heb ddim lwc. Doedd ganddyn nhw ddim cof am Amanda Nore. Sgrifennodd at y British Show Jumping Association hefyd gyda'r un canlyniad.

Doedd dim un cofnod o Amanda ar gofrestrau'r ysgolion

lleol. Doedd hi ddim wedi dod i ofal yr Awdurdod Lleol. Doedd hi ddim ar restr unrhyw ddoctor na deintydd. Chafodd hi mo'i derbyn, ei phriodi, ei chladdu na'i hamlosgi yn y sir.

Daeth yr adroddiadau i'r un casgliad, sef ei bod hi wedi cael (neu yn cael) ei magu yn rhywle arall, o dan enw arall o bosibl, ac nad oedd hi, bellach, â diddordeb mewn marchogaeth.

Taclusais y tudalennau teipiedig a'u gosod yn ôl yn yr amlen. Roedden nhw wedi rhoi cynnig teg arni. Roedden nhw hefyd wedi cyfeirio at eu parodrwydd i chwilio trwy bob sir yn y deyrnas — pe byddai modd sicrhau cydnabyddiaeth ddigonol — ond fedren nhw ddim gwarantu llwyddiant.

Rhaid bod yr arian a roddwyd iddyn nhw'n barod yn sylweddol. Meddyliais tybed a oedd yr hen ddynes wedi meddwl y gallwn i ddod o hyd i Amanda wedi iddi gael y biliau hyn . . .

Yr hyn na allwn i ei ddeall oedd pam yr oedd hi wedi penderfynu dangos cymaint o ddiddordeb yn ei hwyres. Roedd ganddi fab ei hun, bachgen a alwai fy mam yn 'fy mrawd bach ofnadwy'. Byddai ef yn ddeg pan ges i fy ngeni; felly byddai tua'r deugain 'ma erbyn hyn, efo plant ei hun, mae'n debyg.

Ewythr. Cefndryd. Cyfnitherod. Nain.

Doeddwn i mo'u heisiau nhw. Doeddwn i ddim eisiau gwybod amdanyn nhw na chael fy llusgo i mewn i'w bywydau. Doeddwn i ddim am chwilio am Amanda.

Codais wedi penderfynu, ac es i lawr i'r gegin i wneud rhywbeth gyda chaws ac wyau, ac er mwyn peidio â meddwl mwy am Harold, es i nôl bocs rybish George Millace o fŵt y car. Edrychais ar bob tamaid, ddarn wrth ddarn.

Er edrych yn fanylach allwn i ddim gwneud na phen na chynffon o'r tameidiau oedd o fy mlaen. Hyd y gwelwn doedden nhw ddim yn gamgymeriadau arbennig iawn. Dois i'r casgliad mai gwastraff amser oedd edrych arnyn nhw ac mai camgymeriad oedd dod â nhw adref.

Gafaelais yn y print tywyll o ddyn yn eistedd wrth fwrdd, a meddwl mai peth od iawn oedd rhoi llun mor anobeithiol mewn ffrâm gardbord.

Gan godi fy ysgwyddau llithrais y print tywyll i'm llaw . . . a dyna pryd y darganfûm drysor George.

V

Doedd o ddim, ar yr olwg gyntaf, yn edrych yn gynhyrfus iawn.

Wedi ei lynu â thâp gludiog ar gefn y print roedd 'na amlen o ddefnydd di-swlffwr a ddefnyddir gan ffotograffwyr gofalus i gadw ffilm sydd wedi ei datblygu dros gyfnod hir. Y tu mewn i'r amlen roedd 'na negydd.

O'r negydd hwn y gwnaed y print, ond tra oedd y print yn dywyll ac yn aneglur iawn, roedd y negydd yn glir ac yn siarp ac yn cynnwys manylion.

Edrychais ar y print a'r negydd ochr yn ochr.

Wnaeth fy nghalon i ddim cyflymu. Doedd gen i ddim amheuon, dim damcaniaethau, dim ond chwilfrydedd. Ond yr hyn oedd gen i oedd yr amser a'r gallu. Es yn ôl i'r stafell dywyll a gwneud pedwar print newydd o'r negydd gan amrywio hyd y golau ar bob print.

Doedd hyd yn oed y llun a gafodd y mwyaf o olau ddim yn edrych yn union fel un George, felly dyma ailddechrau arni gan roi i'r llun yr hyd mwyaf addas a'i adael yn y datblygydd yn llawer rhy hir. Diflannodd yr amlinellau caled ac aeth popeth yn llawer rhy dywyll, gan adael dyn llwyd yn eistedd wrth fwrdd yn erbyn tywyllwch. Tynnais y llun o'r datblygydd a'i fficsio. Yr hyn oedd gen i rŵan oedd print bron yn union yr un peth ag un George.

Rhaid mai gadael print yn y datblygydd yn rhy hir yw un o'r camgymeriadau mwyaf cyffredin yn y byd. Pe byddai hyn wedi digwydd i George, fel y mae'n digwydd i bawb, yr hyn y byddai wedi ei wneud fyddai taflu'r print i'r bin. Pam, felly, roedd o wedi mynd i'r drafferth i'w roi mewn ffrâm a'i gadw? A glynu'r negydd clir a siarp ar ei gefn?

Nid nes i mi roi'r golau gwyn ymlaen yn y stafell ac astudio'r gorau o'r lluniau a brintiais y dechreuais i ddeall pam. Sefais yn hollol lonydd yn y stafell yn gwrthod credu'r hyn oedd yn cael ei awgrymu.

O'r diwedd symudais; diffoddais y golau gwyn, ac wedi i'm llygaid ddod i arfer â'r golau coch unwaith eto gwnes brint arall, bedair gwaith mor fawr ac ar bapur caletach er mwyn cael llun cliriach a fyddai'n pwysleisio'r gwahaniaeth rhwng y du a'r gwyn yn y llun.

Rhoddais y golau gwyn ymlaen unwaith eto, rhoi'r print gwlyb drwy'r sychwr, ac yna edrych ar yr hyn oedd gen i.

Yr hyn oedd gen i oedd llun dau berson yn siarad â'i gilydd wrth fwrdd; dau berson oedd wedi tyngu mewn llys barn nad oedden nhw erioed wedi cyfarfod.

Doedd dim posib camgymryd neb. Datgelwyd y dyn llwyd fel cwsmer yn eistedd wrth fwrdd y tu allan i gaffi rywle yn Ffrainc. Ffrancwr lleol oedd y dyn hwn, a digwydd bod yn y llun roedd o. Enw'r caffi oedd Le Lapin d'Argent. Gallech weld hysbysebion am gwrw a thocynnau loteri yn y ffenestr uwchben y llenni. Y tu mewn roedd dynes yn eistedd wrth ddesg o flaen drych, ac yn edrych ar y byd yn mynd heibio. Roedd y manylion yn rhyfedd. Dawn George Millace ar ei gorau.

Yn eistedd gyda'i gilydd wrth fwrdd y tu allan i'r ffenestr ac yn wynebu'r camera roedd dau ddyn yn sgwrsio'n ddwys, mae'n amlwg. O'u blaen safai potel a gwydrau gwin hanner llawn. Roedd yna gwpanau coffi hefyd a blwch llwch yn balansio sigâr wedi hanner ei smocio. Arwyddion o sgwrs hir.

Ddeunaw mis yn ôl bu'r ddau hyn mewn ffrae a ysgydwodd y byd rasio fel taran. Roedd Elgin Yaxley, yr un ar y chwith yn y llun, yn berchennog pum *steeplechaser* a gafodd eu hyfforddi yn Lambourn. Ar ddiwedd y tymor gyrrwyd y pump at ffermwr lleol i bori'n hamddenol dros yr haf; ond un dydd, ar ei gaeau, fe saethwyd y pump gyda reiffl. Terence O'Tree, y gŵr ar y dde yn y llun, a'u saethodd nhw.

Drwy waith ymchwil manwl gan yr heddlu (a oedd yn

cynnwys tystiolaeth dau fachgen ifanc a oedd allan ar doriad gwawr heb yn wybod i'w rhieni) daliwyd O'Tree ac fe'i dygwyd gerbron llys.

Wrth gwrs, roedd y pum ceffyl wedi eu hyswirio'n drwm. Gwnaeth y cwmni yswiriant eu gorau glas i brofi mai Yaxley ei hun oedd wedi llogi O'Tree i saethu'r ceffylau, ond gwadodd y ddau ohonyn nhw hynny, a phrofwyd dim erioed.

Yn ôl O'Tree saethodd y ceffylau am ei fod yn teimlo fel gwneud hynny . . . 'am ychydig o ymarfer, f'arglwydd, a sut ro'n i i fod i wybod eu bod nhw'n geffylau rasio gwerthfawr?' . . . Gyrrwyd O'Tree i garchar am naw mis gyda'r awgrym pendant ei fod yn gweld seiciatrydd.

Gan fygwth llusgo'r cwmni yswiriant trwy bob llys yn y wlad am bardduo'i gymeriad pe na bydden nhw'n talu ar unwaith, llwyddodd Yaxley i wasgu pob dimai o'u croen, yna diflannodd yn dawel o'r byd rasio.

Byddai'r cwmni yn sicr o fod wedi talu llawer iawn am y llun oedd yn fy nwylo i, pe bydden nhw'n gwybod am ei fodolaeth. Hwyrach hyd at ddeg y cant o'r hyn oedd arnyn nhw i Yaxley. Doeddwn i ddim yn sicr o'r symiau cywir, ond byddai hynny'n rhwym o fod ar draws cant a hanner o filoedd o bunnau. Maint y taliad, mewn gwirionedd, a wnaeth i'r cwmni amau bod Yaxley wedi eu twyllo.

Felly, pam nad oedd George wedi gofyn am gyfran gan y cwmni yswiriant . . . a pham ei fod o wedi cuddio'r negydd mor ofalus . . . a pham y torrwyd i mewn i'w dŷ dair gwaith? Er nad oeddwn i'n hoffi George Millace, roeddwn yn drwglicio'r ateb amlwg i'r cwestiynau hyn hyd yn oed yn fwy.

Yn y bore, yn ôl fy arfer, cerddais i fyny at y stablau a reidio yn yr ymarferiadau boreol. Yn ôl ei arfer yntau, codai Harold ei lais mawr yn uwch na sŵn gwynt bore o Dachwedd. Gwgai a sorrai'r gweision wrth i lach ei dafod gau amdanyn nhw; byddai un neu ddau, fe dybiwn i, yn barod i hel eu pac erbyn diwedd yr wythnos. Golygai gadael stabl y dyddiau hyn beidio ag ymddangos fore trannoeth. Ni fyddai eu meistriaid yn gwybod ble'r oedden nhw nes derbyn cais am eirda gan y stablau eraill. Wyddai'r hogiau newydd 'ma ddim beth oedd ystyr rhoi rhybudd. Arweiniai rhybudd at gecru, a phwy oedd eisiau hynny pan oedd peidio troi fyny un bore yn haws? Llifai poblogaeth y gweision i mewn ac allan o fyd rasio fel afon chwyrn; eithriadau oedd y rhai a arhosai yn hir yn eu hunfan.

'Brecwast!' rhuodd Harold arna i o ganol y tywydd. 'Bydd yno.'

Nodiais. Gartref y byddwn i'n cael fy mrecwast fel arfer, hyd yn oed os o'n i'n reidio'r ail gadwyn o geffylau, fel y gwnawn pan nad oeddwn yn rasio, ond nid bob tro. Brecwast i wraig Harold oedd y plataid mwyaf o facwn ac ŵy a bara saim a sosej a thomatos ac ati a welsoch chi erioed, gyda mynydd o dôst. Hyn yn cael ei arlwyo ar fwrdd brecwast mawr gyda digonedd o haelioni a chynhesrwydd. Edrychai'n flasus bob amser ac ro'n i'n syrthio i'r demtasiwn bob tro.

'Sosej arall, Philip?' gofynnodd gwraig Harold gan rofio'n hael o'r badell. 'Ac ychydig o datws wedi eu ffrio?'

'Paid â difetha'r creadur, ddynes,' meddai Harold, yn ymestyn am y menyn.

Gwenodd gwraig Harold arna i yn ei ffordd arbennig. Roedd hi'n meddwl fy mod i'n rhy denau, ac roedd hi'n meddwl bod angen gwraig arna i. Fe ddywedai hyn wrthyf yn aml. Doeddwn i ddim yn cytuno efo hi ar y naill beth na'r llall er, hwyrach, ei bod hi'n iawn hefyd.

'Neithiwr,' meddai Harold. 'Wnaethon ni ddim trafod cynlluniau'r wythnos.'

'Naddo.'

'Mae Pamphlet yn rhedeg yn Kempton y dydd Mercher 'ma,' meddai. 'Clwydi dros ddwy filltir; a Tishoo a Sharpener ddydd Iau . . . '

Siaradodd am y rasys am ychydig gan gnoi'n egnïol trwy

64

gydol y sgwrs. O ochr ei geg rhwng briwsion y ces i fy nghyfarwyddiadau.

'Dallt?' meddai o'r diwedd.

'Ydw.'

Edrychai'n debyg, wedi'r cwbl, na chawn y sac ar hyn o bryd, beth bynnag, ac am hynny roeddwn yn ddiolchgar ac yn falch, ond roedd hi'n amlwg, serch hynny, nad oedd y dibyn yn rhy bell i ffwrdd.

Ciledrychodd Harold ar draws y gegin ar ei wraig a oedd yn rhoi'r llestri yn y peiriant. 'Dydy Victor ddim yn hoffi dy agwedd di.'

Atebais i ddim.

Aeth Harold yn ei flaen. 'Y peth cyntaf mae rhywun yn ei fynnu gan joci ydy teyrngarwch.'

Rwtsh. Y peth cyntaf roedd pawb ei eisiau gan joci oedd gwerth eu harian.

'Pleidiol wyf i'm stabal — doed a ddelo?' gofynnais.

'Wneith perchenogion ddim dioddef jocis sy'n eu gosod nhw mewn clorian foesol.'

'Ddylai perchenogion ddim twyllo'r cyhoedd, 'ta.'

'Wyt ti wedi gorffen bwyta?' gofynnodd.

Ochneidiais yn ofidus. 'Do.'

'Yna ty'd i'r swyddfa.'

Arweiniodd y ffordd i'r stafell frowngoch a oedd yn llawn o olau glas bore Llun, a doedd dim tân yn y grât hyd yn hyn.

'Cau'r drws 'na,' gorchmynnodd.

Caeais y drws.

'Mi fydd yn rhaid i ti ddewis, Philip,' meddai. Safai ger y lle tân gydag un droed ar yr aelwyd; dyn mawr mewn dillad marchogaeth yn ogleuo o geffylau, awyr iach a bacwn ac ŵy.

Arhosais heb fentro dweud dim.

'Mi fydd Victor am gael ras arall wedi ei cholli yn hwyr neu'n hwyrach. Nid ar unwaith, mae'n debyg — byddai hynny'n rhy amlwg. Ond ryw ddydd mae'n sicr o ddigwydd i ti. Mae o'n dweud os wyt ti'n golygu yr hyn yr wyt ti'n ei ddweud y bydd yn rhaid iddo fo gael rhywun arall.'

'Am y rasys hynny'n unig?'

'Paid â bod yn ddwl! Dwyt ti ddim yn ddwl. Rwyt ti'n rhy blydi clyfar er dy les dy hun.'

Ysgydwais fy mhen. 'Pam mae o am ddechrau'r lol yma eto? Mae o wedi ennill toman wrth beidio â gwneud pethau dwl dros y tair blynedd diwethaf 'ma.'

Cododd Harold ei ysgwyddau. 'Dwn i ddim. Be 'dy'r ots? Mi ddeudodd o wrtha i ddydd Sadwrn ei fod o wedi trefnu pethau ac y byddwn i'n cael cyfran o'r pres. Rydan ni i gyd wedi ei wneud o o'r blaen . . . pam nad rŵan? Beth uffar sydd wedi digwydd i ti, Philip? Rwyt ti fel hen ddynas yn poeni am y ffidl fach 'ma.'

Wyddwn i ddim beth oedd wedi digwydd. Llifodd yn ei flaen, beth bynnag, cyn i mi feddwl am ateb. 'Meddylia am y peth, 'washi. Gin pwy mae'r ceffylau gorau yn yr iard? Victor. Pwy sy'n prynu ceffylau newydd yn lle'r hen rai? Victor. Pwy sy'n talu ei filiau hyfforddi ar y cyntaf o'r mis, bob mis — a hynny am bum ceffyl, fel arfer? Victor. Pwy sy'n berchen mwy o geffylau yn yr iard na neb arall? Victor. A pha berchennog sydd wedi bod efo fi am ddeng mlynedd ac wedi rhoi'r nifer fwyaf o enillwyr i mi, ac sy'n debygol o roi enillwyr y dyfodol i mi? Ar bwy wyt ti'n meddwl mae'r lle yma'n dibynnu?'

Syllais arno fo. Mae'n debyg nad oeddwn i wedi sylweddoli ei fod o yn yr un safle â fi. Gwna yr hyn mae Victor yn ei ddweud, neu bydd yn barod am y gwaethaf.

'Dydw i ddim ishio dy golli di, Philip. Rwyt ti'n greadur digon pigog, ond mae pethau wedi bod yn iawn rhyngon ni'n dau dros y blynyddoedd. Ond fyddi di ddim yn rasio am byth. Am faint wyt ti wedi bod wrthi rŵan — deng mlynedd?'

Nodiais.

'Tair neu bedair arall hwyrach. Pump ar y mwyaf. Fyddi di

ddim yn bownsio'n ôl o'r codymau 'na ymhen ychydig flynyddoedd. Ac fe allai un drwg dy andwyo di am byth. Edrych arni fel hyn, Philip. Pwy fydd ei angen fwyaf arna i yn y dyfodol. Ti neu Victor?'

Mewn rhyw fath o dristwch fe gerddon ni'n dau i'r iard. Gwaeddodd Harold yn wangalon ar ddau was bach oedd yn llusgo'u traed.

'Rho wybod i mi,' meddai gan droi tuag ataf.

'Mi wna i.'

'Rydw i ishio i ti aros.'

Syndod, ond roeddwn yn falch.

'Diolch,' meddwn.

Tarodd ei law yn drwsgl ar fy ysgwydd, y peth agosaf i arwydd o dynerwch a gefais ganddo erioed. Yn fwy na'r holl weiddi a'r bygwth, fe lwyddodd y weithred fach yna i beri i mi deimlo 'mod i eisiau gwneud yr hyn yr oedd o eisiau i mi ei wneud. Adwaith, meddyliais yn sydyn, mor hen â'r mynyddoedd. Caredigrwydd oedd yn torri ewyllys y carcharor yn y pen draw, nid poenydio. Roedd amddiffynfeydd rhywun yn wastadol barod i wrthsefyll ymosodiad; deuai caredigrwydd o'r tu ôl a'ch trywanu'n annisgwyl, fel y byddai'ch ewyllys yn ageru'n ddiolchgarwch a dagrau. Roedd amddiffynfeydd yn erbyn caredigrwydd yn anos o lawer i'w hadeiladu. A feddyliais i erioed y byddai arnaf eu hangen yn erbyn Harold.

Ceisiais yn reddfol droi'r stori, a tharo ar y meddwl agosaf i law: George Millace a'i ffotograff.

'Ym,' meddwn yn drwsgl. 'Ydych chi'n cofio pum ceffyl Elgin Yaxley a saethwyd dro yn ôl?'

'Beth?' meddai Harold yn hurt. 'Beth sydd a wnelo hynny â Victor?'

'Dim o gwbwl,' meddwn. 'Meddwl amdanyn nhw ddoe ro'n i.'

Daeth ei natur flin i'r golwg a chuddio'r tynerwch a flodeuodd am eiliad rhyngom. Roedd yn rhyddhad i ni ein dau.

'Argol fawr!' meddai'n siarp. 'Rydw i o ddifrif. Am dy yrfa di rydan ni'n sôn. Dos i wneud beth fyd fynnot ti. Dos i'r diawl. Mae o i fyny i ti.'

Nodiais.

Trodd i ffwrdd yn swta a chymryd dau gam pendant oddi wrtha i. Yna arhosodd, edrych yn ôl a dweud, 'Os wyt ti mor blydi awyddus i wybod rhywbeth am geffylau Elgin Yaxley, pan na ofynni di i Kenny?' Pwyntiodd at un o'r gweision oedd yn llenwi dwy fwced wrth y tap. 'Fo oedd yn gofalu amdanyn nhw.'

Trodd ei gefn arna i eto a cherdded yn bwrpasol oddi wrtha i, tempar ddrwg o dan wadn ei esgidiau.

Crwydrais yn betrus draw at Kenny, heb wybod pa gwestiynau ro'n i am eu gofyn, neu, hyd yn oed, a o'n i am ofyn cwestiwn o gwbl.

Un o'r bobl hynny na ddeallai garedigrwydd oedd Kenny. Roedd ei amddiffynfeydd y tu chwith. Bachgen a dreuliodd ei blentyndod ar gyrion drwgweithredu, ac un a oedd wedi ei drin â chymaint o garedigrwydd gan weithwyr cymdeithasol fel y gallai fod yn gwbl ddilornus o ymgais at gyfeillgarwch.

Edrychodd arna i'n dod gyda gwep wag a ymylai ar fod yn bowld; dyma ei olwg arferol. Croen coch oherwydd y gwynt, llygaid yn dyfrio beth. Sbots.

'Ddeudodd Mr Osborne dy fod ti'n arfer gweithio i Bart Underfield,' meddwn.

'Felly.'

Llifodd y dŵr dros geg y fwced gyntaf, a chiciodd yr ail un o dan y tap.

'Ac wedi gofalu am rai o geffylau Elgin Yaxley.'

'Felly beth?'

'Felly, roedd yn ddrwg gen ti pan saethwyd nhw?'

68

Cododd ei ysgwyddau. 'Am wn i.'

'Beth oedd gan Mr Underfield i'w ddweud am hyn?'

'E?' Syllodd yn union i'm llygaid. 'Ddeudodd o ddim.'

'Doedd o ddim yn flin?'

'Na, hyd y sylwais.'

'Rhaid ei fod o,' meddwn.

Cododd Kenny ei ysgwyddau unwaith eto.

'Rhaid ei fod o'n pryderu ar ôl colli pum ceffyl o'i stabal,' meddwn. 'All yr un hyfforddwr fforddio colli hynny.'

'Ddeudodd o ddim.' Roedd yr ail fwced yn prysur lenwi, a chaeodd Kenny'r tap. 'Doedd o ddim fel petai o'n poeni rhyw lawer am eu colli nhw. Er, mi ddaeth o i boeni am rywbeth arall yn ddiweddarach hefyd.'

'Beth oedd hwnnw?'

Edrychai Kenny fel pe na bai'n malio dim. 'Dwn i'm. Argol, roedd o'n tynnu'n groes efo pawb a phob dim. Mi adawodd rhai perchenogion.'

'A chditha yn eu mysg.'

'Ie.' Dechreuodd gerdded ar draws yr iard a'r dŵr yn llepian yn y bwcedi gyda phob cam. Cydgerddais gan gadw pellter sych rhyngom ni'n dau. 'Be 'dy'r pwynt o aros pan ma'r lle'n mynd â'i ben iddo?'

'Oedd graen ar geffylau Yaxley pan aethon nhw i'r ffarm?' gofynnais.

'Oedd siŵr,' atebodd. Daeth golwg gwestiyngar i'w lygaid. 'Pam wyt ti'n gofyn?'

'Dim rheswm go-iawn. Rhywun soniodd am y ceffylau 'na . . . ac fe ddigwyddodd Mr Osborne sôn dy fod ti wedi gofalu amdanyn nhw. Diddordeb, dyna'r cwbwl.'

'O.' Nodiodd ei ben. 'Roedd ganddyn nhw fet yn y llys i ddweud bod y ceffylau'n iawn y dydd cyn iddyn nhw gael eu saethu. Aeth o i'r ffarm i roi pigiadau gwrth-tetanws. Edrychodd o arnyn nhw i gyd. Pob un yn O.K. meddai'r fet.'

'Est ti i'r achos?'

'Naddo. O'r *Sporting Life* fydda i'n dysgu pethau.' Cyrhaeddodd y rhes o focsys a gosod y bwcedi lawr y tu allan i un o'r drysau. 'Dyna'r cwbwl, 'ta?'

'Ia. Diolch, Kenny.'

'Mi ddeuda i rywbeth . . . ' Edrychai'n syn o glywed ei fod yn cynnig rhywbeth i rywun.

'Beth?'

'Y Mr Yaxley 'na. Mi fyddech chi'n meddwl y byddai o wrth ei fodd o gael yr holl bres 'na. Ond mi ddaeth o i iard Underfield un diwrnod yn wyllt gaclwm. Erbyn meddwl am y peth, wedi i hynny ddigwydd y dechreuodd pethau fynd yn flêr rhwng Yaxley ac Underfield. Wedyn mi figlodd Yaxley hi allan o rasio, a welon ni mohono fo byth wedyn. Ddim tra fues i yno, beth bynnag.'

Cerddais adref yn feddylgar. Roedd y ffôn yn canu pan gyrhaeddais.

'Jeremy Folk,' meddai llais cyfarwydd.

'O, na, ddim eto,' protestiais.

'Ddarllenaist ti'r adroddiadau 'na?'

'Do mi wnes i. A dydw i ddim am fynd i chwilio amdani hi.'

'Ymateb yn fyrbwyll ydy peth fel'na.'

'Nage,' meddwn gan oedi. 'Ond er mwyn i ti beidio â 'myddaru i, mi ro i ychydig o help iti. Ond ti fydd yn gorfod chwilio.'

'Wel . . . ' ochneidiodd. 'Pa fath o help?'

Soniais am fy nyfaliadau ynglŷn ag Amanda, ac awgrymu y dylai gael dyddiadau gan y gwerthwr tai i gyd-fynd â thrigolion Pine Woods Lodge.

'Mae'n debyg bod fy mam yn byw yno dair blynedd ar ddeg yn ôl,' meddwn. 'Ac yn awr, chdi biau'r cyfan.'

'Aros funud . . . ' plediodd. 'Fedri di ddim gadael pethau fel'na.'

'Medraf.'

'Mi ddo i'n ôl atat ti.'

'Anghofia amdana i,' meddwn.

Gyrrais i Swindon i gael prosesu'r ffilmiau lliw, ac ar y ffordd meddyliais am fywyd ac amserau Bart Underfield.

Ro'n i'n ei nabod yn y ffordd mae pawb yn dod i nabod ei gilydd ym myd rasio ceffylau os ydy rhywun yn byw yn ddigon hir yn Lambourn. Roedden ni'n digwydd taro ar ein gilydd yn y siopau neu yn nhai pobl eraill yn ogystal ag ar y cwrs rasio. Byddem yn cyfnewid 'Bore da' a 'Hen dro' ac amrywiaeth o gyfarchion â'r pen ac â'r dwylo. Doeddwn i erioed wedi reidio iddo fo am nad oedd o erioed wedi gofyn i mi, ac ni ofynnodd o erioed i mi am nad oedd o, yn fy nhyb i, yn fy hoffi.

Dyn bach, prysur yn llawn pwysigrwydd oedd o, yn tueddu i ddweud yn hyderus wrth eraill lle'r aeth hyfforddwyr eraill o'u lle. 'Wrth gwrs, ddylai Walwyn ddim bod wedi rhedeg hwn-a-hwn yn Ascot,' byddai'n dweud. 'Roedd y pellter yn gwbwl anaddas iddo fo.' I ddieithriaid swniai'n ŵr gwybodus. Edrych arno fel clown a wnâi pobl Lambourn.

Awgrymodd neb, serch hynny, ei fod yn ddigon o glown i fynd â'r pum ceffyl gorau oedd ganddo i'r lladd-dy. Mae'n sicr fod pawb wedi teimlo drosto fo, yn enwedig pan na wariodd Elgin Yaxley arian yr yswiriant ar geffylau newydd i'w rhoi yn ei stabl, ond yn hytrach ymadael yn gyfan gwbl a gadael Bart yn dipyn gwaeth ei fyd.

Rhaid bod y ceffylau yna wedi bod yn rhai da, ac yn geffylau oedd yn gwneud mwy na thalu am eu lle. Gellid bod wedi eu gwerthu am bres mawr iawn. Roedden nhw wedi eu hyswirio yn uwch na gwerth unrhyw arwerthiant, yn sicr i chi, ond nid yn ofnadwy felly o gofio'r rasys na fedrent eu hennill pe baen nhw'n farw. Y ffaith bod cyn lleied o elw yn eu lladd oedd wedi peri i'r yswirwyr amheus dalu i Yaxley yn y diwedd.

71

Hynny . . . a dim awgrym o gyswllt rhwng Yaxley a Terence O'Tree.

Yn Swindon, dywedodd y proseswyr, a oedd yn fy adnabod yn dda, 'mod i'n ffodus gan eu bod nhw ar fin rhoi pentwr o ffilmiau trwy'r peiriant, ac os o'n i'n fodlon sefyllian am ychydig gallwn eu cael yn ôl ymhen dwyawr. Es i wneud rhyw fân siopa, dod yn ôl, codi'r negyddion newydd a mynd adref.

Yn y prynhawn printiais y fersiynau lliw o Mrs Millace a'u gyrru gyda'r rhai du a gwyn i'r heddlu. Gyda'r nos ceisiais beidio â meddwl am Amanda na Victor Briggs na George Millace.

Y broblem fwyaf oedd Victor Briggs ac amodau Harold. Roedd bywyd y joci yn gweddu i'r dim i mi ym mhob ffordd: yn gorfforol, yn feddyliol ac yn ariannol. Ro'n i wedi peidio â meddwl ers blynyddoedd am yr hyn wnawn i pan na fedrwn farchogaeth yn rheolaidd. Rhywbeth yn niwl y dyfodol oedd hwnnw'n arfer bod, nid rhywbeth a syllai'n greulon i'm llygaid y funud hon.

Yr unig beth y gwyddwn rywbeth amdano, ar wahân i geffylau, oedd tynnu lluniau, ond roedd 'na filoedd o ffotograffwyr hyd y lle . . . tynnai pawb luniau, roedd gan bob teulu gamera, roedd y byd i gyd at ei ben-gliniau mewn ffotograffwyr . . . ac i wneud bywoliaeth o'r peth roedd yn rhaid i rywun fod yn dda iawn.

Ar ben hynny, roedd yn rhaid i ffotograffwyr weithio'n arbennig o galed. Ro'n i'n adnabod rhai o'r ffotograffwyr a ddeuai i'r cwrs, ac roedden nhw ar frys gwastadol; yn rhedeg o'r ffens gyntaf i'r olaf, ac o'r fan honno i'r postyn gwobrwyo cyn i'r enillydd ddod yno, ac yna yn ôl i lawr i weld dechrau'r ras nesaf. Hyn chwe gwaith y dydd, chwe dydd o'r wythnos. Gyrrai rhai eu lluniau ar frys i asiantau newyddion a fyddai'n eu cynnig, hwyrach, i bapurau newydd neu gylchgronau, gwerthent rai i noddwyr oedd yn trosglwyddo cwpanau i enillwyr.

Ddaeth yr un llun erioed i ffotograffydd byd rasio; y ffotograffydd ei hun oedd yn gorfod mynd i'w nôl. Ac wedi iddo gael un, doedd y cwsmeriaid ddim yn heidio at ei ddrws — fo oedd yn gorfod gwerthu. Gwahanol iawn i fywyd Duncan a Charlie oedd wedi arbenigo mewn *still life* tebyg i sosbenni a photiau a chlociau a dodrefn gardd ar gyfer hysbysebion.

Mae'n debyg mai ychydig o ffotograffwyr rasio llawn-amser a llwyddiannus oedd ar gael. Llai na deg, hwyrach. O'r rheiny, mae'n debyg bod pedwar yn wirioneddol dda. Yr oedd George Millace yn un o'r rheiny.

Pe bawn i'n ceisio ymuno â'r grŵp bach hwn, fyddwn i ddim yn cael fy llesteirio o gwbl, ond fyddwn i ddim yn cael fy helpu chwaith. Dyna lle byddwn i ar fy mhen fy hun, yn gorfod sefyll ar fy nhraed fy hun, neu syrthio.

Ni fyddai rhedeg hyd y lle yn fy nychryn; y gwerthu oedd y bwgan. Hyd yn oed pe bawn i'n ystyried fy lluniau yn ddigon da, fedrwn i ddim hwrjo.

A beth arall oedd ar gael?

Doedd dim gobaith dechrau fel hyfforddwr. Hyd yn oed pe bai'r arian gen i nid gwaith i rywun oedd yn hoffi talpiau o amser tawel oedd y bywyd hwn. Byddai hyfforddwyr yn gorfod trafod pobl o fore gwyn tan nos, a mwynhau byw mewn corwynt.

Yr hyn yr o'n i ei eisiau, ac fe wyddwn hyn yn reddfol, oedd parhau i fod yn hunangyflogedig. Rywsut, roedd cyflog rheolaidd yn cynrychioli cadwyn i mi. Syniad ffôl, ond syniad oedd yn cau amdana i'n dynn. Beth bynnag yr o'n i am ei wneud byddai'n rhaid i mi ei wneud ar fy mhen fy hun.

Byddai'n rhaid torri'r arfer o beidio â chymryd penderfyn-iadau. Gwelwn y gallwn ddrifftio i mewn ac allan o swyddi, ond heb gael yr un boddhad ag a gawn wrth reidio. Roeddwn i wedi bod yn lwcus hyd yn hyn, ond os o'n i am ddod o hyd i foddhad yn y bennod nesaf byddai'n rhaid i mi fod yn benderfynol am unwaith.

Damia Victor Briggs, meddyliais yn ffyrnig.

Roedd gorchymyn jocis i golli ras yn drosedd y byddai Briggs yn cael rhybudd swyddogol amdani, ond hyd yn oed pe bawn yn llwyddo i gael hyn i ddigwydd i Briggs, y person fyddai'n dioddef fwyaf fyddai Harold. A byddwn yn colli fy ngwaith beth bynnag; go brin y byddai'n fy nghadw ymlaen ar ôl hynny, hyd yn oed pe na baen ni'n colli'n trwyddedau am y rasys gollon ni yn y gorffennol. Allwn i ddim profi anfadwaith Victor Briggs heb gyfaddef fy rhan i a Harold yn y peth.

Twyllo neu ymddeol. Dewis creulon . . . uffernol.

Newidiodd fawr o ddim byd y dydd Mawrth hwnnw, ond pan es i Kempton ddydd Mercher i farchogaeth Pamphlet roedd dau ddanteithyn o newyddion ar wefusau pawb yn y stafell bwyso.

Gwnaed Ivor den Relgan yn aelod o'r Jockey Club, ac roedd tŷ mam Steve Millace wedi ei losgi'n ulw.

VI

'Ivor den Relgan!' Clywais yr enw'n cael ei yngan mewn anghrediniaeth a syndod llwyr ar hyd a lled y stafell. 'Yn aelod o'r Jockey Club? Anhygoel!'

Mae'n debyg bod y Jockey Club, y corff bonheddig a sidêt hwnnw, wedi gadael i ŵr a fu'n cadw hyd braich am flynyddoedd ymuno â'i rengoedd. Dyn hunandybus, cyfoethog, na wyddai neb o ble y daeth, ac a oedd wedi rhannu ei arian er daioni mewn modd a oedd yn sarhad ar y derbynwyr.

Hanai, yn ôl y sôn, o dras Isalmaenaidd. Pa mor isel, oedd cwestiwn y rhai creulon. Siaradai ag acen a oedd yn gymysgedd o Afrikaans, Awstraleg ac Americaneg, cymysgfa ganolddaearol o lafariaid a chytseiniaid a allai swnio'n ddeniadol ond a ddeuai allan yn nawddoglyd. Mae o, meddai ei lais, yn llawer iawn mwy soffisdigedig na'r Prydeinwyr bach plwyfol 'ma sydd o'i gwmpas. Nid ffafrau oedd arno eu heisiau gan yr awdurdodau a'r sefydliad, ond eu hedmygedd. Rhoddai'r argraff mai nhw fyddai'n llwyddo, petaen nhw ond yn gwrando ar ei awgrymiadau ef. Fe'u cynghorai yn gyson, a hynny am ddim — mewn llythyrau yn y *Sporting Life*.

Hyd y bore hwn fe ymddangosai bod y Jockey Club wedi derbyn ei gyngor ar nifer o achlysuron heb gydnabod tarddiad y cyngor hwnnw. Meddyliais tybed beth oedd wedi peri iddyn nhw newid eu meddyliau. Beth wnaeth iddyn nhw glosio at yr hyn oedd yn anathema?

Safai Steve Millace wrth fy mhèg yn y stafell newid.

Roedd y straen arno, a oedd yn amlwg o'r drws, yn llethol yn agos. Safai a'i fraich mewn sling tywyll, a'i wyneb fel y galchen, yn crynu, ac edrychodd arna i o lygaid dwfn, ymbiliol.

'Glywaist ti?' gofynnodd.

Nodiais fy mhen.

'Nos Lun ddigwyddodd y peth. Wel, bore ddoe, am wn i . . . tua tri o'r gloch. Cyn i neb sylwi roedd y lle'n wenfflam.'

'Doedd dy fam ddim yno?'

'Roedden nhw wedi ei chadw yn yr ysbyty. Mae hi yno o hyd. Mae'n ormod iddi.' Roedd yn dal i grynu. ' . . . Gormod.'

Gwnes ryw sŵn cydymdeimladol.

'Deud wrtha i beth ddylwn i ei wneud,' meddai, ac fe feddyliais ei fod wedi fy ethol yn frawd mawr, ac yn fath o ganolfan gynghori answyddogol.

'Ddeudaist ti ddim rhywbeth am fodrabedd?' gofynnais. 'Yn yr angladd?'

Ysgydwodd ei ben yn ddiamynedd. 'Chwiorydd Dad ydyn nhw. Rhai hŷn. Dydyn nhw erioed wedi hoffi Mam.'

'Ond chwarae teg, rŵan . . . '

'Cathod ydyn nhw!' meddai gan ffrwydro. 'Mi rois ganiad iddyn nhw . . . mi ddeudon nhw, "Dyna drueni".' Gwatwarodd eu lleisiau yn ddilornus. "Deuda wrth Marie druan y gall hi gael byngalo bach neis iawn wrth lan y môr gyda phres yr yswiriant." Maen nhw'n codi pwys arna i.'

Dechreuais ddadwisgo er mwyn gwisgo'r lliwiau; roedd gwaith y dydd yn amherthnasol i Steve.

'Philip,' gofynnodd yn ymbiliol. 'Fe welist ti hi. Wedi ei churo . . . heb Dad . . . ac rŵan dyna'r tŷ i gyd . . . Plîs . . . plîs . . . helpa fi.'

'Iawn,' meddwn gan ochneidio. Beth arall allwn i ei ddweud? 'Mi drefnwn ni rywbeth wedi i mi orffen reidio.'

Eisteddodd ar y fainc fel pe bai ei goesau'n gwrthod ei gynnal, ac arhosodd yno yn syllu tra o'n i'n newid ac yn cael fy mhwyso.

Roedd Harold wrth y glorian fel arfer, yn aros i dderbyn fy nghyfrwy wedi i mi gael fy mhwyso. Doedd dim sôn wedi bod er dydd Llun am yr amod honno a roesai i mi, yr amod a fyddai'n newid fy mywyd. Hwyrach ei fod yn derbyn fy nistawrwydd nid fel amheuaeth eneidiol ond fel y tawelwch sydd am dderbyn yr hyn a gynigiodd. Beth bynnag, doedd dim yn wahanol yn y ffordd y dywedodd o, wrth i mi osod y cyfrwy ar ei fraich, 'Glywaist ti pwy sydd wedi ei ethol i'r Jockey Club?'

'Do.'

'Mi gymran nhw Genghis Khan nesaf.'

Cerddodd allan gan gario'r cyfrwy a'i roi ar Pamphlet, ac yn y man ymunais â nhw yn y cae bach, lle cerddai'r ceffyl yn dawel o gwmpas ei berchennog, seren bop a oedd yn cnoi ei ewinedd yn nerfus.

Roedd Harold wedi lloffa ychydig mwy o newyddion. 'Mi glywais i mai'r Pennaeth Mawr Gwyn oedd yr un fynnodd fod den Relgan yn cael ymuno â'r Clwb.'

'Yr Arglwydd White?' Cefais fy synnu.

'Yr Hen Eira Gwyn yn Salmon ei hun.'

Cleciodd y perchennog ifanc ei fysedd. 'Hei, beth am ychydig o bres ar y biwti fach yma?'

'Decpunt bob ffordd,' awgrymodd Harold. Defnyddio'r ceffyl i bwrpas cyhoeddusrwydd yr oedd y seren, a châi o ddim rhedeg ond pan oedd y ras yn cael ei theledu. Gwyddai am safleoedd y camerâu i gyd fel na fyddai'n cael ei guddio yn ddamweiniol y tu ôl i Harold neu fi. Edmygwn ei ddawn yn y cyfeiriad yma, yn wir ei holl berfformiad, oherwydd oddi ar y llwyfan, fel petai, roedd o'n dueddol i lithro i arferion dosbarth canol maestrefol. Ffug hollol oedd y ddelwedd dosbarth gweithiol.

Daeth i'r cwrs y diwrnod hwnnw â gwallt glas tywyll. Gellid gweld cynnwrf tawel o dan wyneb parchus trigolion y cae bach, ond cymerodd Harold arno nad oedd wedi sylwi ar ddim. Gweithiai ar yr egwyddor fod gan berchenogion a oedd yn talu eu biliau hawl i fod mor od ag y mynnent.

'Philip, 'ngwas i,' meddai'r seren, 'tyrd â'r un fach yma yn ôl i mi.'

Rhaid ei fod o wedi astudio'r ddelwedd yn ddwys. Does bosib bod neb fel hyn go-iawn. Ailddechreuodd gnoi ei ewinedd, ac es ar gefn Pamphlet i weld beth allwn i ei wneud ynglŷn â'r decpunt bob ffordd.

Yn ôl y gred arferol doeddwn i ddim yn un arbennig o dda dros glwydi, ond hwyrach bod cymaint o awydd ennill ar Pamphlet y dydd hwnnw ag oedd arna i. Hedfanodd rownd y cwrs yn orlawn o ynni a brwdfrydedd, gan fynd heibio hyd yn oed i'r ffefryn ar y canllath olaf. Fe gawson ni ein cofleidio'n dynn gan y seren (i bwrpas teledu) a chynnig gan hyfforddwr bach pryderus i mi farchogaeth ar geffyl sbâr yn y bumed ras. Y joci arferol wedi brifo . . . fyddai ots gen i? Nag oedd siŵr, mi fyddwn i wrth fy modd. Iawn, fe ddaw'r gwas â'r lliwiau i ti, welan ni ti yn y cae bach. Hwyl.

Dal i ori wrth fy mhèg yr oedd Steve.

'Losgwyd y sied?' gofynnais.

'Beth?'

'Y sied. Y rhewgell. Lluniau dy dad.'

'O, do . . . ond doedd stwff Dad ddim ynddi hi.'

Tynnais liwiau oren y seren oddi ar fy nghefn, a chwilio am wyrdd a brown tawelach y reid sbâr.

'Ble'r oedd o, 'ta?' gofynnais wrth ddod 'nôl.

'Mi ddeudais i wrth Mam am dy syniad di nad oedd llawer o bobol yn hoffi lluniau Dad, ac mi ddechreuodd hi feddwl dy fod ti'n amau nad ar ôl ei ffwr a'i gemau hi yr oedd y lladron, wedi'r cwbwl. Hwyrach mai ar ôl y lluniau roedden nhw. Felly penderfynodd beidio â gadael y sleids yn y sied lle y gallai rhywun eu dwyn. Fore Llun, fe ddeudodd hi wrtha i am eu symud nhw i'r drws nesaf. A dyna lle maen nhw, mewn math o gwt bach.'

Botymais y crys gwyrdd a brown gan feddwl am y peth.

'Wyt ti am i mi fynd i'w gweld hi yn yr ysbyty?' gofynnais.

Roedd hynny bron yn union ar fy ffordd adref; fawr o drafferth. Gafaelodd yn y syniad gyda brwdfrydedd gormodol. Fe ddaethai i'r cwrs gyda thafarnwr o'r pentref yn Sussex lle'r oedd o'n byw mewn lojins ger y stabl, a phe bawn i'n ymweld â'i fam gallai fynd adref efo'r tafarnwr, gan na allai yrru oherwydd ei ysgwydd. Doeddwn i ddim wedi bwriadu mynd i weld Mrs Millace ar fy mhen fy hun, ond wedi meddwl ychydig, doedd dim ots gen i chwaith.

Wedi dadlwytho peth o'i faich, teimlai Steve yn well, a gofynnodd i mi a wnawn i ei ffonio wedi i mi gyrraedd adref.

'Gwnaf,' meddwn yn ddi-hid. 'Oedd dy dad yn mynd i Ffrainc yn aml?'

'Ffrainc?'

'Glywaist ti am y lle erioed?'

'O . . . ' Doedd o ddim eisiau i neb dynnu ei goes. 'Oedd, wrth gwrs. Longchamps, Auteuil, St Cloud. Bob man.'

'Ac o gwmpas y byd?' meddwn gan wthio plwm i 'nghadach pwysau.

'E?' Roedd y benbleth yn amlwg yn ei wyneb. 'Beth wyt ti'n ei feddwl?'

'Ar beth roedd o'n gwario'i bres?'

'Lensys, gan amlaf. Telephotos mor hir â dy fraich. Unrhyw beth oedd yn gynt ac yn well.'

Es â 'nghyfrwy a'r pwysau draw at y glorian baratoi ac ychwanegu pwys arall o blwm gwastad. Cododd Steve a 'nilyn i.

'Beth oeddet ti'n ei feddwl wrth ofyn ar beth roedd o'n gwario'i bres i gyd?'

'Dim, mewn gwirionedd,' atebais. 'Dim ond meddwl sut roedd o'n licio treulio'i amser pan nad oedd o'n dilyn y rasio.'

'Tynnu lluniau fydda fo byth a beunydd. Trwy'r amser, bobman. Doedd ganddo fo ddim diléit mewn dim arall.'

O dipyn i beth es allan a marchogaeth y ceffyl gwyrdd a brown, ac roedd hi'n un o'r dyddiau hynny pan na allai dim fynd o'i le. Mewn cwmwl o fuddugoliaeth sefais wrth bostyn yr enillydd am yr ail waith y diwrnod hwnnw, a meddwl na allwn i byth roi'r gorau i'r bywyd hwn. Byth. Ddim pan oedd ennill yn well cyffur na heroin.

Mae'n debyg mai o heroin y bu farw fy mam.

Gorweddai mam Steve ar ei phen ei hun mewn stafell a wal wydr iddi fel y gallai pawb a âi heibio edrych arni. Roedd yna lenni y gallesid bod wedi eu tynnu i'w chysgodi, ond doedd neb wedi gwneud hynny. Roeddwn i'n casáu system oedd yn gwarafun preifatrwydd i gleifion mewn ysbytai. Pwy ar wyneb daear oedd eisiau i bawb syllu ar eu trafferthion a'u helyntion?

Roedd dau obennydd fflat o dan ben Marie Millace a gorchudd o gynfas glas drosti. Roedd ei llygaid ar gau. Gorweddai ei gwallt brown a seimllyd yn flêr o'i chwmpas. Roedd golwg ofnadwy ar ei hwyneb.

Gorchuddiwyd cnawd noeth nos Sadwrn â chrachod porffor mawr. Roedd yr ael a holltwyd wedi ei phwytho at ei gilydd ac wedi chwyddo'n enfawr a du. Roedd ei thrwyn yn rhuddgoch o dan fowld o blaster Paris a ddelid yn ei lle drwy sticio tâp gwyn ar ei thalcen. Roedd ei cheg biws chwyddedig ar agor. Roedd gweddill yr hyn oedd yn y golwg yn dangos olion cleisio trwm: coch, llwyd, du, melyn. Pan welais i hi rai dyddiau'n ôl edrychai'r anafiadau yn rhai digon annymunol; rŵan, wrth iddynt wella, y gwelid pa mor ddrwg oedden nhw mewn gwirionedd.

Ro'n i wedi gweld pobl yn y cyflwr hwn o'r blaen, a gwaeth na hyn hefyd, wedi i garnau ceffylau eu niweidio, ond roedd yr ymosodiad maleisus hwn ar ddynes ddiniwed yn ei thŷ ei hun yn wahanol ac yn codi gwrychyn rhywun. Nid tosturi o'n i'n ei deimlo ond dicter; dicter 'Mi lladda i nhw' Steve.

Clywodd fi yn dod i mewn, ac agorodd ei hamrant lleiaf poenus ryw fymryn wrth i mi nesáu. Roedd ei hymateb —

hynny ohono oedd i'w weld — yn hollol wag, fel pe byddwn i y person olaf yn y byd y disgwyliai ei weld.

'Gofynnodd Steve i mi alw heibio,' meddwn. 'Allai o ddim dod oherwydd ei ysgwydd. All o ddim gyrru . . . ddim am ddiwrnod neu ddau.'

Caeodd y llygad.

Estynnais gadair a'i gosod wrth y gwely. Agorodd y llygad unwaith eto, a llithrodd y llaw a oedd yn gorwedd ar y gynfas yn araf tuag ataf. Gafaelais ynddi, ac fe afaelodd hi'n dynn yn fy un i, gan ddal ei gafael yn ffyrnig wrth chwilio am gynhaliaeth, cysur, a sicrwydd. Ciliodd ysbryd yr angen ymhen ychydig a gollyngodd fy llaw a gosod ei llaw ei hun yn ôl yn wan ar y gwely.

'Ddeudodd Steve wrthoch chi am y tŷ?'

'Do, fe wnaeth o. Mae'n ddrwg iawn gen i.' Swniai'r peth mor ddiniwed. Byddai unrhyw beth yn swnio'n wan yn wyneb yr ergydion yr oedd hi wedi eu dioddef.

'Welsoch chi'r lle?'

'Naddo. Steve ddeudodd wrtha i yn Kempton, y prynhawn 'ma.'

Roedd ei lleferydd yn araf ac yn anodd ei ddeall, fel pe bai ei thafod wedi stiffio y tu mewn i'r gwefusau chwyddedig.

'Mae 'nhrwyn i wedi ei dorri,' meddai, gan symud ei bysedd ar y gynfas.

'Ydy,' meddwn. 'Mi dorrais i fy un i ryw dro, ac mi roeson nhw blaster arno fo, yn union fel eich un chi. Mi fyddwch chi fel botwm ymhen ychydig ddyddiau.'

Ni ellid dehongli ei hymateb distaw ond fel anghytundeb.

'Mi gewch chi eich synnu,' meddwn wedyn.

Yna daeth un o'r cyfnodau tawel hynny a geir wrth welyau mewn ysbytai. Hwyrach mai yn y fan honno y gorweddai rhagoriaeth system wardiau; pan oeddech chi wedi gorffen efo'ch mân siarad, fe allech chi drafod symptomau erchyll y truan yn y gwely nesaf.

'Mi ddywedodd George eich bod yn tynnu lluniau fel fo . . . ' meddai.

'Nid fel George,' meddwn. 'George oedd y gorau.'

Dim anghytundeb y tro hwn. Yn sicr fe welwyd ymdrech i wenu.

'Mi ddywedodd Steve wrtha i eich bod chi wedi symud sleidiau George o'r tŷ cyn y tân. Ffodus i chi wneud hynny.'

Diflannodd ei gwên ac fe ddaeth cynnwrf i gymryd ei le.

'Mi fu'r heddlu yma heddiw,' meddai. Aeth cryndod drwyddi, ac fe ddechreuodd anadlu yn fwy llafurus. Allai hi ddim cael unrhyw aer trwy'i thrwyn felly fe chwyrnai'r aer yn ei chorn gwddw.

'Fe ddaethon nhw yma?'

'Do. Mi ddeudon nhw . . . O Dduw. . . ' Ymchwyddodd ei brest ac fe besychodd.

Gosodais fy llaw ar ei hun hi, a dweud yn sydyn, 'Peidiwch â chynhyrfu. Mae hynny'n gwneud i bopeth frifo'n waeth. Anadlwch yn ddwfn. Peidiwch â siarad nes y bydd popeth wedi oeri.'

Gorweddodd yn llonydd am ychydig gan aros i'r anadlu trwm lacio. Sylwais ar y cyhyrau tynn yn llacio o dan y gynfas. O'r diwedd meddai, 'Rydych chi'n llawer hŷn na Steve.'

'Wyth mlynedd,' atebais, gan ollwng ei llaw.

'Na. Yn llawer . . . llawer hŷn.' Gosteg. 'Allech chi roi ychydig o ddŵr i mi?'

Roedd gwydr ar y bwrdd bach wrth y gwely. Dŵr yn y gwydr, gwelltyn a thro ynddo fo i yfed. Llywiais y tiwb at ei cheg, a sugnodd fodfedd neu ddwy.

'Diolch.' Tawelwch eto. Rhoddodd gynnig arall arni, y tro hwn yn llawer distawach. 'Mi ddeudodd yr heddlu . . . Mi ddeudodd yr heddlu fod y tân wedi ei gynnau'n fwriadol.'

'Ddeudson nhw hynny?'

'Dydych chi ddim . . . wedi'ch synnu?'

'Ar ôl i rywun dorri i mewn ddwywaith, nag ydw.'

'Paraffin,' meddai. 'Drwm pum galwyn. Mi ddaethon nhw o hyd i'r peth yn y cyntedd.'

'Eich paraffin chi?'

'Nage.'

Tawelwch arall.

'Gofynnodd yr heddlu . . . a oedd gan George unrhyw elynion.' Symudai ei phen yn anesmwyth. 'Mi ddywedais i nad oedd, wrth gwrs . . . ac fe ofynnon nhw . . . a oedd ganddo fo unrhyw beth y byddai ar rywun ddigon . . . ddigon o'i ishio i . . . O! . . . '

'Mrs Millace,' gofynnais yn ddiemosiwn. 'Ofynnon nhw a oedd gan George unrhyw ffotograffau a fyddai'n denu rhywun i'w dwyn ac i losgi'r lle?'

'Fyddai George ddim . . . ' meddai'n ddwys.

Roedd George wedi gwneud hynny, meddyliais.

'Edrychwch,' meddwn yn araf, 'hwyrach na fyddwch chi ishio i mi wneud . . . hwyrach nad ydych chi'n fy nhrystio . . . ond os hoffech chi, fe allwn i edrych trwy'r sleids 'na ar eich rhan, ac fe allwn i ddweud fy marn wrthych chi a fyddai'n bosib bod rhai ohonyn nhw yn dod i'r categori yr ydan ni wedi sôn amdano.'

Ar ôl rhai eiliadau, meddai, 'Heno?'

'Heno, yn sicr. Yna, os ydyn nhw'n O.K. mi fedrwch chi ddweud wrth yr heddlu eu bod nhw'n bod . . . os mai dyna fyddwch chi'n dymuno ei wneud.'

'Dydy George ddim wedi blacmelio neb,' meddai. Swniai'r geiriau a ddeuai o'r geg chwyddedig yn od ac yn llesg, ond synhwyrais y teimlad y tu ôl iddyn nhw. Nid dweud 'Dydw i ddim eisiau credu y gallai George fod wedi blacmelio neb' yr oedd hi, ond dweud 'Wnaeth George ddim'. Ond eto doedd hi ddim wedi bod yn ddigon siŵr o'i phethau i sôn wrth yr heddlu am y sleids. Yn sicr heb fod yn sicr. Yn sicr yn emosiynol. Yn ymenyddiol ansicr. Fe wnâi synnwyr mewn ffordd od.

Doedd ganddi fawr o ddim ar ôl heblaw am y ffydd reddfol honno. Roedd y tu hwnt i mi ddweud wrthi ei bod yn gwneud camgymeriad.

Cesglais y tri bocs metel oddi wrth y cymydog. Fe ddywedwyd wrthi hi mai manion y methodd y lladron â'u gweld oedd yn y bocsys, a chefais fy hebrwng o gwmpas y murddyn y drws nesaf.

Hyd yn oed yn y tywyllwch, fe allai rhywun weld nad oedd dim i'w arbed. Fe wnaeth pum galwyn o baraffin ei waith yn drwyadl. Cragen oedd y tŷ, yn ddi-do, yn ddi-ffenestr, yn drewi ac yn gwegian. Hyn fyddai'n aros Marie Millace pan ddeuai'n ôl.

Gyrrais adref gan warchod gwaith oes George Millace, a threulio gweddill y min nos yn taflunio sleids ar wal wen fy lolfa.

Doedd dim dwywaith amdani, roedd ei ddoniau wedi bod yn fawr iawn. Wrth edrych ar ei luniau, y naill ar ôl y llall fel hyn, yn hytrach nag mewn cylchgronau a phapurau newydd dros y blynyddoedd, yr hyn a ddeuai'n amlwg oedd cyflymder ei weledigaeth. Dro ar ôl tro llwyddodd i ddal bywyd fel ag yr oedd ar yr eiliad y byddai peintiwr wedi ei gyfansoddi. Dim byd wedi ei adael allan, dim na ddylai fod yno. Meistr.

Roedd y gorau o'i waith ar geffylau yno, peth mewn lliw, peth mewn du a gwyn, ond roedd yno hefyd amryw o gyfresi ar destunau annisgwyl megis chwaraewyr cardiau, alcoholics a jiraffs a cherflunwyr yn gweithio, a Suliau poeth yn Efrog Newydd. Deuai'r cyfresi hyn o'i flynyddoedd cynnar; nodwyd y dyddiad a rhai manylion ar ffrâm pob un.

Roedd yno ddwsinau o bortreadau o bobl, rhai wedi eu trefnu yn y stiwdio, y mwyafrif ddim. Yn y naill lun ar ôl y llall llwyddodd i ddal edrychiad eiliadol a oedd yn dadlennu'r enaid, a hyd yn oed os bu'n rhaid iddo dynnu ugain llun i gael un, roedd yr un a gadwodd yn wych ryfeddol.

Lluniau o Ffrainc. Paris, St Tropez, rasio beics, harbwr pysgota. Dim un llun o bobl yn eistedd y tu allan i gaffis, yn siarad â phobl na ddylen nhw fod yn siarad â nhw.

Pan ddois i ddiwedd y trydydd bocs meddyliais am yr hyn nad oedd George wedi tynnu ei lun, neu nad oedd wedi ei gadw, beth bynnag.

Dim rhyfeloedd. Dim cynyrfiadau sifil. Dim erchyllterau. Dim cyrff wedi eu llurgunio na phlant yn llwgu na dienyddiadau na cheir wedi eu bomio.

Yr hyn oedd yn llefain oddi ar fy wal am oriau oedd dinoethiad dychanol o'r hanfod sydd o dan yr wyneb. Hwyrach fod George yn teimlo nad oedd dychanu trais yn allanol yn gadael dim ar ôl iddo ef i'w ddweud.

Roeddwn yn ymwybodol iawn na fyddwn yn edrych ar y byd yn hollol yr un ffordd ag o'r blaen. O hyn ymlaen byddai gweledigaeth George yn gwthio'i ffordd i mewn i'r hyn y byddwn yn ei weld, ac yn fy mhwnio yn fy asennau. Ond doedd gan George ddim iot o gydymdeimlad. Roedd y lluniau'n wefreiddiol. Yn wrthrychol, yn gynhyrfus, yn ddychmyglon, ac yn ddadlennol; ond doedd dim caredigrwydd yn perthyn iddyn nhw.

Ni ellid ychwaith, hyd y gwelwn i, fod wedi defnyddio unrhyw un ohonyn nhw i flacmelio neb.

Ffoniais Marie Millace yn y bore i ddweud hyn wrthi. Bradychodd y rhyddhad yn ei llais fod ganddi amheuon, ac fe glywodd hi'r tinc ei hun, gan frysio i'w guddio.

'Yr hyn o'n i'n ei feddwl,' meddai'n sydyn, 'oedd y gwyddwn i na fyddai George yn gwneud dim o'r fath . . . '

'Wrth gwrs,' meddwn. 'Beth wna i efo'r sleidiau?'

'O diar, dwn i ddim. Fydd neb yn debygol o'u dwyn nhw rŵan, fydd 'na?' Roedd y llais bloesg hyd yn oed yn fwy aneglur dros y ffôn. 'Beth ydych chi'n ei feddwl?'

'Wel,' meddwn, 'fedrwch chi ddim hysbysebu'r ffaith fod

lluniau George yn dal ar gael rhag ofn bod rhywun yn rhywle yn dal dig. Felly, mi fyddwn i'n meddwl bod elfen o bryder ynglŷn â nhw o hyd.'

'Ond mae hyn'na'n golygu . . . yn golygu . . . '

'Mae'n ddrwg ofnadwy gen i. Mi wn i ei fod o'n golygu 'mod i'n cytuno efo'r heddlu — bod gan George rywbeth y mae rhywun arall ishio ei ddinistrio. Ond plîs peidiwch â phoeni. Plîs peidiwch. Mae'n debyg ei fod o, beth bynnag oedd o, wedi ei losgi yn y tŷ . . . ac mae'r cwbwl drosodd.' Duw a faddeuo i mi, meddyliais.

'O diar . . . wnaeth George ddim . . . wnaeth o ddim . . . dwi'n gwybod . . . '

Gallwn glywed y pryder yn codi yn ei llais unwaith eto.

'Gwrandwch,' meddwn yn sydyn. 'Ynglŷn â'r sleidiau 'na. Ydych chi'n gwrando?'

'Ydw.'

'Dwi'n meddwl mai'r peth doethaf rŵan fyddai rhoi'r lluniau 'ma mewn rhewgell yn rhywle. Yna, pan fyddwch chi'n teimlo'n well, fe allwch chi gael asiant i baratoi arddangosfa o waith George. Byddai'n arddangosfa wych, wir i chi. Byddai arddangosfa o'r fath yn dathlu ei dalent, ac yn gwneud peth arian i chi . . . ac yn rhoi sicrwydd i unrhyw un sy'n pryderu, nad oes dim byd iddyn nhw . . . boeni ynglŷn ag o.'

Distawrwydd, ond gwyddwn ei bod yno o hyd gan fy mod i'n clywed sŵn ei hanadlu.

'Gwrthododd George ddefnyddio asiant,' meddai o'r diwedd. 'Sut mae dod o hyd i un?'

'Dwi'n nabod un neu ddau. Mi allwn i roi eu henwau i chi.'

'O . . . ' Swniai'n wan, a bu cyfnod arall o dawelwch. Yna meddai, 'Mi wn . . . mi wn 'mod i'n gofyn llawer . . . ond, a fedrech chi drefnu . . . bod y sleidiau yna yn cael eu rhoi mewn rhewgell yn rhywle? Mi fyddwn i'n gofyn i Steve . . .

ond rydych chi'n swnio fel eich bod chi'n . . . gwybod beth i'w wneud.'

Mi ddywedais y byddwn i'n hollol barod i wneud hynny, ac wedi rhoi'r ffôn i lawr lapiais y bocsys yn eu bagiau plastig a mynd â nhw at y cigydd lleol a oedd, eisoes, yn cadw bocs neu ddau o'm stwff personol yn ei rewgell. Cytunodd yn llawen i dderbyn yr ymwelwyr newydd. Awgrymodd rent bach rhesymol, a rhoddodd dderbynneb i mi.

Yn ôl yn y tŷ edrychais ar y negydd ac ar y print o Elgin Yaxley yn sgwrsio â Terence O'Tree, a meddwl beth ar wyneb y ddaear y dylwn i ei wneud â'r rhain.

Os oedd George wedi derbyn holl elw busnes saethu ceffylau Yaxley — ac fe edrychai fel pe bai hynny'n wir oherwydd y cwmwl a ddaeth dros ben Bart Underfield a diflaniad Yaxley ei hun o'r byd rasio — yna, mae'n rhaid mai Elgin Yaxley oedd yn ysu am ddod o hyd i'r llun hwn cyn i neb arall ei ddarganfod.

Os oedd Elgin Yaxley wedi trefnu'r dwyn, y curo a'r llosgi, oni ddylai dialedd ddilyn? Pe bawn i'n rhoi'r llun hwn i'r heddlu, gydag eglurhad manwl, byddai Yaxley yn debygol o gael ei gyhuddo o lu o droseddau yn erbyn y Gyfraith, gan gynnwys dweud celwydd o dan lw a thwyllo cwmni yswiriant o tua chant a hanner o filoedd o bunnau.

Pe bawn i'n rhoi'r llun i'r heddlu, byddwn yn dweud wrth y byd a'r betws mai blacmeliwr oedd George Millace.

Pa un fyddai orau gan Marie Millace, tybed? Gwybod pwy ymosododd arni hi, ynteu gwybod i sicrwydd yr hyn y mae hi yn ei amau am ei gŵr . . . a gadael i bawb arall wybod hynny hefyd?

Yn fy meddwl i, doedd 'na ddim amheuaeth.

Doedd gen i ddim pryderon ynglŷn â chyfiawnder cyfreithiol. Gosodais y negydd yn ôl yn yr amlen a ludiwyd ar gefn y print tywyll yn ei ffrâm gardbord. Rhoddais y ffrâm yn ôl yn y bocs sborion a safai o hyd ar ddresel y gegin, a rhoddais y print mawr clir a wnes o'r negydd yn fy nghwpwrdd ffeilio yn y pasej.

Wyddai neb eu bod nhw gen i. Ni ddeuai neb i chwilio amdanyn nhw. Ni fyddai neb yn torri i mewn i'r tŷ-rhes bach yma i'w dwyn, neu i'w llosgi nac i 'nghuro i. Ni fyddai dim byd yn digwydd o hyn ymlaen.

Cloais fy nrws ac anelu am y cwrs i farchogaeth Tishoo a Sharpener ac i boeni am y broblem bigog arall honno, Victor Briggs.

VII

Unwaith eto, Ivor den Relgan oedd y newyddion mawr, a'r hyn oedd yn well byth oedd ei fod yno.

Mi welais i o y munud y cyrhaeddais i gan ei fod yn sefyll y tu allan i'r stafell bwyso yn siarad â dau ohebydd. Un wyneb yng nghanol y dorf oeddwn i iddo fo, ond i mi, fel i bawb arall oedd yn ymwneud â byd rasio, roedd o mor amlwg â phabi mewn cae ŷd.

Gwisgai, fel y gwnâi mor aml, gôt ddrud lliw camel, wedi ei botymu a'i gwregysu. Ni wisgai het ac roedd ei wallt brith taclus a'i wyneb smwt yn rhoi iddo awyrgylch gŵr oedd yn gobeithio y byddai pobl eraill yn sylwi arno. Tybiai llawer mai peth da oedd bod yn ei lyfrau fel petai, ond am ryw reswm roedd ei hunan-dyb yn troi fy stumog i, a cheisiais fy ngorau glas beidio â chael fy nhynnu i mewn i'w drobwll.

Mi fyddwn i wedi bod yn fwy na hapus i beidio â dod i'w ffocws, ond wrth i mi ei basio saethodd llaw un o'r gohebyddion allan a chydio yn fy mraich.

'Philip,' meddai, 'mi fedri di ddweud wrthon ni. Mae dy lygad di wedi ei gliwio i gamera.'

'Deud beth?' gofynnais gan hofran ar ganol cam.

'Sut fyddet ti'n tynnu llun ceffyl gwyllt?'

'Pwyntio'r camera a gwasgu'r botwm,' meddwn yn garedig.

'Na, Philip,' meddai'n flin. 'Rwyt ti'n nabod Mr den Relgan, 'ndwyt ti?'

Gwyrais fy mhen ryw fymryn a dweud, 'Dim ond o bellter.'

'Mr den Relgan, dyma Philip Nore. Joci, wrth gwrs.' Roedd y gohebydd yn anarferol o gwrtais; sylwais fod den Relgan yn cael yr effaith hwn ar bobl. 'Mae Mr den Relgan ishio lluniau o'i geffylau i gyd, ond mae un yn mynnu codi ar ei draed ôl trwy'r amser. Sut fyddet ti'n ei gael i sefyll yn llonydd?'

'Mi wn i am un ffotograffydd gafodd geffyl i sefyll yn llonydd drwy chwarae tâp o helfa yn ei hanterth. Mi safodd y ceffyl yn hollol stond a gwrando. Lluniau arbennig, fel dwi'n dallt.'

Glaswenodd den Relgan fel pe na bai arno eisiau clywed am syniadau da nad oeddynt yn eiddo iddo ef ei hun. Nodiais innau, a throi i fynd i mewn i'r stafell bwyso gan feddwl bod y Jockey Club wedi colli rhan helaeth o'i bwyll. Roedd y mwyafrif o'r Clwb yn bobl dda a gweithgar a oedd yn llawn ewyllys da ac yn awyddus i redeg diwydiant enfawr yn deg ac yn effeithiol. Mae'n wir eu bod yn cael eu hethol o gylch cyfyng iawn, a golygai hyn eu bod bron i gyd yn aristocratiaid neu'n perthyn i'r dosbarth uchaf, ond gan fod y ddelfryd o wasanaethu yn eu gwaed, fe weithiai'r drefn yn syndod o dda er lles rasio. Doedd dim amheuaeth fod yr hen do ceidwadol, a wrthodai unrhyw newid, wedi darfod o'r tir, ac erbyn heddiw pethau digon prin oedd jôcs am y pennau maip oedd yn rheoli. A gwnâi hyn y ffaith eu bod wedi ethol pen bach fel den Relgan i'w plith yn rhyfeddach fyth.

Safai Harold y tu mewn i'r stafell bwyso yn siarad â Lord White; gyrrodd hyn ias bleserus drwof fel wrth weld warden traffig yn ei deud hi wrth barciwr euog, ond mae'n debyg nad holi am ganlyniad y Sandown Pattern 'Chase nac am unrhyw bechodau eraill yr oedd Stiward pwerus y Jockey Club. Dweud oedd o y byddai 'na dlws arbennig yn cael ei roi i enillydd ras Sharpener, a phe byddai o yn ddigon ffodus i'w ennill, byddai disgwyl i mi, Harold a'r perchennog ymddangos i dderbyn ein gwobrau.

'Doeddwn i ddim yn gwybod bod y ras yn cael ei noddi,' meddai Harold, wedi ei synnu braidd.

'Na, doedd hi ddim . . . ond mae Mr den Relgan, yn garedig iawn, wedi cynnig rhoi'r gwobrau. A'i ferch, gyda llaw, fydd yn eu cyflwyno.' Edrychodd yn syth ata i. 'Nore, ia?'

'Ie, syr.'

'Glywsoch chi hyn'na i gyd? Da iawn. Da iawn.' Nodiodd ei ben, troi, a'n gadael gan gerdded draw at hyfforddwr arall oedd â cheffyl yn yr un ras.

'Sawl cwpan sy'n rhaid ei rhoi i brynu dy ffordd i mewn i'r Jockey Club?' gofynnodd Harold o dan ei wynt. Yna, mewn llais arferol ychwanegodd, 'Mae Victor yma.'

Meddwn yn betrus, 'Ond fe wneith Sharpener ei orau.'

Fflachiodd rhyw ddifyrrwch sydyn yn llygaid Harold. 'Gwneith, mi wneith o'i orau. Y tro hwn. Gofala dy fod ti'n ennill y pot yna. Mi fyddai'n wefr arbennig i Victor, cael cwpan gan den Relgan. Allan nhw ddim dioddef ei gilydd.'

'Wyddwn i ddim eu bod nhw'n . . . '

'Mae pawb yn nabod pawb,' meddai Harold gan godi ei ysgwyddau. 'Dwi'n meddwl eu bod nhw'n perthyn i'r un clwb gamblo.' Collodd ddiddordeb, a sefais yn ddi-glem am rai eiliadau yn gwylio Lord White yn mynd at hyfforddwr arall efo'i neges am y cwpan.

Dyn golygus ar draws ei hanner cant oedd Lord White, yn berchen ar wallt brith a oedd yn prysur droi'n unlliw â'i enw. Meddai hefyd ar y llygaid glas mwyaf trawiadol, a'r gallu i dynnu'r gwynt o hwyliau unrhyw un a âi ato gyda chŵyn, ac yfo, er nad oedd yn Brif Stiward, oedd y grym gwirioneddol yn y Jockey Club. Etholwyd mohono drwy bleidlais, ond yn rhinwedd ei ddawn gynhenid i arwain.

Dyn cywir, uchel ei barch, a haeddai ei lasenw o Eira Gwyn yn Salmon (a arferid yn ei gefn yn unig) nid yn gymaint am fod pobl yn ei edmygu, ond am fod cymaint o rinwedd amlwg yn perthyn i'r dyn.

Es ymlaen i'r stafell newid ac i ymwneud â busnes y dydd. Teimlais ryw euogrwydd wrth i mi sylweddoli fy mod yn falch nad oedd Steve Millace wedi dod heddiw. Dim llygaid erfyngar, dim awyrgylch o ddiymadferthedd, dim ymbil arnaf i redeg o gwmpas ac i ymweld â'r clwyfedig. Gwisgais liwiau

Tishoo, heb feddwl am ddim ond am y ras oedd o 'mlaen, ras i *novices* dros y clwydi.

Fel y digwyddodd, ni fu problemau mawr, ond nɪ chafwyd ailadrodd o lwyddiannau ddoe ychwaith. Pedwerydd oedd Tishoo i gyrraedd y diwedd, ac roedd ei berchennog benywaidd yn falch iawn. Cariais fy nghyfrwy at y glorian i gael fy mhwyso, ac yna yn ôl i'r stafell newid i wisgo lliwiau Victor Briggs ar gyfer Sharpener. Y gwaith beunyddiol. Er bod pob dydd yn unigryw ynddo'i hun, roedd pob un yr un fath yn ei hanfod. Am ddwy fil o ddyddiau, fwy neu lai, ro'n i wedi cerdded i stafelloedd newid, gwisgo'r lliwiau, cael fy mhwyso a marchogaeth mewn ras. Dwy fil o ddyddiau o obaith ac ymdrech a chwys er mwyn y gwobrau pitw a geid. Mwy na swydd; rhan o fy ngwead.

Gwisgais siaced dros liwiau Briggs gan fod dwy ras arall cyn un Sharpener, ac es allan am eiliad i weld beth oedd yn digwydd yn gyffredinol, a'r hyn oedd yn digwydd yn benodol oedd bod cuwch go-iawn ar wyneb aristocrataidd Lady White.

Nid adwaenai Lady White mohonof i yn arbennig, ond ro'n i, fel y rhan fwyaf o'r jocis eraill, wedi ysgwyd llaw â hi pan safai'n urddasol wrth ochr ei gŵr yn y ddau barti roeson nhw i'r byd rasio. Partïon mawr pawb-yn-cael-eu-gwahodd oedden nhw yn ystod cyfarfodydd Mawrth ar gwrs rasio Cheltenham. Bu rhyw dair neu bedair blynedd rhwng yr achlysuron. Syniad Lord White oedden nhw, ac fe'u rhoddodd am ei fod yn credu bod pawb oedd yn ymwneud â rasio yn perthyn yn eu calonnau i frawdoliaeth o gyfeillion. Y fo, hefyd, dalodd am y cwbl. Eira Gwyn yn Salmon ar ei orau gwych, ac fel pawb arall mi es i i'r parti a'm mwynhau fy hun yn fawr.

Gwasgai Lady White ei minc yn dynn, a melltennai ei llygaid o dan ei het frown gantel llydan. Roedd cymaint o rym yn ei hedrychiad fel y medrwn ei ddilyn at ei pharagon o ŵr oedd yn sgwrsio â merch.

Nid sgwrsio'n unig â'r ferch yr oedd Lord White ychwaith, ond mwynhau'r achlysur i'r eithaf. Gwnâi lygaid bach arni, gorbwysleisiai symudiadau ei freichiau a'i gorff. Edrychais yn ôl ar Lady White, gweld bod ei llygaid wedi eu hoelio ar ei gŵr o hyd, a meddwl pa mor druenus o gyson mae'r hen, hen stori hon yn cael ei hailadrodd. Diar annwyl, meddwn yn ddistaw bach; byddai'r arglwydd claerwyn yn cael gwybod faint sy 'na tan y Sul heno 'ma.

Lordiai Ivor den Relgan hi dros glwstwr o ddynion papur newydd, dau yn ddynion newyddion rasio, a thri yn golofnwyr clecs o'r papurau cenedlaethol. Dyn colofnydd clecs oedd Ivor den Relgan.

Roedd Bart Underfield yn dweud yn uchel wrth hen gwpwl bod Harold Osborne allan o'i bwyll wrth redeg Sharpener mewn ras dair milltir dros y clwydi, gan fod pob ffŵl yn gwybod na allai'r ceffyl yna fynd ymhellach na dwy. Nodiodd yr hen gwpwl yn wyneb y fath ddeallusrwydd.

Yn araf bach synhwyrais fod dyn wrth fy ochr hefyd yn craffu ar Lord White a'r ferch. Doedd dim yn hynod am y dyn, dyn cyffredin, heb fod yn arbennig o ifanc er nad oedd eto'n ganol oed, gwallt tenau tywyll a sbectol ffrâm dywyll. Trowsus llwyd, siaced o liw'r olewydd, swêd nid brethyn, wedi ei llunio'n goeth. Pan sylweddolodd o 'mod i'n edrych arno fo rhythodd yn flin arna i a symud i ffwrdd. Feddyliais i ddim mwy amdano am awr gyfan.

Diolch i'r drefn roedd Victor Briggs yn drwm o foneddigeiddrwydd pan es ato yn y cae bach cyn ras Sharpener; doedd dim arlliw o'r tynnu'n groes a fu. Roedd Harold wedi ei argyhoeddi ei hun mai'n hyderus oedd y ffordd orau i wynebu'r ras hon, a safai yno â'i goesau hir ar led, ei het yn pwyso'n ôl ar ei gorun, a'i sbienddrych yn pendilio yn ei law.

'Mater o fynd trwy'r moshiwns,' meddai. 'Fu Sharpener erioed cystal, e, Philip? Mi roddodd o deimlad da i ti ar y Downs, 'ndo? Mynd fel trên.' Llifai ei lais cryf dros y grwpiau agosaf o hyfforddwyr a pherchenogion a jocis a oedd â digon o bryderon cyn rasio eu hunain heb orfod gwrando ar rai Harold.

'Mae o'n neidio allan o'i groen ei hun, bron iawn,' meddai'n uwch byth. 'Erioed wedi bod yn well. Mi curith nhw heb ddechrau chwysu heddiw 'ma, e, Victor?'

Yr unig beth da am gyfnodau gorhyderus Harold oedd hyn: pe profid nhw yn anghywir, ni fyddai byth yn syrthio i bwll o dristwch a checru. Byddai methiannau yn cael eu maddau gydag eglurhad fel 'y pwysau oedd yn ei erbyn, wrth gwrs', ac anaml iawn y rhoddid y bai ar y joci, hyd yn oed pe byddai yn ei haeddu.

Ymatebodd Sharpener ei hun i optimistiaeth Harold mewn ffordd gadarnhaol iawn. Hwyrach bod gan fy hyder i ar ôl ennill ddwywaith ddoe rywbeth i'w wneud â'r canlyniad hefyd, oherwydd rhedodd Sharpener ras berffaith, ac am y trydydd tro y diwrnod hwnnw fe ddois yn ôl i gymeradwyaeth y dorf.

Gellid gweld bod Harold yn cerdded ar aer, ac fe ganiataodd Victor wên fach iddo'i hun, hyd yn oed.

Wynebodd den Relgan y ffaith fod dyn nad oedd ef yn hidio dim amdano wedi ennill ei gwpan, a daliodd Lord White i droi yn fân ac yn fuan o gwmpas y ferch y bu'n siarad â hi; gwnaeth yn sicr bod ffordd yn cael ei hagor iddi hi drwy'r dorf.

Wedi i mi gael fy mhwyso a rhoi fy nghyfrwy i'r gwas, cribo fy ngwallt a mynd allan i'r gwobrwyo, roedd pawb wedi setlo o gwmpas bwrdd sgwâr a lliain glas arno a ddaliai un tlws mawr arian a dau o rai llai. O'u cwmpas safai Lord White, y ferch, Ivor den Relgan, Victor a Harold.

Hysbysodd Lord White drwy'r meicroffon y byddai merch Ivor den Relgan, Miss Dana den Relgan, yn cyflwyno'r tlysau a roddwyd trwy fawr garedigrwydd ei thad. Go brin mai yn fy meddwl i yn unig yr oedd amheuaeth yn codi ei ben annheilwng. Ai Dad roedd Lord White ei eisiau yn y Clwb ynteu merch Dad? Y fath feddwl. Lord White yn cyboli efo merch ifanc? Amhosibl.

Er hynny, roedd hi'n amlwg ei fod yn cael ei lygad-dynnu y tu hwnt i bob synnwyr o barchusrwydd. Roedd yn ei chyffwrdd yn gyson gan esgus mai trefnu'r grŵp oedd o, ac roedd yn llawn bywyd ar adegau pryd y byddai ef, fel arfer, yn dawel. Arhosai'r posibilrwydd ei fod yn ei thrin mewn modd tadol, hwyliog, a direidus, ond ni allai neb ei alw'n ymddygiad doeth.

Mae'n debyg y byddai Dana den Relgan yn ddigon i gyffroi unrhyw ddyn y dymunai hi ymateb iddo, ac roedd hi'n ymateb yn felys i sylw Lord White. Yn fain ac yn osgeiddig heb fod yn rhy dal, roedd ganddi raeadr o wallt melyn a lifai dros ei hysgwyddau. Roedd yno hefyd geg llawn gwên, llygaid mawr a chroen hyfryd, a phersonoliaeth oedd yn bell iawn o fod yn dwp. Y gwir oedd bod ei hymarweddiad yn llawer mwy ymataliol nag un Lord White, fel pe na bai hi'n hoffi ei sylw am ei fod yn rhy amlwg ynglŷn â'r peth. Cyflwynodd y tlysau i Victor, Harold a minnau heb ychwanegu llawer iawn o sgwrsio.

'Da iawn,' oedd yr unig beth a ddywedodd wrtha i a rhoi'r tlws arian i mi (gwelais yn ddiweddarach mai pwysau dal papur ar ffurf cyfrwy ydoedd), gan wenu'n arwynebol fel rhywun sydd am eich anghofio ymhen pum munud. Yn ôl yr hyn a glywais o'i llais barnwn mai acen Americanaidd o fath oedd ganddi hithau, fel ei thad, ond nad oedd yn ei llais hi yr un tinc nawddoglyd, ac roedd i mi, beth bynnag, yn ddeniadol. Merch dlws, ond nid o ddiddordeb i mi. Roedd y byd 'ma'n llawn ohonyn nhw.

Tra oeddwn i a Harold a Victor yn cymharu tlysau cerddodd y dyn cyffredin yr olwg arno yn dawel at Dana den

Relgan a sibrwd rhywbeth yn ei chlust. Trodd oddi wrth y bwrdd a mynd gydag ef, yn nodio ac yn gwenu ychydig, gan wrando ar yr hyn oedd ganddo fo i'w ddweud.

Fe gafodd y digwyddiad diniwed hwn yr effaith ryfeddaf ar den Relgan, a rhoddodd y gorau i edrych yn hunanfodlon yn y filfed ran o eiliad, a dechrau symud. Rhuthrodd ar ôl ei ferch, gafael yn ysgwydd y dyn cyffredin a'i daflu oddi wrtho gyda'r fath rym nes i'r dyn fynd lawr ar un pen-glin.

'Dwi 'di deud wrthat ti am gadw draw,' meddai den Relgan fel pe na bai ganddo gydwybod ynglŷn â chicio dyn oedd yn gorwedd ar y llawr. Mwmianodd Lord White, 'O diar,' ac 'Wel, wel,' ac edrychai'n anghyfforddus iawn.

'Pwy ydy'r dyn 'na?' gofynnais i bwy bynnag oedd yn digwydd gwrando.

'Cyfarwyddwr ffilmiau. Lance Kinship yw ei enw fo.'

'Be 'dy'r helynt?'

Gwyddai Victor Briggs beth oedd yr ateb, ond fe gymerodd ychydig o waith tafoli mewnol cyn penderfynu ai doeth oedd rhannu'r wybodaeth. 'Cocên,' meddai o'r diwedd. 'Powdwr gwyn, i sniffian i fyny dy drwyn. Poblogaidd iawn. Y merched gwirion 'ma . . . beth wnawn nhw wedi i asgwrn eu trwyn nhw gancro. E?'

Edrychodd Harold a finnau ar y dyn mewn syndod. Chlywodd yr un ohonon ni mo Victor yn dweud cymaint ar un cynnig, ac yn sicr dyna'r tro cyntaf iddo fo gynnig sylw preifat ar unrhyw fater.

'Mae Lance Kinship yn gwerthu'r stwff,' meddai. 'Mae'n cael ei wahodd i bartïon am ei fod o'n dod â'r peth efo fo.'

Cododd Lance Kinship ar ei draed, rhwbio'r pridd oddi ar ei drowsus, gosod ei sbectol yn sownd ar ei drwyn, ac edrych yn gïaidd.

'Os ydw i am siarad efo Dana, mi siarada i â hi.'

'Ddim pan fydda i yma,' atebodd den Relgan.

Doedd dim amheuaeth am y peth, roedd fenîr gweddustra

Jockey Club den Relgan yn rhacs, a gwenithfaen amrwd oedd yn y golwg rŵan. Bwli, meddyliais; gelyn drwg, hyd yn oed os oedd ei achos yn un cyfiawn.

Nid oedd Lance Kinship yn edrych fel pe bai'n malio. 'Dydy Dad ddim wastad o gwmpas ei ferch fach,' meddai'n ddiflas. Dyna pryd y tarodd den Relgan o, pwniad caled, effeithiol ar y trwyn.

Mae trwynau'n gwaedu'n hawdd, ac roedd 'na lawer o waed hyd y lle. Wrth geisio ei lanhau â'i law llwyddodd Kinship i'w daenu dros ei wyneb i gyd. Llifodd i lawr dros ei geg a disgyn yn ddiferion mawr ar ei siaced swêd.

Estynnodd Lord White ei fraich allan, ac ar ei blaen roedd hances wen enfawr. Roedd y Lord yn casáu pethau fel hyn. Cipiodd Kinship yr hances heb air o ddiolch. Trodd y gwyn yn goch wrth iddo geisio atal y llif.

'Stafell gymorth cyntaf, e? Be 'dach chi'n ei feddwl?' meddai Lord White gan edrych o'i gwmpas. 'Y . . . Nore,' meddai gan hoelio'i lygaid arna i. 'Fe wyddoch chi ble mae'r stafell gymorth cyntaf, 'n gwyddoch chi? Ewch â'r gŵr bonheddig hwn draw yno, os gwelwch yn dda. Dyna garedig ydych chi . . . ' Gwnaeth arwydd â'i law i 'ngyrru ar fy ffordd, ond pan afaelais yn y llawes swêd, fel arwydd y dylai Kinship fy nilyn at gadachau oer a chydymdeimlad, tynnodd ei fraich yn sarrug oddi wrthyf.

'Gwaeda 'ta,' meddwn.

Edrychai llygaid gelyniaethus arnaf o'r tu hwnt i'r sbectol drom, ond roedd yn rhy brysur yn mopio i siarad.

'Mi ddangosa i'r ffordd i chi,' meddwn. 'Mae croeso i chi ddilyn.'

Cerddais heibio'r cae bach tua'r cwt gwyrdd lle byddai merched mamol yn disgwyl i drin y clwyfedig. Nid Kinship oedd yr unig un i ddilyn, roedd den Relgan am ddod hefyd. Clywais ei lais mor glir ag y clywodd Kinship ef, a doedd dim amheuaeth am y neges.

'Os doi di'n agos at Dana eto, mi dorra i dy wddw di.'

Chafodd o ddim ateb gan Kinship.

Gwaeddodd den Relgan yn uwch. 'Glywaist ti, y cadi ffan bach cythreulig?'

Roedden ni wedi mynd yn ddigon pell i glwstwr o bobl ddod rhyngon ni a'r criw a safai y tu allan i'r stafell bwyso. Clywais sgarmes y tu ôl i mi. Trois i weld Kinship yn anelu cic karate galed at afl den Relgan a honno'n glanio'n ddestlus ar ei tharged. Edrychodd Kinship yn ôl tuag ataf a rhoi edrychiad ffyrnig arall arna i dros ymyl ei hances goch nad oedd wedi gadael ei drwyn drwy'r holl ffrwgwd.

Gwnâi den Relgan synau tagu, gan afael ynddo'i hun. Doedd yr olygfa ddim yr hyn y byddech chi'n ei ddisgwyl wedi cyflwyniad parchus ar gwrs rasio ceffylau ar brynhawn dydd Iau.

'I mewn fan'na,' meddwn wrth Kinship, ac edrychodd arnaf unwaith eto mewn modd ymlusgaidd wrth i'r caban cymorth cyntaf agor ei ddrysau. 'Aaa . . . ' meddai den Relgan wrth gerdded yn ei blyg mewn cylchoedd gan bwyso un llaw yn drwm ar ran isaf ei gôt liw camel.

Dyna drueni bod George Millace wedi mynd i'w aped. Byddai ef yn anad neb wedi mwynhau'r olygfa, ac fe fyddai o, yn wahanol i bawb arall, wedi bod yma efo'i gamera, a'i lens wedi'i ffocwsio'n fanwl, ac yn nodi popeth yn ôl tri pwynt pump ffrâm yr eiliad. Gallai den Relgan ddiolch i wydraid neu ddau o wisgi a choeden na fyddai'r ffrae fach yma rhwng Kinship ac aelod diweddaraf y Jockey Club yn y papurau yfory.

Safai Harold a Victor Briggs lle gadewais i nhw, ond roedd Lord White a Dana den Relgan wedi diflannu.

'Mi aeth ei fawrhydi â hi i ffwrdd i'w thawelu,' meddai Harold yn sych. 'Mae'r hen gi yn dawnsio o'i chwmpas hi, y lari.'

'Mae hi'n dlws,' meddwn.

'Ymladdwyd rhyfeloedd oherwydd merched tlws,' meddai Victor Briggs.

Edrychais arno mewn golau newydd a derbyn yn gyfnewid ganddo yr hen edrychiad oeraidd, pell. Fe allai fod dyfnderoedd cuddiedig yn Victor. A dyna yn union yr hyn oedden nhw: cuddiedig.

Wrth i mi gerdded allan o'r stafell bwyso i hel fy nhraed am adref, cefais fy rhwystro mewn modd ymddiheurol gan ffurf heglog Jeremy Folk.

'Dydw i ddim yn credu hyn,' meddwn.

'Mi . . . y . . . wnes i dy rybuddio di.'

'Do, 'ndo.'

'Allwn i . . . y . . . gael gair bach?'

'Am beth?'

'Wel ia . . . yn hollol . . . '

'"Na" fydd yr ateb,' meddwn.

'Ond dwyt ti ddim yn gwybod be 'dy'r cwestiwn.'

'Mi wn i mai rhywbeth nad ydw i ishio'i wneud ydy o.'

'Ym,' meddai. 'Mae dy nain ishio i ti ymweld â hi.'

'Na wnaf — yn ben-dant.'

Oediad bychan. Roedd pobl o'n cwmpas yn mynd adref ac yn dweud nos dawch wrth ei gilydd. Pedwar o'r gloch oedd hi. Roedd nosdawchio'n dechrau'n gynnar yn y byd rasio.

'Mi es i'w gweld hi,' meddai Jeremy. 'Mi ddeudis i na fyddet ti'n mynd i chwilio am dy chwaer am bres. Mi ddeudis i y byddai'n rhaid iddi roi rhywbeth arall i ti.'

Roedd hyn yn benbleth. 'Rhoi beth i mi?'

Edrychodd Jeremy yn niwlog ar yr olygfa o'i gwmpas o'i uchder sylweddol a dweud, 'Mi allet ti ddod o hyd iddi, 'n gallet, petaet ti ishio go-iawn?'

'Dydw i ddim yn meddwl hynny.'

'Ond hwyrach y gallet ti.'

Atebais i ddim, ac fe grwydrodd ei sylw yn ôl i orffwys yn ysgafn ar fy wyneb.

'Fe gytunodd dy nain ei bod hi wedi cael andros o ffrae efo Caroline . . . dy fam . . . ac wedi ei thaflu allan o'r tŷ pan oedd hi'n feichiog.'

'Dwy ar bymtheg oedd fy mam,' meddwn.

'Ym. Mae hynny'n gywir.' Gwenodd. 'Od meddwl bod mam rhywun mor ifanc.'

Glöyn byw bach diamddiffyn. 'Ydy,' cytunais.

'Mae dy nain yn dweud . . . wedi cydsynio . . . os cytuni di i chwilio am Amanda y bydd hi'n barod i ddeud wrthat ti pam y taflodd hi Caroline allan o'r tŷ. Ac mi ddeudith hi pwy ydy dy dad di.'

'Rarglwydd mawr!'

Cymerais ddau gam greddfol yn ôl oddi wrtho, sefyll, troi a syllu arno.

'Dyna ddeudist ti wrthi hi?' gofynnais. 'Deudwch wrtho fo pwy ydy ei dad ac mi wneith o yr hyn rydach chi'n ei ofyn?'

'Wyddost ti ddim pwy ydy dy dad,' meddai'n rhesymol. 'Ond mi fyddet ti'n hoffi gwybod, 'n byddet ti?'

'Na fyddwn.'

'Dydw i ddim yn dy gredu di.'

Fe rython ni'n dau ar ein gilydd.

'Mae'n rhaid dy fod ti ishio gwybod,' meddai. 'Dyna'r natur ddynol.'

Llyncais fy mhoer. 'Ddeudodd hi wrthat ti pwy ydy o?'

Ysgydwodd ei ben. 'Naddo. Wnaeth hi ddim. Mae'n debyg nad ydy hi wedi dweud wrth unrhyw un. Neb o gwbwl. Os nad ei di allan i chwilio am dy chwaer, chei di byth wybod.'

'Rwyt titha'n fasdad go-iawn, Jeremy.'

Gwingodd y tu mewn i'w gorff mewn chwithdod nad oedd yn ei deimlo mewn difrif. Byddai chwaraewr gwyddbwyll wedi bod yn falch o'r golau oedd yn ei lygaid; y rheiny a ddangosai yr hyn yr oedd yn ei deimlo.

Meddwn yn chwerw, 'Ro'n i'n meddwl mai eistedd y tu ôl i ddesgiau yn dweud pethau call oedd gwaith twrnai, nid mynd hyd y wlad yn cael hen wragedd i wneud a dweud pethau.'

'Mae'r hen ddynes arbennig hon yn . . . sialens.'

Fe gefais yr argraff ei fod wedi newid yr hyn yr oedd am ei ddweud yng nghanol ei frawddeg, ond gofynnais, 'Pam na adewith hi ei phres i'w mab?'

'Dydw i ddim yn gwybod. Wneith hi ddim rhoi rhesymau. Y cwbl ddeudodd hi wrth fy nhaid oedd ei bod hi am ddileu ei hen ewyllys, oedd yn gadael popeth i'w mab, a gwneud un newydd o blaid Amanda. Mi fydd y mab yn herio'r peth wrth gwrs. Rydan ni wedi dweud hynny wrthi, ond dydy hynny ddim yn newid ei meddwl. Mae . . . hi'n . . . benstiff.'

'Wyt ti wedi cyfarfod ei mab?'

'Naddo,' meddai. 'Wyt ti?'

Ysgydwais fy mhen. Cymerodd Jeremy olwg arall niwlog o gwmpas y cwrs rasio a dweud, 'Pam na rown ni gynnig ar hyn gyda'n gilydd? Fydden ni ddim chwinciad yn darganfod Amanda, na fydden i? Ni ein dau. Yna, fe allet ti fynd yn ôl i dy gragen ac anghofio'r cwbwl, os mai dyna fyddi di 'i ishio.'

'Fyddet ti ddim yn gallu anghofio . . . pwy oedd dy dad.'

Gloywodd ei lygaid yn syth. 'Wyt ti'n barod i roi cynnig arni, 'ta?'

Gwyddwn y byddai'n dyfalbarhau beth bynnag. Byddai'n fy mhoeni pan fyddai arno angen help, yn fy nghornelu yn fy ngwaith unrhyw bryd y dymunai — dim ond darllen y papurau oedd rhaid iddo fo. Byddai'n dygnu arni fel daeargi am fod arno, fel y dywedodd wrtha i ar y dechrau'n deg, eisiau profi i'w daid a'i ewythr y gallai ef, o roi ei feddwl ar waith, ddatrys problemau.

A minnau . . . wel, roedd dirgelwch amodau fy ngeni yno i'w ddarganfod. Gallwn, o'r diwedd, hwyrach, ddeall ychydig ar y storm oedd i'w chlywed dros y gorwel yn ystod fy mhlentyndod cynnar. Hwyrach y gallwn ddarganfod beth oedd achos y gweiddi y tu ôl i'r drysau gwyn tra arhoswn i yn y cyntedd yn fy nillad newydd.

Hwyrach y byddwn yn casáu'r dyn a 'nghenhedlodd i. Hwyrach y cawn fy nychryn. Hwyrach y byddwn yn difaru cael gwybod. Ond roedd Jeremy yn iawn. O gael y cyfle . . . roedd yn rhaid i rywun gael gwybod.

'Wel?' gofynnodd.

'Olreit.'

'Dod o hyd iddi efo'n gilydd?'

'Ia.'

Roedd ei foddhad yn hollol amlwg. 'Gwych.'

Doeddwn i ddim mor sicr, ond fe darwyd y fargen.

'Fedri di fynd heno?' gofynnodd. 'Mi ffonia i a dweud dy fod ti'n dod.' Herciodd yn flêr i mewn i flwch ffôn. Thynnodd o mo'i lygaid oddi arnaf, rhag ofn i mi newid fy meddwl a'i heglu hi, mae'n siŵr.

Ni chafodd unrhyw foddhad o'r alwad, fodd bynnag.

'Daria,' meddai gan ddod yn ôl ataf. 'Mae Mrs Nore wedi cael diwrnod gwael, ac mae hi newydd gael pigiad. Mae hi'n cysgu. Dim ymwelwyr. Ffonio fory.'

Cefais ymdeimlad pendant o ryddhad. Synhwyrodd yntau hynny.

'Mae'n O.K. i ti,' meddwn. 'Ond sut hoffet ti fod ar fin darganfod mai cnych fach sydyn tu ôl i'r llwyn rhosod efo'r dyn llefrith sy'n gyfrifol am dy fodolaeth?'

'Ai dyna wyt ti'n ei feddwl?'

'Rhywbeth fel'na. Beth arall allai fod wedi digwydd?'

'Wel, wedi'r cwbwl . . . ' meddai'n amheus.

'Wedi'r cwbwl,' cytunais, 'mae pawb ishio cael gwybod.'

Cychwynnais am y maes parcio gan feddwl bod neges Jeremy wedi dod i ben, ond nid felly roedd hi. Dilynodd fi yn araf; edrychais yn ôl ac aros.

'Ynglŷn â mab Mrs Nore,' meddai. 'Ei mab, James.'

'Beth amdano fo?'

'Meddwl o'n i y gallet ti fynd i'w weld o. Tria ddarganfod pam ei fod o wedi ei dorri o'r ewyllys.'

'Meddwl yr oeddet ti y gallwn i . . .'

'Rydan ni yn gweithio efo'n gilydd,' ychwanegodd yn frysiog.

'Fe allet ti fynd,' awgrymais.

'Y . . . na,' meddai. 'Fel cyfreithiwr Mrs Nore, mi fyddwn i'n gofyn cwestiynau na ddylwn i mo'u gofyn.'

'Ac mi alla i weld y boi James 'ma yn ateb fy rhai i.'

Tynnodd gerdyn allan o boced siaced ei siwt lwyd. 'Dyma ei gyfeiriad,' meddai gan ddal y cerdyn i mi. 'Ac mi rwyt ti wedi gaddo helpu.'

'Bargen ydy bargen,' meddwn gan gymryd y cerdyn. 'Ond mi rwyt ti'n dal yn fasdad.'

VIII

Yn Llundain yr oedd James Nore yn byw, a chan fy mod i fwy na hanner y ffordd yno gyrrais yn syth o'r cwrs i'w dŷ yn Camden Hill. Ar hyd y ffordd gobeithiwn na chawn ateb, ond pan ddois o hyd i'r stryd, y rhif, a phwyso'r gloch gywir, agorwyd y drws gan ŵr tua deugain oed a gytunodd mai James Nore oedd ei enw.

Cafodd ei syfrdanu o ddarganfod fod ganddo nai, a bod hwnnw'n sefyll ar garreg ei ddrws; er hynny, heb betruso ond am eiliad yn unig gwahoddodd fi i mewn i stafell a oedd yn llawn Victoriana lliwgar.

'Ro'n i'n meddwl bod Caroline wedi dy erthylu,' meddai'n foel. 'Mi ddywedodd Mam nad oedd y plentyn ar gael.'

Doedd o'n ddim byd tebyg i'm hatgofion o'i chwaer. Roedd o'n llond ei groen, yn feddal ei gyhyrau, a cheg fechan ganddo; roedd hefyd ryw siâp galarus ar ei lygaid. Ni allai dim o ysgafnder hapus na gosgeiddrwydd a chyflymder gwastadol ei chwaer fod wedi byw yn ei gorff llipa. Teimlwn yn anesmwyth yn ei gwmni ar yr olwg gyntaf, ac euthum i gasáu fy neges fwyfwy bob munud.

Gwrandawodd â'i wefusau bach yn crychu wrth i mi egluro am fy ymchwil am Amanda, a dechreuodd ddangos mwy a mwy o annifyrrwch.

'Mae'r hen hwch wedi bod yn dweud ers misoedd ei bod hi am fy nhorri o'r ewyllys,' meddai'n gandryll. 'Byth er pan ddaeth yma.' Edrychodd o gwmpas y stafell; ond doedd dim byd yno a allai bellhau Mam. 'Roedd popeth yn iawn tra o'n i'n mynd i Northamptonshire bob hyn a hyn. Yna fe ddoth hi *yma*. Heb ei gwahodd. Yr hen hwch.'

'Mae hi'n sâl rŵan,' meddwn.

'Wrth gwrs ei bod hi.' Taflodd ei freichiau yn ôl mewn ystum gormodol. 'Rydw i'n awgrymu 'mod i'n dod i'w gweld.

Mae hi'n gwrthod. Fynnith hi ddim 'y ngweld i. Yr hen wrach benstiff.'

Yn bersain tarodd y cloc pres ar y pentan hanner awr wedi rhywbeth a sylwais fod popeth yn y stafell o ansawdd da ac wedi ei gadw'n hyfryd. Nid Victoriana oedden nhw, ond antîcs.

'Mi fyddwn i'n ffŵl i dy helpu di i ddod o hyd i fwy o epil Caroline, 'n fyddwn i?' meddai. 'Os na all neb ddod o hyd iddi mae'r holl eiddo yn dod i mi beth bynnag, ewyllys neu beidio. Dim ond y byddai'n rhaid i mi aros am flynyddoedd am hynny. Sbeit Mam unwaith eto.'

'Pam?' gofynnais yn dawel.

'Roedd hi'n meddwl y byd o Noël Coward,' meddai'n anfoddog, a awgrymai, mae'n debyg, y dylai hi hefyd feddwl y byd o'i mab.

'Dydy'r haniaethol ddim bob amser yr un peth â'r diriaethol,' meddwn.

'Doeddwn i ddim ishio iddi hi ddod yma. Fyddai'r holl fusnes yma ddim wedi codi petai hi wedi cadw draw.' Gwnaeth ystum arall â'i ddwylo. 'Ydych chi'n mynd rŵan? Does 'na ddim pwynt i chi aros mwy.'

Dechreuodd gerdded at y drws, ond cyn iddo'i gyrraedd fe'i hagorwyd gan ddyn yn gwisgo ffedog blastig ac yn gafael yn llipa mewn llwy bren. Roedd o'n iau o lawer na James, ac ni allech gamgymryd dim amdano.

'O, helô, cariad,' meddai wrth fy ngweld. 'Wyt ti'n aros i swper?'

'Mae o ar fin mynd,' meddai James yn siarp. 'Dydy o ddim yn . . . y . . . '

Safodd y ddau o'r neilltu i wneud lle i mi fynd heibio, ac wrth i mi sefyll yn y cyntedd gofynnais, 'Wnaethoch chi gyfarfod Mrs Nore pan ddaeth hi yma?'

'Wrth gwrs, cariad,' meddai'n drist cyn gweld James yn

ysgwyd ei ben yn ffyrnig arno. Gwenais yn wan-galon ar bwynt yn yr awyr rywle yn agos i'w pennau, ac agor y drws.

'Rydw i'n dymuno lwc ddrwg i chi,' meddai James. 'Y Caroline 'na yn planta hyd y lle 'ma. Wnes i erioed gymryd ati.'

'Ydych chi'n ei chofio hi?'

'Bob amser yn chwerthin am fy mhen i ac yn fy maglu. Ro'n i'n falch pan aeth hi.'

Nodiais fy mhen ac agor y drws led y pen.

'Arhoswch,' meddai'n sydyn.

Daeth tuag ataf ar hyd y cyntedd a gallwn weld ei fod wedi cael syniad oedd yn ei blesio.

'Fyddai Mam byth yn gadael dim byd i chi, wrth gwrs,' dechreuodd.

'Pam?' gofynnais.

Gwgodd. 'Mi fuo 'na ddrama ofnadwy 'ndo, pan feichiogodd Caroline? Rhegi a rhwygo. Dwi'n ei gofio'n iawn . . . ond wnaeth neb erioed egluro dim. Yr unig beth a wn i yw bod popeth wedi newid o dy achos di. Mi aeth Caroline ac mi drodd Mam yn hen hwch chwerw, ac mi ges i flynyddoedd ofnadwy yn yr hen dŷ mawr 'na efo hi, cyn i mi ymadael. Roedd hi'n dy gasáu di . . . hyd yn oed yn casáu meddwl amdanat ti. Wyt ti'n gwybod beth oedd hi'n dy alw di? "*Foetus* bach ffiaidd Caroline", dyna beth. *Foetus* bach ffiaidd Caroline.'

Edrychodd arna i gan ddisgwyl ymateb, ond y gwir oedd nad oeddwn yn teimlo dim. Phoenodd casineb yr hen ddynes mohono i ers blynyddoedd.

'Mi ro i ychydig o arian i ti, er hynny,' meddai, 'os medri di brofi bod Amanda wedi marw.'

Y bore Sadwrn hwnnw ffoniodd Jeremy Folk.

'Fyddi di gartref fory?' gofynnodd.

'Byddaf, ond . . . '

'Gwych, mi ddo i draw.' Rhoddodd y derbynnydd i lawr heb roi cyfle i mi ddweud nad oeddwn eisiau ei weld. Cam ymlaen, mae'n debyg, oedd ei fod yn rhoi rhybudd ei fod o am ddod yn hytrach nag ymddangos o'r awyr.

Hefyd ar y dydd Sadwrn hwn digwyddais gyfarfod Bart Underfield yn swyddfa'r post, ond yn lle ein 'bore da' anfrwdfrydig, gofynnais gwestiwn iddo.

'Ble mae Elgin Yaxley y dyddiau hyn, Bart?'

'Hong Kong,' meddai. 'Pam?'

'Ar wyliau?' gofynnais.

'Nage, wrth gwrs. Fan'no mae o'n byw.'

'Ond mae o draw fa'ma rŵan, 'ndydy?'

'Nag ydy ddim, neu mi fasa fo wedi deud wrtha i.'

'Ond rhaid ei fod o,' meddwn, yn gyndyn i dderbyn ei sylwadau.

Edrychodd Bart yn flin arna i. 'Pam bod rhaid iddo fo fod yma? Dydy o ddim. Mae o'n gweithio i gwmni asiantaeth pedigri a dydyn nhw ddim yn rhoi llawer o amser i ffwrdd iddo fo. A beth sydd gan hyn i wneud efo chdi, sut bynnag?'

'Meddwl 'mod i wedi . . . ei weld o, o'n i.'

'Amhosibl. Pryd?'

'O . . . wythnos diwethaf. Wythnos i ddoe.'

'Wel, rwyt ti'n anghywir,' meddai Bart yn fuddugoliaethus. 'Dyna ddiwrnod angladd George Millace, a'r diwrnod hwnnw anfonodd Elgin gebl i mi . . . ' Oedodd am eiliad a'i lygaid yn ansicr, ond ymlaen ag o, ' . . . ac o Hong Kong y daeth y cebl.'

'Cebl yn datgan ei gydymdeimlad, mae'n siŵr.'

'Roedd George Millace,' meddai Bart yn llawn gwenwyn, 'yn gachwr.'

'Est ti ddim i'r angladd dy hun, 'ta?'

'Paid â bod yn wirion. Mi fyddwn i wedi poeri ar ei arch.'

'Tynnu dy lun di'n plygu wnaeth o, ia Bart?'

Culhaodd ei lygaid, ac ni chefais ateb.

'O, wel,' meddwn yn ddi-hid, 'rydw i'n sicr bod llawer iawn o bobol yn falch o weld ei gefn o.'

'Maen nhw'n debycach o fod ar eu gliniau yn diolch.'

'Glywaist ti rywbeth wedyn am y boi 'na saethodd geffylau Elgin? Beth oedd ei enw . . . Terence O'Tree?'

'Dal yn y carchar,' atebodd Bart.

'Ond mi ddylai . . . ' meddwn, gan gyfrif â 'mysedd, ' . . . Mawrth, Ebrill, Mai . . . mi ddylai fod allan erbyn hyn.'

'Mi gollodd ei siawns i gwtogi'r gosb drwy fod yn hogyn drwg,' meddai Bart. 'Mi darodd warder.'

'Sut wyt ti'n gwybod hyn i gyd?' gofynnais yn chwilfrydig.

'Mi . . . glywais i . . . gan rywun arall.' Roedd o wedi cael digon ar y sgwrs ac roedd o'n dechrau cerdded wysg ei gefn am y drws.

'Glywaist ti fod tŷ George Millace wedi ei losgi'n ulw?' gofynnais.

Nodiodd ei ben. 'Wrth gwrs. Pawb yn sôn am y peth.'

'Ac nad damwain oedd hi?'

Safodd yn stond. 'Arson?' gofynnodd yn hurt. 'Pam fyddai rhywun ishio . . . ? O!' A dyna pryd y gwawriodd arno pam y byddai rhywun eisiau llosgi tŷ George Millace. Doedd bosib ei fod wedi gallu ymarfer edrych mor syn.

Wyddai o ddim.

Elgin Yaxley yn Hong Kong, Terence O'Tree yn y carchar; doedden nhw na Bart Underfield wedi lladrata, curo na llosgi.

Roedd yr eglurhad hawdd ac amlwg yn anghywir.

Roedd yn edifar gen i 'mod i wedi neidio i gasgliadau.

Am nad o'n i'n hoffi George Millace ro'n i wedi bod yn fwy na pharod i feddwl yn ddrwg amdano. Fe dynnodd y llun hwnnw, ond doedd dim i brofi ei fod wedi ei ddefnyddio, ar wahân i'r ffaith fod Elgin Yaxley wedi cymryd job yn Hong

Kong yn lle palu ei arian yswiriant yn ôl i rasio. Roedd gan bawb hawl i wneud hynny. Doedd hynny ddim yn ei wneud yn droseddwr.

Ond eto fe ddywedodd gelwydd. Tyngodd nad oedd wedi cyfarfod Terence O'Tree; ond roedd o wedi ei gyfarfod. Ac mae'n rhaid mai cyn yr achos fis Chwefror y llynedd oedd hi gan fod O'Tree wedi bod yn y carchar er hynny. Ac nid yn ystod misoedd y gaeaf cyn yr achos y buon nhw'n sgwrsio chwaith, oherwydd tywydd eistedd yn y stryd oedd hi, ac roedd yna — llusgais ddelwedd o fy isymwybod — bapur newydd yn gorwedd ar y bwrdd o flaen y Ffrancwr; hwyrach bod modd gweld dyddiad ar hwnnw.

Cerddais yn araf ac yn feddylgar tuag adref, a thaflunio fy mhrint mawr clir, drwy epidiascôp, ar wal wen fy lolfa.

Gorweddai papur y Ffrancwr yn rhy wastad ar y bwrdd. Ni ellid gweld na dyddiad na phennawd dadlennol.

Yn siomedig astudiais weddill y llun am unrhyw beth a allai fy helpu i'w ddyddio, ac yn y dyfnderoedd wrth ddesg dalu Madame, roedd 'na galendr yn hongian ar fachyn. Roedd modd gweld yn fras, hyd yn oed os nad oedden nhw'n hollol glir, beth oedd y llythrennau a'r ffigurau, a dywedent hwy mai *Avril* y llynedd oedd y mis.

Gyrrwyd ceffylau Elgin Yaxley i'r fferm yn hwyr yr Ebrill hwnnw, ac ar y pedwerydd o fis Mai roedden nhw wedi eu saethu.

Diffoddais y peiriant a gyrru i rasys Windsor gan boeni am yr anghysonderau. Teimlwn fel pe bawn i wedi troi cornel mewn drysfa gan ddisgwyl yn hyderus y byddwn yn cyrraedd y canol, ond yn lle hynny yn fy nghael fy hun mewn cornel â llwyni deg troedfedd o 'nghwmpas.

Diwrnod gweddol oedd hi yn Windsor; roedd yr enwau mawr i gyd wedi ei hel hi am gyfarfod pwysicach yn Cheltenham. Y gystadleuaeth wan oedd yr eglurhad bod un o hen geffylau araf Harold wedi profi ei unig flas ar fuddugoliaeth. Syrthiodd hanner y gwrthwynebwyr yn gwrtais reit a llwyddodd fy nghyfaill geriatric, yn benisel gan flinder, i'w lusgo'i hun i mewn yn gyntaf wedi tair milltir o ymdrech galed.

Safai yno â'i frest yn codi ac yn gostwng wrth i mi dynnu fy nghyfrwy oddi arno ond roedd syndod pleserus ei berchennog oedrannus a theyrngar yn werth ei weld.

'Mi wyddwn y byddai'n llwyddo un diwrnod,' meddai'r ddynes yn frwdfrydig. 'Mi wyddwn i. 'Ntydi o'n hen hogyn ardderchog?'

'Ardderchog,' cytunais.

'Dyma'i dymor olaf, wyddoch chi. Does 'na fawr ar ôl ynddo fo rŵan.' Mwythodd ei wddf a sibrwd yn ei glust. 'Rydan ni'n tynnu 'mlaen, ein dau, 'ndydan ni, hogyn? Fedrwn ni ddim dal ati am byth, mwya'r piti. Popeth yn darfod, 'ntydi, hogyn? Ond mae heddiw wedi bod yn ardderchog.'

Es i mewn i gael fy mhwyso, a daeth ei geiriau yn ôl i mi: popeth yn darfod, ond mae heddiw wedi bod yn ardderchog.

Gwrthryfelai'r rhan fwyaf o'm meddwl o hyd yn erbyn y syniad o ddarfod, yn enwedig darfod drwy orchymyn Victor Briggs; ond yn rhywle, roedd hedyn egwan y rheidrwydd o dderbyn yn blaendarddu yn y tywyllwch. Mae bywyd yn newid. Mae popeth yn darfod. Ro'n i fy hun yn newid. Doeddwn i ddim eisiau newid, ond dyna oedd yn digwydd. Roedd fy nyddiau o arnofio yn graddol ddod i ben wrth i mi gyrraedd y lan.

Fyddech chi byth wedi meddwl hynny y tu allan i'r stafelll newid. Yn gwbl annodweddiadol roeddwn wedi ennill pedair ras yr wythnos honno. Fi oedd y joci oedd yn ei bethau. Fi oedd wedi dod â'r anobeithiol i mewn yn gyntaf. Fi gafodd gynnig pum reid ar gyfer yr wythnos nesaf, heb gyfrif rhai Harold. Roeddwn yn profi'r ddamcaniaeth bod llwyddiant yn esgor ar lwyddiant yn wir. Roedd popeth ar uchelfannau ac yn wên i gyd. Saith diwrnod ar ôl Daylight, dyma fi mewn byd arall o ran fy hwyliau.

Mwynheais y llongyfarchiadau a gwthio ymaith yr amheuon, a phe byddai rhywun wedi gofyn i mi bryd hynny am ymddeol, byddwn wedi dweud, 'O wrth gwrs . . . ymhen pum mlynedd.'

Ofynnon nhw ddim. Doedden nhw ddim yn disgwyl i mi ymddeol. Gair yn fy mhen i oedd ymddeol, nid yn eu pennau nhw.

Cyrhaeddodd Jeremy Folk fore trannoeth yn ôl ei addewid, gan ongli ei gorff crëyraidd yn ymddiheurol drwy fy nrws ffrynt a 'nilyn i trwodd tua'r gegin.

'Siampên?' gofynnais gan dynnu potel o'r ffridj.

'Ond dim . . . ond deg o'r gloch ydy hi,' meddai.

'Ennill ar bedwar,' meddwn. 'Angen dathlu. Ond hwyrach bod yn well gen ti goffi?'

'O . . . wel, fel mae'n digwydd, na fyddai.'

Sipiodd y gegaid gyntaf fel pe bai arno ofn y byddai'r weithred ysgeler hon yn ei lethu, a meddyliais ei fod, er gwaethaf ei holl ffyrdd trofaus, yn gydymffurfiwr yn y bôn.

Gwnaethai ymdrech i wisgo'n anffurfiol: crys gwlân a sgwariau arno, tei gwlanog, siwmper daclus o liw glas golau. Hwyrach fod ganddo farn bendant am fy nghrys di-dei, cyffs heb eu cau a gên heb ei siafio, ond ddywedodd o ddim. Edrychodd o gwmpas y lle i nodi pawb a phopeth, yn ôl ei arfer, a phan ddychwelodd o'i drafals i edrych arna i roedd o wedi ffurfio ei gwestiwn.

'Welaist ti . . . y . . . James Nore?'

'Do.'

Cynigiais iddo eistedd ar y fainc wrth fwrdd y gegin. Eisteddais gyferbyn ag ef, gan gadw'r botel o fewn cyrraedd.

'Mae'n cyd-fyw yn hapus yn Camden Hill.'

'O,' meddai Jeremy. 'A!'

Gwenais. 'Mi ymwelodd Mrs Nore â'i mab yn annisgwyl un diwrnod. Doedd hi ddim wedi bod yno o'r blaen. Ac mi ddaru hi gyfarfod â ffrind James, a dyna pryd y sylweddolodd hi, am y tro cyntaf am wn i, bod ei mab yn wrywgydiwr gant y cant.'

'O,' meddai Jeremy gan ddeall y cyfan.

Cydsyniais. 'Dim disgynyddion.'

'Felly, fe feddyliodd hi am Amanda.' Ochneidiodd a chymryd cegaid o'r ffis euraid. 'Wyt ti'n siŵr ei fod o'n hoyw? Hynny ydy . . . ddywedodd o hynny?'

'Nid mewn cynifer o eiriau. Ond beth bynnag, rydw i wedi arfer â phobol hoyw. Mi fues i'n byw efo dau ohonyn nhw am ychydig. Mae rhywun yn dod i ddeall rhai pethau, rywsut.'

Dychrynodd hyn ef a cheisiodd guddio'r ffaith drwy ddefnyddio'i act ddwl unwaith eto.

'Wnest ti? Hynny ydy, wyt ti? . . . Y . . . yr hyn sydd gen i dan sylw ydy . . . byw ar dy ben dy hun . . . Ddylwn i ddim gofyn. Mae'n ddrwg gen i.'

'Os bydda i'n mynd â rhywun i'r gwely, benyw fydd hi,' meddwn yn dyner. 'Dydw i ddim yn hoffi sefydlogrwydd.'

Cuddiodd ei chwithdod drwy gladdu ei drwyn yn ei wydr, a meddyliais i am Duncan a Charlie a oedd wedi mwytho a chusanu ei gilydd o 'nghwmpas i am dair blynedd. Roedd Charlie yn hŷn na Duncan, yn ddyn yn ei fân, yn solet, yn ddibynnol ac yn garedig. Bu Charlie yn dad i mi, yn ewythr, yn warchodwr, y cyfan mewn un. Un difyr a checrus oedd Duncan, cwmnïwr arbennig, a cheisiodd yr un ohonyn nhw ddysgu eu ffyrdd nhw i mi.

Yn araf bach fe dyfodd Duncan i fod yn llai sgwrslyd, yn fwy cecrus ac yn llai diddan ei gwmni, ac un diwrnod syrthiodd mewn cariad â rhywun arall a cherddodd allan. Bu galar Charlie yn amlwg yn ei wyneb gwelw ond yn breifat yn eigion ei galon. Rhoddodd ei fraich o gwmpas fy ysgwyddau, gafael yn dynn ynof a chrio. Criais innau oherwydd tristwch Charlie.

O fewn wythnos cyrhaeddodd fy mam fel corwynt. Llygaid mawr, bochau pantiog, sgarffiau sidan lliwgar.

'Ond rhaid i ti ddeall, Charlie cariad, na fedra i ddim gadael Philip efo ti rŵan. Mae Duncan wedi mynd. Edrych arno fo, cariad; dydy o ddim yn hyll o bell ffordd. Cariad bach, rhaid dy fod ti'n deall pam na alla i mo'i adael yma. Ddim bellach.' Edrychodd arna i; roedd hi'n llachar ond yn fwy bregus ac yn llai tlws nag yr o'n i'n ei chofio. 'Dos i bacio, Philip 'nghariad i. Rydan ni'n mynd i'r wlad.'

Daeth Charlie ar fy ôl i'r stafell focsaidd a adeiladwyd ar fy nghyfer ganddo ef a Duncan mewn cornel o'r stiwdio, ac mi ddywedais wrtho fo nad o'n i eisiau gadael.

'Mae dy fam yn iawn, 'washi,' meddai. 'Mae'n bryd i ti adael. Rhaid i ti wneud fel y mae hi'n dweud.'

Helpodd fi i bacio a rhoddodd un o'i gamerâu yn anrheg imi. Erbyn min nos roeddwn wedi dysgu sut oedd carthu bocs ceffyl, a bore trannoeth dechreuais farchogaeth. Diwrnod yn unig oedd rhwng un bywyd a'r llall.

Ymhen yr wythnos roeddwn wedi sgrifennu at Charlie yn dweud cymaint yr o'n i'n ei golli ac fe atebodd yn gefnogol iawn a dweud y byddwn yn dod dros fy hiraeth; dyna a ddigwyddodd, tra hiraethai Charlie gymaint am Duncan fel y llyncodd ddau gant o dabledi cysgu. Yn ei ewyllys a luniodd wythnos cyn y tabledi gadawodd ei holl eiddo i mi, gan gynnwys ei holl gamerâu ac offer stafell dywyll. Hefyd, gadawodd lythyr yn dweud ei bod yn ddrwg ganddo a'i fod yn dymuno'r gorau i mi.

'Edrych ar ôl dy fam,' sgrifennodd. 'Rydw i'n meddwl ei bod hi'n sâl. Dal ati i dynnu lluniau, mae'r llygad gen ti'n barod. Mi fyddi di'n iawn, was. Pob hwyl am rŵan. Charlie.'

Yfais ychydig o siampên a gofyn, 'Ge'st ti restr yn dangos pryd y bu pawb yn byw yn Pine Woods Lodge?'

'O, do'n wir,' meddai, yn falch o gael bod yn ôl ar dir cadarn. 'Mae o yma'n rhywle.' Cyffyrddodd nifer o bocedi ond gwthiodd ddau fys yn sicr ac yn ddibetrus i'r boced lle gwyddai fod y papur. Meddyliais tybed faint o ynni bob dydd a wastraffai ar symudiadau ffug o'r fath.

'Dyma ni . . . ' Agorodd y papur a phwyntio. 'Os oedd dy fam yno dair blynedd ar ddeg yn ôl, yna mi fyddai hi'n rhannu'r lle naill ai â'r sgowtiaid, y criw teledu, neu'r cerddorion. Nid byw yno yr oedd pobol y teledu, yn ôl y gwerthwyr tai. Gweithio yno yn ystod y dydd yr oedden nhw. Ond fe fu'r cerddorion yn byw yno. Roedden nhw, mae'n debyg yn . . . gerddorion arbrofol, beth bynnag ydy hynny.'

'Mwy o enaid nag o lwyddiant.'

Edrychodd arna i yn fywiog. 'Mae'r dyn yn y swyddfa dai yn dweud ei fod yn cofio eu bod wedi dinistrio'r gwifrau trydan, a'u bod, mae'n debyg, ar gyffuriau trwy'r amser. Fyddai hynny . . . allai hynny . . . swnio'n debyg i dy fam?'

Meddyliais.

'Dyw'r sgowtiaid ddim yn swnio'n debygol,' meddwn. 'Mi fedrwn ni anghofio amdanyn nhw. Mae'r cyffuriau'n swnio'n iawn, ond nid y cerddorion. Yn enwedig cerddorion aflwyddiannus. Adawodd hi mohono' i efo neb oedd yn aflwyddiannus . . . na neb cerddorol, petai'n dod i hynny.' Meddyliais am ychydig eto. 'Mae'n debyg os oedd hi'n hollol gaeth i gyffuriau na fyddai dim ots ganddi. Ond roedd hi'n hoffi ychydig o foeth.' Oedais eto. 'Hwyrach mai rhoi cynnig ar y cwmni teledu fyddai orau i ni i ddechrau. Mae'n bosib y gallen nhw ddweud wrthon ni pa raglenni roedden nhw'n eu gwneud ar y pryd, a phwy oedd yn gweithio arnyn nhw.'

Ymddangosodd cymysgedd o emosiynau ar wyneb Jeremy, yn amrywio, fel y tybiwn i, o anghrediniaeth i ddryswch.

'Y . . . ' meddai, 'hynny ydy . . . '

'Gwranda,' meddwn gan dorri ar ei draws. 'Gofyn y cwestiynau. Os nad ydw i'n eu hoffi nhw, chei di ddim ateb.'

'Rwyt ti'n siarad mor blaen,' cwynodd. 'Olreit 'ta. Beth wyt ti'n ei olygu wrth sôn am dy fam yn dy adael di efo pobol, a beth wyt ti'n ei feddwl wrth sôn am dy fam a chyffuriau?'

Amlinellais strategaeth fabwysiadu fy mam wrth fy ngadael yng ngofal hwn a'r llall, ac am fy nyled i bob Deborah, Samantha a Chloe yn y byd hwn. Byddai'r olwg ar wyneb Jeremy yn ddigon i f'argyhoeddi nad dyma brofiad pob plentyn.

'Mae'r cyffuriau,' meddwn, 'yn fwy anodd. Ddeallais i ddim am y cyffuriau nes i mi dyfu i fyny, a dim ond unwaith y gwelais i hi ar ôl fy mhen-blwydd yn ddeuddeg oed . . . y diwrnod aeth hi â fi oddi wrth y gwrywgydwyr a 'ngosod i mewn stabal rasio. Ond yn sicr i ti, roedd hi wedi bod yn cymryd cyffuriau cyn belled yn ôl ag y galla i gofio. Byddai'n fy nghadw efo hi am wythnos weithiau, a gallwn ogleuo chwerwder pendant arni. Mi glywais i'r oglau wedyn, pan o'n i'n rhyw ugain — marihuana oedd o. Cannabis. Mi smygais i beth ohono pan o'n i'n fach. Rhoddodd un o ffrindiau fy mam beth imi pan oedd hi allan, ac fe aeth hi'n gandryll. Mi driodd hi, yn ei ffordd ei hun, ofalu 'mod i'n cael magwraeth iawn. Dro arall, mi roddodd 'na foi oedd yn byw efo hi asid i mi. Mi aeth hi'n wallgof.'

'Asid?' gofynnodd. 'L.S.D. wyt ti'n ei feddwl?'

'Ia. Mi allwn i weld yr holl waed yn llifo trwy fy ngwythiennau fel pe bai fy nghroen i wedi ei wneud o blastig. Ro'n i'n gallu gweld yr esgyrn, fel pelydrau-X. Mae'n rhyfeddol. Bryd hynny yr wyt ti'n deall pa mor gyfyng ydy ein synhwyrau bob dydd. Ro'n i'n gallu clywed sŵn fel petai o'n dri dimensiwn. Cloc yn tician. Rhyfeddol. Mi ddaeth fy mam i'r stafell pan o'n i am hedfan allan trwy'r ffenest. Mi allwn i weld y gwaed yn ei gwythiennau hi hefyd. Pump oed o'n i ar y pryd, ond roedd y peth yn hollol fyw i mi. Doeddwn i ddim yn deall pam roedd hi mor flin efo'r dyn. Roedd o'n chwerthin ac mi roddodd glustan iddo fo.' Oedais. 'Mi lwyddodd i 'nghadw i oddi wrth gyffuriau. O heroin y bu hi farw, dwi'n meddwl, ond mi gadwodd y stwff oddi wrtha i; ches i ddim ei weld o, hyd yn oed.'

'Pam wyt ti'n meddwl ei bod hi wedi marw o heroin?'

Tywalltais fwy o siampên.

'Rhywbeth ddeudodd pobol y stablau. Margaret a Bill. Yn fuan ar ôl i mi gyrraedd yno mi es i mewn i'r lolfa lle'r oedden nhw'n ffraeo. Doeddwn i ddim yn sylweddoli'r peth ar y pryd, ond ffraeo amdana i oedden nhw, ac fe stopion nhw'n sydyn pan sylweddolon nhw 'mod i yno. Dyna pryd sylweddolais i. Roedd Bill wedi dweud "efo'i fam mae ei le o . . . ", ac mi dorrodd Margaret ar ei draws a dweud, "Ond mae hi'n *heroin* . . . " a dyna pryd y gwelson nhw fi a stopio dadlau. Mae'n ddychrynllyd o eironig, ond ro'n i'n teimlo mor falch eu bod nhw'n ystyried fy mam yn *heroine*. Mi deimlais i'n agos iawn atyn nhw.' Gwenais yn drist. 'Mi aeth 'na flynyddoedd heibio cyn i mi sylweddoli 'mod i wedi gwneud camgymeriad ac mai dweud yr oedd Margaret mai *heroin addict* oedd fy mam. Mi ofynnais iddi yn ddiweddarach a chyffesodd ei bod hi a Bill yn gwybod bod fy mam yn cymryd heroin, ond wydden nhw ddim mwy na fi ble'r oedd hi. Amau roedden nhw, fel finnau, ei bod hi wedi marw, ac wrth gwrs, roedden nhw wedi gesio ymhell cyn i mi ddyfalu beth oedd achos ei marwolaeth. Ddeudon nhw ddim wrtha i er mwyn peidio â rhoi poen i mi. Pobol garedig. Caredig iawn.'

Ysgydwodd Jeremy ei ben. 'Mae'n ddrwg gen i,' meddai.

'Paid â bod yn drist. Mi ddigwyddodd y cwbwl mor bell yn ôl. Wnes i ddim galaru am fy mam. Mi fydda i'n meddwl erbyn heddiw y dylwn i fod wedi gwneud; ond wnes i ddim.'

Ond ro'n i wedi galaru am Charlie. Am gyfnod byr a dwys pan o'n i'n bymtheg, ac yna bob hyn a hyn wedi hynny. Byddwn yn defnyddio cymynrodd Charlie bron bob dydd, yn llythrennol yn achos yr offer ffotograffig, ac yn ffigurol yn achos yr wybodaeth a roddodd i mi. Charlie oedd yn gyfrifol am bob llun a dynnais erioed.

'Mi ro i gynnig ar bobol y teledu,' meddai Jeremy.

'O.K.'

'Ac mi ei di i weld dy nain?'

Doedd dim brwdfrydedd yn fy ateb. 'Af, am wn i.'

Hanner gwenodd Jeremy. 'Ble arall edrychwn ni? Am Amanda, dwi'n ei feddwl. Os gwnaeth dy fam dy adael di hyd y lle fel'na, mae'n siŵr ei bod hi wedi gwneud yr un peth efo Amanda. Wyt ti wedi meddwl am hynny?'

'Do.'

'Wel, 'ta?'

Tewais. Yr holl bobl 'na. Mor bell yn ôl yn y gorffennol. Chloe, Deborah, Samantha; cysgodion heb wynebau. Fyddwn i ddim yn nabod yr un ohonyn nhw petaen nhw'n cerdded i mewn i'r stafell 'ma.

'Am beth wyt ti'n meddwl?' gofynnodd Jeremy.

'Doedd gan neb y gadawyd fi efo nhw gaseg. Mi fyddwn i'n sicr o fod wedi cofio caseg. Adawyd mohono' i erioed yn yr un lle ag y tynnwyd llun Amanda.'

'O, dwi'n gweld.'

'A dydw i ddim yn meddwl y byddai fy mam yn pwyso ar yr un ffrindiau i dderbyn ail blentyn. Anamal iawn yr awn i'n ôl i'r un lle. Gofalai fy mam bod y llwyth yn cael ei daenu'n weddol deg, beth bynnag.'

Ochneidiodd Jeremy. 'Mae'r cyfan mor anarferol.'

Meddwn yn araf, o'm hanfodd, 'Hwyrach y gallwn i ddod o hyd i un tŷ lle'r arhosais i. Hwyrach y gallwn roi cynnig arni. Ond hyd yn oed wedyn, hwyrach bod 'na bobol wahanol yn y tŷ erbyn hyn, a sut bynnag, mae hi'n annhebygol iawn y byddan nhw'n gwybod dim am Amanda . . . '

Llamodd Jeremy at y syniad. 'Mae'n werth ei drio.'

'Siawns wael ar y naw.'

'Ond yn werth rhoi cynnig arni hi.'

Yfais ychydig o siampên ac edrych ar draws y gegin ar focs sbwriel George Millace a orweddai ar y dreser. Daeth syniad a fu'n cuddio yng nghefn fy meddwl i'r golwg. Gallwn roi cynnig arni. Pam lai?

'Rydw i wedi dy golli di,' meddai Jeremy.

'Do,' meddwn, gan edrych arno. 'Mae croeso i ti aros, wrth gwrs, ond rydw i ishio treulio'r dydd yn gweithio ar bos o fath gwahanol. Dim i'w wneud ag Amanda. Math o helfa drysor . . . ond hwyrach na fydd 'na drysor. Chwilfrydig ydw i.'

'Dydw i ddim yn . . . ' meddai'n niwlog. Codais, estyn y bocs a'i osod ar y bwrdd.

'Beth wyt ti'n ei feddwl o hyn i gyd?'

Agorodd y bocs ac edrych ar y cynnwys, codi pethau allan a'u rhoi nhw'n ôl i mewn. Trodd yr olwg ddisgwylgar ar ei wyneb yn siom. 'Dydyn nhw'n . . . ddim byd.'

'Mmm.' Plygais ar draws y bwrdd a thynnu tamaid o ffilm clir tua dwy fodfedd ar draws a saith modfedd o hyd allan o'r pentwr. 'Edrych ar hwn'na yn erbyn y golau.'

Gafaelodd yn y tamaid ffilm a'i ddal i fyny. 'Mae 'na ôl rhywbeth arno fo,' meddai. 'Gwan drybeilig. Prin wyt ti'n gallu eu gweld nhw.'

'Lluniau ydyn nhw,' meddwn. 'Tri llun ar ffilm fformat *one-twenty*.'

'Wel . . . ond fedri di ddim eu gweld nhw.'

'Na fedraf,' cytunais. 'Ond os ydw i'n ofalus . . . ac yn lwcus . . . mae'n bosib y gwelwn ni rywbeth.'

Dryswch oedd ar ei wyneb. 'Sut?'

'Gan ddefnyddio cemegau fydd yn dwysáu'r ddelwedd.'

'Ond beth ydy'r pwynt? Pam trafferthu?'

Sugnais fy nannedd. 'Rydw i wedi dod o hyd i rywbeth diddorol iawn yn y bocs yna. Roedd y stwff hwn i gyd yn eiddo i ffotograffydd mawr a oedd hefyd yn ddyn od. Rydw i'n amau nad sbwriel ydy llawer o'r darnau hyn.'

'Ond pa rai?'

'Dyna'r cwestiwn mawr. Pa rai . . . os o gwbwl?'

Cymerodd Jeremy gegaid arall o siampên. 'Beth am aros efo Amanda?'

'Aros di efo Amanda. Rydw i'n well efo ffotograffau.'

Edrychodd gyda diddordeb arna i'n chwilota mewn cwpwrdd yn y stafell dywyll.

'Mae hyn yn edrych yn arbennig o gelfydd,' meddai, gan ganiatáu i'w lygaid deithio ar hyd y chwyddiadur a'r prosesydd printiau. 'Doedd gen i ddim syniad dy fod ti'n gwneud pethau fel hyn.'

Eglurais yn gyflym am Charlie, ac o'r diwedd dois o hyd i'r botel y bûm yn chwilio amdani, potel y dois â hi adref o wyliau yn America dair blynedd yn gynt. Ar y label roedd y geiriau *Negative Intensifier* a chyfarwyddiadau. Gwerthfawr iawn. Ar dameidiau o bapur tenau a gedwid ar wahân y rhoddai'r mwyafrif o gynhyrchwyr offer datblygu lluniau eu cyfarwyddiadau, tameidiau a âi, yn ddieithriad, ar goll neu yn sopen wlyb. Cariais y botel draw at y sinc, lle'r oedd 'na burwr dŵr o dan y tap.

'Be 'dy hwn'na?' gofynnodd Jeremy.

'Mae'n bwysig bod y dŵr gaiff ei ddefnyddio mewn prosesau ffotograffig mor bur a meddal ag y bo modd. Dim pibau haearn neu mi gei di hen ddotiau bach du ar hyd dy brints.'

'Hollol wirion,' meddai.

'Manwl,' meddwn innau.

Mewn jwg plastig mesurais y maint cywir, yn ôl y cyfarwyddiadau, o ddŵr a chemegyn a'u tywallt i'r badell ddatblygu.

'Dydw i erioed wedi gwneud hyn o'r blaen,' meddwn wrth Jeremy. 'Hwyrach na weithith o ddim. Fyddai'n well gen ti wylio 'ta aros efo'r bybli yn y gegin?'

'Rydw i . . . wedi hoelio fy sylw fan hyn. Mae'r peth

yn rhyfeddol. Beth yn union wyt ti am ei wneud?'

'I ddechrau, rydw i am wneud *contact print* ar bapur du-a-gwyn cyffredin o'r ffilm sydd a'r delweddau gwan 'na arni er mwyn cael gweld beth ddigwyddith. Yna, rydw i am roi'r negydd yn y cemegyn yn y badell. Y gobaith ydy y bydd hwnnw'n tynnu'r ddelwedd allan o'r ffilm. Yna, rydw i am wneud print du-a-gwyn arall i weld a oes 'na wahaniaeth. Wedi hynny . . . gawn ni weld.'

Gwyliodd â'i drwyn bron yn cyffwrdd â hylif y badell ddatblygu wrth i mi weithio yn y golau coch gwan.

'Wela i ddim yn digwydd,' meddai.

'Hap a damwain ydy llawer o hyn,' cytunais. Bedair gwaith, gan ddefnyddio amserau gwahanol bob tro, rhois gynnig ar brintio llun, a phob tro y cwbl ges i oedd du unffurf, neu lwyd unffurf, neu wyn unffurf.

'Does 'na ddim yn digwydd,' meddai Jeremy. 'Rho'r gorau iddi.'

'Gad inni drio'r cemegyn Americanaidd.'

Mewn mwy o obaith nag o ffydd llithrais y ffilm i mewn i'r badell a'i hysgwyd yn reit dda am fwy o amser nag y dywedai'r cyfarwyddiadau. Yna golchais y ffilm ac edrych arni yn erbyn y golau; roedd y delweddau gwan yn dal i fod yn wan, wan.

'Dim gwerth?' gofynnodd Jeremy.

'Dwn i'm,' atebais. 'Dwn i ddim beth sydd i fod i ddigwydd. Hwyrach bod yr *intensifier* yn hen. Mae llawer o gemegau prosesu lluniau yn colli eu nerth wrth iddyn nhw heneiddio.'

Printiais y negydd eto gan ddefnyddio'r un amrywiaeth o amser, ac fel y tro blaenorol fe gawson ni ddu unffurf, llwyd tywyll unffurf, ond y tro hwn ar y llwyd golau roedd yna farciau bach, ac ar y prints a oedd bron yn wyn i gyd, linellau bach tonnog.

'Hy,' meddai Jeremy. 'Dyna ddiwedd ar hyn'na.'

Fe ymneilltuon ni'n dau i'r gegin i feddwl ac i adnewyddu'r ysbryd.

'Biti,' meddai. 'Ond ta waeth; roedd y peth yn amhosibl yn y lle cynta.'

Sipiais ychydig swigod o 'ngwydr.

'Rydw i'n meddwl,' meddwn, wrthyf fi fy hun mewn gwirionedd, 'y bydden ni'n llwyddo'n well wrth brintio'r negydd yna ar ffilm arall, nid ar bapur.'

'Printio ar ffilm? Beth wyt ti'n ei feddwl? Y peth 'na rwyt ti'n ei roi mewn camera? Wyddwn i ddim ei fod yn bosibl.'

'O ydi. Mi fedri di brintio ar unrhyw beth sydd ag emwlsiwn ffotograffig arno fo. Nid papur ydy'r unig beth gymrith o, er mai dyna ydy'r peth a ddaw i feddwl pawb, gan fod pawb wedi arfer gweld snaps yn eu halbwm. Ond fe allet ti orchuddio canfas, a phrintio ar hwnnw. Neu wydr. Neu bren. Neu gefn dy law, am wn i, petaet ti'n fodlon sefyll yn y tywyllwch am ychydig.'

'Bobol bach.'

'Du-a-gwyn, wrth gwrs. Nid lliw.'

Yfais fwy o swigod.

'Cynnig arall arni, 'ta,' meddwn.

'Mi rwyt ti wrth dy fodd yn gwneud y math yma o beth, 'ndwyt ti?' meddai Jeremy.

'Wrth fy modd yn gwneud beth? Ffotograffiaeth — 'ta posau?'

'Y ddau.'

'Wel, ydw am wn i.'

Codais a mynd yn ôl i'r stafell dywyll, a dilynodd Jeremy i gael gweld. Yn y golau coch gwan tynnais rolyn newydd o ffilm contrast uchel, Kodak 2556, gan ei dynnu oddi ar ei orchudd a'i dorri yn bum rhan. Ar bob tamaid printiais y negydd a oedd bron yn glir, gan amrywio amser golau gwyn y chwyddiadur a fyddai'n syrthio arno; eiliad oedd y byrraf, deg eiliad yr hwyaf. Âi pob tamaid o ffilm i mewn i badell y

121

datblygydd a oedd yn cael ei siglo'n ôl a blaen gan Jeremy a'i chwilfrydedd.

Canlyniad tynnu'r darnau allan o'r badell ar yr amser a edrychai orau a'u dowcio yn y *fixer* a'u golchi, oedd pum positif newydd. O'r lluniau positif hyn, lle'r oedd y du yn ddu a'r gwyn yn wyn, ailadroddais yr holl broses er mwyn cael negyddion newydd. O edrych arnyn nhw mewn golau da roedd y negs newydd hyn yn llawer mwy dwys na'r rhai a dynnais o focs George. Ar ddau ohonyn nhw roedd 'na ddelwedd bendant . . . ac roedd y marciau gwan wedi dod yn fyw.

'Pam wyt ti'n gwenu?' gofynnodd Jeremy.

'Edrych,' meddwn.

Daliodd y stribed o negyddion a roddais iddo yn erbyn y golau a dweud, 'Dwi'n gweld dy fod ti wedi cael marciau llawer cliriach. Ond marciau ydyn nhw wedi'r cyfan.'

'Nage wir. Tri llun o ddyn a merch sy 'na.'

'Sut fedri di ddweud?'

'Rwyt ti'n dysgu darllen negs ymhen ychydig.'

'Ac mi rwyt ti'n edrych yn falch ohonot ti dy hun,' cwynodd Jeremy.

'A bod yn onest,' meddwn, 'rydw i'n teimlo'n eitha balch ohonof fy hun. Beth am orffen y siampên cyn mynd ymlaen i'r cam nesaf?'

'Pa gam arall?' gofynnodd wrth inni lymeitian yn y gegin.

'Prints positif du-a-gwyn o'r negs newydd. Datgelir y cwbwl.'

'Beth sydd mor ddoniol?'

'Mae'r ferch yn noeth, fwy neu lai.'

Bu bron iddo golli ei ddiod. 'Wyt ti'n siŵr?'

'Mi fedri di weld ei bronnau.' Chwarddais. 'Nhw ydy'r pethau amlycaf yn y negs, a dweud y gwir.'

'Beth am . . . hynny ydy . . . beth am ei hwyneb?'

'Gawn ni weld cyn bo hir. Wyt ti ishio bwyd?'

'Bobol bach. Mae hi'n un o'r gloch.'

Fe gawson ni dôst, ham a thomato, a gweddill y bybli. Yna yn ôl i'r stafell dywyll.

Doedd printio negs mor aneglur ar bapur ddim yn fusnes hawdd gan fod rhaid, unwaith eto, farnu pryd y dylid eu tynnu o'r datblygydd a'u rhoi yn y *fixer*, neu'r cwbl a gâi rhywun fyddai hen lwyd golau neu lwyd fflat tywyll, heb ddyfnder yn y du na chic yn y gwyn. Fe roddais sawl cynnig arni efo'r stribedi gorau cyn cael delweddau oedd yn ymylu ar fod yn rhai gwerth chweil. Ond, o'r diwedd mi ges i dri llun oedd yn weddol glir, ac yn fwy na digon clir i ddangos yr hyn a ffotograffodd George. Edrychais arnyn nhw efo'r golau gwyn ymlaen. O dan y chwyddwydr, doedd dim posib camgymryd.

'Beth sy'n bod?' gofynnodd Jeremy. 'Maen nhw'n wych. Yn anghredadwy. Pam nad wyt ti'n clochdar ar ben dy domen?'

Gosodais y lluniau yn y sychwr, a dechrau clirio'r padelli datblygu.

'Beth sy'n bod?' gofynnodd Jeremy. 'Beth sydd?'

'Maen nhw'n blydi deinameit,' meddwn.

IX

Fe es â Jeremy a'r lluniau i fyny'r grisiau a throi'r epidiascôp ymlaen. Dechreuodd y peiriant hymio yn ei ffordd arbennig ei hun.

'Be 'dy hwnna?' gofynnodd Jeremy gan bwyntio at y peiriant.

'Rhaid dy fod ti wedi gweld un,' meddwn wedi rhyfeddu. 'Mae hwn yn hen, dwi'n gwybod. Un o'r trugareddau roddodd Charlie i mi. Ond rhaid bod digon ohonyn nhw hyd y lle. Rwyt ti'n rhoi lluniau yn y fan hyn, ar y silff yma, ac mae'r ddelwedd yn cael ei thaflunio ar sgrîn — neu wal yn fy achos i. Mi fedri di daflunio unrhyw beth. Tudalennau o lyfr, lluniau, ffotograffau, llythyrau, dail wedi crino. Drychau sy'n gwneud y cyfan.'

Fel y digwyddai, roedd llun Elgin Yaxley a Terence O'Tree yn dal yn ei le, a daeth calendr, dyddiadau a'r cwbl lot i ffocws siarp wrth i mi wthio swits.

Tynnais y llenni rhag golau gwan y pnawn, a rhoi cyfle i'r llun ymddangos yn glir ar y wal. Ar ôl munud, gollyngais y silff, tynnu'r llun allan a rhoi'r gorau o'r stribedi diweddaraf yn ei le. Wrth amrywio'r lens gallwn chwyddo pob llun yn ei dro, a hwnnw ar ei ben ei hun.

Hyd yn oed yn eu cyflwr amherffaith, hyd yn oed mewn amrywiaeth o liwiau o wyn i lwyd tywyll, roedden nhw'n neidio oddi ar y wal. Dangosai'r cyntaf ran uchaf merch hyd at ei chanol, a phen ac ysgwyddau dyn. Wynebu ei gilydd yr oedden nhw; roedd pen y ferch yn uwch na phen y dyn. Doedd dim cerpyn am yr un o'r ddau. Cwpanai dwylo'r dyn am fronnau'r ferch, a gorffwysai ei wefusau ar deth y fron a oedd bellaf i ffwrdd oddi wrth y camera.

'Bobol bach,' meddai Jeremy'n dawel.

'Mm,' meddwn. 'Wyt ti am weld y gweddill?'

'Doedden nhw ddim yn edrych mor ddrwg ym maint cerdyn post.'

Tafluniais yr ail lun a oedd rywbeth yn debyg ond bod y camera ar ongl wahanol; yn hwn dangosid llai o du blaen y ferch a mwy o wyneb y dyn.

'Pornograffi pur,' twt-twtiodd Jeremy.

'Nage wir.'

Gollyngais y silff a dangos y trydydd llun, a oedd yn gwbl wahanol. Roedd pethau wedi symud yn eu blaen. Erbyn hyn roedd y ferch, y gellid gweld ei hwyneb yn hollol glir y tro hwn, yn gorwedd ar ei chefn. Gellid gweld yn awr hyd at ei phen-gliniau, a oedd ar led. Rhyngddyn nhw gorweddai'r dyn a'i ben wedi'i droi i un ochr mewn proffil clir. Gafaelai yn y fron a oedd yn y golwg, a doedd dim amheuaeth ynghylch yr hyn yr oedden nhw ill dau yn ei wneud.

Doedd dim i ddangos ym mhle y tynnwyd y lluniau. Dim nodwedd yn y cefndir. Mae'n wir bod y marciau ar y ffilm glir wedi troi yn bobl, ond doedd dim y tu ôl iddyn nhw ond llwyd.

Diffoddais olau'r epidiascôp a throi'r golau mawr ymlaen.

'Pam wyt ti'n deud nad pornograffi ydy peth fel hyn?' gofynnodd Jeremy. 'Beth arall ydy o?'

'Rydw i wedi cyfarfod y ddau ohonyn nhw,' meddwn. 'Rydw i'n gwybod pwy ydyn nhw.'

Rhythodd arnaf.

'Gan dy fod ti'n gyfreithiwr,' meddwn, 'mi fedri di ddweud wrtha i. Beth fyddet ti'n ei wneud pe byddet ti'n darganfod, wedi marwolaeth rhywun, ei bod hi'n debygol ei fod wedi blacmelio rhywun pan oedd yn fyw?'

'Wyt ti o ddifrif?'

'Yn hollol o ddifrif.'

'Wel . . . does dim . . . modd ei erlyn, 'nagoes?'

'Felly, fyddet ti'n gwneud dim byd?'

'Wyt ti am . . . ddweud wrtha i . . . am beth wyt ti'n sôn?'

'Ydw, dwi'n meddwl.'

Ac fe ddywedais wrtho am George Millace. Am y lladrata, yr ymosodiad ar Marie Millace, a'r llosgi. Dywedais wrtho am Elgin Yaxley a Terence O'Tree a'r pum ceffyl a saethwyd, ac fe ddywedais wrtho am y cariadon.

'Mi gadwodd George y darnau 'na'n ofalus iawn yn y bocs,' meddwn. 'Rydw i wedi datrys dau ohonyn nhw. Beth os ydy rhai o'r gweddill yn bosau? Beth os ydyn nhw i gyd yn bosau?'

'A phob un . . . yn sail i flacmel?'

'Duw a ŵyr.'

'Duw *a* ŵyr . . . ac mi rwyt titha ishio gwybod.'

Cytunais yn araf. 'Nid yn gymaint er mwyn darganfod mwy am y blacmelio, ond er mwyn y posau ffotograffig. Os lluniodd George nhw, mi hoffwn i eu datrys. Er mwyn gweld a alla i. Roeddet ti'n hollol gywir, rydw i'n mwynhau y math hyn o beth.'

Syllodd Jeremy ar y llawr, a chrynodd fel pe bai'n oer. Meddai'n gwta, 'Rydw i'n meddwl y dylet ti ddinistrio'r cwbwl lot.'

'Greddf ydy peth fel'na, nid rheswm.'

'Mae'r un reddf ynot titha. "Deinameit" — dyna oedd dy air di.'

'Wel, fe dorrodd rhywun i mewn a llosgi tŷ George Millace. Pan ddois i o hyd i'r llun cyntaf ro'n i'n sicr mai Elgin Yaxley oedd yn gyfrifol, ond roedd o yn Hong Kong, a dydy'r syniad hwnnw ddim mor debygol bellach . . . A rŵan fe allai rhywun feddwl mai'r cariadon oedd yn gyfrifol . . . ond hwyrach nad nhw wnaeth, chwaith.'

Safodd Jeremy a cherdded o gwmpas y stafell yn herciog heglog.

'Dydw i ddim yn hoffi naws y peth,' meddai. 'Fe allai fod yn beryglus.'

'I mi?'

'Wrth gwrs i ti.'

'Ŵyr neb beth sy gen i,' meddwn. 'Hynny ydy, ar wahân i ti.'

Dechreuodd symud ei benelinoedd yn fwy cyffrous byth, bron fel pe bai'n ceisio dynwared aderyn. Cynnwrf yn ei feddwl, meddyliais; cynnwrf gwirioneddol, nid esgus.

'Mae'n debyg . . . ' meddai. 'Ym . . . wel . . . '

'Gofyn y cwestiwn.'

Saethodd edrychiad sydyn ataf i. 'O, ia . . . Wel . . . Oedd 'na unrhyw amheuaeth ynglŷn â'r modd . . . y bu George Millace farw?'

'Dduw . . . mawr!' ebychais fel pe bai rhywun wedi fy nharo ym mhwll y galon. 'Dydw i ddim yn meddwl i mi glywed dim o'r fath.'

'Beth ddigwyddodd, yn union?'

'Gyrru'n ôl o Doncaster oedd o, mi aeth i gysgu wrth yr olwyn a tharo coeden.'

'Dyna'r cyfan? Y cyfan i gyd?'

'Ym . . . ' ceisiais feddwl yn ôl. 'Mi ddywedodd ei fab ei fod o wedi aros yn nhŷ ei ffrind am ddiod. Yna fe yrrodd o adre. Ac yna fe darodd y goeden.'

Ysgydwodd Jeremy ychydig mwy arno'i hun a gofyn, 'Sut mae rhywun yn gwybod ei fod wedi aros yn nhŷ ei ffrind? A sut y gall unrhyw un wybod ei fod wedi mynd i gysgu wrth yr olwyn?'

'Cwestiynau twrnai go-iawn,' meddwn. 'Dydw i ddim yn gwybod yr ateb i'r cyntaf, ac am yr ail, wel, all neb wybod, wrth gwrs. Mae'n debyg bod pawb wedi tybio mai hynny ddigwyddodd. Dydy mynd i gysgu yn y tywyllwch ar ddiwedd taith hir ddim yn beth anghyffredin. Mae'n farwol. Mae'n drueni. Ond mae'n digwydd trwy'r amser.'

'Gynhalion nhw *post mortem*?'

'Wn i ddim. Fyddan nhw'n gwneud hynny fel arfer?'

Cododd ei ysgwyddau. 'Weithiau. Mi fydden nhw wedi tsecio'i waed am lefel yr alcohol. Hwyrach y bydden nhw wedi tsecio am drawiad ar y galon, os nad oedd o wedi ei niweidio'n ormodol. Os nad oedd mwy o amgylchiadau amheus, dyna fyddai'r cwbwl, mae'n debyg.'

'Mi fyddai ei fab wedi dweud wrtha i — wedi dweud wrth bawb ar y cwrs rasio — pe byddai rhywun wedi gofyn unrhyw gwestiynau od. Dwi'n siŵr na wnaeth neb.'

'Rhaid bod yr holl ddwyn wedi gwneud i'r heddlu roi eu pennau ar waith hefyd,' meddai Jeremy'n feddylgar.

'Yn ystod yr angladd y digwyddodd y tro cyntaf,' meddwn yn wan.

'Amlosgi?'

Nodiais fy mhen. 'Amlosgi.' Ystyriais. 'Mi feddyliodd yr heddlu, yn wir fe awgrymon nhw'n amlwg iawn i Marie Millace, bod gan George luniau yn ei feddiant y byddai pobol eraill yn awyddus iawn i'w dinistrio. Ond *wydden* nhw ddim eu bod nhw ar gael.'

'Fel y gwyddon ni.'

'Yn hollol.'

'Rho'r gorau iddi,' meddai'n sydyn. 'Canolbwyntia ar ddod o hyd i Amanda.'

'Rydw i'n synnu bod cyfreithiwr yn fodlon difetha tystiolaeth bwysig.'

'Elli di ddim fforddio chwerthin,' meddai. 'Fe allai'r un peth ddigwydd i ti ag a ddigwyddodd i George Millace. Cyfarfod â choeden ar drigain milltir yr awr.'

Gadawodd Jeremy am chwech, ac fe gerddais innau at y sgwrs filitaraidd â Harold. Roedd o wedi trefnu chwe cheffyl i mi yn ystod yr wythnos oedd i ddod; felly, efo'r rheiny a'r pump arall a gynigiwyd i mi yn Windsor, ro'n i debyg o gael wythnos neilltuol o brysur.

'Paid â malu dy hun wrth ddod i lawr oddi ar un o'r sgragliach eraill 'na rwyt ti wedi eu derbyn,' meddai Harold.

'Pam wyt ti'n derbyn y rheiny pan mae gen ti 'ngheffylau i i'w reidio, dwn i ddim.'

'Pres,' meddwn.

'Hy!'

Doedd o ddim yn hoffi i mi gymryd ceffylau eraill, ond gan fy mod i'n hunangyflogedig allai o ddim fy rhwystro. Wnaeth o erioed gyfaddef mai ar gefn ceffylau pobl eraill yr o'n i wedi ennill rhai o fy rasys mwyaf. Bryd hynny byddai'n dweud, pe byddai rhywun yn pwyso arno, mai reidio ceffylau eilradd y stablau hynny ro'n i, a 'mod i wedi ennill heb i'r hyfforddwyr hynny fod yn disgwyl y ffashiwn beth.

'Rydw i'n rhedeg dau o geffylau Victor yn Ascot y Sadwrn nesaf,' meddai. 'Chainmail . . . a Daylight.'

Edrychais arno'n sydyn, ond edrychodd o ddim i fy llygaid.

'Chafodd o ddim ras dda yn Sandown, wrth gwrs,' meddai. 'Ond mae o'n dal ar ei orau.'

'Mi geith o job anoddach yn Ascot. Gwrthwynebwyr cryfach o lawer.'

Cytunodd. Wedi mymryn o dawelwch, meddai'n ddi-hid, 'Hwyrach mai Chainmail fyddai orau. Dibynnu beth sydd ar ôl erbyn y pedwerydd dydd, wrth gwrs. A dyna'r aros dros nos . . . Mi fyddwn ni'n gwybod yn well ddydd Gwener . . . '

Tawelwch.

'Gwybod am ennill?' gofynnais o'r diwedd. ''Ta colli?'

'Philip . . . '

'Rydw i wedi penderfynu peidio,' meddwn.

'Ond . . . '

'Deud ti wrtha i, Harold,' meddwn. 'Deud ti wrtha i yn gynnar bore Sadwrn os oes gen ti unrhyw deimlad tuag ata i o gwbwl. Mi ga i boen yn fy mol. Mi chwyda i. Mi ga i'r bib. Fydda i ddim yn gallu rasio.'

'Ond beth am Daylight?'

Gwasgais fy ngwefusau'n dynn i geisio rheoli fy ngwylltineb.

129

'Mi gawson ni bedwar enillydd wythnos diwethaf,' meddwn rhwng fy nannedd. 'Ydy hynny ddim yn ddigon i chi?'

'Ond Victor . . . '

'Mi reidia i fy ngorau glas i ennill i Victor. Deud di hynny wrtho fo. Deud hynny wrtho fo.' Codais am na fedrwn eistedd yn dawel. 'A phaid ti ag anghofio, Harold, er mai pedair oed ydy Chainmail, mae o'n gyflym. Mae'n wir ei fod o'n tynnu fel trên, ac yn trio osgoi neidio ar adegau. A dydy o ddim yn ôl o frathu unrhyw geffyl ddaw ar ei draws. Mae o'n ddiawl i'w reidio, ond mae o'n ddewr ac mi dw i yn ei licio fo. Helpa i mohonot ti i'w ddifetha fo. Ac mi *wnei* di ei ddifetha fo os wyt ti am chwarae lol efo fo. Mi droith o'n un drwg. Ar wahân i fod yn anonest, mae o'n beth stiwpid.'

'Wyt ti wedi gorffen?'

'Do, am wn i.'

'Yna mi gytuna i am Chainmail. Mi ddeuda i'r cwbwl wrth Victor. Ond ei geffyl o ydy o yn y pen draw.'

Sefais heb ddweud gair. Fe allai unrhyw beth a ddywedwn rŵan fod yn rhy derfynol. Cyd â 'mod i'n reidio i'r stabl roedd gobaith o hyd.

'Gymri di ddiod?' gofynnodd Victor. 'Os oes Coke,' meddwn, ac aeth yr eiliad dyngedfennol heibio. Fe drafodon ni'r tri cheffyl arall, a dim ond pan o'n i ar fin gadael y cyfeiriodd Harold at y ceunant oedd o'n blaen.

'Os oes angen,' meddai'n drwm, 'mi ro i gyfle i ti fod yn sâl.'

Drannoeth yn Fontwell cefais godwm ar un o geffylau Harold dair ffens o'r diwedd, dois yn ail ac yn drydydd ar geffylau pobl eraill, a phrofais ychydig o sŵn canmol ond dim cynnig o waith arall. Diwrnod arferol; gwell nag amryw. A chodwm araf ges i; clais ond dim niwed.

Dim clecs yn y stafell bwyso.

Dim ymladd anweddus rhwng aelodau newydd y Jockey Club a chyfarwyddwyr ffilmiau oedd yn hwrjo cocaine. Dim meilord yn glafoerio dros lefran lyfli. Dim hyd yn oed joci clwyfedig yn poeni am ei fam oedd mewn gwaeth cyflwr yn gorfforol nag ef.

Dim pwysau oddi wrth berchenogion yn eu cotiau uchaf gleision ar jocis oedd yn rhedeg yn onest.

Diwrnod tawel yn y swyddfa.

Dim rasio y dydd Mawrth hwn. Reidio dwy gadwyn o geffylau allan i Harold, ac ymarfer rhai dros y clwydi. Bore iasoer, llaith, un i'w ddioddef nid i'w fwynhau, a doedd gan Harold, hyd yn oed, fawr o bleser yn ei waith. Roedd hwyl y Downs, meddyliais wrth gerdded fy ngheffyl yn ôl, yn effeithio ar y pentref i gyd. Ar foreau fel hyn prin y byddai trigolion yn cyfarch ei gilydd.

O hanner dydd ymlaen, fi oedd piau'r diwrnod.

Wrth fwyta *muesli* ystyriais focs dirgelion George Millace, ond teimlwn yn rhy anesmwyth i dreulio mwy o oriau yn y stafell dywyll.

Cofiais am fy ymweliad addawedig â fy nain, a phrysurais i feddwl am reswm da i'w ohirio.

Penderfynais dawelu ychydig ar gyhuddiadau Jeremy Folk drwy geisio gweld a fedrwn ddod o hyd i dŷ fy mhlentyndod. Cyrch diamcan braf, heb unrhyw ddisgwyliadau mawr o lwyddiant. Diwrnod i rodianna, heb unrhyw bwysau arna i.

Dechreuais drwy yrru'n hamddenol i fyny ac i lawr nifer o strydoedd bychain rhwng Chiswick a Hammersmith. Edrychai pob un yn gyfarwydd, rywsut, i mi: rhesi o derasau destlus o dai trillawr a llawr isaf, ac iddynt ffrynt bwaog i bobl ar incwm cymedrol, a'u hwynebau camarweiniol o gul yn ymestyn yn ôl ymhell i erddi bychain caeedig. Ro'n i wedi byw mewn nifer o dai fel yna pan yn blentyn, ond allwn i ddim cofio hyd yn oed enw yr un stryd.

Roedd y blynyddoedd hefyd wedi dod â llawer o newidiadau yn eu sgil. Roedd strydoedd cyfain wedi diflannu i wneud lle i ffyrdd mwy. Safai ynysoedd bychain o dai yn amddifad. Roedd sinemâu wedi cau. Roedd siopau Asiaidd wedi symud i mewn. Ond roedd y bysiau'n edrych rywbeth yn debyg.

Bysiau.

Rhoddodd y bysiau hwb i'r cof. Roedd y tŷ yr oeddwn i'n chwilio amdano bron â bod ym mhen y rhes, ac roedd 'na arhosfan bws jyst rownd y gornel. Mi fues i ar y bws yn aml gan ddefnyddio'r arhosfan honno.

Ond wrth fynd i ble?

At yr afon, am dro.

Nofiodd yr wybodaeth imi dros ysgwydd ugain mlynedd a mwy. Fe fydden ni'n mynd lawr at yr afon yn y prynhawniau i edrych ar y tai-cychod a'r gwylanod a'r mwd, pan oedd y llanw allan, ac fe fydden ni'n edrych draw at erddi Kew.

Gyrrais i lawr at Kew Bridge a throi'n ôl, gan ddilyn y bysiau.

Busnes araf, oherwydd roedd rhaid i mi stopio pryd bynnag y stopiai'r bws; di-fudd hefyd, gan nad oedd yr un o'r arosfeydd wrth gornel stryd. Ar ôl awr fe rois y gorau iddi, wedi anobeithio darganfod dim oedd yn gyfarwydd i mi. Mae'n debyg 'mod i yn yr ardal anghywir, hyd yn oed. Hwyrach y dylwn i fod yn Hampstead, lle y gwyddwn imi fod am gyfnod.

Tafarn, o'r diwedd, a'm helpodd i wybod ble'r oeddwn. Y Willing Horse. Hen dafarn. Paent brown tywyll. Gwydr *frosted* ar y ffenestri a phatrymau hyd eu hymylon. Parciais y car a cherdded yn ôl at y drysau siocled, a bodloni ar sefyll yno yn aros.

Ar ôl ychydig, fe deimlwn 'mod i'n gwybod pa ffordd i fynd. Troi i'r chwith, cerdded tri chanllath, croesi'r ffordd, troad cyntaf ar y dde.

Trois i mewn i stryd o dai trillawr a'r llawr gwaelod yn is na'r stryd. Stryd gul, daclus, nodweddiadol. Roedd ceir bob ochr a nifer o'r gerddi ffrynt wedi eu troi yn llefydd parcio. O glytiau o bridd wrth ymyl y pafin fe dyfai ambell goeden foel, ond gerllaw'r tai gwelid llwyni a gwrychoedd. Tair gris i fyny i wastadedd y tu allan i bob drws ffrynt.

Croesais y stryd a cherdded yn araf ar ei hyd, ond roedd y bwrlwm wedi ei golli. Ddywedai dim wrtha i 'mod i yn y lle iawn, na pha dŷ y dylwn ei drio. Arafais beth, yn betrus, a meddwl beth ddylwn i ei wneud nesaf.

Pedwar drws o'r pen es i fyny'r llwybr byr, i fyny'r set o risiau a chanu'r gloch.

Daeth dynes â sigarét yn ei cheg at y drws.

'Esgusodwch fi,' meddwn. 'Ydy Samantha'n byw yma?'

'Pwy?'

'Samantha.'

'Nag ydy.' Edrychodd arnaf yn frysiog ac amheus o 'nghorun i'm sawdl a chau'r drws yn glep.

Rhoddais gynnig ar chwe thŷ arall. Dim ateb mewn dau, un 'bacha hi', un 'na cariad, Popsy ydw i, hoffet ti ddod i mewn?', un 'dydan ni ddim ishio dim brwshys', ac un 'cath ydy honno?'

Yn yr wythfed tŷ ces wybod gan hen ddynes ei bod hi'n bur amheus ohono' i, ac os na rown i'r gorau i guro ar ddrysau, mi fyddai hi'n galw'r heddlu.

'Rydw i'n chwilio am rywun o'r enw Samantha,' meddwn. 'Roedd hi'n arfer byw yma.'

'Rydw i'n cadw golwg arnat ti,' meddai. 'Os gwela i di yn trio dringo i mewn drwy ffenest, mi alwa i'r heddlu.'

Cerddais oddi wrth ei hwyneb bach cadarn, ac fe'm dilynodd reit allan i'r stryd i gadw golwg arna i.

Doedd hyn yn werth dim byd, meddyliais. Fyddwn i byth yn dod o hyd i Samantha. Fe allai hi fod allan. Fe allai fod wedi mudo. Fe allwn i fod yn y stryd anghywir. O dan wyliadwraeth glòs yr hen ddynes, curais ar ddrws arall; atebodd neb. Yna curais ar ddrws arall eto ac fe'i hagorwyd gan ferch ar draws yr ugain oed.

'Esgusodwch fi,' meddwn. 'Oes 'na rywun o'r enw Samantha yn byw yn y tŷ yma?' Ro'n i wedi dweud hyn gymaint o weithiau nes ei fod yn swnio'n hurt i mi erbyn hyn. Dyma'r tro olaf. Waeth i mi ei throi hi am adref ddim.

'Pwy?'

'Samantha.'

'Samantha beth? Samantha pwy?'

'Mae'n ddrwg gen i, ond dydw i ddim yn gwybod.'

Crychodd ei gwefusau; doedd hi ddim yn hoffi'r ymholiad, mae'n amlwg.

'Arhoswch funud,' meddai. 'Mi af i edrych.' Caeodd y drws ac aeth i ffwrdd. Cerddais i lawr y grisiau ac i'r ardd fechan lle safai car bach coch ar ddau linyn o darmac. Oedais, o dan olygon yr hen ddynes o ben draw'r stryd, i weld a fyddai'r ferch yn dod yn ei hôl.

Agorodd y drws y tu ôl i mi a throis ato. Safai dau berson yno: y ferch a dynes hŷn. Pan gymerais gam tuag atyn nhw cododd y ddynes ei braich ar draws y drws fel arwydd y dylwn gadw draw. Gan godi ei llais gofynnodd, 'Beth ydych chi ei ishio?'

'Wel . . . rydw i'n chwilio am rywun o'r enw Samantha.'

'Felly dwi'n clywed. Pam?'

'Ai chi,' gofynnais yn araf, 'ydy Samantha?'

Edrychodd yn amheus arnaf; ro'n i wedi hen arfer â hyn erbyn rŵan. Dynes o faintioli rhesymol, a'i gwallt brithfrown yn cyrraedd ei hysgwyddau.

'Beth ydych chi ei ishio?' gofynnodd eto yn ddi-wên.

Gofynnais, 'A fyddai'r enw Nore yn golygu unrhyw beth i chi? Philip Nore, neu Caroline Nore?'

Doedden nhw'n golygu dim i'r ferch ond gwelais eu bod yn ennyn sylw'r ddynes ar unwaith.

'Beth yn union ydych chi ei ishio?' mynnodd.

'Fi ydy . . . Philip Nore.'

Newidiodd y wedd bryderus i fod yn un o anghrediniaeth. Nid pleser fel y cyfryw, ond cydnabyddiaeth yn sicr.

'Mi fyddai'n well i chi ddod i mewn,' meddai. 'Samantha Bergen ydw i.'

Es i fyny'r grisiau, trwy'r drws ffrynt a ches i ddim, fel yr o'n i wedi lled-ddisgwyl, y teimlad o ddod adref.

'I lawr y grisiau,' meddai, gan arwain y ffordd ac edrych dros ei hysgwydd. Fe'i dilynais drwy'r cyntedd ac i lawr y grisiau a oedd yn yr holl dai hyn yn arwain i'r gegin a'r drws i'r ardd. Dilynodd y ferch ni'n dau, gan edrych yn ddryslyd ac yn bryderus.

'Mae'n ddrwg gen i nad o'n i'n fwy croesawgar,' meddai Samantha, 'ond fe wyddoch chi fel mae hi y dyddiau hyn. Cymaint o ddwyn. Rhaid i rywun fod yn ofalus. A dynion ifanc dieithr yn dod i'r drws i holi am Samantha . . . '

'Ia,' meddwn.

Aeth trwy fynedfa i mewn i stafell fawr a edrychai yn debycach i gegin ffarm na chegin ffarm go-iawn. Rhes o gypyrddau pîn ar hyd yr ochr dde. Bwrdd mawr a chadeiriau. Llawr teils coch. *French windows* yn arwain i'r ardd. Cadair wiail fawr yn hongian wrth gadwyn o'r nenfwd. Trawstiau. Lle tân i dân nwy. Pytiau o gopor yn sgleinio hyd y lle.

Heb feddwl, cerddais ar draws y llawr coch ac eistedd yn y gadair wiail, ger y lle tân, gan dynnu fy nghoesau i fyny o danaf, o'r golwg.

Safai Samantha Bergen yno wedi ei syfrdanu.

'Rwyt ti'n dweud y gwir,' meddai. 'Ti ydy Philip. Philip bach. Fel yna'n union y byddai o'n eistedd, ei draed i fyny. Ro'n i wedi anghofio. Ond roedd dy weld di yn gwneud hyn'na . . . bobol bach.'

'Mae'n ddrwg gen i,' meddwn gan gecian braidd a sefyll i

geisio rhwystro'r gadair rhag swingio'n ormodol. 'Feddyliais i ddim am y peth.'

''Machgen annwyl i,' meddai. 'Mae popeth yn iawn. Mae hi'n anhygoel dy weld ti, dyna'r cwbwl.' Trodd at y ferch, ond efo fi roedd hi'n siarad. 'Dyma Clare, fy merch. Doedd hi ddim wedi ei geni pan oeddet ti'n aros yma.' Ac wrth ei merch meddai, 'Ro'n i'n arfer gofalu am blentyn ffrind i mi bob hyn a hyn. Nefoedd fawr, rhaid bod 'na ddwy flynedd ar hugain er pan welais i o ddiwethaf. Dwi ddim yn credu 'mod i wedi dweud hyn wrthat ti.'

Ysgydwodd y ferch ei phen ac edrychai yn llai dryslyd ac yn llawer iawn mwy cyfeillgar. Roedd y ddwy ohonyn nhw yn ddeniadol mewn ffordd dawel; yn gwisgo jîns a siwmperau boliog a wynebau di-baent pnawn Mawrth. Roedd y ferch yn deneuach ac roedd ei gwallt hi'n fyrrach ac yn dywyllach na'i mam, ond meddai'r ddwy ar lygaid mawr llwyd, trwynau syth a genau caredig. Roedd y ddwy yn hunanhyderus, ac roedd awyrgylch ddeallus, anniffiniol o gwmpas y ddwy.

Gorweddai'r gwaith yr o'n i wedi torri ar ei draws, ar hyd a lled y bwrdd. Proflenni hirion a darluniau a ffotograffau; defnyddiau llyfr. Pan giledrychais arno meddai Clare, 'Llyfr coginio Mam,' a meddai Samantha, 'Mae Clare yn gynorthwyydd i gyhoeddwr,' ac fe wahoddon nhw fi i eistedd i lawr.

Fe eisteddon ni o gwmpas y bwrdd, ac fe ddywedais i wrthyn nhw am Amanda, a'r lwc mul a ddaeth â fi at eu drws.

Ysgydwodd Samantha ei phen yn drist. 'Lwc mul yn wir,' meddai. 'Welais i mo Caroline wedi i ti fynd o 'ma am y tro olaf. Wyddwn i ddim ei bod hi wedi cael merch, hyd yn oed. Ddaeth hi erioed â'r ferch yma.'

'Soniwch rywbeth amdani hi wrtha i,' meddwn. 'Sut un oedd hi?'

'Caroline? Roedd hi mor dlws roeddech chi ishio'i mwytho

trwy'r amser. Yn llawn goleuni a hwyl. Fe allai hi gael unrhyw un i wneud unrhyw beth. Ond . . . ' oedodd.

'Ond beth?' gofynnais. 'A byddwch yn onest, plîs. Mae hi wedi marw ers deuddeng mlynedd, a frifwch chi mo 'nheimladau i.'

'Wel . . . roedd hi'n cymryd cyffuriau.' Edrychodd Samantha yn bryderus arna i, ac roedd y rhyddhad yn amlwg wrth i mi ddangos 'mod i'n gwybod hyn. 'Cocaine, L.S.D. Cannabis. Unrhyw beth, bron. *Poppers, uppers, downers.* Triodd y cwbwl. Mi ddeudodd wrtha i nad oedd hi am dy gael di o gwmpas pan oedd hi a'i ffrindiau yn tripio. Byddai'n begian arna i i ofalu amdanat ti am ychydig ddyddiau . . . byddai wastad yn troi'n ychydig wythnosau . . . ac mi roeddet ti'n greadur bach mor hawdd a thawel . . . roeddet ti'n gwmni bach da hefyd, mewn gwirionedd. Doeddwn i ddim yn meindio pan oedd hi'n dod â chdi.'

'Pa mor amal?' gofynnais yn araf.

'Pa mor amal ddaeth hi â chdi yma? O, hanner dwsin o weithiau. Roeddet ti tua'r pedair 'ma pan ddoist ti gyntaf, ac ar draws wyth erbyn y diwedd, mae'n debyg. Mi ddeudais i na allwn dy gymryd di wedi hynny gan fod Clare ar ddod i'r byd.'

'Rydw i wedi teimlo'n ddiolchgar iawn i chi ar hyd y blynyddoedd,' meddwn.

'Wyt ti?' Edrychai'n falch. 'Fyddwn i ddim wedi tybio y byddet ti'n cofio, ond mae'n rhaid dy fod ti, gan dy fod ti yma.'

'Oeddech chi'n nabod rhywun o'r enw Deborah neu Chloe neu Miranda?' gofynnais.

'Deborah Baederbeck? Mi aeth hi i fyw i Brussels.'

'Dydw i ddim yn gwybod.'

Ysgydwodd Samantha ei phen yn amheus. 'Fyddai hi ddim yn gwybod dim am Amanda. Mae'n rhaid ei bod hi wedi byw yn Brussels am . . . o . . . bum mlynedd ar hugain.'

Daeth Clare â the o rywle a gofynnais i Samantha a ddywedodd fy mam unrhyw beth am fy nhad erioed.

'Naddo erioed,' meddai'n bendant. 'Tabŵ. Mae'n debyg ei bod hi i fod wedi cael erthyliad, ond ei bod hi wedi gadael y peth yn rhy hwyr. Nodweddiadol o Caroline, yn gwbwl anghyfrifol.' Tynnodd wyneb dwl. 'Mae'n debyg na fyddet ti yma pe byddai wedi gwrando ar yr hen ddraig, ei mam.'

'Mi wnaeth hi iawn am y peth drwy beidio â chofrestru fy ngenedigaeth.'

'O'r argol!' meddai gan werthfawrogi'r sylw a dechrau piffian chwerthin. 'Dyna hi, Caroline, i'r dim. Mi aethon ni i'r un ysgol. Ro'n i'n ei nabod ers cantoedd. Newydd adael oedd hi pan gafodd hi ei landio â chdi.'

'Oedd hi'n cymryd cyffuriau yn yr ysgol?'

'Bobol, nag oedd.' Gwgodd, gan feddwl. 'Wedi hynny. Roedden ni wrthi i gyd. Dydw i ddim yn golygu hi a fi efo'n gilydd. Ond ein cenhedlaeth . . . mi roeson ni i gyd gynnig arni, rywbryd neu'i gilydd, pan oedden ni'n ifanc, am wn i. Pot gan mwyaf.'

Gwelais y syndod ar wyneb Clare, fel pe na byddai mamau yn gwneud y math hynny o beth.

Gofynnais, 'Oeddech chi'n gyfarwydd â'r ffrindiau yr oedd hi'n arfer cymryd y cyffuriau efo nhw?'

Ysgydwodd Samantha ei phen. 'Wnes i erioed eu cyfarfod. Byddai Caroline yn eu galw nhw yn ffrindiau — yn y lluosog — ond ro'n i wastad yn meddwl amdanyn nhw fel un ffrind, un dyn.'

'Na,' meddwn. 'Weithiau roedd 'na fwy. Pobol yn gorwedd ar glustogau mawr hyd y llawr yn hepian, a'r stafell yn llawn o dawch od. Yn hynod o heddychlon.'

Y rhain oedd y bobl a ddefnyddiai eiriau fel *skins* a *grass* a *joints*, nad oeddynt byth yn golygu yr hyn a ddisgwyliai fy ymennydd plentyn iddyn nhw ei olygu. Un o'r rhain oedd wedi rhoi sigarét i mi a dweud wrtha i am sugno'r mwg. I mewn i dy ysgyfaint, meddai, yna dal dy wynt a chyfra i ddeg. Pesychais a daeth yr holl fwg allan cyn i mi fedru cyfrif i ddau. Chwarddodd a dweud wrtha i am roi cynnig arall arni. Tri neu bedwar o ddrags ges i.

Canlyniad hyn, fel yr o'n i yn ei gofio'n ddiweddarach, oedd ymdeimlad mawr o lonyddwch. Aelodau trwm, anadlu tawel, ychydig o benysgafndod. Daeth fy mam i mewn a rhoi chwip din i mi a dyna ddiwedd ar hyn'na i gyd. Welais i mo'r cyfaill a'm cyflwynodd i'r stwff byth wedyn. Ro'n i'n ugain oed cyn i mi gyfarfod hash eto, pan roddwyd anrheg imi o resin Lebanon melynwyrdd i'w sgeintio fel malu ciwb OXO ar faco.

Smociais beth ohono, a rhoi peth i ffwrdd, a phoenais i erioed am y peth wedi hynny. Doedd y canlyniadau, i mi, ddim gwerth y drafferth a'r gost. Ond fe fydden nhw, yn ôl cyfaill o ddoctor, pe byddai gen i asthma. Roedd cannabis yn wych ar gyfer pobl oedd yn dioddef o asthma, meddai. Trueni na allech ei gael ar y National Health.

Fe yfon ni'r te yr oedd Clare wedi ei wneud, a gofynnodd Samantha beth o'n i'n ei wneud yn waith.

'Joci ydw i.'

Prin eu bod nhw'n coelio. 'Rwyt ti'n rhy dal,' meddai Samantha, ac ychwanegodd Clare, 'Does 'na ddim jocis mewn bywyd go-iawn.'

'Oes mae 'na,' atebais. 'Dyma un. A does dim rhaid i jocis sy'n arbenigo ar y clwydi fod yn fach. Mae 'na hogiau chwe throedfedd wedi llwyddo cyn heddiw.'

'Gwaith anghyffredin dros ben,' meddai Clare. 'Ond braidd yn ddi-bwynt, 'ntydy?'

'Clare!' protestiodd Samantha.

'Os wyt ti'n golygu,' meddwn, heb gynhyrfu, 'nad ydy jocis yn cyfrannu dim o werth i gymdeithas, dydw i ddim yn amau nad wyt ti'n gywir.'

'Dos yn dy flaen,' meddai Clare.

'Mae hamdden yn arwain at iechyd. Rydw i'n darparu hamdden.'

'A betio?' gofynnodd. 'Ydy hynny'n iach?'

'Mae'n gwneud yn lle cymryd y risg eich hun. Mentro'ch arian, nid eich bywyd. Pe byddai pawb yn mentro dringo Everest, meddylia am yr holl bartïon achub.'

Dechreuodd wenu ond trodd ei gwefusau y weithred yn esgus cnoi. 'Ond rwyt ti dy hun yn mentro.'

'Dydw i ddim yn betio.'

'Mi gei dy glymu'n dynn gan Clare,' meddai ei mam. 'Paid â gwrando arni hi.'

Ysgydwodd Clare ei phen. 'Fyddwn i'n tybio bod trio clymu eich Philip bach yn glymau mor hawdd â gwneud cwlwm o afon.'

Edrychodd Samantha yn syn ar ei merch a gofyn i mi ble ro'n i'n byw.

'Lambourn. Pentref yn Berkshire. Allan ar y Downs.'

Gwgodd Clare ac edrych arna i yn ddwys.

'Lambourn . . . on'd oes 'na lawer o stablau rasio yno, rywbeth yn debyg i Newmarket?'

'Dyna chdi.'

'Hm.' Ystyriodd am funud. 'Dwi'n meddwl y ffonia i fy mòs. Mae o'n gwneud llyfr am bentrefi Prydain a ffordd pentrefi o fyw. Roedd o'n dweud y bore 'ma bod y llyfr ychydig yn denau ac mi ofynnodd a oedd gen i unrhyw syniadau. Mae ganddo fo ryw sgrifennwr yn gwneud y gwaith. Mynd i bentrefi, aros wythnos a sgrifennu pennod. Mae o newydd sgrifennu am bentref â'i drigolion yn cynhyrchu eu hoperâu eu hunain. Edrych, fyddai ots gen ti petawn i'n ei ffonio fo?'

'Na fyddai, wrth gwrs.'

Roedd hi wedi gafael yn y ffôn wrth y bin bara cyn iddi orffen ei chwestiwn hyd yn oed. Edrychodd Samantha yn famol arni, a meddyliais ei bod hi'n od bod Samantha yn ei phedwardegau, tra o'n i wedi ei dychmygu yn wastadol ifanc. Ond o dan y tu allan na fyddwn byth wedi ei adnabod, fe dywynnai cynhesrwydd ac uniongyrchedd a gwerthoedd cyson. Teimlwn fod y daioni sylfaenol yn rhywbeth yr oeddwn yn hen gyfarwydd ag ef. Teimlad braf oedd canfod bod yr argraffiadau a gladdwyd yng nghefn fy meddwl gymaint o amser yn ôl wedi bod yn rhai cywir.

'Mi wneith Clare dy wthio di i wneud pethau,' meddai. 'Dyna sut cafodd hi fi i wneud y llyfr coginio 'ma. Mae 'na fwy o ynni ynddi hi na gorsaf drydan. Mi ddeudodd hi pan oedd hi'n chwech oed mai cyhoeddwr oedd hi am fod, ac mae hi ar ei ffordd. Mae hi'n ddirpwy i'r bòs yn barod, a chyn bo hir, mi gei di weld, mi fydd hi'n rhedeg y sioe.' Ochneidiodd yn foddhaus, gan ddangos yn eglur y balchder a'r problemau o fagu merch alluog neilltuol.

Daeth y ferch alluog ei hunan, a edrychai'n hollol normal, i ben â siarad ar y ffôn a cherdded yn ôl at y bwrdd.

'Mae ganddo fo ddiddordeb. Mae o'n dweud yr awn ni'n dau i lawr i weld y lle, ac os ydy o'n iawn, mi yrrith o'r sgwennwr a ffotograffydd.'

Mentrais gynnig, 'Dwi wedi tynnu lluniau o Lambourn . . . os hoffet ti . . . '

Torrodd ar fy nhraws. 'Sori. Mi fydd angen gwaith proffesiynol arnon ni. Mae'n ddrwg gen i. Mae'r bòs yn dweud y galwn ni heibio dy le di er mwyn cael cyfarwyddiadau a gwybodaeth gyffredinol, os nad oes ots gen ti.'

'Na . . . does dim ots gen i.'

'Ardderchog.' Rhoddodd wên sydyn a oedd gyfwerth â churo cefn yn hytrach nag yn arwydd o gyfeillgarwch. Mae hi'n gwybod ei bod hi'n beniog, meddyliais. Mae hi wedi arfer bod yn fwy peniog na'r gweddill. Ond dydy hi ddim cystal â Jeremy Folk am guddio'r ffaith ei bod hi'n gwybod hynny.

'Gawn ni ddod ddydd Gwener?' gofynnodd.

X

Roedd Lance Kinship yn arwain gosgordd o wŷr camera, recordwyr sain a'u gweisionach pan gyrhaeddais i gwrs rasio Newbury drannoeth, dydd Mercher. Fe glywson ni yn y stafell newid ei fod o, gyda sêl bendith y rheolwyr, yn saethu lluniau stoc ar gyfer ffilm, a bod gofyn i jocis gydweithredu. Nid bod rhaid gwenu i'r camera bob yn ail eiliad, meddid, ond gofynnid i ni beidio â'u trin fel petaen ni wedi dod o hyd iddyn nhw o dan wadn ein hesgid.

Rhois fy Nikon rownd fy ngwddf o dan fy nghôt law, a thynnu llun dynion yn tynnu lluniau.

Ar y cyfan ni chroesewid camerâu ar gyrsiau rasio ond yn nwylo ffotograffwyr cydnabyddedig yn unig; gan amlaf er hynny, goddefid i'r cyhoedd dynnu snapiau hyd y lle ac eithrio yn lloc yr Aelodau. Roedd y mwyafrif o reolwyr cyrsiau yn gadael i mi wneud gan i mi fod wrthi ers cymaint o amser. Dim ond yn Ascot y caewyd y drws yn llwyr ar amaturiaid; roedd rhaid i bawb barcio'u camerâu wrth y fynedfa, fel hen gowbois yn trosglwyddo'u gynnau mewn tref dawel yn y Gorllewin Gwyllt.

Ymddangosai Lance Kinship fel petai'n gwneud ei orau i beidio ag edrych fel cyfarwyddwr ffilmiau. Yn lle ei siaced swêd werdd, a oedd, mae'n debyg, yn cael ei glanhau, gwisgai siwt frethyn frown a het trilbi ar ongl gweddus iawn, crys sgwariau, tei heb fod yn llachar, a sbienddrych. Edrychai fel *extra* cyfoethog yn un o'i ffilmiau ei hun.

Dywedai wrth ei griw beth i'w wneud mewn llais hunandybus gan amneidio'n amhendant. Dim ond yn y modd astud yr oedden nhw'n gwrando arno fo, a'r modd y byddai eu llygaid yn troi tuag ato bob tro y siaradai y gwelid unrhyw arwydd o awdurdod. Cymerais ffrâm neu ddwy o'r ymateb hwn: y llygaid oll yn edrych tuag ato o bennau ar dro.

Ro'n i'n barnu y byddai'r lluniau hyn, wedi i mi eu printio, yn dangos dynion yn ufuddhau i rywun nad oedden nhw'n ei hoffi.

Ar un pwynt, ger y bocsys cyfrwyo, wrth i'r criw ffilmio hyfforddwyr yn gosod y cyfrwyon cyn y ras gyntaf, digwyddodd i Lance Kinship droi ei ben yr eiliad y pwysais y botwm. Syllai yn syth i mewn i fy lens.

Cerddodd yn bwrpasol ata i, yn flin.

'Beth wyt ti'n ei wneud?' gofynnodd, er bod hynny'n amlwg.

'Roedd gen i ddiddordeb,' meddwn yn ddiniwed.

Edrychodd ar fy esgidiau, fy nhrowsus gwyn, a'r crys coch a melyn a wisgwn o dan fy nghôt.

'Joci,' meddai wrtho'i hun. Edrychodd drwy ei sbectol ffrâm dywyll. 'Nikon.' Cododd ei lygaid at fy wyneb a gwgodd wrth hanner fy nghofio.

'Sut mae'r trwyn?' gofynnais yn gwrtais.

Cofiodd pwy o'n i a thuchan.

'Paid â cherdded i mewn i siot,' meddai. 'Dwyt ti ddim yn nodweddiadol. Dydw i ddim ishio gweld joci sy'n cario Nikon yn difetha'r ffwtej. Iawn?'

'Mi fydda i'n ofalus,' atebais.

Roedd o fel petai ar fin dweud wrtha i am ddiflannu'n gyfan gwbl, ond digwyddodd edrych dros ei ysgwydd a gweld bod pobl eraill yn gwrando, a phenderfynodd yn erbyn hynny. Gyda nòd o anghymeradwyaeth, cerddodd yn ôl at ei griw i ffilmio'r ceffylau yn cerdded i mewn i'r cae bach.

Cariai'r prif ddyn camera ei gamera ar ei ysgwydd, ac o'r fan honno y byddai'n saethu gan amlaf. Un cam y tu ôl iddo, cerddai ei gynorthwywr yn cario treipod. Cariai un recordydd y bŵm sain siâp sosej, ac wrth ei ymyl chwaraeai un arall yn ddiddiwedd â deialau ar focs trydan. Gweithiai gŵr ifanc pengrych y bwrdd clapio, ac fe gymerai merch ifanc nodiadau maith o bopeth. Fe fuon nhw o dan draed trwy'r prynhawn, gan ymddiheuro fel dwn-i-ddim-be, yn y gobaith na fyddai neb yn malio.

Roedden nhw i lawr ger y man cychwyn wrth i mi gymryd fy lle yn y ras nofis di-glem dros Harold. Yn ffodus doedden nhw ddim wrth yr wythfed ffens pan roddodd fy ngheffyl ifanc ei draed blaen yn y ffos wrth neidio a chroesi'r bedw bron a'i draed i fyny. Rywbryd yn ystod y naid din-dros-ben wallgof hon syrthiais o'r cyfrwy, a thrwy drugaredd yn unig doeddwn i ddim o dan yr hanner tunnell pan laniodd.

Gorweddai ar ei hyd am rai eiliadau, yn tuchan ac wedi colli ei wynt; fe ges ddigon o amser i afael yn ei awenau ac arbed i'w was orfod ei ddal ym mhen draw'r byd. Ro'n i'n caru rhai ceffylau; doedd gen i ddim i'w ddweud wrth eraill. Roedd hwn yn un trwsgl, penstiff, diddeall, ar ddechrau yr hyn oedd yn debygol o fod yn yrfa hir o neidio gwael. Ro'n i wedi ceisio ei ddysgu yn y stablau lawer gwaith ac yn ei nabod yn rhy dda. Os oedd o'n dod at ffens yn iawn roedd popeth yn dda, ond os oedd o'n dod ati o chwith anwybyddai bob arwydd i newid ei gamre; a byddai pob ceffyl yn cyrraedd ffens yn anghywir o bryd i'w gilydd, dim ots pa mor fedrus oedd ei farchog. Ystyriwn fy hun yn lwcus bob tro y byddai'n gorffen ras.

Arhosais nes iddo ddod ato'i hun a dechrau cerdded mymryn, yna neidiais ar ei gefn a thuthian yn ôl i'r safleoedd. Gwnes sylwadau calonnog wrth y perchennog siomedig, a dweud y gwir wrth Harold.

'Deuda wrtho fo am beidio gwario mwy ar hwn a phrynu ceffyl arall.'

'All o ddim fforddio hynny.'

'Mae o'n gwastraffu ei bres ar hyfforddi.'

'Hwyrach wir,' meddai Harold, 'ond dydan ni ddim am ddweud hynny wrtho fo, nag ydan ni?'

Gwenais arno. 'Nag ydan, mae'n debyg.'

Es â 'nghyfrwy i'r stafell bwyso ac i ffwrdd â Harold i gael diod fach gysurol efo'r perchennog. Roedd angen y tâl hyfforddi ar Harold. Roedd angen y tâl reidio arna innau. Roedd y perchennog yn ceisio prynu breuddwyd, ac yn ei dwyllo ei hun. Fe ddigwyddai bob dydd, trwy'r amser, ym myd rasio. Dim ond weithiau y deuai'r freuddwyd mor wir fel y byddai'n llenwi enaid y perchennog a phan ddigwyddai hynny byddai ei lygaid yn serennu. Diolch i Dduw am berchenogion, meddyliais. Hebddyn nhw fyddai 'na ddim rasio.

Pan o'n i'n newid i 'nillad fy hun daeth rhywun i mewn ataf a dweud bod 'na ddyn y tu allan yn chwilio am y joci oedd yn cario camera.

Es i weld, a dod o hyd i Lance Kinship yn cerdded yn ôl ac ymlaen yn ddiamynedd.

'O, dyma ti,' meddai, fel pe bawn i wedi ei gadw i ddisgwyl yn fwriadol. 'Beth ydy dy enw di?'

'Philip Nore.'

'Wel, Phil, beth sy gen ti i'w ddweud? Mi gymrist ti luniau heddiw 'ma. Os ydyn nhw'n ddigon da mi bryna i nhw oddi wrthat ti. Sut mae hyn'na?'

'Wel . . . ' Ro'n i wedi fy syfrdanu. 'Iawn, os mai dyna ydach chi ei ishio.'

'Iawn. Ble mae dy gamera di? Dos i'w nôl o, 'ta. Mae'r criw draw wrth y postyn gorffen. Tynna luniau rhai ohonyn nhw'n ffilmio diwedd y ras nesaf. Iawn? Iawn.'

'Iawn,' meddwn yn syn reit.

'Ty'd yn dy flaen, 'ta. Ty'laen.'

Es i nôl fy nghamera o'r stafell newid a gweld ei fod yn dal i aros amdana i ond yn bendant ar frys gwyllt. Byddai'n rhaid i mi fynd draw yno ac asesu'r onglau gorau, eglurodd wrthyf, a dim ond un cyfle a gawn i oherwydd byddai'r criw yn symud draw i'r maes parcio cyn bo hir i ffilmio'r gwylwyr yn mynd adref.

Mae'n debyg ei fod wedi cynnig i'r ffotograffwyr swyddogol wneud y job ond eu bod nhw i gyd yn rhy brysur.

'Yna mi feddyliais i amdanat ti. Werth rhoi cynnig arnat ti, dybiwn i. Rhaid dy fod ti'n gallu ffocwsio, o leiaf. Iawn?'

Roedden ni'n cerdded yn gyflym. Bob hyn a hyn, dechreuodd loncian, a sylwais fod ei anadl yn mynd yn fwy llafurus. Ond doedd dim pall ar ei ynni ymenyddiol.

'Rydan ni angen y lluniau hyn ar gyfer cyhoeddusrwydd, iawn?'

'Iawn,' meddwn.

Roedd ei holl eiriau a'i ymarweddiad mor wahanol i'r olwg oedd arno, fel yr ymddangosai'r holl beth yn afreal i mi. A oedd hi'n arferol i gynhyrchwyr ffilmiau (a oedd, o bosibl, yn cyflenwi cocaine i'w sniffio mewn partïon) edrych fel gwŷr bonheddig plastai cefn gwlad, ac a oedd gwŷr o'r fath yn arfer siarad gan feddalu eu cytseiniaid a bod yn flêr efo'u llafariaid? Swniai'r 'iawn' yr oedd mor hoff o'i ddefnyddio yn debycach i 'iân'.

Mi gredwn i os oedd o mor awyddus i gael lluniau i bwrpas cyhoeddusrwydd y byddai wedi dod â'i ffotograffydd ei hun i'w ganlyn; mi ofynnais hynny iddo.

'Wrth gwrs 'mod i wedi trefnu i gael rhywun,' meddai. 'Ond mi farwodd. Ches i ddim amser i drefnu gyda neb arall. Yna, mi welis i ti. Mi nath f'atgoffa i. O'n i wedi gofyn i dynwyr lluniau y newyddion. Dim gobaith. Meddwl amdanat ti. Iawn? Gofyn iddyn nhw amdanat ti. Nhw'n dweud dy fod ti'n dda, y gallet ti wneud y gwaith. Hwyrach dy fod yn anobeithiol. Os nad ydy dy luniau di'n dda, fydda i ddim yn prynu. Iawn?'

Aeth yn fân ac yn fuan ar draws y cwrs at y postyn ennill ar yr ochr draw, a gofynnais iddo pa ffotograffydd oedd wedi marw.

'Boi o'r enw George Millace. Gwybod amdano fo?'

'Oeddwn,' atebais.

'Mi ddeudodd o y byddai'n gwneud y gwaith. Marw mewn damwain. Dyma ni. Bwrw di 'mlaen efo hi. Cymra beth wyt ti ishio. 'Sgen ti ffilm lliw fan'na?'

Nodiais. Nodiodd yntau a throi i ffwrdd i roi cyfarwyddiadau i'r criw. Unwaith eto mi wrandawon nhw arno fo â'u pennau ychydig bach ar dro, ac fe gerddais i hwnt ac yma. Nid gŵr hawdd i'w hoffi ar unwaith oedd Lance Kinship, ond synhwyrais fod ei griw yn bendant yn eu hanfodlonrwydd. Fyddai o ddim yn prynu lluniau yn dangos yr ymateb hwn, meddyliais, felly mi arhosais am adeg pan nad oedd y criw yn edrych arno fo, ac yn mynd ymlaen â'u gwaith.

Dechreuodd anadlu Lance Kinship arafu eto a thoddodd i mewn i'r cefndir, fel pe bai wedi ei eni yno. Actor, meddyliais; ond actor yn chwarae rhan mewn bywyd go-iawn. Od.

'Pa ffilm ydach chi'n ei wneud?' holais.

'Lluniau stoc,' meddai, heb ymhelaethu. 'Cefndir.'

Doedd o ddim am ddweud mwy, a gadewais iddo fod. Cerddai o gwmpas y criw yn chwilio am onglau da ar gyfer fy lluniau. Daeth y ceffylau allan a thuthio i lawr y cwrs, ac meddai'r bachgen gwallt crych a gariai'r bwrdd clapio wrtha i yn sydyn ac yn ffyrnig, 'Mi fyddet ti'n meddwl mai Duw hollalluog ydy o. Mi fyddet ti'n meddwl wrth y ffordd y mae o'n dawnsio o gwmpas y lle mai epig oedd o'n ei ffilmio. Hysbyseb 'dan ni'n ei 'neud. Hanner eiliad ar y sgrîn, a dyna'r cwbwl drosodd.'

Gwenais yn dawel. 'Beth ydy'r cynnyrch?'

'Rhyw fath o frandi.'

Daeth Lance Kinship ata i a dweud ei bod hi'n bwysig ei fod o yn cael ei gynnwys yn y ffotograffau, ac y dylwn i eu tynnu fel ei fod o yn amlwg ynddyn nhw.

Y tu ôl i'w gefn cododd y bachgen gwallt crych ei aeliau'n uchel ar ei dalcen, a gyda wyneb syth crynedig sicrheais Kinship y byddwn yn gwneud fy ngorau glas.

Drwy lwc mi ges i luniau gweddol, ond doedd dim amheuaeth na fyddai George Millace â'i lygad mewnol a'i *motordrive* wedi gwneud yn well. Rhoddodd Lance Kinship gerdyn imi gyda'i gyfeiriad arno fo, a dweud y byddai'n prynu'r lluniau — os oedden nhw o unrhyw werth. Iawn?

Ddeudodd o ddim faint roedd o'n fodlon ei gynnig, a wnes innau ddim gofyn.

Fyddwn i byth yn gyfoethog.

Meddyliais yn ofidus mai ar fara a dŵr y byddwn i'n byw pe bawn i'n penderfynu ennill bywoliaeth wrth dynnu lluniau.

Wedi cyrraedd adref trois y golau ymlaen a thynnu'r llenni, eistedd wrth fwrdd y gegin, mynd trwy focs sbwriel George Millace, a meddwl unwaith eto am ei dalent a'i feddwl creulon, a dyfalu tybed faint o elw roedd o wedi ei wneud o'i luniau marwol.

Doedd dim amheuaeth, os oedd o wedi gadael mwy o gliwiau yn y bocs, roeddwn i'n awyddus i'w datrys nhw. Roedd yr awydd i ddatrys y dirgelwch yn gryf tu hwnt. Ond beth wnawn i pe bawn i'n darganfod mwy o gyfrinachau? A beth ddylwn i ei wneud â'r rhai a oedd gen i eisoes?

Yn gwbl nodweddiadol penderfynais beidio â gwneud fawr ddim. Gadael i bethau ddilyn eu cwrs. Aros i weld beth fyddai'n digwydd.

Tynnais allan yr amlen blastig ddu a orweddai o dan bopeth ar waelod y bocs. Edrychais unwaith eto ar ei chynnwys, fel y gwnes yn nhŷ Steve Millace, a gweld eto'r darn o blastig clir maint tudalen, a hefyd ddwy ddalen o bapur tua'r un maint; doeddwn i ddim wedi sylwi arnyn nhw o'r blaen.

Edrychais yn frysiog arnyn nhw a'u rhoi yn ôl yn reit sydyn yn yr amlen, oherwydd gwawriodd arna i na fyddai George wedi eu cadw yn y dull hwn oni bai ei bod yn bwysig gwneud hynny. Fe allai fod ar y tamaid plastig a'r papur ddelweddau heb eu datblygu . . . delweddau y gallwn i fod wedi eu dinistrio wrth eu tynnu o'r amlen ddu i olau dydd.

Rhaid cyfaddef nad oedd y tamaid plastig a'r papur yn edrych yn debyg i ddeunydd ffotograffig o gwbl i mi. A dweud y gwir roedden nhw'n edrych fel tamaid o blastig a dwy ddalen o bapur teipio.

Os oedd delweddau arnyn nhw, wyddwn i ddim sut oedd eu datblygu. Os nad deunydd ffotograffig oedden nhw, pam yr oedd George wedi eu cadw mewn amlen a gadwai'r golau allan?

Eisteddais gan syllu ar y plastig tywyll a meddwl am ddatblygyddion. I dynnu'r ddelwedd oddi ar unrhyw fath o ffilm neu bapur roedd rhaid defnyddio'r math cywir o ddatblygydd, y gymysgfa gywir o gemegau a fyddai'n addas ar gyfer y gwaith. Golygai hynny na allwn fynd ymhellach heb i mi wybod pa fath o blastig a phapur oedd dan sylw.

Yn feddylgar gwthiais yr amlen ddu o'r neilltu a chodi'r negyddion clir; o leiaf doedd dim posibilrwydd bod y rhain yn dal yn sensitif i olau. Fe gawson nhw eu datblygu eisoes. Roedden nhw'n edrych fel ffilmiau a gafodd eu datblygu ond nad oedd dim ar y ffilm i'w ddatblygu.

Negyddion ffilmiau lliw 35mm oedden nhw, ac roedd 'na lawer ar gael; rhai yn wag, eraill yn wag efo slempan o magenta — math o goch — yma a thraw arnyn nhw. Roedd y negs mewn stribedi o chwech gan amlaf. Fe'u gosodais ben wrth ben a darganfod rhywbeth diddorol.

Daethai'r fframiau clir i gyd o'r un ffilm, a'r rhai efo'r marciau magenta o un arall. Rhedai'r rhifau o un i dri deg chwech yn y ddau achos. Dwy ffilm o dri deg chwech o luniau yr un.

Gwyddwn ffilm pa gwmni oedd wedi ei defnyddio oherwydd roedd pob gwneuthurwr yn gosod y rhifau mewn modd gwahanol. Mae'n debyg nad oedd hynny'n bwysig, yr hyn allai fod yn bwysig, fodd bynnag, oedd natur y negyddion lliw eu hunain.

Tra bod tryloywderau — sleidiau — yn ymddangos i'r llygad yn eu gwir liwiau, mewn lliwiau atgyrchol y mae negydd. Ac i ddod yn ôl at y gwir liwiau, roedd rhaid, wrth gwrs, wneud print o'r neg.

Lliwiau sylfaenol golau yw glas, gwyrdd a choch. Y lliwiau atgyrchol ohonynt a welir ar y negydd yw melyn, magenta a cyan. Bydd negyddion, felly, yn ymddangos mewn cymysgedd o felyn, magenta (sef pinc tywyll iawn) a cyan (math o laswyrdd), ond bod pob cynhyrchydd yn rhoi cysgod oren gwan dros y cwbl er mwyn cael gwyn da a manylion yn y llefydd goleuaf. Byddai gan negydd lliw, felly, wawr oren glir tua'r ymylon. Effaith yr oren hefyd, yw masgio'r rhannau melyn fel na fyddant yn ymddangos i'r llygad noeth fel tameidiau melyn o negydd, ond fel oren.

Edrychai negyddion George Millace yn oren clir gwelw drwyddyn nhw.

Beth petai 'na lun mewn melyn o dan yr oren 'na, meddyliais. Llun, na allech ei weld ar hyn o bryd.

Pe bawn i'n printio'r negyddion hyn byddai'r melyn yn dod yn las.

Byddai delwedd anweledig ar negatif melyn yn troi yn ddelwedd hollol amlwg o'i brintio mewn glas.

Roedd hyn yn werth rhoi cynnig arno, meddyliais. Es i mewn i'r stafell dywyll a chymysgu'r cemegau lliw a pharatoi'r prosesydd lliw. Bu'n rhaid i mi aros hanner awr i dymheredd popeth gyrraedd y radd briodol, ond wedi hynny, proseswyd y printiau o'r naill fàth i'r llall ar roleri, proses a gymerai saith munud o'r dechrau i'r diwedd. Gwelais ar unwaith, wrth wneud printiau contact, bod yno las o dan yr oren; ond nid delweddau glas. Dim ond glas.

Roedd cymaint o amrywiadau posibl mewn printio lliw nes bod chwilio am ddelwedd ar negydd gwag fel cerdded â mwgwd dros eich pen drwy goedwig, ac er i mi, yn y diwedd, brintio pob neg yn unigol ym mhob ffordd y gwyddwn amdani, dim ond llwyddiant rhannol a gefais.

Yr hyn oedd gen i ar y diwedd oedd tri deg chwech o hirsgwariau glas pum modfedd wrth bedair a thri deg chwech o rai eraill efo staeniau gwyrdd arnyn nhw.

Yr unig beth allai rhywun ei ddweud, meddyliais, wrth i mi eu golchi mewn dŵr, oedd na fyddai George wedi tynnu llun saith deg dau hirsgwar glas i ddim pwrpas yn y byd.

Sychais rai o'r printiau ac edrych yn fanwl arnyn nhw, ac mi ro'n i'n dechrau amau bod marciau tywyll gwan o dan las rhai ohonyn nhw. Dim byd y gellid ei weld yn glir, ond roedd rhywbeth yno.

Pan wawriodd arna i beth yr oedd George wedi ei wneud, roeddwn yn llawer rhy flinedig i ddechrau o'r dechrau unwaith eto. Glanheais y prosesydd a phopeth arall, ac es i'r gwely.

Ffoniodd Jeremy Folk yn gynnar fore trannoeth a gofyn a oeddwn i wedi bod yn gweld fy nain.

Rho amser imi, meddwn. Rwyt ti wedi cael amser, meddai yntau, ac a oeddwn i'n cofio fy mod i wedi addo?

'Wel . . . fe' i,' meddwn innau, 'ddydd Sadwrn. Ar ôl Ascot.'

'Beth wyt ti wedi bod yn ei wneud?' gofynnodd yn gwynfannus. 'Fe allet ti fod wedi mynd unrhyw ddiwrnod yr wythnos hon. Paid ag anghofio ei bod hi'n marw.'

'Dwi wedi bod yn gweithio,' meddwn. 'Ac yn printio.'

'O'r bocs 'na?' gofynnodd yn amheus.

'Y-hy.'

'Rho'r gorau iddi,' meddai. 'Beth ge'est ti?'

'Lluniau glas. Printiau glas.'

'Beth?'

'Glas fel lliw glas. Glas pur, dwfn, *forty-seven B.*'

'Am *beth* wyt ti'n sôn? Wyt ti wedi bod yn yfed?'

'Rydw i'n effro ac yn gysglyd,' meddwn. 'Felly, gwranda. Mi sgriwiodd George Millace ffiltyr glas dwfn ar flaen ei lens a'i bwyntio at lun du a gwyn, a mi dynnodd y llun du a gwyn drwy'r ffiltyr glas tywyll ar ffilm neg lliw. *Forty-seven B* ydy'r ffiltyr glas tywyllaf sydd ar gael, ac mi fetia i mai dyna ddefnyddiodd o.'

'Rwyt ti'n siarad Tseinaeg.'

'Rydw i'n siarad iaith Millace. Hen Fillace-aeg. Perthyn yn agos i'r proto-trofaus.'

'Rwyt ti *yn* feddw.'

'Paid â bod yn ddwl. Cyn gynted ag y bydda i wedi deall sut mae dadwneud y glas, ac yna ei wneud o, chdi fydd y cyntaf i wybod am ddichell ddiweddaraf ein cyfaill Millace.'

'Mewn difrif, rŵan, dwi'n meddwl y dylet ti losgi'r cwbwl lot.'

'Dim ffiars.'

'Paid â thrin y peth fel gêm. Nid chwarae ydy peth fel hyn.'

'Nage.'

'Bendith tad, bydd yn ofalus.'

Mi ddywedais y byddwn i'n ofalus. Dyna ddifeddwl ydy rhywun wrth ddweud y pethau 'ma.

Yn Wincanton yng Ngwlad yr Haf reidiais ddwywaith i Harold a thair gwaith i bobl eraill. Roedd y diwrnod yn un sych ond roedd y gwynt yn gafael ac yn peri i'r llygaid ddyfrio, a doedd safon y rasio'n ddim help i wella'r dagrau. Yn Ascot neu Newbury yr oedd y ceffylau gorau i gyd, ac yma rhoddwyd cyfle i'r mwyafrif cyffredin fwnglera eu ffordd drwy'r cyfarfod. Ymbalfalais fy ffordd rownd bum gwaith yn ddiogel, ac yn ystod ras y nofisiaid, oherwydd bod gweddill y rhedwyr wedi baglu ar draws ei gilydd yn y ffos agored gyntaf, fe'm cefais fy hun yn gorffen ar y blaen, ar fy mhen fy hun.

Croesawyd ni'n dau yn ôl gan y perchennog a oedd yn wên o glust i glust, a'i lygaid a'i drwyn yn rhedeg.

'Ewadd, da iawn, 'washi. Ewadd, mae'n fferru. Mewn â chdi i gael dy bwyso. Paid â sefyllian. Ewadd, dyna beth oedd ras, yndê? Y gweddill i gyd yn syrthio.'

'Mi rydach chi wedi dysgu hwn yn dda,' meddwn gan dynnu'r cyfrwy. 'Mi neidiodd yn ardderchog.'

Prin bod ei wyneb yn ddigon mawr i gynnwys ei wên. 'Ewadd, 'washi, mi fasa fo'n jympio'i ffordd rownd Aintree y ffordd aeth o heddiw. Mewn â chdi. Mewn â chdi.'

Es i mewn a phwyso, a newid a phwyso allan, rasio, dychwelyd a newid a phwyso . . .

Fe fu amser, pan oedd y cwbl yn newydd, y byddai fy nghalon yn curo'n wallgof bob tro y cerddwn o'r stafell bwyso at y ceffyl, bob tro y byddwn yn mynd ar ei gefn. Wedi deng mlynedd, dim ond cyn y rasys mawr y byddai fy nghalon yn curo'n gyflymach nag arfer, y Grand National ac ati, a'r pryd hynny dim ond os oedd gan fy ngheffyl gyfle go lew. Trodd y brwdfrydedd ysol yn arfer dyddiol.

Ar y dechrau ystyriwn dywydd drwg, siwrneiau hir, siom ac anafiadau yn 'rhan o'r gwaith'. Wedi deng mlynedd mi sylweddolais mai nhw *oedd* y gwaith. Yr enillwyr, yr uchelfannau, oedd y pethau oedd yn ychwaneg.

Arfau fy ngwaith oedd hoffter o gyflymder a hoffter o geffylau, a'r gallu i gyfuno'r ddau hoffter. Hefyd roedd gen i esgyrn cryfion, y gallu i fownsio a'r duedd i fendio'n gyflym pan na fyddwn yn bownsio.

Ni fyddai'r un o'r arfau hyn, ar wahân i'r hoffter o geffylau, yn gaffaeliad i mi fel ffotograffydd, mae'n debyg.

Cerddais yn flin at y car ar ddiwedd y prynhawn. Doeddwn i ddim ishio bod yn ffotograffydd. Joci oeddwn i am fod. Ro'n i ishio aros lle'r o'n i, mewn byd cyfarwydd, nid camu'n annychwel i'r dyfodol. Ro'n i am i bethau aros fel yr oedden nhw a pheidio â newid.

Yn gynnar fore trannoeth, ymddangosodd Clare Bergen ar stepen fy nrws ynghyd â gŵr ifanc tywyll a oedd, yn ôl y ffordd yr ysgydwodd fy llaw, yn berwi o frwdfrydedd ac ynni. Ro'n i o dan yr argraff bod cyhoeddwyr yn wŷr corffol, canol oed; dyna ragfarn arall wedi ei chwalu.

Fe ddaeth Clare wedi ei gwisgo mewn het lachar, sgarff lachar, siaced Afghan o groen dafad, *ski-pants* sidan melyn ac esgidiau uchel gwlanog. O wel, meddyliais, dim ond hanner y ceffylau y byddai hi'n eu dychryn. Yr hanner nerfus.

Mi es i â nhw i lawr ar y Downs yn y Land Rover a fenthycais gan Harold ar gyfer yr achlysur, ac fe edrychon ni ar grŵp neu ddau yn gweithio. Yna, fe'u gyrrais o gwmpas y pentref, gan nodi pa hyfforddwyr oedd yn byw ym mhle. Yna yn ôl i'r tŷ am goffi a chyfle i drafod.

Dywedodd y cyhoeddwr yr hoffai weld ychydig ar ddwy droed, ac i ffwrdd ag o. Yfodd Clare ei hail baned a gofyn sut ar wyneb y ddaear y gallen ni fyw yn y fath le tra oedd gwynt yn ein hollti ni yn ddau.

'Ydy, mae hi'n wyntog yma yn amal,' meddwn wedi i mi feddwl am y peth.

'Y moelydd 'na.'

'Yn llesol i'r ceffylau.'

'Dydw i ddim yn meddwl 'mod i erioed wedi cyffwrdd ceffyl.' Edrychai'n syn braidd. 'Mae'r rhan fwyaf o'm ffrindiau i yn casáu pobol ceffylau.'

'Mae pawb yn hoffi teimlo'u bod yn well na phawb arall,' meddwn heb fy nhramgwyddo. 'Yn enwedig pan nad ydyn nhw.'

'Aw!' meddai. 'Roedd hyn'na braidd yn finiog — ac yn gyflym.'

Gwenais. 'Mi fyddet ti'n synnu at y math o gasineb sy'n cael ei anelu at geffylau. Unrhyw beth o hen sylwadau bach pigog i hysteria.'

'A does dim ots gen ti?'

'Eu problem nhw yw hi, nid fy un i.'

Edrychodd arna i yn syth â'i llygaid mawr llwyd.

'Beth sy'n dy frifo di?'

'Pobol sy'n dweud 'mod i wedi neidio dros yr ochr pan es i lawr efo'r llong.'

'Y . . . beth?'

'Pobol yn dweud 'mod i wedi syrthio yn hytrach na bod y ceffyl wedi syrthio a 'nhynnu i lawr efo fo.'

'Ac mae 'na wahaniaeth?'

'Hollbwysig.'

'Rwyt ti'n tynnu fy nghoes,' meddai.

'Rhyw fymryn.' Cymerais ei chwpan wag a'i rhoi yn y peiriant golchi llestri. 'A beth sy'n dy frifo di?'

Caeodd ac agorodd ei llygaid yn sydyn, oedi, a dweud, 'Pobol yn fy nghymryd i'n ffŵl.'

'Mae hyn'na,' meddwn, 'yn ateb gonest iawn.'

Edrychodd draw oddi wrthyf fel pe bawn wedi codi cywilydd arni, a dywedodd ei bod hi'n hoffi'r tŷ a gofyn a gâi hi ddefnyddio'r stafell ymolchi. Toc, daeth i'r golwg heb ei het wlanog ac yn gwisgo minlliw ffresh, a gofynnodd a oedd gweddill y tŷ cystal.

'Ishio gweld?' gofynnais.

'Wrth fy modd.'

Dangosais y lolfa, y llofft a'r stafell dywyll iddi. 'A dyna'r cwbwl,' meddwn.

Trodd oddi wrth y stafell dywyll tua'r fan y safwn yn y pasej.

'Mi ddeudaist ti dy fod yn tynnu lluniau.'

'Do.'

'Ond ro'n i'n meddwl . . .' Gwgodd. 'Mi ddeudodd Mam wrtha i 'mod i braidd yn gwta efo ti pan gynigiaist ti . . . doedd gen i ddim syniad . . . '

'Dim ots,' meddwn. 'Popeth yn iawn.'

'Wel, ga i eu gweld nhw?'

'Os wyt ti ishio. Maen nhw yn y cwpwrdd 'na draw fan'cw.'

Agorais un o'r droriau a didol y ffeiliau. 'Dyma ni; pentref Lambourn.'

'Beth sy'n y gweddill?'

'Lluniau.'

'O beth?'

'Pymtheng mlynedd.'

Edrychodd yn graff arna i fel pe na bawn i'n gwneud rhyw lawer o synnwyr, felly ychwanegais, 'Er pan ges i gamera i mi fy hun.'

'O.' Darllenodd y labeli ar y ffeiliau. 'America, Ffrainc, Plant, Lle Harold, Bywyd Joci . . . Beth ydy Bywyd Joci?'

'Bywyd bob dydd, os wyt ti'n joci.'

'Ga i edrych?'

'Cei, wrth gwrs.'

Tynnodd y ffeil drom o'r drôr a phipian y tu mewn iddi. Yna fe'i cariodd i lawr y grisiau i'r gegin a minnau'n ei dilyn yn gafael yn y lluniau o Lambourn.

Gosododd y ffeil ar fwrdd y gegin, ei hagor ac edrych ar y cynnwys yn araf, lun wrth lun, yn ddwys ac yn ddifrifol.

Dim sylwadau.

'Ga i weld Lambourn?' gofynnodd.

'Mi wn i nad ydyn nhw'n wych iawn, ond does dim rhaid i ti grafu dy ben am rywbeth caredig i'w ddweud,' meddwn yn dyner.

Edrychodd yn ffyrnig arna i. 'Paid â dweud celwydd. Rwyt ti'n gwybod eu bod nhw'n dda.'

Caeodd ffeil Lambourn a churo'i bysedd arni. 'Fedra i ddim gweld pam na allwn ni ddefnyddio'r rhain,' meddai. 'Ond nid fy mhenderfyniad i fydd o, wrth gwrs.'

Pysgotodd yn ei bag mawr a bachu paced o sigaréts a leitar. Rhoddodd sigarét yn ei cheg ac wrth iddi ei thanio fe sylwais ei bod yn crynu. Bobl bach, meddyliais, beth ar y ddaear allai fod wedi ei gwneud mor nerfus? Roedd rhywbeth wedi ei chynhyrfu, oherwydd roedd y wedd allanol loyw allblyg wedi diflannu, a'r hyn a welwn i oedd merch ifanc benddu yn canolbwyntio'n galed ar y meddyliau oedd yn ei phen.

Tynnodd yn hegar ar ei sigarét sawl gwaith ac edrych ar ei bysedd, heb eu gweld.

'Beth sy'n bod?' gofynnais o'r diwedd.

'Dim.' Edrychodd yn sydyn arna i, ac yna yr un mor sydyn oddi wrtha i. Meddai, 'Rydw i wedi bod yn chwilio am rywbeth tebyg i chdi.'

'Rhywbeth?' atseiniais, yn ddryslyd.

'Mm.' Ysgydwodd y lludw oddi ar ei sigarét. 'Mi ddeudodd Mam, 'ndo, 'mod i ishio bod yn gyhoeddwr?'

'Do, mi wnaeth hi.'

'Mae'r mwyafrif o bobol yn gwenu wrth glywed hyn'na, am 'mod i mor ifanc. Ond dwi wedi bod yn y byd cyhoeddi ers pum mlynedd, ac mi wn i beth rydw i'n ei wneud.'

'Dydw i'n amau dim.'

'Na . . . ond mae angen . . . rydw i ishio . . . rydw i angen cynhyrchu llyfr fydd yn sefydlu fy enw i fy hun yn y byd cyhoeddi. Rhaid i mi gael fy adnabod fel y person gynhyrchodd y llyfr fel-a'r-fel. Llyfr llwyddiannus iawn. Yna, mi fydd fy nyfodol yn sicr. Wyt ti'n deall?'

'Ydw.'

'Felly, rydw i wedi bod yn chwilio am y llyfr hwnnw ers rhai blynyddoedd. Chwilio a digalonni, oherwydd mae'r hyn yr ydw i ei ishio yn eithriadol. A rŵan . . . ' cymerodd anadl ddofn, 'rydw i wedi dod o hyd iddo fo.'

'Ond,' meddwn yn chwilfrydig, 'does 'na fawr o ddim yn Lambourn, a beth bynnag, ro'n i'n meddwl mai llyfr dy fòs oedd hwn . . . '

'Nid hwnnw, y twpsyn,' meddai. 'Hwn.' Rhoddodd ei llaw ar ffeil Bywyd Joci. 'Y lluniau yn y fan hon. Does dim angen testun arnyn nhw. Maen nhw'n dweud y cyfan ar eu pennau eu hunain.' Tynnodd ar ei sigarét. 'Wedi eu gosod yn y drefn

iawn . . . wedi eu cyflwyno fel ffordd o fyw . . . fel hunan-
gofiant, sylw cymdeithasol, fel sythwelediad i'r natur
ddynol . . . yn ogystal â dangos sut y mae diwydiant yn
gweithio . . . mi fydd yn newid rhyfeddol o flodau a physgod.'

'Mi werthodd y blodau ryw ddwy filiwn o gopïau, 'ndo?'

'Dwyt ti ddim yn fy nghoelio i, nag wyt?' gofynnodd. 'Dwyt
ti ddim yn deall . . . ' Tawodd a gwgu. 'Does neb wedi
cyhoeddi'r lluniau yma o'r blaen, nag oes? Mewn papurau a
chylchgronau nac yn unman arall?'

Ysgydwais fy mhen. 'Nac oes. Dydw i erioed wedi trio.'

'Anhygoel. Mae'r ddawn 'ma gen ti a dwyt ti ddim yn ei
defnyddio.'

'Ond . . . mae pawb yn hoffi tynnu lluniau.'

'Wrth gwrs eu bod nhw. Ond nid pawb sy'n tynnu cyfres
hir o ffotograffau sy'n darlunio ffordd o fyw.' Cafodd wared
ar fwy o ludw. 'Mae'r cyfan yna, 'ndydi? Y gwaith caled. Yr
ymroddiad, y tywydd drwg, y diflastod, yr uchelfannau, y
poen . . . Unwaith yn unig rydw i wedi edrych trwy'r lluniau
yna, a hynny heb fod mewn unrhyw drefn arbennig, ac mi wn
i rŵan sut beth ydy dy fywyd di. Rydw i'n gwybod yn dda.
Oherwydd dyna sut y tynnaist ti'r lluniau. Rydw i'n gwybod
am dy fywyd di o'r tu mewn. Rydw i'n gweld yr hyn welaist
ti. Rydw i'n gweld brwdfrydedd y perchenogion. Eu
hamrywiaeth. Rydw i'n gweld y ddyled sydd arnat ti i
hogiau'r stablau. Rydw i'n gweld pryder yr hyfforddwyr.
Rydw i'n gweld y chwerthin yn y jocis a'u gwroldeb. Rydw i'n
gweld yr hyn deimlaist ti. Rydw i'n gweld yr hyn yr wyt ti
wedi ei ddeall am bobol. Rydw i'n gweld pobol mewn ffordd
wahanol i arfer oherwydd yr hyn yr wyt ti wedi ei weld.'

'Wyddwn i ddim,' meddwn yn araf, 'fod y lluniau yn
dweud cymaint.'

'Edrych ar hwn,' meddai. 'Llun dyn mewn oferôl yn tynnu
esgidiau bachgen sydd wedi torri ei ysgwydd . . . does dim
angen geiriau i ddweud ei fod o'n gwneud y peth mor dyner

ag y gall o, neu ei fod o'n brifo; fe elli di weld y cwbwl yn llinellau eu cyrff a'u hwynebau nhw.' Gosododd y llun yn ôl yn ei ffeil a dweud yn ddifrifol, 'Mi gymrith dipyn o amser i mi drefnu pethau yn y modd rydw i ishio'u trefnu nhw. Wnei di roi dy air na ruthri di allan a chynnig y lluniau hyn i rywun arall?'

'Wrth gwrs y gwna i,' atebais.

'A phaid â sôn am hyn wrth fy mòs pan ddaw o'n ôl. Fy llyfr i fydd hwn, iawn?'

Hanner gwenais. 'Olreit.'

'Hwyrach nad oes gen ti uchelgais,' meddai'n galed, 'ond mae gen i.'

'Oes.'

'A wneith fy uchelgais i ddim drwg i ti, chwaith,' meddai. 'Os bydd y llyfr hwn yn gwerthu . . . ac mi wneith . . . mi gei freindal.' Oedodd. 'Mi gei flaendal, beth bynnag, cyn gynted ag y bydd y cytundebau wedi eu llofnodi.'

'Cytundebau . . . '

'Wrth gwrs,' meddai. 'A chadw'r lluniau 'ma'n saff, wnei di? Mi ddo i'n ôl amdanyn nhw ar fy mhen fy hun.'

Gwthiodd y ffeil i 'nwylo, ac fe'i rhoddais yn y cwpwrdd. Pan ddychwelodd ei bòs ifanc, brwdfrydig, dim ond golygfeydd Lambourn oedd i'w gweld. Dywedodd, heb ormod o frwdfrydedd, y gwnaen nhw'r tro yn iawn, a chyn bo hir, fe aed â nhw i ffwrdd gan y ddau.

Wedi iddyn nhw fynd, meddyliais y byddai brwdfrydedd Clare ynglŷn â'i lyfr yn diflannu. Byddai'n cofio bod y mwyafrif o'i chyfeillion yn casáu pobl ceffylau. Byddai'n gweld mai apêl cyfyng iawn oedd i lyfr o luniau gan joci am ei fywyd, a byddai'n sgrifennu'n ymddiheurol, neu'n swta, a dweud ei bod, wedi'r cyfan, wedi ailystyried ac . . .

Codais fy ysgwyddau. Doedd gen i ddim disgwyliadau uchel. Pan ddeuai'r llythyr, dyna fyddai diwedd hyn'na.

XI

Es i Swindon i nôl y ffilmiau a adewais yno ar fy ffordd i
Wincanton y bore cynt, a threulio gweddill y Gwener hwnnw
yn printio'r siots o Lance Kinship a'i griw.

Ar wahân i'r rheiny a ddangosai anesmwythyd y criw yn ei
gwmni — a doeddwn i ddim yn bwriadu dangos y rheiny
iddo, beth bynnag — tybiais y byddai Lance Kinship yn fy
nhalu am y set hon. Bûm yn ffodus bod y criw wedi eu trefnu
eu hunain mewn patrymau naturiol, ac roedd Kinship ei hun
yn ceisio'n ffrantig edrych fel un o'r crachach yn ei siwt
frethyn, gan eu cyfarwyddo ag ystumiau arweinydd, ac mewn
un dilyniant rhedai'r ceffylau oedd y tu ôl iddyn nhw i gyd yn
rhes hyfryd tuag at y postyn ennill.

Roedd yna hefyd amryw luniau agos o Kinship, gyda'i griw
mewn ffocws meddal y tu ôl iddo. Yna un neu ddau o rai
swreal, a dynnais o'r tu ôl i'r gŵr camera; edrychai'r camera
yn fawr a Kinship yn fach ond yn hollol siarp mewn llafn o
olau haul. Yr effaith gyflawn, o edrych drwyddyn nhw i gyd,
oedd o record o weithredwr o bwys a oedd yn feistr ar ei
waith, a dyna, yn ôl a gesglais, oedd yr hyn a ddymunid. Dim
ots mai dau eiliad mewn hysbyseb oedd oes y cynnyrch, roedd
y cynhyrchiad ei hun yn edrych fel epig.

Gyda'r nos rhoddais frawddeg o ddisgrifiad teipiedig ar
bapur tenau ar gefn pob print, ac yna ychwanegu yn
hunanymwybodol iawn y geiriau, 'Hawlfraint Philip Nore',
yn y modd y gwelais Charlie yn ei wneud flynyddoedd yn ôl.
Teimlwn fel petai Charlie yn pwyso dros fy ysgwydd ac yn
dweud wrtha i am gadw rheolaeth ar fy ngwaith.

Fy ngwaith.

Llanwodd y gair fi ag anesmwythyd. Dyna'r tro cyntaf i mi
feddwl am fy ffotograffau yn y termau hynny.

Na, meddyliais; joci ydw i.

Pan ddeffrois yn gynnar fore Sadwrn disgwyliwn i Harold fy ffonio a dweud wrtha i am fod yn sâl, a fyddai hynny ddim yn anodd iawn, gan fy mod i'n teimlo'n reit sâl oherwydd yr aros.

Roedd hi'n chwarter i ddeg pan ffoniodd o.

'Wyt ti'n iach?' gofynnodd.

'Iesu.'

'Well i ti fod,' meddai. 'Ffoniodd Victor funud yn ôl. Arhosais i ddim i glywed yr hyn oedd ganddo fo i'w ddweud. Mi ddeudais i yn syth bin bod dyfodol Chainmail yn dibynnu ar ei drin yn iawn yn ei rasys.'

'Beth ddigwyddodd?'

'Mi ddywedodd Victor na fyddai ras fach hawdd yn gwneud drwg iddo fo, felly mi ddeudais i wrtho fo beth oeddet ti wedi ei ddweud. Air am air. Ac mi ddeudais i y byddet ti'n reidio hynny fedret ti cyhyd â'n bod ni'n trio ennill.' Taranai llais Harold i lawr y lein yn llawen. 'A wyddost ti beth ddeudodd Victor? Mi ddeudodd o, dywed wrth y basdad hunangyfiawn 'na mai dyna'n union y bydda i'n ei ddisgwyl.'

'Wyt ti'n golygu . . . '

'Dwi'n golygu,' taranodd Harold, 'ei fod o wedi newid ei feddwl. Mi gei di ennill ar Chainmail. A bod yn onest, mi fyddai'n well i ti wneud hynny.'

'Ond dyw Chainmail ddim yn . . . '

'Daria ddwywaith! Wyt ti ishio reidio'r ceffyl 'ma neu ddim?'

'Ydw.'

'Reit 'ta. Wela i di'n Ascot.' A waldiodd y ffôn yn ôl i'w grud; gweithred oedd yn golygu nad oeddwn wedi bod yn ddigon diolchgar am ei ymdrechion â Victor. Ond os oedd o wedi gaddo y byddai Chainmail yn ennill — ac yr oedd yn fwy na thebyg ei fod o — mi fyddwn mewn mwy o bicil nag erioed.

Yn Ascot chwiliais am brif was teithio Harold, a oedd yn gofalu am y ceffylau, a gofyn iddo sut oedd Chainmail yn teimlo heddiw 'ma.

'Yn tindaflu ac yn cicio'n barod i ladd.'

'A Daylight?'

'Yn dawel fel hen fuwch.'

'Lle mae'r hogiau wedi rhoi eu pres?'

Edrychodd yn gam arna i. 'Ychydig ar y ddau. Pam na ddylen nhw?'

'Wrth gwrs,' meddwn yn ddi-hid. 'Mae'n iawn i'r hogiau wneud hynny. Ond rwyt ti'n gwybod fel mae hi . . . weithiau mae'r hogiau'n gwybod mwy am siawns ceffyl na'r hyfforddwr.'

Gwenodd. 'Ydyn maen nhw. Ond heddiw . . . ' cododd ei ysgwyddau. 'Ychydig ar y ddau. Nid cyflog wythnos, cofiwch. Pres cwrw, fel petai.'

'Diolch.' Cerddais tua'r stafell bwyso heb fwy o bryderon, o leiaf. Fyddai'r hogiau ddim yn mentro pres cwrw, hyd yn oed, heb ryw fath o obaith. Gellid ystyried bod coesau, stumogau ac ysbryd y ddau geffyl yn y cyflwr arferol. Allai neb ofyn mwy.

Gwelais Victor Briggs yn sefyll ar glwt glas y tu allan i ddrws y stafell bwyso. Yr un dillad ag arfer: het gantel llydan, y gôt las drom, y menig lledr du. Yr un ymarweddiad ag arfer: mor ddigymeriad â llechen. Fe welodd o fi, a hefyd, mae'n debyg, y petruster yn fy ngham wrth i mi amau a allwn i, tybed, gerdded heibio iddo heb dorri gair.

Fedrwn i ddim.

'Bore da, Mr Briggs.'

'Su'mae hi.' Roedd ei lais yn gwrtais, ond dim mwy. Doedd o ddim fel petai o ishio i mi aros am sgwrs, felly wedi oedi hanner cam mi es i yn fy mlaen tua'r stafell bwyso. Wrth i mi ei basio meddai'n gras, 'Mi hoelia i dy groen di ar y parad.'

Sefais a throi fy mhen. Doedd dim emosiwn ar ei wyneb. Edrychai ei lygaid yn galed ac oer. Rhwystrais fy hun rhag llyncu a bodloni ar ddweud, 'Iawn.' Ac ymlaen â fi gan ddifaru 'mod i wedi gwneud y fath addewid.

Y tu mewn i'r stafell newid roedd rhywun yn adrodd stori ddoniol am ddwy ddelw, ac roedd Steve Millace yn ystwytho ei ysgwydd ac yn cwyno nad oedd y meddyg yn fodlon dweud ei fod yn ddigon da i reidio, ac roedd rhywun arall yn dechrau stori am sgandal fawr ym myd rasio. Tynnais fy nillad a gwrando ar y tair stori yr un pryd.

'Felly, dyna lle'r oedd y ddwy ddelw 'ma, dyn a dynes, wedi bod yn sefyll yn y parc yma heb gerpyn amdanyn nhw, yn edrych ar ei gilydd am ganrif . . . '

'Mi ddeudais i wrtho 'mod i'n gallu ei symud hi bob sut. Dydy peth fel'ma ddim yn deg . . . '

'Ydy hi'n wir bod y Jockey Club yn ffurfio pwyllgor newydd . . . ?'

'A dyma 'na angel yn dod i lawr atyn nhw a dweud, gan eu bod nhw wedi sefyll mor amyneddgar yn y parc am gymaint o amser drwy aeafau oer a chawodydd y gwanwyn, gwres yr haf ac awelon yr hydref, y byddai'n caniatáu hanner awr o fywyd dynol iddyn nhw wneud yr hyn yr oedd arnyn nhw fwyaf o ishio ei wneud . . . '

'Edrych. Mi fedra i swingio fy mraich rownd mewn cylch. Beth wyt ti'n ei feddwl?'

'Pwyllgor i benodi Stiwardiaid cyflogedig neu rywbeth.'

'Felly, dyma'r ddwy ddelw yn dod yn fyw, yn gwenu ar ei gilydd ac yn gofyn, "Wnawn ni?" ac "Ia, o.k., mi wnawn ni" a dyna nhw'n neidio i lawr a diflannu y tu ôl i lwyni. Ac mae 'na lot o sŵn a siffrwd ac ysgwyd . . . '

'Mi allwn i ddal unrhyw geffyl. Mi ddeudais i wrtho fo. Ond wrandawai'r uffar ddim.'

' . . . fel talu cyflog i'r Prif Stiward.'

'Ar ôl chwarter awr mae'r ddau ohonyn nhw'n ymddangos

o'r tu ôl i'r llwyni yn chwys ac yn ffwdan i gyd ac yn gwenu, ond mae'r angel yn dweud wrthyn nhw mai dim ond hanner eu hamser y maen nhw wedi ei ddefnyddio, a pham na ddechreuan nhw o'r dechrau eto . . . '

'Faint mae pont ysgwydd yn gymryd i fendio, sut bynnag?'

'Ro'n i'n clywed bod Lord White wedi cytuno â'r syniad . . . '

'Felly, mae'r delwau'n chwerthin ychydig, a dyma'r ddelw wrywaidd yn dweud wrth y ddelw fenywaidd, "O.K., fe wnawn ni hyn'na unwaith eto. Y tro hwn mi ddalia i'r blydi c'loman ac mi gei di gachu arni.'

Yng nghanol y chwerthin mi glywais y cariwr cleps yn dweud, ' . . . ac Ivor den Relgan sydd am gadeirio.'

Trois ato. 'Beth ddwedaist ti?'

'Dwn i ddim faint o wirionedd sydd yn y peth . . . clywed un o'r colofnwyr yn dweud bod Ivor den Relgan wedi ei ddewis i sefydlu pwyllgor i benodi Stiwardiaid cyflogedig wnes i.'

Gwgais. 'Mae hyn'na'n rhoi andros o lot o rym yn nwylo den Relgan yn sydyn iawn, 'ntydi?'

Cododd ei ysgwyddau. 'Dwn i ddim.'

Hwyrach na wyddai ef. Ond fe wyddai eraill. Yn ystod y prynhawn, bron na allech chi weld y stori'n cerdded o wyneb un aelod o'r Jockey Club i'r llall. Yr unig bobl nad oeddynt yn cymryd sylw o'r stori oedd y grŵp hwnnw a oedd yn rhy brysur yn ceisio dal sylw pobl eraill.

Lord White. Lady White. Ivor den Relgan. Dana den Relgan.

Safent y tu allan i'r stafell bwyso yn haul gwan Tachwedd; minc oedd gwisg y ddwy ddynes. Er ei bod yn denau bob amser edrychai Lady White yn wachul, yn llwyd ac yn anhapus. Tywynnai Dana den Relgan, chwarddai, a gloywai ei llygaid wrth edrych ar Lord White, a thaflai ambell olwg nawddogol tuag at ei Lady.

Ymhyfrydai Lord White yng ngwên Dana, gan ddiosg y blynyddoedd oddi amdano fel y bydd neidr yn bwrw ei chroen. Cilwenai Ivor den Relgan ar y byd yn gyffredinol, a smociai ei sigâr fel pe byddai Ascot, o leiaf, yn eiddo iddo. Unwaith eto, gwisgai'r gôt camel â gwregys am ei chanol, a chribai ei wallt brith yn ôl. Hawliai sylw.

Ymddangosodd Harold wrth fy mhenelin, a dilyn fy edrychiad.

'Mae Genghis Khan,' meddai, 'ar fin rheoli'r byd.'

'Y pwyllgor 'ma?'

'Fyddet ti ddim yn dweud,' gofynnodd Harold yn chwyrn, 'bod gofyn i den Relgan lywio pwyllgor o'i ddewis ei hun yn swnio'n debyg i job peintio?'

'Cosmetig . . . 'ta cuddliw?'

'Y ddau. Beth maen nhw'n ei ddweud mewn gwirionedd wrth den Relgan ydy, "O.K. dewis di unrhyw rai fel Stiwardiaid, ac mi dalwn ni iddyn nhw." Mae'n anhygoel.'

'Ydy, mae o.'

'Mae'r hen Eira Gwyn yn Salmon wedi mopio cymaint ar yr hogan 'na fel y rhoith o unrhyw beth i'w thad hi.'

'Wyt ti'n meddwl mai syniad Lord White oedd hyn?'

'Paid â bod yn ddiniwed, Philip,' gwenodd Harold yn wybodus. 'Pwy, ers blynyddoedd rŵan, sydd wedi bod yn trio gwthio'i ffordd i mewn i'r Jockey Club? A gen pwy mae 'na ferch hyfryd sy'n ddigon hen erbyn hyn i chwarae i fyny i'r hen Eira Gwyn? O'r diwedd mae den Relgan wedi cael lifar i agor y drws sy'n rheoli grym byd rasio, ac unwaith y bydd o i mewn, mi geith yr hen gard andros o job ei wared o.'

'Ac mi rwyt ti'n poeni am hyn?' gofynnais yn chwilfrydig.

'Wrth gwrs 'mod i'n blydi poeni. Mae hwn yn fusnas ardderchog. Pwy ddiawl sydd ishio gweld y rheolwyr yn cael eu gwahanu a'u trin a'u llygru fel rhai o'r chwaraeon eraill y medrwn i eu henwi? Mae iechyd rasio ceffylau yn dibynnu ar fod pobol uchel eu parch a'u tras yn rheoli'r peth am eu bod nhw'n caru'r busnas. Wrth gwrs eu bod nhw'n gwneud cachfa o bethau ar adegau, ond mae'r camgymeriadau'n cael eu cywiro. Os bydd den Relgan yn penodi Stiwardiaid cyflogedig, i bwy wyt ti'n meddwl y bydd rheiny'n gweithio? I ni? I rasio? Neu i bwrpas Ivor den blydi Relgan?'

Gwrandewais ar ei angerdd a'i argyhoeddiad, a theimlo cryndod ei siom enfawr.

'Does bosib y caniateith y Jockey Club i hyn ddigwydd?'

'Mae o yn digwydd. Mae'r rhai ar y top wedi arfer cymaint â gwrando ar Lord White nes eu bod nhw wedi cytuno â'i gynigion i'r pwyllgor heb fesur a phwyso'r peth yn drwyadl. Maen nhw'n cymryd yn ganiataol ei fod o'n rhinweddol, yn ddifeddwl-drwg ac yn onest fel y dydd. Ac y mae o. Ond mae o wedi mopio efo'r hogan 'na. Ac mae hyn'na'n rhy blydi peryglus.'

Fe edrychon ni ar y grŵp o bedwar. Roedd Lord White yn gwneud symudiadau diangen yn gyson, symudiadau a olygai ei fod yn cyffwrdd â llaw, neu ag ysgwyddau neu foch Dana den Relgan. Gwyliai ei thad hyn i gyd gyda gwên oddefgar a bodlon, tra suddai Lady White druan yn ddyfnach ac yn llwytach i mewn i'w minc. Pan benderfynodd gerdded i ffwrdd o'r diwedd, ni sylwodd yr un o'r lleill.

'Mae'n rhaid i rywun atal hyn cyn iddo fynd yn rhy bell,' meddai Harold yn llym.

Gwelodd Victor Briggs yn sefyll ar ei ben ei hun, fel arfer, a cherddodd i ffwrdd i ymuno ag ef. Edrychais i ar Lord White a Dana yn fflyrtian efo'i gilydd fel dau dderyn, gan feddwl ei bod hi heddiw yn ymateb yn llawer llai ymataliol nag roedd hi yn Kempton.

Trois oddi wrthynt, yn bryderus, a gweld Lance Kinship yn cerdded yn araf tuag ataf, ei drem yn fflachio'n gyflym yn ôl ac ymlaen rhwng den Relgan a minnau. Fe wawriodd arna i ei fod o eisiau siarad â mi heb i den Relgan wybod ei fod o yno. Gyda gwên fewnol es ato.

'Mae'ch lluniau chi yn y car,' meddwn. 'Mi ddois i â nhw rhag ofn y byddech chi yma.'

'Ddoist ti? Da iawn. Rydw i ishio siarad â'r hogan 'na.' Taflodd olwg sydyn arall. 'Fedri di fynd yn agos iddi? Rhoi neges. Heb i'r dyn 'na glywed. Heb i'r un ohonyn nhw glywed. Fedri di?'

'Fe allwn i drio,' meddwn.

'Reit. Iawn. Deud ti wrthi y gwna i ei chyfarfod hi yn un o'r bocsys preifat ar ôl y drydedd ras.' Rhoddodd y rhif imi. 'Deud ti wrthi hi am ddod i fyny yno. Iawn?'

'Mi ro i gynnig arni,' meddwn unwaith eto.

'Iawn. Mi edrycha i arnat ti. O fan'cw.' Pwyntiodd. 'Pan wyt ti wedi rhoi dy neges iddi, tyrd draw a dweud wrtha i. Iawn?'

Nodiais, a gyda golwg fach sydyn arall ar Dana fe'i heglodd hi. Gwisgai yr un dillad ag oedd ganddo yn Newbury, ond ei fod wedi torri ei gymeriad braidd drwy wisgo sanau gwyrdd golau. Barnwn ei fod yn ddyn pathetig. Dyn yn ceisio dangos ei fod yr hyn nad ydoedd. Doedd o ddim yn gynhyrchydd o bwys nac wedi ei eni i'r crachach. Maen nhw'n ei wahodd i bartïon, yn ôl Victor Briggs, oherwydd yr hyn a ddaw gydag ef. Dyn trist, aneffeithiol, yn prynu ei ffordd i lefydd efo pacedi o bowdwr gwyn.

Edrychais draw oddi wrtho ef at den Relgan a oedd yn defnyddio Dana i bwrpas digon tebyg. Doedd dim yn drist nac yn bathetig ynglŷn ag Ivor den Relgan. Bwli-boi ar ei daith, yn awchu am rym, yn hunanfodlon, ac yn sathrwr dynion bychain.

Es i fyny ato, ac mewn llais yr oeddwn, yn anffodus, wedi ei feithrin ar gyfer gwenieithio i berchenogion, diolchais iddo am yr anrhegion yr oedd wedi eu hau yn Kempton.

'Y cyfrwy arian . . . meddwl bod rhaid i mi ddweud wrthach chi,' meddwn. 'Peth hyfryd i'w gael hyd y lle, jyst y peth i edrych arno fo.'

'O, dwi'n falch iawn,' meddai gan edrych dros fy mhen ar rywbeth yn y pellter. 'Fy merch ddewisodd o.'

'Chwaeth arbennig,' meddai Lord White yn falch, ac meddwn i wrth Dana, 'Diolch yn fawr iawn.'

'O, dwi yn falch,' meddai hithau gyda'r un diffyg brwdfrydedd.

'Deudwch wrtha i,' meddwn, 'ydy o'n unigryw neu oes 'na gopïau ar gael?'

Symudais gam neu ddau wrth siarad, fel y byddai'n rhaid iddi droi oddi wrth y ddau ddyn i'm hateb, a bron cyn iddi orffen dweud mai dim ond yr un hwnnw yr oedd hi wedi ei weld ond na allai fod yn sicr a oedd 'na rai eraill ai peidio . . . meddwn wrthi'n ddistaw, 'Mae Lance Kinship yma, ishio dy weld ti.'

'O.' Taflodd olwg sydyn yn ôl ar y ddau ddyn, ateb gwên awtomatig Lord White ag un serchog o'r eiddo ei hun, a gofyn yn dawel i mi, 'Ble?'

'Mewn bocs preifat ar ôl y drydedd ras.' Rhoddais y rhif iddi.

'Dyna falch ydw i eich bod chi'n hoffi'r cyfrwy,' meddai'n uchel a chlir gan droi'n ôl at Lord White. Ac meddai wrtho, 'Dyna braf ydy rhoi pleser i bobol.'

'Fy merch fach i,' meddai'n chwareus, 'rydych chi'n rhoi pleser drwy wneud dim ond bod yr hyn ydych chi.'

Digon i beri i angylion grio, meddyliais.

Crwydrais yn gwmpasog yn ôl at ochr Lance Kinship.

'Mae hi wedi cael y neges,' meddwn, ac atebodd yntau 'Iawn,' ac fe gytunon ni i gyfarfod y tu allan i'r stafell bwyso yn ystod y ras olaf er mwyn i mi gael rhoi fy lluniau iddo.

Y drydedd ras oedd ras Daylight, a'r bedwaredd oedd ras Chainmail. Wedi dod allan o'r stafell bwyso ar gyfer y drydedd ras, fe'm hataliwyd i ar fy ffordd i'r cae bach gan ddynes ddymunol, dynes y cymerais amser i sylweddoli mai Marie Millace oedd hi.

Marie Millace heb fawr o ôl y llanastr a fu ar ei hwyneb. Marie Millace, ar ei thraed, yn edrych yn ddigon llwyd a gwantan, ond wedi gwella.

'Mi ddeudsoch chi na fyddai 'na farc,' meddai, 'a does 'na'r un.'

'Rydach chi'n edrych yn dda iawn.'

'Ga i siarad â chi?'

Edrychais ar weddill jocis y ras yn mynd y naill ar ôl y llall i'r cae bach. 'Yn nes ymlaen . . . ar ôl y bedwaredd ras, hwyrach? Mi newidia i, ac mi gawn ni sgwrsio yn y cynhesrwydd yn rhywle.'

Enwodd far arbennig, ac fe gytunon ni ar hynny; ymlaen â fi i gyfarfod â Victor Briggs a Harold. Ddeudodd yr un ohonyn nhw ddim wrtha i, na finna ddim wrthyn nhwythau. Roedd popeth pwysig wedi ei ddweud, a doedd 'na ddim awydd sôn am y dibwys. Helpodd Harold fi i fynd ar gefn Daylight. Rhoddais nòd o gydnabyddiaeth i Victor Briggs a chefais wyneb llechen o edrychiad yn ôl.

Doedd 'na ddim sicrwydd y byddai Daylight yn ennill y diwrnod hwnnw. Efo'r gystadleuaeth gref doedd o ddim hyd yn oed yn ffefryn, heb sôn am *odds-on*.

Tuthiais i lawr at y man cychwyn gan feddwl am wroldeb; gair nad oedd yn dod i 'mhen i yn aml iawn. I mi, proses naturiol oedd cael gan geffyl fynd yn gyflym iawn dros glwydi, a rhywbeth yr o'n i'n hoffi ei wneud yn fawr iawn. Gwyddai rhywun yng nghefn ei feddwl fod perygl gwastadol o godymau a niwed, ond prin iawn oedd yr adegau y byddai cofio am hynny yn effeithio ar fy ffordd o rasio. Doeddwn i ddim yn poeni'n barhaus am fy nghroen fy hun.

Ar y llaw arall fues i erioed fel rhai jocis eraill, fel Steve Millace, yn rhyfygus, a hwyrach fy mod wedi anelu ychydig gormod at gael y ceffyl a minnau drosodd gyda'n gilydd, ac nad oedd ynof ddigon o gŷth i daflu fy nghalon dros y ffens a gadael i'r ceffyl ddal i fyny os gallai.

Yr ail steil o reidio y byddai Victor Briggs yn ei ddisgwyl y diwrnod hwnnw. A 'mai i oedd o, meddyliais. Ac fe fyddai'n rhaid i mi wneud yr un peth ddwywaith.

Doedd pethau ddim yn rhy ddrwg ar Daylight gan ei fod yn gystal neidiwr, er y gallwn synhwyro ei fod wedi synnu at y newid oedd ynof. Byddwn yn rhyfeddu'n wastad at allu ceffyl i synhwyro'n reddfol ac ar unwaith y newid yn agwedd ei farchog. Pan fyddai agwedd meddwl rhywun yn newid, byddai ymateb y ceffyl yn newid hefyd.

Felly, fe gyflwynodd Daylight a minnau berfformiad a oedd i ni yn un cwbl annodweddiadol, un a ddibynnai fwy ar lwc nag ar farn. Fel arfer byddai'n mesur ei bellter oddi wrth ffens a newid ei gam yn ôl y gofyn; ond gan ei fod wedi ei gynhyrfu gan fy agwedd i, fe roddodd y gorau i hynny a neidio pan dybiai fod ganddo obaith clirio'r ffens yn weddol barchus. Dair gwaith fe daron ni dòp tair ffens yn galed, profiad newydd iddo fo, a phan ddaethon ni at yr un olaf fe hwyliodd drosti fel pe na bai hi ond cysgod ar y llawr.

Er mor galed y trion ni fe fethon ni ag ennill y ras. Er inni ddal ati tan y diwedd, fe'n curwyd i'r ail le gan geffyl cryfach, cynt, (ac ati) o dri hyd.

Wrth imi geisio llacio'r gengl pranciai Daylight yn gyn- hyrfus hyd y lle, peth cwbl anghyson â'r ddelwedd ohono fel 'buwch dawel'. Edrychai Victor Briggs arnom heb ganiatáu i'w feddyliau frigo i'r wyneb.

'Sori,' meddwn wrth Harold, wrth iddo gerdded efo fi at y glorian.

Ebychodd, a dweud, 'Mi arhosa i am dy gyfrwy.'

Nodiais, mynd i'r stafell wisgo i newid ychydig o bwysau, a dychwelyd i'r glorian ar fy ffordd allan at Chainmail.

'Paid â lladd dy hun,' meddai Harold gan gymryd fy nghyfrwy. 'Wneith o ddim profi dim byd, ar wahân i'r ffaith dy fod ti yn blydi ffŵl.'

Gwenais arno. 'Mae pobol yn marw wrth groesi'r ffordd.'

'Nid damwain ydy'r hyn rwyt ti'n ei wneud.'

Cerddodd i ffwrdd gan gario fy nghyfrwy, a sylwais nad oedd o wedi gorchymyn imi beidio â reidio mor wyllt ar yr ail geffyl. Hwyrach ei fod yntau eisiau i Victor redeg ei geffylau yn onest, ac os mai dyma'r unig ffordd i sicrhau hynny, wel . . . bydded felly.

Roedd pethau'n wahanol efo Chainmail gan fod y ceffyl pedair oed hwn yn un ansefydlog i ddechrau, ac roedd yr hyn yr o'n i am ei wneud efo fo fel annog *skinhead* i fynd i chwilio am ffeit. Y ffordd i ffrwyno'r gynddaredd a wnâi i'r creadur ymladd yn erbyn ei joci, neu wrthod cymryd naid yn iawn, neu frathu ceffylau eraill, oedd ei drin â meddwl tawel a llaw gadarn; neu felly ro'n i wedi arfer meddwl.

Chafodd Chainmail mo hynny y diwrnod hwnnw. Fe gafodd farchog oedd yn barod i anwybyddu pob gweithred ymosodol, ar wahân i wrthod neidio, a phan roddodd gynnig ar hynny ar y drydedd glwyd fe gafodd y fath slàs â'r chwip fel y clywais i o'n meddwl, 'Hei, nid dyna dy steil di' — ac roedd o'n iawn.

Ymladdodd a gwingodd, rhuthrodd ymlaen a hedfanodd. Es ag o i eithaf ei gyflymder, er mor ffôl oedd gwneud hynny. Heb unrhyw amheuaeth yn y byd, mi wnes fy ngorau er mwyn Victor Briggs.

Doedd hynny ddim yn ddigon. Gorffennodd Chainmail yn drydydd allan o bedwar ar ddeg. Dim cywilydd o gwbl. Yn well, mae'n debyg, nag y byddai rhywun wedi ei ddisgwyl mewn gwirionedd. Cael ein curo o hyd a gwddf. Ond dal yn drydydd.

Edrychodd Victor Briggs arna i am yr ail waith y diwrnod hwnnw yn tynnu fy nghyfrwy oddi ar un o'i geffylau cynhyrfus a stondiai'r tir o dan ei draed yn anniddig. Lapiais y gengl o amgylch y cyfrwy a'i wynebu. Ddywedodd o ddim, ddywedais innau ddim ychwaith. Fe edrychon ni'n dau yn wag i lygaid ein gilydd am rai eiliadau, ac yna es heibio iddo fo, tua'r glorian.

Wedi imi newid a dod allan, doedd o ddim i'w weld yn unman. Roedd angen dau enillydd arna i y diwrnod hwnnw i achub fy swydd, a ches i ddim un. Doedd byrbwylltra ddim yn ddigon. Roedd o eisiau enillwyr. Os na fedrai sicrhau enillwyr pendant, roedd yn fodlon ar rai oedd yn colli'n bendant. Fel o'r blaen. Fel dair blynedd yn ôl. Fel roedd hi pan oeddwn i â'm henaid yn ifanc.

Yn ddiflas a lluddedig cerddais i gyfarfod Marie Millace yn y bar.

XII

Eistedd mewn cadair freichiau yn sgwrsio'n ddwys â dynes arall yr oedd hi, ac er fy syndod, Lady White oedd y ddynes honno.

'Mi ddo i'n ôl yn y man,' meddwn, gan ymbaratoi i ddiflannu.

'Na, na,' meddai Lady White, gan sefyll. 'Mi wn fod Marie ishio siarad efo chi.' Gwenodd, gan ddangos ei holl bryderon yn y llinellau ar ei hwyneb ac yn ei llygaid poenus. 'Mae hi wedi bod yn dweud wrtha i pa mor garedig yr ydych chi wedi bod tuag ati.'

'Doedd o'n ddim,' protestiais.

'Nid dyna a glywais i ganddi.'

Gwenodd y ddwy ddynes, cusanu ei gilydd ar eu bochau a dweud hwyl fawr. Derbyniais wên a nòd arall gan Lady White cyn iddi adael y bar. Edrychais arni'n mynd; dynes denau, wedi ei gorchfygu, yn ceisio ymddwyn fel pe na bai'r holl fyd rasio yn ymwybodol o'i sefyllfa anodd, a heb lwyddo yn ei hymdrech yn gyfan gwbl.

'Roedden ni yn yr ysgol efo'n gilydd,' meddai Marie Millace. 'Fe rannon ni lofft yn ein blwyddyn olaf. Rydw i'n hoff iawn ohoni.'

'Mi wyddoch chi am . . . y . . . ?'

'Am Dana den Relgan? Gwn.' Oedodd. 'Hoffech chi ddiod bach?'

'Mi af i i nôl un i chi.'

Prynais *gin* iddi hi a Coke i minnau, ac yna eistedd yn y gadair y bu Lady White ynddi.

Lle digon dymunol oedd y bar, yn llawn dodrefn bambŵ a lliwiau gwyrdd a gwyn; anaml y byddai'n llawn, a chan amlaf byddai bron yn wag, fel heddiw. Gan ei fod yn llechu i fyny'n uchel ar un o'r safleoedd, yn bell o'r cae bach a'r bwcis, roedd o'n lle gwell i siarad nag i ddilyn y ceffylau, ac o'r herwydd roedd o'n lle cynhesach na'r bariau eraill oedd yn nes at y cwrs. Treuliai pobl na allai symud yn hawdd lawer o'u hamser yma tra byddai neiaint a nithoedd yn gweini arnyn nhw drwy redeg yn ôl ac ymlaen yn cludo tocynnau *Tote*.

'Gofyn yr oedd Wendy . . . Wendy White . . . a oeddwn i'n meddwl y byddai *affair* ei gŵr efo Dana den Relgan yn chwythu ei blwc. Ond wn i ddim. Allwn i ddweud fawr ddim wrthi. Sut gallwn i ddweud wrthi hi? Mi ddeudais i 'mod i'n siŵr y byddai pethau'n . . . ' Oedodd, a chan nad atebais, fe ddywedodd, 'Ydych chi'n meddwl y gwneith o?'

'Ddim am sbelen fach, fyddwn i ddim yn meddwl.'

Ysgydwodd ei gwydr yn benisel, nes bod y rhew yn chwyrlïo o'i gwmpas. 'Mae Wendy'n dweud ei fod o wedi bod i ffwrdd efo hi. Mi aeth â hi at ffrindiau dros nos. Deud ei fod o'n mynd i saethu wnaeth o; mae Wendy'n cael hynny'n ddiflas. Fuo hi ddim efo fo i saethu ers blynyddoedd. Ond fe aeth â Dana den Relgan efo fo yr wythnos hon, ac mae Wendy'n dweud bod y ddau ohonyn nhw wedi aros yn y tŷ pan aeth gweddill y parti allan i saethu . . . mae'n debyg na ddylwn fod yn dweud hyn wrthoch chi. Mi glywodd hi'r hanes gan rywun oedd yno. Peidiwch ag ailadrodd hyn wrth neb, cofiwch. Wnewch chi ddim, na wnewch?'

'Na wnaf, wrth gwrs.'

'Mae hyn mor anodd i Wendy,' meddai Marie Millace. 'Roedd hi'n meddwl fod popeth drosodd ers talwm.'

'Drosodd? Ro'n i'n meddwl mai newydd ddechrau yr oedd y cyfan.'

Ochneidiodd. 'Mae Wendy'n dweud ei fod wedi syrthio fel tunnell o frics am y Dana 'ma fisoedd yn ôl, ond fe ddiflannodd y greadures o fyd rasio, ac roedd Wendy'n meddwl ei fod o wedi rhoi'r gorau i'w gweld hi. Ond yn awr mae hi'n ôl, ac mae'r cwbwl yn amlwg i bawb. Mae Wendy'n

174

dweud ei fod o, y tro yma, dros ei ben a'i glustiau mewn cariad â'r ferch, ac yn *ymffrostio* yn hynny. Mae'n arw iawn gen i dros Wendy. Hen fusnes diflas iawn.' Edrychai'n wirioneddol gydymdeimladol, ac eto, roedd ei thrafferthion hi ei hun, yn ôl unrhyw safon, yn waeth o lawer.

'Ydych chi'n nabod Dana den Relgan eich hun?' gofynnais.

'Nag ydw, ddim o gwbwl. Roedd George yn ei nabod hi rwy'n credu, neu o leiaf o ran ei gweld. Roedd o'n nabod pawb. Mi ddeudodd o pan oedden ni yn St Tropez yr haf diwethaf, ei fod o'n credu iddo ei gweld hi yno un prynhawn. Ond dwn i ddim a oedd o'n golygu hynny; chwerthin oedd o pan soniodd o am y peth.'

Yfais ychydig o Coke a gofyn yn sgwrslyd a oedd hi a George wedi mwynhau St Tropez, a sawl gwaith y buon nhw yno. Wrth eu bodd yno, ond dim ond yr un tro hwnnw. Roedd George, fel arfer, wedi treulio'r amser ynghlwm wrth ei gamera ond roedd o a Marie wedi gorwedd bob prynhawn ar y balconi a edrychai allan dros y môr ac wedi cael lliw haul gogoneddus . . .

'Beth bynnag,' meddai, 'nid am bethau fel'na yr o'n i am siarad efo chi. Ishio diolch i chi am eich caredigrwydd o'n i, a gofyn i chi am yr arddangosfa honno y sonioch chi amdani . . . a sut y medra i wneud ychydig o arian o'r lluniau 'na. Oherwydd . . . ac mi wn fod hwn yn destun annifyr . . . mi fydda i angen . . . y . . . '

'Mae ar bawb eu hangen,' meddwn yn gysurlon. 'Ond adawodd George ddim pethau fel polisïau yswiriant ac ati?'

'Do, rhai. Ac mi ga i'r arian am y tŷ, ond nid ei werth llawn, yn anffodus. Ond fydd hynny ddim yn ddigon i fyw arno fo, rhwng chwyddiant a phopeth.'

'Doedd gan George,' gofynnais yn dyner, 'ddim . . . wel . . . cynilion . . . mewn cyfrifon eraill yn y banc?'

Dechreuodd ei hwyneb cyfeillgar fynegi amheuaeth. 'Ydych chi'n gofyn yr un math o gwestiynau â'r heddlu?'

'Marie . . . meddyliwch am y torri i mewn, eich wyneb, a'r llosgi.'

'Doedd o ddim,' meddai'n ffrwydrol. 'Fyddai George ddim . . . mi ddeudais i o'r blaen. Ydych chi ddim yn fy nghoelio i?'

Ochneidiais heb ateb, a gofyn iddi a wyddai efo pa ffrind yr arhosodd George am ddiod ar y ffordd adref o Doncaster.

'Wrth gwrs 'mod i'n gwybod. Nid ffrind oedd o. Prin ei nabod o yr oedd George. Dyn o'r enw Lance Kinship. Ffoniodd George fi o Doncaster yn y bore, fel y gwnâi yn aml pan fyddai i ffwrdd dros nos, a soniodd y byddai ryw hanner awr yn hwyr gan ei fod yn galw heibio'r dyn 'ma ar ei ffordd adref. Mae'n debyg bod y Lance Kinship 'ma ishio i George dynnu lluniau ohono fo'n gweithio. Cyfarwyddwr ffilmiau, neu rywbeth, ydy o. Mi ddisgrifiodd George o fel dyn bach atgas, egotistaidd oedd yn ei dwyllo'i hun, ond o siarad yn deg efo'r dyn mi fyddai'n cael ffi dda ganddo fo. Dyna bron iawn y peth olaf ddeudodd o wrtha i.' Cymerodd anadl ddofn a cheisio rheoli'r dagrau a ddaeth yn sydyn i'w llygaid. 'Mae'n ddrwg gen i . . . ' Sniffiodd, a gydag ymdrech fawr sythodd ei hwyneb tra oedd hi'n chwilota am hances yn ei phoced.

'Mae'n beth cwbl naturiol,' meddwn. Wedi'r cwbl, tair wythnos yn unig oedd er marwolaeth George.

'Ydy, mi wn . . . ' ceisiodd wenu. 'Nid yn y fan hon.' Tynnodd ymyl ei hances yn ysgafn ar hyd ei llygaid a sniffian unwaith eto. 'Y peth olaf un,' meddai gan drio yn rhy galed, 'oedd gofyn i mi brynu Ajax i lanhau ffenestri. Dyna ddwl, 'ndê? Ar wahân i ddweud "Wela i di," y peth olaf ddeudodd George wrtha i oedd "Pryna botelaid o Ajax, wnei di?" a dwn i ddim . . . ' Igiodd. Y dagrau oedd yn ennill. 'Dwn i ddim pam oedd o ishio'r peth, hyd yn oed.'

'Marie . . . ' Cynigiais fy llaw iddi a gafaelodd yn dynn ynddi, fel y gwnaethai yn yr ysbyty.

'Maen nhw'n dweud eich bod chi wastad yn cofio'r peth

olaf y mae rhywun yr ydach chi'n ei garu yn ei ddweud wrthach chi . . . ' Crynai ei gwefusau yn anobeithiol.

'Peidiwch â meddwl am y peth rŵan.'

'Na.'

Sychodd ei llygaid unwaith eto a gafael yn fy llaw, ond cyn bo hir tawelodd y cynnwrf mewnol a llaciodd ei gafael a chynnig chwerthiniad bach chwithig i guddio peth ar ei chywilydd. Gofynnais iddi a fu 'na *post mortem*.

'O . . . alcohol ydych chi'n ei feddwl? Do, mi brofon nhw ei waed. Roedd o o dan y limit . . . dau wisgi bach gafodd o efo'r Kinship 'na. Mi holodd yr heddlu Lance Kinship . . . wedi i mi sôn wrthyn nhw am fwriad George i alw yno. Sgrifennodd ata i i ddweud pa mor ddrwg oedd hi ganddo fo. Ond doedd dim bai arno fo. Ro'n i wedi dweud dro ar ôl tro wrth George am fod yn ofalus. Mi fyddai'n mynd yn gysglyd yn amal wrth yrru pellteroedd hir.'

Dywedais wrthi fel y bu i mi dynnu'r lluniau hynny o Kinship yr oedd George i fod i'w tynnu, ac fe ddangosodd Marie Millace fwy o ddiddordeb nag ro'n i'n ei ddisgwyl.

'Byddai George yn dweud yn amal y byddech chi, un diwrnod, yn deffro ac yn dwyn ei farchnad.' Cynhyrchodd wên simsan i droi'r datganiad yn jôc. 'Trueni na fyddai o'n gwybod. Trueni . . . o diar, o diar.'

Mi eisteddon ni ein dau yn aros i'r dagrau ffres ostegu, ac fe ymddiheurodd hi amdanyn nhw unwaith eto, ac unwaith eto dywedais innau na fyddai neb yn disgwyl iddi ymddiheuro.

Gofynnais iddi am ei chyfeiriad fel y gallwn ei chysylltu ag asiant ar gyfer gwaith George, a dywedodd ei bod yn byw efo ffrindiau heb fod ymhell oddi wrth Steve. Dywedodd, gan swnio'n ddiobaith, na wyddai i ble y byddai'n mynd o'r fan honno. Oherwydd y tân doedd ganddi ddim dillad, ar wahân i'r rhai newydd yr oedd hi'n eu gwisgo. Dim dodrefn. Dim i wneud cartref ohono fo. Ac yn waeth, llawer gwaeth . . . dim llun o George.

Erbyn i mi adael Marie Millace roedd y bumed ras wedi ei rhedeg. Es yn syth allan i'r car i nôl lluniau Lance Kinship a dod yn ôl i gyfeiriad drws y stafell bwyso a gweld Jeremy Folk yn sefyll ar un goes.

'Ti'n bownd o syrthio,' meddwn.

'O . . . y . . . ' Gosododd yr ail goes i lawr yn dyner fel pe byddai dwy droed ar y ddaear yn gwneud ei fodolaeth yn fwy amlwg. 'Meddwl o'n i . . . y . . . '

'Meddwl oeddet ti na fyddwn i'n gwneud yr hyn yr wyt ti ishio i mi ei wneud os na fyddet ti yma.'

'Y . . . ia.'

'Fe allet ti fod yn iawn.'

'Ar y trên y dois i yma,' meddai'n fodlon. 'Felly a fedri di fynd â fi i St Albans?'

'Mae'n debyg y bydd rhaid i mi.'

Gan ei fod wedi fy ngweld yn sefyll wrth y drws daeth Lance Kinship draw i nôl ei brintiau. Cyflwynais Jeremy iddo, ac ychwanegu, er mwyn Jeremy, mai yn nhŷ Lance Kinship y cymerodd George ei ddiod olaf.

Agorodd Kinship yr amlen ac edrych ar y ddau ohonon ni, yna ysgwyd ei ben yn drist.

'Dyn ardderchog, George,' meddai. 'Trueni.'

Tynnodd y lluniau allan o'r amlen ac edrych yn frysiog drwyddyn nhw, a'i aeliau'n codi'n uwch fyth uwchben ffrâm ei sbectol.

'Wel, wel,' meddai. 'Dwi'n 'u hoffi nhw. Faint wyt ti ishio?'

Meddyliais am swm a swniai'n ofnadwy o uchel, ond ni chynhyrfodd Kinship o gwbl. Tynnodd waled drwchus o'i boced a 'nhalu yn y fan a'r lle mewn arian parod.

'Printiau ychwanegol?' gofynnodd.

'Yn sicr. Mi gostian nhw'n llai, wrth gwrs.'

'Ty'd â dwy set i mi,' meddai. 'Iawn?'

'Setiau cyflawn?' gofynnais, wedi fy synnu braidd. 'I gyd?'

'Ia, siŵr. Maen nhw'n neis iawn. Ishio gweld?'

Chwifiodd nhw'n wahoddgar o flaen Jeremy, a dywedodd Jeremy yr hoffai eu gweld nhw'n fawr iawn. Ac mi gododd yntau ei aeliau.

'Rhaid eich bod chi'n ddawnus iawn fel cyfarwyddwr,' meddai wrth Kinship.

Ymledodd gwên ddiamheuol dros wyneb Lance Kinship. 'Dwy set arall. Iawn?' meddai, a stwffiodd y lluniau'n ôl i'r amlen.

'Iawn.'

Nodiodd a cherdded i ffwrdd, a chyn iddo fynd ddecllath roedd wedi eu tynnu allan a'u dangos i rywun arall.

'Mi geith o lot o waith i ti, os nad wyt ti'n ofalus,' meddai Jeremy, gan edrych.

Doeddwn i ddim yn siŵr a oeddwn i ishio'i goelio ai peidio; a sut bynnag, tynnwyd fy sylw gan rywbeth llawer mwy diddorol. Sefais yn llonydd fel delw a syllu.

'Weli di'r ddau ddyn 'na, fan'cw, yn siarad?' gofynnais.

'Gwelaf, wrth gwrs,' atebodd Jeremy.

'Bart Underfield ydy un ohonyn nhw, hyfforddwr yn Lambourn. A'r un arall ydy'r dyn hwnnw welson ni yn y llun o'r caffi yn Ffrainc. Elgin Yaxley. Wedi dod adref o Hong Kong.'

Dair wythnos ar ôl marw George, bythefnos ar ôl llosgi ei dŷ, mae Elgin Yaxley yn ei ôl.

Neidio i gasgliadau wnes i o'r blaen, ond yn sicr ddigon y tro hwn roedd yn rhesymol tybio fod Elgin Yaxley o'r farn fod y llun cyhuddol wedi ei losgi'n lludw diogel.

A rhesymol oedd credu, wrth ei wylio yno'n gwenu'n braf ac yn llawn hyder, ei fod yn teimlo'n rhydd ac yn sicr o'i bethau.

Wedi amlosgi corff ac eiddo un sy'n blacmelio mae'r dioddefwyr yn llawenhau.

Dywedodd Jeremy, 'Mae'n ormod i fod yn gyddigwyddiad.'

'Ydy.'

'Mae o'n edrych yn siŵr o'i bethau.'

'Sglyfath ydy o.'

Edrychodd Jeremy arna i. 'Ydy'r llun gen ti o hyd?'

'Ydy wir.'

Fe safon ni yno am ychydig i weld Elgin Yaxley yn taro Bart Underfield yn glên ar ei gefn ac yn gwenu fel crocodeil. Roedd Bart Underfield yn edrych yn hapusach nag a wnaeth er adeg yr achos llys.

'Beth wyt ti am ei wneud efo fo?'

'Aros i weld beth sy'n digwydd, mae'n debyg.'

'Dwi'n meddwl mai camgymeriad oedd i mi ddweud wrthat ti am losgi popeth yn y bocs,' meddai Jeremy yn feddylgar.

'Mm,' gwenais yn wan. 'Mi ro i gynnig ar yr hirsgwariau glas 'na fory.'

'Wyt ti'n gwybod beth i'w wneud?'

'Gobeithio. Mi gawn ni weld.'

'Sut?'

Edrychai fel pe bai ganddo ddiddordeb gwirioneddol, a sefydlodd ei lygaid arna i am ddeng eiliad cyfan yn lle edrych ar hyd ac ar led yn ôl ei arfer.

'Ym . . . wyt ti ishio darlith ar natur golau 'ta crynodeb o'r drefn arfaethedig?'

'Nid darlith.'

'O.K. Dwi'n meddwl petawn i'n chwyddo'r negyddion oren drwy olau glas ar bapur du a gwyn o gontrast uchel, bod posibilrwydd imi gael llun.'

Edrychodd yn syn. 'Llun du a gwyn?'

'Os bydda i'n lwcus.'

'Sut wyt ti'n cael golau glas?'

'Dyma lle mae'n rhaid dechrau darlithio,' meddwn. 'Wyt ti ishio edrych ar y ras olaf?'

Cawsom awgrym unwaith eto o symudiadau onglog y penelinoedd ac o sefyll ar un goes ac o wag-siarad dwl, i gyd, fel y tybiwn i, oherwydd cysoni'r gydwybod dwrneiol â chau llygad ar hapchwarae.

Ro'n i'n anghywir, fodd bynnag. Wrth inni edrych o'r safleoedd, ac aros i'r ras ddechrau, meddai, 'Mi wnes i . . . fel mae hi'n digwydd . . . y . . . edrych . . . arnat ti'n reidio . . . y prynhawn 'ma.'

'Do, wir?'

'Rhyw feddwl o'n i . . . y gallwn i ddysgu o'r profiad.'

'A be ddysgaist ti?'

'Mai callach fyddai i mi beidio rhoi cynnig ar y peth.'

Ar y ffordd i St Albans fe ddywedodd wrtha i am ei ymchwil i'r cwmni teledu.

'Mi berswadiais i nhw i ddangos y *credits* i mi, fel yr awgrymaist ti, ac mi ofynnais a allen nhw fy nghysylltu ag unrhyw un fu'n gweithio ar y ddrama yn Pine Woods Lodge. Un ddrama oedd hi, gyda llaw. Dim ond am ryw chwe wythnos y bu'r uned deledu yno.'

'Ddim yn addawol iawn,' meddwn.

'Na. Beth bynnag, fe ddywedon nhw wrtha i ble y medrwn i ddod o hyd i'r cyfarwyddwr. Mae o'n dal i weithio ym myd teledu. Dyn surbwch a diflas iawn, yn duchan ac yn fwstas i gyd. Eisteddai ar ochr ffordd yn Streatham yn edrych ar drydanwyr yn cynnal cyfarfod undeb cyn iddyn nhw wrthod goleuo'r olygfa roedd o'i hishio mewn cyntedd eglwys. Mewn gair, roedd ei hwyliau yn ffiaidd.'

'Mi fedra i ddychmygu.'

'Mae arna i ofn,' meddai Jeremy'n ofidus, 'nad oedd o fawr o help. Tair blynedd ar ddeg yn ôl? Sut ddiawl o'n i'n disgwyl

iddo fo gofio am chwe wythnos bidlyd dair blynedd ar ddeg
yn ôl? Sut ddiawl o'n i'n disgwyl iddo fo gofio am un blydi
merch a'i blydi ewach? A llawer mwy yn y cywair yna. Yr unig
beth adeiladol ddeudodd o oedd na fyddai 'na blydi *hangers
on* yn unlle'n agos i Pine Woods Lodge petai o'n cyfarwyddo.
Allai o ddim dioddef pobol o'r tu allan yn edrych arno fo pan
oedd o'n gweithio, ac a fyddwn i, hefyd, gystal â'i heglu hi.'

'Biti.'

'Wedi i mi ddod o hyd i brif actor y ddrama, sydd, gyda
llaw, yn gweithio dros dro mewn oriel luniau, mi ges i'r un
ateb eto. Tair blynedd ar ddeg yn ôl? Merch efo plentyn bach?
Dim gobaith.'

Ochneidiais. 'Roedd gen i obeithion mawr am y criw
teledu.'

'Mi allwn i ddal ati,' meddai Jeremy. 'Dydyn nhw ddim yn
anodd dod o hyd iddyn nhw. Dim ond ffonio asiant neu
ddau, ac mae'r actor gen ti.'

'Ti bia'r dewis.'

'Hwyrach y gwna i.'

'Am faint oedd y cerddorion yno?'

Tynnodd Jeremy damaid bach pur fratiog o bapur o'i
boced ac edrych arno.

'Tri mis, rho ryw wythnos naill ffordd neu'r llall.'

'Ac ar eu hôl nhw?'

'Y crancs crefyddol.' Tynnodd wyneb. 'Oedd dy fam yn
grefyddol?'

'Pagan.'

'Mae popeth mor bell yn ôl.'

'Mm,' meddwn. 'Pam na rown ni gynnig ar rywbeth arall?
Pam na gyhoeddwn ni lun Amanda yn *Horse and Hound* a
gofyn yn benodol am wybodaeth am y stabal? Mae'n siŵr bod
yr adeiladau'n dal ar eu traed ac yn edrych rywbeth yn debyg
o hyd.'

'Mi fyddai hyn'na'n ddrud iawn.'

'Ddim o'i gymharu â ditectyddion preifat,' meddwn.
'Dwi'n meddwl bod *Horse and Hound* yn codi yn ôl y gofod,
nid am beth yr wyt ti'n ei roi yn y gofod hwnnw. Os felly,
fyddai llun ddim drutach na geiriau. Mi allwn i wneud print
du a gwyn siarp o Amanda . . . ac fe allwn weld beth
ddigwyddith.'

Ochneidiodd Jeremy. 'Mi fedra i weld costau terfynol yr
ymchwil yma yn dod yn fwy na'r etifeddiaeth.'

Edrychais arno. 'Pa mor gyfoethog ydy hi . . . fy nain?'

'Fe allai hi fod ar y plwyf, hyd y gwn i. Welais i neb mor
gyfrinachol ynglŷn â phob un dim. Mae'n debyg fod gan ei
chyfrifydd ryw syniad, ond mae ei geg yntau fel pwrs cybydd.'

Fe gyrhaeddon ni St Albans a throi am y cartref nyrsio.
Darllenai Jeremy ôl-gopïau o *The Lady* yn y stafell aros tra
oeddwn i i fyny'r grisiau'n siarad â'r hen ddynes oedd yn
marw.

Roedd hi'n eistedd i fyny, gyda chymorth gobenyddion, a
rhythodd arna i yn cerdded i mewn i'w stafell. Roedd ei
hwyneb cryf caled yn llawn o fywyd gwydn, a'i llygaid
annhosturiol yn danbaid. Nid rhywbeth cwrtais fel 'Helô' neu
'Sut mae hi heno?' ddeudodd hi ond 'Ddoist ti o hyd iddi?'
yn swta.

'Naddo.'

Gwasgodd ei cheg yn dynn. 'Wyt ti'n trio?'

'Ydw a nag ydw.'

'Beth mae hyn'na'n ei olygu?'

'Mae'n golygu 'mod i wedi defnyddio ychydig o f'amser
hamdden i chwilio amdani, ond nid fy mywyd i gyd.'

Syllodd arna i drwy lygaid culion, ac yn y man eisteddais
yng nghadair freichiau'r ymwelwyr a rhythu'n ôl arni.

'Mi es i weld eich mab,' meddwn.

Toddodd ei hwyneb am eiliad yn gymysgedd dadlennol o
ffyrnigrwydd a ffieidd-dra, ac â pheth syndod gwelais angerdd
ei digalondid. Ro'n i wedi deall eisoes bod mab dibriod, di-

blant wedi ei hamddifadu nid yn gymaint o ferch-yng-nghyfraith ac wyrion, a'r cyfle i ymddwyn yn unbennaidd tuag atyn nhw, ond hefyd wedi ei hamddifadu o barhad ei hun. Ond yn sicr doeddwn i ddim wedi sylweddoli mai o obsesiwn, nid o ddicter, y deilliai ei hymchwil am Amanda.

'Bod eich llinach yn parhau,' meddwn yn araf. 'Ai dyna ydach chi ei ishio?'

'Mae marw'n ddi-bwynt fel arall.'

Ro'n i o'r farn bod bywyd ei hun yn eithaf di-bwynt, ond ddywedais i ddim. Byddai rhywun yn deffro'n fyw, yn gwneud yr hyn a allai, ac yn marw. Hwyrach ei bod hi, mewn gwirionedd, yn llygad ei lle. Pwrpas bywyd oedd trosglwyddo'r genynnau. Goroesiad y genynnau drwy genedlaethau o gyrff.

'Hyd yn oed os nad ydych chi'n fodlon ei gydnabod,' meddwn, 'fe allai eich gwaed gael ei drosglwyddo drwydda i.'

Doedd y syniad ddim yn ei phlesio. Tynhaodd y cyhyrau ar hyd ei gên, ac â llais caled ac anghyfeillgar y dywedodd cyn bo hir, 'Mae'r cyfreithiwr ifanc 'na o'r farn y dylwn i ddweud wrthat ti pwy oedd dy dad.'

Sefais ar unwaith, yn methu ag aros yn llonydd. Er fy mod i wedi dod er mwyn cael gwybod, y funud honno doeddwn i ddim eisiau gwybod. Ro'n i eisiau dianc. Gadael y stafell. Peidio â chlywed. Teimlwn yn nerfus mewn modd na chefais brofiad ohono ers blynyddoedd, ac roedd fy ngheg yn ludiog a sych.

'Dwyt ti ddim ishio gwybod?'

'Na.'

'Ofn sy arnat ti?' Roedd hi'n ddirmygus. Yn llawn gwawd.

Sefais yno, heb ateb, heb fod yn siŵr a oeddwn eisiau gwybod ai peidio, yn ofni ac eto'n ddi-ofn; pair o deimladau.

'Rydw i wedi casáu dy dad ers cyn i ti gael dy eni,' meddai'n sur. 'Prin y medra i ddioddef edrych arnat ti am dy fod ti mor debyg iddo fo . . . pan oedd o dy oed ti. Yn denau . . . yn gorffol . . . yr un llygaid.'

Llyncais fy mhoer, ac aros a theimlo'n ddiffrwyth.

'Ro'n i'n ei garu,' meddai gan boeri'r geiriau allan fel pe baent yn dramgwydd ynddyn nhw eu hunain. 'Ro'n i'n dotio arno fo. Roedd o'n ddeg ar hugain ac ro'n i'n bedair a deugain. Ro'n i wedi bod yn weddw ers pum mlynedd . . . ro'n i'n unig. Yna mi ddaeth o. Mi ddaeth i fyw efo fi . . . roedden ni am briodi. Ro'n i'n ei addoli. Ac mi fues i mor ddwl.'

Arhosodd. Doedd dim angen, mewn difrif, iddi fynd yn ei blaen. Fe allwn ddyfalu'r gweddill. O'r diwedd, eglurwyd y casineb a deimlodd tuag ata i dros yr holl flynyddoedd. Mor hawdd i'w egluro . . . a'i ddeall . . . a'i faddau. Yn groes i bob disgwyl, yr hyn a deimlwn tuag at fy nain oedd tosturi.

Cymerais anadl ddofn. Gofynnais, 'Ydy o'n fyw o hyd?'

'Dwn i ddim. Dydw i ddim wedi siarad efo fo na'i weld o er hynny.'

'A beth . . . beth oedd ei enw?'

Edrychodd i fyw fy llygaid; doedd dim yn ei chasineb cyson a dyfal wedi newid. 'Dydw i ddim am ddweud wrthat ti. Dydw i ddim am i ti chwilio amdano fo. Mi ddifethodd fy mywyd i. Mi gysgodd efo fy merch ddwy ar bymtheg oed i o dan fy nho i ac roedd o ar ôl fy mhres i. Dyna'r math o ddyn oedd dy dad. Yr unig ffafr a gei di gen i ydy peidio â chael gwybod beth oedd ei enw fo. Felly bodlona ar hynny.'

Gwyrais fy mhen. Gwnes arwydd o ryw fath efo fy llaw dde a dweud yn drwsgl, 'Mae'n ddrwg gen i.'

Os rhywbeth, parodd hynny i'w gwg waethygu.

'Rŵan, dos i chwilio am Amanda i mi,' meddai. 'Mi ddeudodd y cyw cyfreithiwr 'na y byddet ti'n gwneud hynny 'taswn i'n dweud wrthat ti. Felly, i ffwrdd â chdi i chwilio amdani.' Caeodd ei llygaid, ac ar unwaith edrychai'n salach,

yn hawdd ei niweidio. 'Dydw i ddim yn dy hoffi di,' meddai.
'Felly, dos o 'ma.'

'Wel?' meddai Jeremy, i lawr y grisiau.

'Mi ddeudodd hi wrtha i.'

'Y dyn llefrith?'

'Digon agos.' Adroddais sylwedd yr hyn a ddywedodd yr
hen ddynes wrthyf, ac roedd ei ymateb yn debyg i fy un i.

'Druan ohoni.'

'Fe allwn i wneud â diod bach,' meddwn.

XIII

Wrth brintio ffotograffau lliw, y bwriad gan amlaf yw sicrhau canlyniad sy'n edrych yn naturiol, ac nid yw hyn hanner mor hawdd ag y mae'n swnio. Ar wahân i fanion fel cael ffocws siarp a gofalu eich bod yn defnyddio'r hyd a'r cryfder priodol o olau, rhaid ystyried y lliw ei hun, sy'n dod allan yn wahanol ar wahanol fathau o ffilm, ac ar wahanol fathau o bapur printio, hyd yn oed ar ddau focsaid gwahanol o'r un math o bapur gan yr un gwneuthurwr. Y rheswm am hyn yw bod y pedair haenen denau eithriadol o emwlsiwn a roddir ar bob dalen o bapur yn amrywio o sypyn i sypyn. Fel y mae hi bron yn amhosibl llifo dau ddarn o ddeunydd mewn dau gelwrn gwahanol a chael yn union yr un lliw, felly mae hi hefyd efo mathau o emwlsiwn sy'n ymateb i olau.

I wneud iawn am hyn ac i gael lliwiau i edrych yn naturiol, defnyddir ffilterau — tameidiau o wydr lliw a osodir rhwng y golau llachar a'r negydd yn yr *enlarger*. O gael y gymysgedd o ffilterau yn gywir, daw llygaid glas allan yn las a gwefusau coch yn goch.

Yn fy chwyddiadur i, fel yn y mwyafrif ledled y byd, roedd y tri ffilter yr un lliw â lliwiau'r negyddion: melyn, magenta a cyan. Byddai defnyddio'r tri ffilter efo'i gilydd yn rhoi llwyd, felly dim ond dau a ddefnyddid ar y tro, a'r ddau hynny, cyn belled ag yr oedd fy lluniau i yn y cwestiwn, oedd melyn a magenta. O'u defnyddio'n ofalus gellid creu lliw croen nad oedd yn rhy felyn nac yn rhy binc, ac i liw croen y byddai rhywun, fel arfer, yn cyweirio'i brintiadau.

Ond, pe rhoddid sgwâr o wydr magenta ar sgwâr o wydr lliw melyn, a gyrru golau trwy'r ddau, ceid coch.

Rhowch olau trwy felyn a cyan, ac fe gewch chi wyrdd. Drwy magenta a cyan ac fe gewch chi . . . las dwfn hyfryd.

Pan ddangosodd Charlie hyn i mi gyntaf ro'n i wedi fy

nrysu'n lân, am fod byd o wahaniaeth rhwng canlyniadau cymysgu golau lliw a chymysgu paent o wahanol liwiau. Roedd hyd yn oed y lliwiau sylfaenol yn wahanol. Anghofia am baent, meddai Charlie. Golau ydy hwn. Fedri di ddim cynhyrchu glas wrth gymysgu paentiau o liwiau eraill, ond mi fedri di efo golau.

'Cyan?' meddwn. 'Fel *cyanide*?'

'Mae *cyanide* yn dy droi di'n las,' meddai. 'Gair Groeg am las ydy cyan. *Kyanos*. Paid ag anghofio. Math o las a gwyrdd ynddo fo ydy cyan, a fydd o'n ddim syndod i ti glywed y medri di ei wneud o drwy gymysgu golau glas efo gwyrdd.'

'Wir?' gofynnais yn amheus, ac fe ddangosodd imi chwe lliw goleuni, a'u cymysgu o flaen fy llygaid nes bod eu perthynas yn aros yn fy mhen am byth, nes eu bod mor sylfaenol yn fy ymennydd â ffurf llythrennau.

Yn y dechreuad yr oedd coch, gwyrdd a glas . . .

Es i mewn i fy stafell dywyll y bore Sul tyngedfennol hwnnw a newid y ffilterau ar fy chwyddiadur fel y byddai'r golau a dywynnai drwy'r lens yn gyfuniad nas defnyddiwyd erioed i bwrpas printio arferol: cyan llawn a magenta llawn i greu glas dwfn clir.

Ro'n i am brintio negyddion-lliw gweigion George ar bapur du a gwyn. Yn ddi-os fe gawn wared o'r hirsgwariau glas; ond hwyrach mai hirsgwariau llwyd a gawn i yn eu lle.

Dim ond golau glas sy'n effeithio ar bapur printio du a gwyn (sy'n egluro pam y gellir defnyddio golau coch wrth brintio mewn du a gwyn). Fy mwriad i oedd printio'r negs du yr olwg arnyn nhw drwy ffilter glas trwm yn y gobaith y byddwn yn cael mwy o gontrast rhwng y ddelwedd liw melyn oedd ar y neg a'r oren oedd yn ei gorchuddio. Peri i'r ddelwedd ymddangos allan o'i hamgylchedd, fel petai.

Roedd gen i deimlad nad mewn du a gwyn pendant yr oedd beth bynnag oedd yn cuddio o dan y gorchudd, sut bynnag . . . oherwydd pe byddai, byddai'n dangos trwodd er gwaethaf y glas. Ro'n i'n chwilio am ryw fath o lwyd.

Trefnais y padelli datblygu, y *stop bath,* a'r *fixer* a rhoi'r tri deg chwech negydd cyntaf mewn ffrâm brintio contact. Yn y ffrâm hon fe ddelir y negyddion yn union ar y papur printio wrth i'r golau basio trwyddynt nes bod y print gorffenedig yn union yr un faint â'r negydd. Pwrpas y ffrâm yw dal y cyfan efo'i gilydd fel y bo modd eu printio i gyd ar unwaith ar un darn wyth wrth ddeg o bapur printio.

Mesur maint y golau oedd y brif broblem, oherwydd roedd y golau a gyrhaeddai'r papur yn llawer gwannach nag yr o'n i wedi arfer ei ddefnyddio am fod y ffilterau'n dwyn cymaint ohono. Gwastreffais tua chwe dalen wrth arbrofi a chael canlyniadau di-werth yn amrywio rhwng llwyd a du, a daliai'r holl hirsgwariau bach styfnig 'na i edrych fel pe nad oedd dim i'w weld arnynt, waeth beth a wnawn.

O'r diwedd, mewn tempar yn fwy na dim, torrais hyd y golau ymhell tu hwnt i'r hyn y gellid ei ystyried yn rhesymol gywir, a chael print oedd bron yn wyn. Sefais yn y golau coch yn gwylio'r print yn y badell ddatblygu a gweld rhifau'r fframiau'n ymddangos yn welw ar y papur, ac yna linellau gwan a ddangosai ble y bu ymylon stribedi'r negydd.

Ochneidiais mewn rhwystredigaeth a gadewais y ddalen yn y datblygydd hyd nad oedd dim arall am ddod i'r golwg ac yna, mewn digalondid mawr, dowciais hi yn y *stop bath,* yna yn y *fixer,* ei golchi a rhoi'r golau mawr ymlaen.

Doedd pump o'r hirsgwariau ddim yn wyn i gyd. Roedd pump o'r fframiau, yma ac acw ymhlith y tri deg chwech, yn cynnwys siapiau geometraidd llwyd gwan.

Ro'n i wedi eu darganfod.

Fe allwn fy nheimlo fy hun yn gwenu â gorfoledd chwerthinllyd. Gadawodd George bos, ac ro'n i bron wedi ei ddatrys. Os o'n i am gymryd ei le, roedd hi'n iawn 'mod i'n llwyddo.

Os o'n i . . . Arglwydd mawr, o ble daeth y fath feddwl? Doedd gen i ddim bwriad i gymryd ei le. Dim bwriad ymwybodol. Daeth y meddwl yna yn syth o'r isymwybod, heb ei alw, heb ei eisiau.

Crynais ryw ychydig a theimlo mymryn o gynnwrf yn rhedeg trwy fy nghorff; heb wên o fath yn y byd sgrifennais rifau'r fframiau oedd yn cynnwys patrwm llwyd. Yna cerddais o gwmpas y tŷ am ychydig yn gwneud mân bethau fel cyweirio'r gwely a glanhau'r llofft, ysgwyd y clustogau llawr, rhoi mwy o bethau yn y golchwr llestri. Gwnes baned o goffi ac eistedd yn y gegin i'w hyfed. Meddyliais am fynd i'r pentref i nôl papur dydd Sul, ond yn lle hynny cerddais o raid yn ôl i'r stafell dywyll.

Teimlwn yn fwy hyderus o wybod ar ba fframiau y dylwn edrych, ac am beth, yn fras, y dylwn chwilio.

Cymerais y negydd cyntaf a oedd yn digwydd bod yn rhif saith, a'i chwyddo i faint papur deg wrth wyth. Gwnes smonach arall wrth amcanu faint o olau y dylwn roi arno, ond o'r diwedd ces ddelwedd o lwyd canolig ar wyn. Tynnais y print allan o'r datblygydd wedi iddo gyrraedd ei gontrast mwyaf, ei stopio, ei ffïcsio a'i olchi, yna'i gario allan i olau dydd yn y gegin.

Er bod y print yn dal yn wlyb, gallai rhywun weld yn union beth ydoedd. Doedd dim problem ei ddarllen. Nodyn teipiedig yn dechrau, 'Annwyl Mr Morton' ac yn gorffen, 'Yr eiddoch yn gywir, George Millace.'

Llythyr wedi ei deipio ar bapur gwyn gan ddefnyddio hen ruban gwelw, nes bod y teipio'i hun yn edrych yn llwydaidd. Yn llwydaidd ond yn eglur.

Dywedai'r llythyr:

Annwyl Mr Morton,

Rwyf yn sicr y bydd gennych ddiddordeb mawr yn y ddau lun amgaeedig. Fel y gwelwch chi, llun o'ch ceffyl

Amber Globe yn rhedeg yn wael yn eich lliwiau yn ras 2.30 yn Southwell ddydd Llun, Mai 12, yw'r cyntaf.

Fe welwch chi hefyd mai llun o'ch ceffyl Amber Globe yn ennill ras 4.00 yn Fontwell ddydd Mercher, Awst 27, yw'r ail lun.

Os edrychwch chi ar y lluniau fe welwch nad yr un ceffyl sydd yno. Tebyg iawn, ond nid yn union yr un peth.

Rwyf yn sicr y byddai gan y Jockey Club ddiddordeb mawr yn y gwahaniaeth hwn. Byddaf yn cysylltu â chi cyn bo hir, i awgrymu trefniant arall.

Yr eiddoch yn gywir,

George Millace

Darllenais y nodyn tua chwe gwaith, nid yn gymaint am nad oeddwn yn ei ddeall, ond er mwyn cael cyfnod i'w dreulio ac i feddwl yn ei gylch.

Yn gyntaf roedd 'na un neu ddau o sylwadau ymarferol i'w gwneud: doedd 'na ddim pennawd, na dyddiad na llofnod ar y llythyr. Gellid tybio y byddai'r fframiau eraill ac arnynt siapiau bach llwyd yn cynnwys rhywbeth tebyg, ac mai'r hyn yr o'n i wedi ei ddarganfod oedd system ffeilio anarferol George.

Y tu ôl i'r meddyliau fflat hyn gorweddai tryblith mawr; teimlad o edrych i mewn i bwll diwaelod. Pe byddwn yn chwyddo a darllen y llythyrau eraill gallwn ddarganfod pethau a fyddai'n gwneud 'aros i gael gweld beth sy'n digwydd' yn amhosibl. Gallwn deimlo, fel yr o'n i'n teimlo'n barod yn achos y carwyr dan y staen llwyd, bod gwneud dim yn arwydd o wendid ac yn amhriodol. Pe bawn i'n darganfod holl gyfrinachau George byddai'n rhaid i mi dderbyn y cyfrifoldeb moesol o benderfynu beth yr o'n i am ei wneud â nhw . . . ac yna weithredu'r penderfyniad.

I ohirio'r penderfyniad es i fyny'r grisiau i'r lolfa ac edrych drwy'r llyfrau *form* i weld ym mha flwyddyn yr oedd Amber

Globe wedi ennill yn Fontwell ar Awst 12. Pedair blynedd yn gynharach y bu hynny.

Dilynais yrfa Amber Globe o'r dechrau i'r diwedd, a'r hyn a ddeuai'n amlwg oedd ei fod yn rhedeg yn gymharol sâl am dair neu bedair ras, ac yna'n ennill yn hawdd pan oedd yr *odds* yn uchel; ailadroddid y patrwm hwn ddwywaith y tymor am bedair blynedd. Y tro olaf i Amber Globe redeg oedd ar Awst 12.

Dangosodd ymchwil fach arall nad oedd hyfforddwr Amber Globe yn ymddangos yn rhestr yr hyfforddwyr o hynny ymlaen, a gellid casglu ei fod wedi gorffen â'r busnes. Doedd 'na ddim ffordd o tsiecio yn y llyfrau arbennig hyn a oedd 'Annwyl Mr Morton' yn berchen, neu wedi rhedeg, unrhyw geffylau eraill yn ddiweddar, er y byddai ffeithiau o'r fath yn cael eu cadw yn swyddfa ganolog cofnodion swyddogol byd rasio.

Roedd Mr Morton a'i hyfforddwr wedi bod yn rhedeg dau geffyl o dan yr enw Amber Globe gan ddefnyddio'r un da ar gyfer y gamblo mawr a gadael i'r un salach ymestyn yr *odds*. Meddyliais tybed a oedd George wedi sylwi ar y patrwm ac wedi mynd yn fwriadol i dynnu ei luniau; ynteu a oedd o wedi tynnu'r lluniau yn rhinwedd ei swydd ac yna wedi sylwi ar y gwahaniaeth yn y ceffylau. Doedd dim modd gwybod na hyd yn oed ddyfalu, gan nad o'n i wedi dod o hyd i'r lluniau o dan sylw.

Edrychais allan drwy'r ffenestr ar y Downs am ychydig, yna cerdded hyd y lle heb wneud fawr o ddim, gan aros am sicrwydd pendant bod modd ysgaru gwybodaeth oddi wrth gyfrifoldeb.

Arhosais yn ofer. Gwyddwn fod rhaid ysgwyddo cyfrifoldeb. I lawr y grisiau yr oedd yr wybodaeth ac fe fyddai'n rhaid i mi ei chael. Ro'n i wedi dod yn rhy bell i roi'r gorau iddi.

Yn anesmwyth, yn ofnus, ond gan deimlo bod hyn yn

anorfod, i lawr â fi i'r stafell dywyll a phrintio'r pedwar negydd arall, a'u darllen.

Tra sychai'r printiau eisteddais am hydoedd a syllu i'r gwagle, a'm meddwl ar chwâl.

Buasai George yn brysur.

Llefarai'r malais yn ei feddwl wrthyf mor glir â phe bawn yn gallu clywed ei lais.

Rhaid bod llythyrau bygythiol George wedi creu arswyd a digalondid dirfawr yn y rhai a'u derbyniodd.

Dyma ddywedai'r ail lythyr:

Annwyl Bonnington Ford,

Rwyf yn sicr y bydd gennych ddiddordeb mawr yn y gyfres amgaeedig o ffotograffau, sydd, fel y gwelwch, yn gofnod ohonoch yn difyrru yn eich stablau berson sydd wedi 'ei wahardd'. Mae'n debyg nad oes raid i mi eich atgoffa y byddai'r awdurdodau yn gwrthwynebu'n gryf barhad perthynas o'r natur hon, gwrthwynebiad a allai, o bosibl, olygu ailystyried eich trwydded i hyfforddi.

Fe allwn, wrth gwrs, yrru copïau o'r lluniau i'r Jockey Club. Byddaf yn cysylltu â chi cyn bo hir, i awgrymu trefniant arall.

Yr eiddoch yn gywir,
George Millace

Y gred gyffredinol oedd mai hyfforddwr eilradd iawn oedd Bonnington Ford a'i fod mor onest â llwynog mewn cwt ieir. Hyfforddai mewn pant ar y Downs lle gallai unrhyw fodurwr a âi heibio edrych i lawr i'w iard. Fyddai hi'n ddim trafferth yn y byd i George eistedd yn ei gar yn y fan honno a thynnu lluniau â'i lens delephoto yn hamddenol braf.

Unwaith eto doeddwn i ddim wedi dod o hyd i'r ffotograffau oedd o dan sylw, felly doedd 'na ddim y gallwn i ei wneud ynglŷn â'r llythyr neilltuol hwnnw, hyd yn oed pe bawn yn dymuno. Doedd George ddim wedi cymaint ag enwi'r person oedd wedi ei wahardd. Ces fy arbed rhag gwneud dewis gofidus.

Roedd y tri llythyr arall yn hollol wahanol. Codai dilema foesol ei ben yn amlwg iawn: ym mhle y gorweddai dyletswydd ac i ba raddau y gellid peidio â'i chyflawni?

O'r tri llythyr oedd ar ôl, dywedai'r cyntaf:

Annwyl Elgin Yaxley,

Rwyf yn sicr y bydd gennych ddiddordeb mawr yn y llun amgaeedig. Fel y gwelwch, y mae'n gwrth-ddweud yn amlwg yr hyn y tystioch iddo o dan lw mewn achos llys diweddar.

Rwyf yn sicr y byddai gan y Jockey Club ddiddordeb yn y llun hwn, a hefyd yr heddlu, y barnwr, a'r cwmni yswiriant. Fe allwn yrru copïau iddyn nhw i gyd yr un pryd.

Byddaf yn cysylltu â chi cyn bo hir, i awgrymu trefniant arall.

Yr eiddoch yn gywir,
George Millace

Byddai'r un nesaf wedi gyrru'r hoelion i mewn yn ddwfn. Meddai:

Annwyl Elgin Yaxley,

Rwyf yn falch o'ch hysbysu bod datblygiadau eraill wedi digwydd ar ôl i mi sgrifennu atoch ddoe.

Ddoe ymwelais â'r ffermwr y buoch mor anffodus â gadael eich ceffylau ar ei dir, a dangosais fy ymddiriedaeth ynddo drwy ddangos iddo gopi o'r llun a yrrais i chi. Awgrymais y gallai fod yna ymchwiliad pellach lle gellid ystyried ei ran ef yn y drasiedi.

Teimlai'n ddigon hyderus i ymateb i fy addewid o dawelwch gyda'r wybodaeth dderbyniol nad oedd eich pum ceffyl da, wedi'r cwbl, yn farw. Prynwyd y pum ceffyl

194

a fu farw ganddo ef (eich ffrind y ffermwr) yn arbennig ac yn rhad mewn arwerthiant lleol, a'r ceffylau hyn a saethwyd gan Terence O'Tree yn y fan ac ar yr adeg a drefnwyd. Ni ddywedwyd wrth Terence O'Tree am y newid.

Cadarnhaodd eich ffrind y ffermwr fod y milfeddyg wedi ymweld â'ch ceffylau ac wedi rhoi pigiadau gwrth-tetanus iddyn nhw ac wedi eu gadael yn edrych yn iach fel cnau. Yn fuan wedi hynny fe ddaethoch chi yno gyda'ch bocs ceffylau i oruchwylio'r newid.

Deallai eich ffrind y byddech yn mynd â nhw i'r Dwyrain Pell, lle'r oedd prynwr eisoes ar gael.

Amgaeaf lun o'i ddatganiad (sydd wedi ei lofnodi) i'r perwyl uchod.

Byddaf yn cysylltu â chi cyn bo hir gydag awgrym bach.

Yr eiddoch yn gywir,

George Millace

Roedd yr olaf o'r pum print yn wahanol am fod y llythyr wedi ei sgrifennu â llaw, nid wedi ei deipio; ond gan mai pensel a ddefnyddiwyd, roedd yr ysgrifen hon, eto, yn llwyd golau.

Meddai:

Annwyl Elgin Yaxley,

Fe brynais i'r pum ceffyl a saethodd T. O'Tree. Chi aeth i nôl eich ceffylau eich hun mewn bocs ceffylau er mwyn mynd â nhw allan i'r Dwyrain. Rydw i'n fodlon ar y tâl a gefais gennych am y gwasanaeth hwn.

Yr eiddoch yn gywir,

David Parker

Meddyliais am Elgin Yaxley fel y gwelais ef y diwrnod cynt yn Ascot, yn cilwenu'n fodlon ac yn tybied ei fod yn ddiogel. Meddyliais am dda a drwg a chyfiawnder. Meddwl am

195

Elgin Yaxley fel ysglyfaeth George Millace, ac am y cwmni yswiriant fel ysglyfaeth Elgin Yaxley. Meddwl am Terence O'Tree a aeth i'r carchar ac am David Parker oedd yn rhydd.

Wyddwn i ddim beth i'w wneud.

Ymhen ysbaid codais yn stiff a mynd yn ôl i'r stafell dywyll. Rhoddais yr holl negyddion a oedd a staen magenta arnyn nhw yn y ffrâm brintio contact a gwneud print oedd bron yn wyn i gyd. Y tro hwn nid pum hirsgwar bach oedd a sgrifen lwyd arnynt ond pymtheg.

Wedi ysigo gan ddychryn, diffoddais yr holl oleuadau, cloi'r drysau, a cherddedd i fyny'r ffordd i gael cyfarwyddiadau gan Harold.

'Tala sylw,' meddai Harold yn flin.

'Y . . . ia?'

'Beth sy'n bod?'

'Dim.'

'Dwi'n sôn am Coral Key yn Kempton ddydd Mercher, a dwyt ti ddim yn gwrando.'

Llusgais fy sylw yn ôl at yr hyn oedd o dan sylw.

'Coral Key,' meddwn. 'I Victor Briggs.'

'Dyna ni.'

'Ydy o wedi dweud rhywbeth . . . am ddoe?'

Siglodd Harold ei ben. 'Mi gawson ni ddiod ar ôl y ras, ond os nad ydy Victor am siarad chei di ddim gair ohono fo. Dim ond rhochian wnaeth o. Ond hyd nes y bydd o'n dweud wrtha i nad wyt ti ddim i reidio'i geffylau, rwyt ti i ddal ati.'

Estynnodd gân o Coke i mi, a wisgi helaeth iddo fo'i hun.

'Does gen i ddim llawer i ti yr wythnos hon,' meddai. 'Dim ddydd Llun na dydd Mawrth. Roedd Pebble i fod i redeg yn Leicester ond mae 'na wres yn ei goesau . . . Dim ond Coral Key ddydd Mercher, Diamond Buyer a'r gaseg ddydd Gwener a dau ddydd Sadwrn, heblaw ei bod hi'n bwrw glaw. Oes gen ti rywbeth o'r tu allan wedi ei drefnu?'

'*Novice 'chaser* yn Kempton ddydd Iau.'
'Gobeithio ei fod o'n gallu blydi neidio.'

Fe es yn ôl i'r tŷ tawel a gwneud printiau o'r pymtheg negydd oedd a'r staeniau magenta arnynt, a chael canlyniadau gwyn a llwyd fel o'r blaen.

Er mawr ryddhad i mi nid pymtheg o lythyrau bygythiol oeddynt; dau yn unig oedd yn gorffen efo addewid o drefniannau eraill.

Ro'n i wedi disgwyl un yn ymwneud â'r carwyr, ac roedd o yno. Yr ail un a barodd imi golli fy ngwynt a'm gadael yn chwerthin yn wan ar fy mhen fy hun yn y gegin; yn sicr fe'm cyflyrodd yn well ar gyfer unrhyw ddatguddiadau eraill oedd i ddod.

Nodiadau George ynglŷn â phryd a ble y tynnodd ei luniau cyhuddol ac ar ba ffilm a pha gyflymder a golau, ac ar ba ddyddiad yr anfonodd ei lythyrau bygythiol, oedd y tri phrint ar ddeg olaf. Dyfalwn ei fod wedi cadw ei nodiadau yn y ffurf yma am fod hynny'n haws ac yn saffach iddo na gadael y fath ddeunydd niweidiol ar chwâl hyd y lle yn ddarllenadwy ar bapur.

Fel cefndir i'r lluniau a'r llythyrau roedd y nodiadau hyn yn ddiddorol tu hwnt, ond ni ddywedid yn unman beth oedd y 'trefniannau eraill'. Doedd yna ddim cofnod o'r arian a dderbyniwyd gan George, dim banc, na man cadw, na man cuddio lle gallasai fod wedi gwiwera ei enillion. Hyd yn oed rhyngddo ef ac ef ei hun roedd George wedi bod yn dawedog iawn ynglŷn â'r testun hwn.

Es i'r gwely yn hwyr iawn, a methu â chysgu. Yn y bore gwnes rai galwadau ffôn.

I olygydd yr *Horse and Hound* yr oedd un ohonyn nhw; roeddwn yn manteisio ar ein cyfeillgarwch ac yn ymbil arno i gynnwys llun Amanda yn rhifyn yr wythnos honno, gan bwysleisio nad oedd llawer o amser i'w golli. Cytunodd y byddai'n ei argraffu pe bai'r llun yn cyrraedd ei ddesg y bore hwnnw; wedi hynny byddai'n rhy hwyr.

'Mi fydda i yna,' meddwn. 'Dwy golofn o led, y llun yn saith centimetr o ddyfnder, ychydig o eiriau ar y top a'r gwaelod. Ar gornel tudalen llaw dde, fel na all neb beidio â'i weld.'

'Philip!' protestiodd, ond yna ochneidiodd yn hyglyw, a gwyddwn y byddai'n gwneud ei orau. 'Y camera 'na sydd gen ti . . . os oes gen ti unrhyw luniau y gallwn i eu defnyddio, ty'd â nhw efo chdi. Mi leciwn i gael golwg arnyn nhw. Dim addewidion, cofia; ond mi gymra i olwg. Pobol dwi ishio, nid ceffylau. 'Sgen ti rai?'

'Wel . . . oes.'

'Gwych. Cyn gynted ag y bo modd. Wela i di.'

Ffoniais Marie Millace i gael rhif ffôn cartref Lord White, ac yna ffoniais yr hen Eira Gwyn yn Salmon ei hun yn ei gartref yn y Cotswolds.

'Rydach chi ishio 'ngweld i,' gofynnodd. 'Ynghylch beth?'

'George Millace, syr.'

'Y ffotograffydd? Mi fuo farw'n ddiweddar?'

'Ia, syr. Mae ei weddw yn ffrind i Lady White.'

'Ydy, ydy,' meddai'n ddiamynedd. 'Mi allwn i eich gweld chi yn Kempton, os hoffech chi.'

Gofynnais a oedd modd imi ei weld gartref yn lle hynny, ac er nad oedd yn ofnadwy o awyddus, cytunodd i aberthu hanner awr o'i amser am bump o'r gloch drannoeth. 'Ffiw!' meddwn wrth adael i'r ffôn lithro o 'nwylo chwyslyd yn ôl i'w grud. Meddyliais mai'r unig beth y byddai'n rhaid i mi ei wneud i ddod allan o hyn fyddai ei ffonio ef eto a dadwneud y trefniant.

Wedi hynny, ffoniais Samantha, gorchwyl llawer haws, a gofyn a gawn i fynd â hi a Clare allan i ginio. Swniai ei llais cynnes yn fodlon iawn ar y gwahoddiad.

'Heno?' gofynnodd.

198

'Ia.'

'Fedra i ddim dod, ond dwi'n siŵr bod Clare yn rhydd. Mi fyddai hi wrth ei bodd.'

'Fyddai hi?'

'Byddai, y dyn gwirion. Faint o'r gloch?'

Awgrymais y byddwn yn ei chyfarfod tua'r wyth 'ma, ac fe ddywedodd Samantha 'O'r gorau!' a holi sut oedd yr ymchwil am Amanda yn dod ymlaen. Cefais fy hun yn sgwrsio efo hi fel pe baen ni'n hen ffrindiau, a dyna, mewn ffordd o siarad, oedden ni.

Gyrrais i swyddfa'r *Horse and Hound* a threfnu efo'r golygydd y dylid gosod y capsiwn: 'Ym mhle mae'r stabl hon? Decpunt o wobr i'r person cyntaf — ac yn enwedig i'r plentyn cyntaf — a all ffonio Philip Nore a dweud wrtho'.

'Plentyn?' meddai'r golygydd gan godi ei aeliau ac ychwanegu fy rhif ffôn. 'Ydyn nhw'n darllen y papur 'ma?'

'Mae eu mamau nhw'n gwneud.'

'Cachu iâr.'

Wrth iddo edrych drwy'r ffeil o wynebau byd rasio yr o'n i wedi dod â hi iddo, dywedodd eu bod nhw'n dechrau cyfres ar bersonoliaethau byd rasio, a'i fod o eisiau lluniau newydd nad oedd wedi ymddangos hyd y lle yn barod, a'i fod yn awyddus i ddefnyddio fy rhai i, os oeddwn i'n fodlon.

'Y . . . ydw.'

'Y telerau arferol?' meddai'n ddifeddwl. 'Iawn,' atebais innau, a dim ond wedi ysbaid o dawelwch y gofynnais iddo beth oedd y telerau arferol. Roedd hyd yn oed gofyn yn dod gam yn nes at boeni am yr incwm yn hytrach nag am y lluniau eu hunain. Roedd telerau arferol yn ymgymeriad. Golygai telerau arferol fod rhaid ymuno â'r clwb. Roedd hyn yn fy anesmwytho. Er hynny, fe'u derbyniais.

Roedd Samantha allan pan es i i nôl Clare.

'Ty'd i mewn am ddiod,' meddai, gan agor y drws led y pen. 'Mae hi'n noson mor ddiflas.'

Camais i mewn o wynt a glaw oer diwedd Tachwedd, ac i mewn â ni, nid i'r gegin lawr grisiau ond i mewn i'r lolfa hir gyfforddus a ymestynnai ar hyd y tŷ. Edrychais o gwmpas gan weld ei chyfforddusrwydd, ond heb deimlo unrhyw agosatrwydd.

'Wyt ti'n cofio'r stafell 'ma?' gofynnodd Clare.

Siglais fy mhen.

'Ble mae'r stafell ymolchi?' gofynnodd yn sydyn.

Atebais ar unwaith, 'I fyny'r grisiau, troi i'r dde, drws cy . . . '

Chwarddodd. 'Yn syth o'r isymwybod.'

'Mae o'r peth rhyfeddaf.'

Roedd 'na set deledu yn y gornel a rhaglen o bennau'n siarad; cerddodd Clare at y set a'i diffodd.

'Paid, os wyt ti'n edrych,' meddwn.

'Darlith arall am beidio â chymryd cyffuriau. Yr arbenigwyr bondigrybwyll 'ma. Beth am ddiod? Beth hoffet ti? Mae 'na win . . . ' Gafaelodd mewn potel o Burgundy gwyn oedd wedi ei hagor, a dyna gawson ni.

'Roedd rhyw gyflwynwr smỳg yn dweud,' meddai, gan arllwys y gwin i'r gwydrau, 'bod un o bob pump o ferched yn cymryd tawelyddion ond dim ond un o bob deg o ddynion. Gan awgrymu bod merched druain yn ei chael hi'n anos dod i ben â bywyd — y pethau bach.' Rhoddodd y gwydr i mi. 'Mae'n gwneud i chi chwerthin.'

'Felly?'

Gwenodd. 'Mae'n debyg nad ydy'r doctoriaid, sy'n sgwennu'r holl bresgripsiwns 'ma, erioed wedi meddwl mai'u rhoi nhw ym mwyd eu gwŷr y mae'r pethau bach eiddil.'

Chwarddais.

'Mae'n wir,' meddai. 'Dyna mae'r rhai efo basdads mawr dwl sy'n eu curo nhw yn ei wneud, a'r rheiny sydd ddim ishio llawer o ryw . . . maen nhw'n cymysgu'r powdwr — sy'n ddi-flas — efo bwyd y diawl, ac yn byw bywyd tawel, braf.'

'Mae'n ddamcaniaeth ardderchog.'

'Ffaith i ti,' meddai.

Fe eisteddon ni mewn cadeiriau felfed yn sipian y gwin oer; gwisgai hi grys sidan coch a throwsus du, cyfuniad llachar yn erbyn lliwiau tawel y stafell. Merch nad oedd ofn arni ddangos ei hochr. Merch o benderfyniad ac o ynni meddyliol. Nid fel y merched tawel, bodlon y byddwn i, o bryd i'w gilydd, yn mynd â nhw adref.

'Mi welais i ti'n rasio ddydd Sadwrn,' meddai. 'Ar y teledu.'

'Do'n i ddim yn meddwl bod diddordeb gen ti.'

'Wrth gwrs bod gen i ddiddordeb, wedi i mi weld dy luniau di.' Yfodd ychydig. 'Rwyt ti'n mentro'n ofnadwy.'

'Roedd dydd Sadwrn yn eithriadol.' Gofynnodd pam, ac er fy syndod, mi ddywedais wrthi.

'Bobol bach,' meddai'n ddig, 'mae hyn'na'n annheg.'

'Dydy bywyd ddim yn deg. Felly mae hi.'

'Athroniaeth dywyll iawn.'

'Nage, mewn gwirionedd. Cymryd beth ddaw, ond gobeithio'r gorau.' Ysgydwodd ei phen. 'Dos allan i chwilio am y gorau.' Yfodd a dweud, 'Beth sy'n digwydd os cei di dy frifo'n ofnadwy yn un o'r codymau 'na?'

'Ti'n diawlio.'

'Na, y lembo. I dy fywyd di, ro'n i'n ei feddwl.'

'Mendio cyn gynted ag y medri di ac yna yn ôl â chdi i'r cyfrwy. Pan wyt ti allan ohoni, mae 'na joci arall yn bachu dy reids di.'

'Hyfryd,' meddai. 'Ac os wyt ti'n rhy ddrwg i fendio?'

'Mae gen ti broblem. Dim reids, dim incwm. Ti'n dechrau edrych ar hysbysebion "swyddi".'

'A beth sy'n digwydd os wyt ti'n cael dy ladd?'

'Fawr o ddim.'

'Dwyt ti ddim yn cymryd y peth o ddifrif,' cwynodd.

'Nac ydw, wrth gwrs.'

Astudiodd fy wyneb. 'Dydw i ddim wedi arfer â phobol sy'n mentro'u bywydau yn ddi-hid bob diwrnod o'r wythnos.'

Gwenais arni. 'Mae'n llai pergylus nag wyt ti'n ei feddwl. Ond os wyt ti'n anffodus iawn, mae'r Injured Jockey's Fund ar gael.'

'Be 'dy hwnnw?'

'Elusen breifat y diwydiant. Mae'n gofalu am weddwon a phlant amddifad jocis marw ac yn rhoi cynhaliaeth i rai byw sydd wedi eu brifo'n ddrwg ac yn gwneud yn siŵr nad oes neb yn marw am nad oes ganddo fo glap o lo.'

'Swnio'n dda.'

Fe aethon ni allan ychydig wedi hynny a bwyta mewn tŷ bwyta a oedd yn benderfynol o edrych fel cegin gefn-gwlad yn Ffrainc; byrddau wedi eu sgrwbio'n wyn, brwyn ar y llawr a chanhwyllau yn diferu o gŵyr mewn hen boteli gwin. Roedd y bwyd yr un mor ffug â'r amgylchedd; welodd hwnnw erioed *pot au feu* rhwng rhewgell a meicrodon. Cymerai Clare arni beidio â phoeni ei bod yn bwyta cig llo mewn môr o saws gwyn, a pheidio â meddwl am y *blanquettes* yn Ffrainc, lle y bu hithau'n aml, ond ar wyliau, nid i rasio.

'Fyddi di'n rasio yn Ffrainc?'

'Ar ôl y 'Dolig, os ydy hi'n rhewllyd dan garn yma, mae 'na obaith am reid yn Cagnes sur Mer . . . i lawr ar arfordir y de.'

'Swnio'n wych.'

'Mae hi'n aeaf o hyd. A gwaith ydy o. Ond dydy o ddim yn ddrwg i gyd.'

Dychwelodd at y ffotograffau, a dweud yr hoffai ddod yn ôl i Lambourn i edrych drwy'r ffeil Bywyd Joci.

'Paid â bod ofn newid dy feddwl,' meddwn.

'Wrth gwrs nad ydw i ishio newid fy meddwl.' Edrychodd arna i fel pe bai wedi dychryn. 'Dwyt ti ddim wedi'i gwerthu i neb arall, 'nagwyt ti? Mi ddeudist ti na fyddet ti'n gwneud hynny.'

'Ddim y lluniau hynny.'

'Beth, 'ta?'

Dywedais wrthi am *Horse and Hound*, ac am Lance Kinship, ac mor od oedd hi fod amryw, yn sydyn reit, eisiau prynu fy ngwaith i.

'Mi fyddwn i'n meddwl,' meddai'n ddoeth, 'fod pobol yn dod i wybod amdanat ti.' Gorffennodd ei chig llo ac eistedd yn ôl, a'i gwedd yn ddifrifol. 'Beth sydd ei angen arnat ti ydy asiant.'

Eglurais fy mod yn gorfod dod o hyd i un i Marie Millace, beth bynnag, ond thalodd hi ddim sylw i hynny.

'Dydw i ddim yn sôn am *unrhyw* hen asiant,' meddai. 'Rydw i'n sôn amdana i.'

Edrychodd ar fy wyneb hurt a gwenu. 'Wel?' gofynnodd. 'Beth mae unrhyw asiant yn ei wneud? Mae'n nabod y farchnad ac yn gwerthu'r cynnyrch. Mi werthith dy gynnyrch di . . . mae hynny'n amlwg. Felly, mi ddysga i'n sydyn iawn ble mae'r marchnadoedd eraill na wn i amdanyn nhw'n barod. Ochr y chwaraeon, hynny ydy. A phe bawn i'n cael comisiynau i ti ar gyfer lluniau i lyfrau eraill . . . ar unrhyw destun . . . fyddet ti'n eu gwneud nhw?'

'Byddwn, ond . . . '

'Does dim "ond" i fod. Be 'dy gwerth tynnu lluniau gwych os nad oes neb yn eu gweld nhw?'

'Ond mae 'na filoedd o ffotograffwyr.'

'Pam wyt ti'n edrych ar yr ochr dywyll?' gofynnodd. 'Mae 'na le i un arall, bob amser.'

Tywynnai golau'r gannwyll ar ei hwyneb dwys a gorwedd yn gysgodion melyngoch dan foch a gên. Edrychai ei llygaid llwyd yn gadarn tua'r dyfodol yr oeddwn i mor amharod i'w wynebu. Meddyliais beth fyddai ei hymateb petawn i'n dweud fy mod i eisiau ei chusanu, er bod ei meddyliau hi ar bethau llawer mwy ymarferol.

'Mi allwn i drio,' meddai'n llawn perswâd. 'Mi fyddwn i

wrth fy modd yn rhoi cynnig arni. Adewi di i mi? Os nad ydw i o unrhyw werth, mi fydda i'n cyfaddef hynny.'

Mi wneith hi dy orfodi di i wneud pethau, oedd geiriau Samantha.

Cymryd beth ddaw a gobeithio'r gorau.

Glynais wrth fy hen athroniaeth a dweud, 'Iawn,' ac fe ddywedodd 'Grêt' fel pe bai hi'n ei olygu. Yn ddiweddarach, pan ddanfonais hi at drothwy ei drws a'i chusanu, wrthwynebodd hi mo hynny, ychwaith.

XIV

Bedair gwaith y bore dydd Mawrth hwnnw fe godais y ffôn i ddadwneud fy nhrefniant â Lord White. Un tro clywais y ffôn yn canu yn y pen arall.

Bedair gwaith fe rois y ffôn yn ei ôl a phenderfynu y byddai'n rhaid i mi fynd. Byddwn wedi hoffi mynd efo mwy o sicrwydd fy mod yn gwneud y peth iawn; ond i ffwrdd â fi, beth bynnag.

Tŷ cerrig yn Gloucestershire â mwy o grandrwyddd nag o arddwyr oedd cartref Lord White. Codai ffenestri nobl eu haeliau uwchben lluwch o ddail heb eu hel. Sofl brownwyrdd a ddangosai lle dylai'r lawnt fod. Cenais y gloch a meddwl am economeg barwniaeth.

Croesawodd y trydydd Baron White fi i mewn i lolfa fechan y gwelid ohoni goed rhosod yn tyfu'n ddi-lun a llwyn heb ei ddocio. Y tu mewn roedd popeth yn hen eithriadol, yn raenus ac yn lân. Gwnïwyd y tyllau yng ngorchudd y cadeiriau yn gelfydd iawn. Llai o arian nag oedd ei angen, penderfynais, ond digon o hyd i gadw'r semi tair llofft yn ddigon pell draw.

Ysgydwodd Lord White fy llaw a chynnig cadair i mi mewn cymysgedd o chwilfrydedd a moesgarwch gan aros i mi ddweud pam ro'n i wedi dod, ac er fy mod i wedi treulio'r holl siwrnai yn dyfeisio agoriadau posibl, cefais fod dechrau yn arteithiol.

'Syr . . . ' meddwn. 'Mae'n ddrwg gen i . . . yn ddrwg iawn . . . ond mae'n bosib y bydd yr hyn sydd gen i i'w ddweud yn eich dychryn.'

Gwgodd ryw ychydig. 'Am George Millace?' gofynnodd. 'Mi ddeudsoch rywbeth am George Millace ar y ffôn.'

'Do . . . ac am rai lluniau a dynnodd.'

Stopiais. Rhy hwyr; ro'n i'n difaru 'nghalon 'mod i wedi dod. Mi ddylwn, wedi'r cwbl, fod wedi glynu wrth athroniaeth oes o gadw draw oddi wrth bethau, o aros a gweld. Ddylwn i ddim bod wedi defnyddio arfogaeth anfad George, ond dyna wnes i. Ac yno ro'n i. Roeddwn wedi penderfynu . . . ac yn gweithredu ar y penderfyniad hwnnw.

Rhoi poen oedd fy neges. Brifo yn bwrpasol. Mynd yn erbyn pob greddf o dosturi a ddysgais gan Samantha a Charlie a Margaret a Bill. I weithredu fel dinistriwr â bwyell seliwloid greulon.

'Ymlaen â chi, Nore,' meddai'r Lord yn gyfforddus a heb unrhyw ddrwgdybiaeth.

Gan ofni'r canlyniadau, agorias yr amlen fawr oedd yn fy llaw. Tynnais allan y llun cyntaf o'r cariadon a'i osod yn ei law barod, ac er fy mod yn teimlo ei fod yn ymddwyn yn ffôl ynglŷn â Dana den Relgan, yr oedd yn wirioneddol arw gen i drosto.

Ei ymateb cyntaf oedd gwylltio'n gaclwm. Sut y meiddiwn i, meddai, gan sefyll a chrynu, sut y meiddiwn i ddod â dim mor fudr a *ffiaidd* ato fo?

Gyda'r trafferth mwyaf, meddyliais, ond ni fyddai wedi gwerthfawrogi clywed hynny. Rhoddais yr ail a'r trydydd llun wyneb i lawr ar fraich y gadair.

'Fel y gwelwch chi,' meddwn, ac roedd crygni yn fy llais, 'mae'r lleill yn waeth, os rhywbeth.'

Ro'n i'n meddwl ei fod wedi bod yn ddewr iawn i godi'r lluniau eraill. Edrychodd arnyn nhw mewn distawrwydd argyfyngus gan suddo yn isel yn ei gadair.

Roedd ei ing yn amlwg ar ei wyneb. Ei anghrediniaeth. Ei fraw.

Y dyn yn caru efo Dana oedd Ivor den Relgan.

'Maen nhw'n dweud,' meddai Lord White, 'eu bod nhw'n gallu twyllo efo lluniau.' Roedd ei lais yn crynu. 'Mae camerâu yn gallu dweud celwydd.'

'Nid felly y tro hwn,' meddwn gyda gofid.

'All hyn ddim bod yn wir.'

Tynnais o'r amlen brint o'r llythyr a sgrifennodd George Millace, a'i r   roi iddo. Cafodd Lord White gryn drafferth i'w ddarllen, gan fod ei ofid yn peri cryndod corfforol.

Roedd y llythyr, a oedd ar fy nghof, yn darllen fel hyn:

Annwyl Ivor den Relgan,

Rwyf yn sicr y bydd gennych ddiddordeb yn y lluniau amgaeedig y bûm mor ffodus â'u tynnu ychydig ddyddiau'n ôl yn St Tropez.

Fel y gwelwch chi, mae'r lluniau yn eich dangos chi mewn ystum anffodus iawn gyda hogan ifanc a adwaenir fel eich merch. (Rhaid mai peth ffôl yw gwneud y pethau hyn ar falconi gwesty heb sicrhau na all neb eich gweld drwy lens delephoto?)

Ymddengys fod dau bosibilrwydd yn y fan hon.

Un. Eich merch *yw* Dana den Relgan; os felly rydych yn euog o losgach.

Dau. *Nid* eich merch yw Dana den Relgan, ac os felly pam yr ydych yn cymryd arnoch ei bod? A all fod a wnelo hyn â hudo aelod arbennig o'r Jockey Club? A ydych yn gobeithio am fynediad i'r Clwb hwnnw, ac am ffafrau eraill?

Fe allwn, wrth gwrs, anfon y lluniau hyn i'r Lord o dan sylw. Byddaf yn cysylltu â chi cyn bo hir gyda threfniant arall.

Yr eiddoch yn gywir,

George Millace

Heneiddiodd Lord White o flaen fy llygaid, a throdd gwrid serch yn welwder rhychog unwaith yn rhagor. Edrychais draw oddi wrtho. Edrych ar fy nwylo, fy nhraed, y coed rhosod. Unrhyw le ond ar y dyn truenus.

Ymhen hir a hwyr gofynnodd, 'Ble cawsoch chi'r rhain?'

'Mi roddodd mab George Millace focs a rhai o bethau ei

dad ynddo fo i mi, wedi marw ei dad. Roedd y lluniau yn y bocs.'

Dioddefodd dawelwch arall, a dweud, 'Pam daethoch chi â nhw i mi? Er mwyn achosi'r fath . . . warth?'

Llyncais fy mhoer a dweud mor fflat ag yr oedd modd, 'Mae'n debyg na fyddech wedi sylwi, syr, ond mae pobol yn poeni'n arw am y grym sydd wedi ei roi yn ddiweddar yn nwylo Ivor den Relgan.'

Aeth cryndod drwyddo wrth glywed yr enw, ond cododd ei lygaid glas i'm harchwilio'n elyniaethus.

'Ac mi rydych chi wedi ymgymryd â rhwystro'r peth?'

'Do . . . syr.'

Edrychai'n llym, ac fel petai'n ceisio lloches mewn dig, dywedodd yn awdurdodol, 'Dydy hyn yn ddim o'ch busnes chi, Nore.'

Atebais i mohono ar fy union. Ro'n i wedi cael digon o drafferth am oes i 'mherswadio fy hun ei *fod* yn fusnes i mi. Ond yn y diwedd dywedais, yn betrus, 'Os ydych chi'n dawel eich meddwl nad oes a wnelo dyrchafiad Ivor den Relgan i safle o rym na welwyd erioed ei debyg o'r blaen yn y Clwb, ddim oll â'ch teimladau chi tuag at Dana den Relgan, yna mae'n rhaid i mi erfyn am eich maddeuant.'

Rhythodd.

Rhoddais gynnig arall arni. 'Os ydych chi'n teimlo yng ngwaelod eich calon y byddai rasio yn elwa wrth i Ivor den Relgan apwyntio Stiwardiaid cyflogedig, yna rwy'n ymddiheuro.'

'A wnewch chi fynd, os gwelwch yn dda?' meddai'n stiff.

'Gwnaf, syr.'

Codais a cherdded tua'r drws, ond wrth i mi ei gyrraedd clywais ei lais y tu cefn i mi.

'Nore, arhoswch . . . rhaid i mi feddwl.'

Trois, ac oedi. 'Syr,' meddwn, 'mae 'na gymaint o barch tuag atoch chi . . . ac mae pawb . . . yn eich hoffi. Mae hi wedi bod yn galed ar bawb wrth weld beth sy'n digwydd.'

'Os gwelwch yn dda, a ddowch chi yn ôl ac eistedd i lawr?' Roedd ei lais yn llym o hyd, yn dal yn llawn cyhuddiad a barn. Yn ceisio ei amddiffyn ei hun.

Aileisteddais yn y gadair freichiau, ac aeth yntau i sefyll wrth y ffenestr ac edrych ar y rhosod marw, a'i gefn tuag ataf.

Bu'n meddwl am oesoedd. Pwy feiddiai feddwl yn gyflym yn y fath sefyllfa? Canlyniad y meddwl oedd newid mawr yn ei lais o ran cywair a chynnwys, oherwydd pan siaradodd eto ni swniai yn wyllt na fel un wedi ei lorio, ond yn normal. Siaradai, fodd bynnag, heb edrych arnaf.

'Faint o bobol ŵyr am y lluniau?'

'Wn i ddim i faint y dangosodd George nhw,' meddwn. 'Ond o'm rhan i gallaf ddweud mai dim ond un ffrind sydd wedi eu gweld nhw. Roedd o'n digwydd bod efo fi pan ddois i o hyd iddyn nhw. Dydy o ddim yn nabod den Relgan. Anamal iawn y bydd o'n mynd i rasio.'

'Felly, wnaethoch chi ddim ymgynghori â neb cyn dod yma?'

'Naddo, syr.'

Tawelwch hir arall. Un da o'n i am aros. Roedd y tŷ o'n cwmpas yn dawel iawn — yn dal ei wynt, meddyliais yn ffansïol, fel yr o'n i, mewn ffordd, yn dal fy ngwynt.

'Ydych chi'n bwriadu,' gofynnodd yn dawel, 'gwneud jôcs am hyn hyd y cwrs rasio?'

'Na.' Cefais fy nychryn. 'Nac ydw, wir.'

'Ac a fyddech chi . . . ' oedodd, ond ymlaen ag ef, 'yn disgwyl unrhyw wobr ar ffurf gwasanaeth . . . neu arian . . . am gadw'n dawel fel hyn?'

Sefais fel pe bai wedi fy nharo yn llythrennol, ac nid wedi ergydio ychydig eiriau chwe cham i ffwrdd a'i gefn tuag ataf.

'Na fyddwn, wir,' meddwn. 'Nid George Millace ydw i. Rydw i'n meddwl . . . y dylwn i fynd rŵan.' Ac mi es i, allan o'r stafell, allan o'r tŷ, allan o chwyn ei diriogaeth, wedi fy ngyrru gan loes fawr i'm balchder.

Ddigwyddodd 'na fawr ddim ddydd Mercher; llai, a dweud y gwir, nag yr o'n i'n ei ddisgwyl, oherwydd fe ddywedwyd wrthyf na fyddai Coral Key yn rhedeg yn Kempton wedi'r cwbl.

'Blydi anifail wedi ei daflu i'r llawr yn ei focs yn ystod y nos,' meddai Harold. 'Mi ddeffrais a'i glywed o'n clecian. Duw a ŵyr am faint y buo fo ar lawr. Wedi ymlâdd. Fydd Victor ddim yn falch o gwbwl.'

Gan fy mod i wedi colli ffi y reidio, doedd fawr o werth mentro punt neu ddwy ar y cwrs, felly mi arhosais i gartref i wneud y printiau eraill i Lance Kinship.

Ddydd Iau, wrth i mi gychwyn tua Kempton am yr unig reid oedd gen i yno, ro'n i'n meddwl ei bod hi'n fain iawn am enillion yr wythnos honno, ond cyn gynted ag y camais drwy'r giât cefais fy machu gan ŵr bach ffyrnig a ddywedodd bod ei fòs yn chwilio amdana i, ac y cawn i reidio petawn i ddim yn tindroi.

Symudais yn gyflym a chael y reids jyst cyn i'r hyfforddwr eu rhoi nhw i rywun arall.

'Annifyr iawn,' meddai yn fyr ei anadl, er mai sefyll yn llonydd gan aros amdana i y buo fo, yn ôl y sôn. ''N joci i ddoe yn deud ei fod o'n iawn ar ôl codwm gafodd o. Ond y bore 'ma, dyma fo'n ffonio i ddweud bod y ffliw arno fo.'

'Wel . . . y . . . ' meddwn, gan geisio peidio â chwerthin. 'Mae'n debyg nad oes ganddo fo ddim help am hynny.'

'Difeddwl ar y naw.'

Roeddwn yn falch o weld bod ysgyfaint y ceffylau yn well na rhai eu hyfforddwr. Mi ges i un yn ôl yn drydydd allan o chwech, a syrthio efo'r llall, ddwy ffens o'r diwedd. Dipyn o godwm ond dim byd wedi torri yn yr un ohonon ni'n dau.

Doedd y trydydd ceffyl, yr un yr o'n i i fod i'w reidio, fawr gwell. Babi o geffyl trwsgl heb ei ddysgu'n iawn, ac ynddo lai o dân nag o ddawn. Es â fo rownd yn ofalus yn y nofis er mwyn ceisio dysgu ei waith iddo fo, ond diolch bach ges i gan yr hyfforddwr a gwynodd nad oeddwn wedi mynd yn ddigon cyflym i gadw'r ceffyl yn gynnes hyd yn oed.

'Roedd 'na chwech neu saith y tu ôl inni,' meddwn yn dyner.

'A chwech neu saith o dy flaen di.'

Nodiais. 'Mae angen amser arno fo.' Ac amynedd, ac wythnosau a misoedd o ymarfer neidio. Mae'n debyg na châi'r naill na'r llall, ac mae'n debyg na chawn innau ei farchogaeth byth eto. Am gyflymder, a dim arall, yr âi'r hyfforddwr, ac ar ffos agored, byddai'r ceffyl yn syrthio, ac fe fyddai hynny'n talu'n iawn i'r hyfforddwr. Druan o'r ceffyl.

Rhyddhad y prynhawn, o fy safbwynt i, oedd absenoldeb Lord White.

Syndod y prynhawn oedd presenoldeb Clare.

Roedd hi'n aros y tu allan i ddrws y stafell bwyso wedi i mi newid yn ôl i 'nillad fy hun ac yn ei throi am adref.

'Helô,' meddai.

'Clare!'

'Meddwl y byddwn i'n cael golwg ar rasio go-iawn,' meddai. Gwenodd. 'Ydy heddiw yn ddydd nodweddiadol?'

Edrychais ar yr awyr lwyd, wyntog, ar dorf denau dydd Iau, a meddwl am fy nhair ras ddi-ddigwyddiad.

'Yn eithaf nodweddiadol,' meddwn. 'Sut ddoist ti yma?'

'Ar drên y rasys. Addysgol tu hwnt. Ac mi rydw i wedi bod yn cerdded rownd yn rhyfeddu at bopeth. Wyddwn i ddim fod pobl yn *bwyta* slywennod.'

Chwarddais. 'Wel, dydy pawb ddim. Y . . . beth hoffet ti? Diod? Paned o de? Trip i Lambourn?'

Meddyliodd am y peth. 'Lambourn,' meddai. 'Mi fedra i ddal trên yn ôl adref o fan'no, 'medraf?'

Gyrrais hi i Berkshire gydag ymdeimlad anarferol o

foddhad. Teimlai'n iawn ei bod hi'n eistedd yno yn y car. Yn naturiol. Efallai am mai hi oedd merch Samantha, meddyliais ar ôl rhesymu.

Roedd y tŷ yn dywyll ac oer, ond fe gynhesodd yn ddigon cyflym. Es rownd y lle gan roi'r goleuadau a'r tanau a'r tegell ymlaen. Fe ganodd y ffôn. Fe'i hatebais yn y gegin. Bu bron i 'nghlyw gael ei andwyo gan lais treiddgar yn sgrechian, 'Fi 'dy'r cynta?'

'W!' ebychais, gan ddal y derbynnydd rai modfeddi oddi wrth fy nghlust. 'Y cyntaf i beth?'

'Y cyntaf!' mynnodd llais ifanc. Plentyn. Merch. 'Rydw i wedi bod yn eich galw bob pum munud am *oriau*. Felly, ai fi ydy'r cyntaf? Deudwch mai fi ydy'r cyntaf.'

Gwawriodd y peth arnaf. 'Ie,' meddwn. 'Ti ydy'r cyntaf un. Wyt ti wedi bod yn darllen *Horse and Hound?* Dydy o ddim yn cael ei gyhoeddi tan fory . . . '

'Mae'n cyrraedd siop Anti ar ddydd Iau.' Swniai fel pe byddai pawb call yn gwybod hynny. 'Rydw i'n ei godi i Mam ar fy ffordd adref o'r ysgol. Ac mi welodd hi'r llun a deud wrtha i am eich ffonio chi. Felly, a ga i'r ddecpunt. Plîs?'

'Os wyt ti'n gwybod ble mae'r stabal, cei, wrth gwrs.'

'Mae Mam yn gwybod. Mi ddeudith hi wrthach chi. Well i chi siarad efo hi rŵan; wnewch chi ddim anghofio, na wnewch?'

'Na wnaf,' meddwn.

Ychydig o siffrwd yn y cefndir, clic neu ddau ac yna llais, llais dymunol a llai cyffrous o lawer.

'Ai chi ydy'r Philip Nore sy'n reidio yn rasys y National Hunt?'

'Ia, fi ydy hwnnw.'

Yr oedd hyn'na bach, yn ôl pob tebyg, yn ddigon o gymeradwyaeth i mi, oherwydd aeth yn ei blaen i ddweud heb betruster, 'Rydw i'n gwybod ble mae'r stabal, ond mae arna i ofn y cewch chi'ch siomi; dydy hi ddim yn cael ei defnyddio ar gyfer ceffylau erbyn hyn. Mae Jane, fy merch, yn ofni'n fawr na wnewch chi ddim anfon y decpunt iddi wedi i chi gael gwybod hynny, ond dwi'n siŵr y gwnewch chi.'

'Gwnaf, wrth gwrs,' cytunais, gan wenu. 'Ond ble mae'r lle 'ma?'

'Ddim yn bell o'r fan hon, a dweud y gwir. Horley yn Surrey. Ger maes awyr Gatwick. Mae'r stabal ryw hanner milltir o'r tŷ 'ma. Maen nhw'n galw'r lle yn Zephyr Farm Stables o hyd, ond mae'r ysgol farchogaeth wedi ei chau ers blynyddoedd.'

Ochneidiais. 'Pwy oedd yn cadw'r lle?'

'Dim syniad,' meddai. 'Maen nhw'n siŵr o fod wedi ei werthu. Beth bynnag, erbyn hyn mae o wedi ei droi yn lle i bobol fyw ynddo fo. Ydach chi ishio'r cyfeiriad llawn?'

'Os gwelwch yn dda,' meddwn, 'a'ch cyfeiriad chi hefyd.'

Nodais y ddau wrth iddi hi eu dweud. Yna gofynnais, 'Dydach chi ddim yn digwydd gwybod enwau'r bobol sy'n byw yno rŵan, ydach chi?'

'Hy!' meddai'n ddilornus. 'Maen nhw'n bla gwirioneddol. Ewch chi ddim yn bell efo nhw, beth bynnag ydach chi ei ishio. Mae'r lle wedi ei wneud yn gaer i gadw rhieni dicllon draw.'

'I . . . beth?' gofynnais, heb ddal yr hyn a ddywedai.

'Rhieni yn ceisio perswadio'u plant i ddod adref. Un o'r pethau comiwn, 'ma. Crefydd yn golchi pob synnwyr allan o ben rhywun. Maen nhw'n galw eu hunain yn Colleagues of Supreme Grace. Rwtsh. Nonsens niweidiol.'

Teimlais fy anadl yn prinhau.

'Mi anfona i'r pres i Jane,' meddwn. 'A diolch yn fawr iawn.'

'Beth sy'n bod?' gofynnodd Clare, wrth i mi roi'r derbynnydd yn ôl yn ei grud.

'Yr awgrym cyntaf sut i gael hyd i Amanda.'

213

Eglurais wrthi am yr hysbyseb yn *Horse and Hound* ac am gyn-ddeiliaid Pine Woods Lodge.

Ysgydwodd Clare ei phen. 'Os ydy'r bobol Supreme Grace 'ma'n gwybod ble mae Amanda, chei di ddim gwybod ganddyn nhw. Rhaid dy fod ti wedi clywed amdanyn nhw? Neu ryw bethau tebyg? Maen nhw'n dyner ac yn wên-deg ar yr wyneb ond o dan yr wyneb maen nhw fel trapiau dal llygod mawr. Maen nhw'n denu pobol fy oed i tuag atyn nhw efo cyfeillgarwch a chaneuon tlws ac yn eu bachu nhw i Gredu. Ac unwaith y maen nhw i mewn, all y trueiniaid bach byth ddod allan. Maen nhw'n caru eu carchar. Does gan eu rhieni nhw ddim gobaith.'

'Rydw i wedi clywed am y pethau yma, ond ddalltais i erioed beth oedd y pwynt.'

'Arian,' meddai Clare yn sydyn. 'Allan â'r Colleagues annwyl yn gwisgo'u hwynebau santaidd a'u bocsys casglu, a rhofio'r pres i mewn.'

'I fyw arno fo?'

'Yn sicr, i fyw arno fo. Ac i ehangu'r achos; neu, mewn geiriau eraill, i bluo nyth ein harweinydd mawr.'

Gwnes baned ac fe eisteddon ni'n dau wrth y tân i'w hyfed.

Amanda mewn iard stabl yn Horley; Caroline ugain milltir i ffwrdd yn Pine Woods Lodge. Colleagues of Supreme Grace yn Pine Woods Lodge, Colleagues eto yn Horley. Cysylltiad rhy agos i fod yn gyd-ddigwyddiad. Hyd yn oed pe na bawn i byth yn darganfod yn union beth oeddynt, fe fu dilyniant rhesymegol o ddigwyddiadau.

'Digon o waith ei bod hi yno o hyd,' meddwn.

'Ond mi ei di i edrych?'

Nodiais fy mhen. 'Fory, dwi'n meddwl, ar ôl y rasio.'

Wedi inni orffen ein te, dywedodd Clare yr hoffai weld y ffeil Bywyd Joci unwaith eto, felly fe aethon ni i fyny'r grisiau, ac mi ddangosais i rai o'r lluniau yn fawr ar y wal i'w difyrru hi. Mân siarad, sôn am ei bywyd hi ac am fy mywyd innau ac am ddim yn arbennig; yna mynd i dafarn dda yn Ashbury am fwyd gyda'r nos.

'Diwrnod gwych,' meddai Clare gan wenu dros ei choffi. 'Lle mae'r trên?'

'Swindon. Mi a' i â chdi yno . . . neu mi gei di aros.'

Ystyriodd fi yn gall. 'Ydi hwn'na y math o wahoddiad yr ydw i'n amau ei fod o?'

'Synnwn i ddim.'

Edrychodd i lawr a thalu llawer iawn o sylw i'w llwy goffi. Edrychais ar y pen cam, tywyll, meddylgar a gwyddwn os oedd hi'n cymryd cymaint o amser i ateb, y byddai'n mynd.

'Mae 'na drên cyflym am hanner awr wedi deg,' meddwn. 'Fe allet ti ei ddal yn hawdd. Rhyw fymryn dros awr i Paddington.'

'Philip . . . '

'Mae'n iawn,' meddwn yn hawdd. 'Heb ofyn dydy rhywun yn cael dim byd.' Telais. 'Ty'd.'

Roedd hi'n ddistaw iawn yn ystod y daith chwe milltir i'r orsaf, a doedd hi ddim am rannu ei meddyliau. Nid nes yr o'n i wedi prynu tocyn iddi (yn erbyn ei phrotestiadau) ac yn aros efo hi ar y platfform y rhoddodd hi unrhyw awgrym o'r hyn a feddyliai, a hynny yn anuniongyrchol hyd yn oed wedyn.

'Mae 'na gyfarfod o'r Bwrdd yn y swyddfa fory,' meddai. 'Hwn fydd y cyntaf i mi. Mi wnaethon nhw fi yn Gyfarwyddwr fis yn ôl, yn yr un diwethaf.'

Fe wnaeth hynny argraff arna i, ac fe ddywedais hynny wrthi. Nid yn aml y byddai tai cyhoeddi yn rhoi merched dwy ar hugain ar eu Bwrdd. Roeddwn yn deall hefyd pam nad oedd hi am aros. Pam na fyddai hi byth eto yn aros, o bosibl. Cefais fy nychryn gan angerdd y gofid a deimlais, oherwydd nid ple am help oedd fy ngwahoddiad ond awgrym am funud o bleser. Peth bach ydoedd yn fy ngolwg i, nid ymgymeriad am oes. Roedd fy ymdeimlad o golled y tu hwnt i bob rheswm.

Cyrhaeddodd y trên, ac i mewn â hi gan oedi wrth y drws agored i gyfnewid cusanau. Cusanau sydyn, di-angerdd, dim datblygiad wedi'r gusan ar stepen y drws ddydd Llun.

Wela i ti'n fuan, meddai. Iawn, meddwn innau. Ynglŷn â'r cytundebau, meddai. Llawer i'w drafod.

'Ty'd draw ddydd Sul,' meddwn.

'Mi ro i wybod i ti.'

Symudodd y trên diamynedd yn ei flaen gan gyflymu'n sydyn, a gyrrais innau adref i dŷ gwag yn teimlo'n anarferol o unig.

Rasys Newbury, dydd Gwener, diwedd Tachwedd.

Roedd Lord White yno o dan y to gwydr mawr oedd y tu allan i'r stafelloedd pwyso, yn siarad yn ddifrifol â dau Stiward arall. Edrychai fel y gwnâi bob amser, gwallt llwydwyn wedi ei guddio gan mwyaf gan ei drilbi, côt frown dros siwt dywyll. Awyrgylch o synnwyr cyffredin cadarnhaol. Anodd meddwl amdano wedi gwirioni'n lân ar gariad. Amhosibl, pe na bai rhywun wedi ei weld â'i lygaid ei hun.

Fel arfer yn y sefyllfaoedd hyn, roedd rhaid i mi fynd heibio iddo i gyrraedd drws y stafell bwyso. Daliodd ati i sgwrsio'n ddwys â'r Stiwardiaid, a dim ond symudiad bychan o gornel ei lygad a fradychodd y ffaith ei fod wedi sylwi 'mod i yno.

Os nad oedd o am siarad â fi, popeth yn iawn. Llai o chwithdod i bawb.

Y tu mewn i'r stafell safai Harold ac un o'i gyfeillion, yn trafod lle da am deiars newydd, rhad. Heb oedi i gael ei wynt dywedodd wrtha i y byddai'n mynd â 'nghyfrwy pe bawn i'n newid ac yn pwyso'n sydyn, a phan es yn ôl ato, roedd yn dal i drafod *radials*. Diflannodd y cyfaill, cymerodd Harold y cyfrwy a'r pwysau a dweud yn ddireidus, 'Glywaist ti fod Ghengis Khan wedi cael mynd?'

Rhythais arno.

'Wyt ti'n siŵr?'

Ysgydwodd Harold ei ben yn frwd. 'Hen Lanky . . . ' cyfeiriodd at y cyfaill oedd yn diflannu, ' . . . ddywedodd wrtha i cyn i ti gyrraedd. Roedd o'n dweud eu bod nhw wedi cynnal cyfarfod brys, o fath, yn y Jockey Club yn Llundain y bore 'ma. Roedd o yno. Gofynnodd Lord White iddyn nhw ddileu cynlluniau ar gyfer pwyllgor oedd i gael ei gadeirio gan Ivor den Relgan, a chan mai syniad Eira Gwyn yn Salmon oedd y peth i gyd, fe gytunodd pob un.'

'Wel,' meddwn, 'mae o'n rhywbeth, beth bynnag.'

'Yn rhywbeth?' Llithrodd Harold i gyflwr o rwystredigaeth. 'Dyna'r cwbwl sydd gen ti i'w ddweud? Does dim byd mor dyngedfennol wedi digwydd er pan fu i'r Armada droi'n ôl.'

Cerddodd i ffwrdd gyda fy nghyfrwy, yn mwmial ac yn ysgwyd ei ben, gan fy ngadael i, petai ond yn gwybod, mewn cyflwr o ryddhad dirfawr. Beth bynnag arall oedd fy ymweliad i â Lord White wedi ei gyflawni, roeddwn wedi llwyddo yn fy mhrif fwriad. Roeddwn yn ddiolchgar nad yn gwbl ddibwrpas yr oeddwn wedi creu cymaint o boen i ddyn yr oeddwn mor hoff ohono.

Reidiais nofis dros y clwydi a dod i mewn yn ail, gan blesio'r perchennog yn neilltuol ond heb wneud fawr o argraff ar Harold. Yn nes ymlaen cefais waith argyhoeddi caseg mewn ras dros ddwy filltir o *'chase* y dylai hi orffen y trip. Ebychiad oedd sylw Harold yn wyneb fy llwyddiant, ac am ein bod hefyd wedi gorffen yn bedwerydd cymerais fod yr ebychiad yn arwydd o gymeradwyaeth. Ond allai neb byth fod yn sicr.

Wrth imi newid yn ôl i fy nillad fy hun, camodd swyddog i mewn i'r stafell fawr brysur a gweiddi ar hyd-ddi, 'Nore, maen nhw dy ishio di.'

Gorffennais wisgo a mynd i'r stafell bwyso, a chael mai'r person oedd eisiau fy ngweld oedd Lord White.

'Rydw i ishio gair efo chi,' meddai. 'Dewch yma, i stafell y Stiwardiaid. A chaewch y drws, wnewch chi?'

Dilynais ef i'r stafell yr eid iddi drwy'r stafell bwyso; defnyddid hon gan y Stiwardiaid i drafod problemau'r funud. Safai y tu ôl i un o'r cadeiriau o gwmpas y bwrdd mawr gan afael yn ei chefn, fel pe byddai'n darian iddo, yn atalfa, yn rhagfur caer.

'Rydw i'n difaru 'mod i wedi awgrymu yr hyn wnes i ddydd Mawrth,' meddai'n ffurfiol.

'Popeth yn iawn, syr.'

'Er fy mod i wedi fy nghynhyrfu, doedd gen i ddim hawl gwneud yr hyn wnes i.'

'Rydw i'n deall, syr.'

'Beth ydych chi'n ei ddeall?'

'Wel . . . os ydy rhywun yn eich brifo chi, mae'n naturiol i chi geisio cicio'n ôl.'

Cilwenodd, 'Barddonol iawn, os ca i ddeud.'

'Ai dyna'r cwbwl, syr?'

'Nage.' Oedodd, gan ystyried. 'Mae'n debyg eich bod wedi clywed bod y pwyllgor wedi ei ddileu.'

Nodiais.

'Rydw i ishio gofyn am ymddeoliad den Relgan o'r Jockey Club. I'r perwyl hwnnw mae arna i awydd dangos y lluniau hynny iddo fo; y mae o, wrth gwrs, wedi eu gweld eisoes. Ond cyn gwneud hynny, mae'n rhaid i mi ofyn am eich caniatâd chi; a dyna yr ydw i'n ei wneud rŵan.'

Am arf, meddyliais, ac meddwn, 'Does gen i ddim gwrthwynebiad, syr. Gwnewch chi beth fyd fynnoch â nhw.'

'Ai nhw ydy'r unig . . . gopïau?'

'Ia,' atebais, ac roedd hynny'n ddigon gwir. Ddywedais i ddim am y negyddion. Byddai wedi gofyn, mae'n siŵr, i mi eu dinistrio nhw, ac roedd fy ngreddf yn erbyn gwneud hynny.

Gollyngodd gefn y gadair, fel pe nad oedd ei hangen mwyach, a cherdded o gwmpas y stafell tua'r drws. Wrth ei agor, dangosai ei wyneb yr olwg honno oedd mor gyfarwydd yn y dyddiau cyn-Dana. Tybiais fod y driniaeth hegar wedi llwyddo ar ei chanfed.

'Fedra i ddim diolch i chi,' meddai'n gwrtais, 'ond rydw i yn ddyledus i chi.' Nodiodd yn gynnil arna i a gadael y stafell; y busnes wedi ei gyflawni, ymddiheuriad wedi ei gynnig, urddas heb ei golli. Cyn bo hir, meddyliais, byddai'n ei argyhoeddi ei hun na ddigwyddodd dim byd rhyngddo a Dana.

Fe'i dilynais yn araf a theimlo'n fodlon ar sawl cyfrif, ar sawl lefel, ond heb wybod a wyddai ef hynny. Nid yr anrhegion amlycaf oedd y rhai mwyaf gwerthfawr yng ngolwg rhywun bob tro.

Dysgais fwy gan Marie Millace.

Wedi dod i Newbury i weld ei mab Steve yn reidio yr oedd hi, gan fod pont ei ysgwydd wedi mendio'n iawn, er iddi gyffesu wrtha i tra oedd yn yfed paned o goffi bod edrych ar ei mab yn neidio'r ffensys yn boen arteithiol iddi.

'Mae gwraig pob joci yn dweud ei fod yn waeth pan mae'r meibion yn dechrau,' meddwn. 'Merched hefyd, o ran hynny.'

Wrth fwrdd bach yn un o'r tafarnau yr oedden ni, ac wedi ein hamgylchynu gan bobl mewn cotiau trwm a arogleuai o awyr laith ac a dueddai i stêmio yn y cynhesrwydd. Yn reddfol rhoddodd Marie y llanast o blatiau a chwpanau a phapurau brechdanau a adawyd gan y cwsmeriaid blaenorol ar y naill ochr, a throi ei choffi yn feddylgar.

'Rydych chi'n edrych yn well,' meddwn.

Cytunodd. 'Rydw i'n teimlo'n well.'

Roedd hi wedi cael trin ei gwallt ac wedi prynu mwy o ddillad newydd. Roedd hi'n dal yn llwyd, a'i llygaid yn ddolurus. Yn dal yn eiddil ac yn wan ac yn swnio'n grynedig ar adegau. Y dagrau o dan reolaeth ond heb fod ymhell. Pedair wythnos er pan fu farw George.

Sipiodd ei choffi a dweud, 'Mi ellwch chi anghofio'r hyn ddywedais i wrthoch chi'r wythnos diwethaf am Lord White a Dana den Relgan.'

'Alla i?'

Nodiodd ei phen. 'Mae Wendy yma. Mi gawson ni goffi yn gynharach. Mae hi'n llawer hapusach.'

'Sut hynny?'

'Oes gennoch chi ddiddordeb? Dydw i ddim yn eich diflasu chi?'

'Ddim o gwbwl,' sicrheais hi.

'Mi ddeudodd hi bod ei gŵr, rywbryd dydd Mawrth, wedi darganfod rhywbeth nad oedd yn ei hoffi am Dana den Relgan. Ŵyr hi ddim beth. Ddeudodd o ddim. Ond mi ddeudodd ei fod fel *zombie* drwy gyda'r nos, yn wyn ac yn rhythu heb gymryd sylw o ddim a ddywedai hi wrtho. Wyddai hi ddim beth ar wyneb y ddaear oedd yn bod ar y dyn, ac mi gododd o ychydig o ddychryn arni. Ddaeth o ddim i'r golwg o gwbwl ddydd Mercher, ond gyda'r nos mi ddywedodd wrthi bod ei gyfathrach â Dana drosodd, a'i fod o wedi bod yn ffŵl, ac a fyddai hi yn maddau iddo.'

Gwrandewais, gan ryfeddu bod merched yn gallu ailadrodd y math hwn o glecs, a diolch eu bod nhw'n gallu.

'Ac wedi hynny?' gofynnais.

''Ntydy dynion yn rhyfeddol?' meddai Marie Millace. 'Wedi hynny mi ddechreuodd ymddwyn fel pe na bai dim o gwbwl wedi digwydd. Mae Wendy'n dweud ei fod o'n disgwyl iddi hi fod fel yr oedd hi o'r blaen am ei fod o wedi cyffesu ac ymddiheuro, fel pe na bai o wedi cysgu efo'r hoeden o gwbwl.'

'Wneith hi?'

'O, mae'n debyg y gwneith hi. Mae Wendy'n dweud mai ei broblem o ydy'r un gyffredin ymysg dynion tua'r hanner cant: ishio profi iddyn nhw eu hunain eu bod nhw'n dal yn ifanc. Mae hi'n ei ddeall o, 'dach chi'n gweld.'

'Ac mi rydach chithau,' meddwn.

Gwenodd yn garedig. 'Bobol, ydw. Mae rhywun yn gweld y peth trwy'r amser.'

Wedi inni orffen y coffi mi rois iddi restr fer o asiantau y gallai hi roi cynnig arnyn nhw, ac addo unrhyw help y byddai hi'n ei ddymuno. Wedi hynny, dywedais 'mod i wedi dod ag anrheg iddi. Roeddwn i wedi bwriadu ei roi i Steve i'w roi iddi hi, ond gan ei bod hi ei hunan yno, waeth iddi hi ei gael o rŵan. Roedd o yn fy mag yn y stafell newid.

Estynnais iddi amlen gardbord ddeg wrth wyth, gyda'r gair 'Ffotograffau. Peidiwch â phlygu' wedi ei sgrifennu ar ei hymyl.

'Peidiwch â'i hagor nes y byddwch chi ar eich pen eich hun,' rhybuddiais.

'Ond mae'n *rhaid* i mi ei hagor rŵan,' meddai, gan wneud hynny yn y fan a'r lle.

Llun a dynnais o George oedd yn yr amlen. George yn gafael yn ei gamera, yn edrych tuag ata i, yn gwenu ei wên chwerw. George mewn lliw. George yn sefyll mewn dull cwbl nodweddiadol, un goes ymlaen a'i bwysau i gyd ar yr un arall, a'r pen yn ôl ac yn ystyried y byd fel jôc wael. George fel George.

Yn y fan a'r lle, yng ngŵydd pawb, taflodd Marie Millace ei breichiau amdanaf a 'ngwasgu'n dynn, dynn; teimlwn ei dagrau'n llifo i lawr fy ngwar.

XV

Gwir y gair, roedd Zephyr Farm Stables fel caer. Ffens gref saith troedfedd o'i chwmpas a giât a fyddai wedi cymryd ei lle yn iawn yn Alcatraz. Eisteddais yn ddiog gyferbyn â'r lle yn aros iddo agor.

Arhosais tra oedd yr oerfel yn treiddio drwy fy ánorac ac yn gwneud fy nwylo'n grepach. Aros tra âi ambell gerddwr heibio yn fân ac yn fuan ar y pafin wrth y ffens, heb edrych ddwywaith ar y giât. Aros ar y stryd hanner swbwrbaidd ar gyrion Horley, lle deuai golau'r stryd i ben a lle dechreuai'r tywyllwch.

Nid aeth neb i mewn nac allan drwy'r giât. Arhosodd yn gyndyn gaeedig, yn gyfrinachol ac yn anghyfeillgar. Wedi dwyawr ddi-fudd rhoddais y ffidil yn y to a mynd i chwilio am gysur mewn motel leol.

Ymateb chwerw gefais i f'ymholiadau. Bydden, meddai'r ferch wrth y ddesg, mi fydden nhw'n cael rhai rhieni yn aros yma a oedd yn gobeithio perswadio'u mab neu eu merch i adael Zephyr Farm Stables. Doedd hi ddim yn cofio bod neb wedi llwyddo am na adewid iddyn nhw weld eu plant ar eu pennau eu hunain, os o gwbl. Sgandal go-iawn, meddai'r ferch, a dydy'r gyfraith yn gallu gwneud dim ynghylch y peth. Pawb dros ddeunaw, welwch chi? Yn ddigon hen i wybod eu meddyliau eu hunain. Rwtsh.

'Dim ond ishio gwybod a ydy rhywun neilltuol yna, ydw i,' meddwn.

Ysgydwodd ei phen a dweud nad oedd gobaith gen i.

Treuliais weddill y noson yn mynd o'r naill dafarn a gwesty i'r llall yn holi'r bobl leol a wydden nhw rywbeth am y Colleagues. Roedd barn y mwyafrif yn cyd-fynd â barn y ferch yn y motel: chawn i weld neb na dim yr o'n i ei eisiau o Zephyr Farm Stables.

'Fyddan nhw'n dod allan o gwbwl?' gofynnais. 'I siopa, o bosibl?'

Yn ystod ymateb o wenu gwawdlyd dywedwyd wrthyf eu bod nhw'n dod allan yn wir, ond bob tro mewn grwpiau mawr, a hynny i hel pres.

'Gwerthu pethau maen nhw,' meddai un dyn. 'Pethau fel cerrig bach wedi eu polisho. Begian, mewn gwirionedd. Er mwyn yr achos, medden nhw. Er mwyn Duw. Lol i gyd. Deud wrthyn nhw am fynd i'r eglwys fydda i, a dydyn nhw ddim yn hoffi hynny, mi fedra i ddeud wrthach chi.'

'Maen nhw'n gaeth iawn hefyd,' meddai'r ferch y tu ôl i'r bar. 'Dim sigaréts, dim yfed, dim rhyw. Dwi'm yn deall beth mae'r ffyliaid yn ei weld yn y peth, fy hun.'

'Dydyn nhw ddim yn gwneud dim drwg,' meddai un arall. 'Bob amser yn gwenu ac ati.'

Fydden nhw'n casglu yn y bore? gofynnais. Ac os y bydden nhw, ym mhle?

'O gwmpas y maes awyr maen nhw trwy gydol yr haf, yn scrownjian oddi ar bobol sy'n mynd ar wyliau, ac weithiau maen nhw'n recriwtio yno . . . ond eich bet gorau chi fyddai canol y dref. Yma. Maen nhw'n siŵr o fod yma ddydd Sadwrn. Bownd o fod.'

Diolchais iddyn nhw i gyd, a chysgu, ac yn y bore parcio mor agos ag y medrwn i i'r canol ac yna teithio hyd y lle ar droed.

Erbyn deg o'r gloch roedd y lle yn ferw o fynd a dod wrth i'r fasnach foreol fynd rhagddi. Byddai'n rhaid i mi adael am hanner awr wedi un ar ddeg fan bellaf i gyrraedd Newbury mewn pryd. A chael a chael fyddai hi hyd yn oed wedyn. Cynhelid y ras gyntaf am hanner awr wedi deuddeg oherwydd dyddiau byr y gaeaf, ac er nad oeddwn yn reidio yn y ddwy gyntaf, roedd rhaid i mi fod yno awr cyn y drydedd, neu mi fyddai Harold yn gandryll.

Welais i'r un fintai o'r Colleagues yn hel at ddim. Dim

grŵp o gwbl, o ran hynny. Dim pobl benfoel yn ysgwyd clychau ac yn llafarganu. Y cwbl ddigwyddodd oedd fod merch ifanc wedi cyffwrdd fy mraich a gofyn i mi a hoffwn brynu pwysau papur tlws.

Gorweddai'r garreg yng nghledr ei llaw, yn frownwyrdd ac yn loyw.

'Byddwn,' meddwn. 'Faint?'

'Mae o at achos da,' meddai. 'Faint bynnag y medrwch chi ei fforddio.' Daeth â bocs pren efo hollt yn ei gaead i'r golwg, ond doedd dim enw elusen yn cael ei hysbysebu arno o gwbl.

'Pa elusen?' gofynnais yn garedig gan chwilio am fy arian.

'Llawer ohonyn nhw,' meddai.

Gafaelais mewn darn punt a'i wthio drwy'r hollt.

'Oes 'na lawer ohonoch chi'n casglu?' gofynnais.

Trodd ei phen yn anfwriadol i'r dde, a gwelais ferch arall yn cynnig carreg i rywun a safai wrth arhosfa bws, ac ar draws y ffordd un arall eto fyth. Genod tlws bob un, mewn dillad cyffredin, a gwên ar eu hwynebau.

'Beth ydy dy enw di?' gofynnais.

Gwenodd yn lletach, fel pe bai hynny yn ddigon o ateb, a rhoddodd y garreg i mi. 'Diolch yn fawr,' meddai. 'Mi wneith eich rhodd gymaint o ddaioni.'

Gwyliais hi'n cerdded i lawr y stryd ac yn tynnu carreg arall o'i sgert gan gyfarch hen wreigan garedig yr olwg arni. Roedd y ferch hon yn rhy hen i fod yn Amanda, meddyliais, er nad oedd hi'n hawdd dweud bob amser. Yn enwedig, fel y gwelais funud yn ddiweddarach wrth i mi sefyll ar lwybr un arall yn gwerthu cerrig, gan eu bod nhw i gyd yn gwisgo'r rhith o sancteiddrwydd arallfydol fel bathodyn.

'Hoffech chi brynu pwysau papur?'

'Mi wna i,' meddwn; ac fe aethon ni drwy'r un ddefod unwaith eto.

'Beth ydy dy enw?' gofynnais.

'Susan,' meddai. 'Beth ydy'ch un chi?'

Atebais gan ddefnyddio'r wên honno a ddysgais gan y ferch flaenorol, a symud yn fy mlaen.

Prynais bedwar pwysau papur mewn hanner awr. Gofynnais i'r bedwaredd ferch, 'Ydy Amanda yma'r bore 'ma?'

'Amanda? Does 'na ddim Amanda efo ni . . . ' Arhosodd, ac aeth ei llygaid hithau ar grwydr.

'Dim ots,' meddwn, gan esgus peidio â sylwi. 'Diolch am y garreg.'

Gwenodd y wên siriol ddiystyr, ac yn ei blaen â hi. Arhosais am ysbaid nes y gallwn yn weddus ymlwybro o flaen y ferch yr edrychodd hi tuag ati.

Roedd hi'n ifanc, yn fer, yn llyfn ei gwedd ac yn hynod o ddigymeriad o gwmpas ei llygaid. Gwisgai sgert gwmpasog ac ánorac debyg i'r lleill. Gwallt brown tebyg i fy un i oedd ganddi ond yn syth fel pin, heb ronyn o grychni ynddo, a doedd dim tebygrwydd, hyd y gwelwn, rhwng ei hwyneb hi a f'un i. Doedd dim modd dweud y naill ffordd na'r llall ai plentyn fy mam oedd hi.

Cynigiodd garreg las tywyll a sbotiau duon arni, rywbeth yn debyg i eirinen fawr.

'Tlws iawn,' meddwn. 'Faint ydy hi?'

Cefais yr un ateb ag o'r blaen. Rhoddais bunt iddi.

'Amanda,' meddwn.

Neidiodd ac edrych arna i yn amheus. 'Nid Amanda ydy fy enw i.'

'O, beth ydy o?'

'Mandy.'

'Mandy beth?'

'Mandy North.'

Anadlais yn ysgafn rhag i mi ei dychryn, a gwenu a gofyn am ba hyd y bu hi'n byw yn Zephyr Farm Stables.

'Ar hyd fy mywyd,' meddai'n llipa.

'Efo dy ffrindiau?'

Siglodd ei phen. 'Fy ngwarcheidwaid ydyn nhw.'

'Ac rwyt ti'n hapus.'

'Ydw, wrth gwrs. Gwneud gwaith Duw ydan ni.'

'Faint ydy dy oed di?'

Dychwelodd ei hamheuon. 'Deunaw . . . ddoe . . . ond dydw i ddim i fod i siarad amdanaf fi fy hun . . . dim ond am y cerrig.'

Roedd yr ansawdd blentynnaidd yn amlwg iawn. Doedd hi ddim yn araf yn feddyliol fel y cyfryw, ond yn ddiniwed yn yr hen ystyr. Doedd 'na ddim bywyd ynddi, dim hwyl, dim argoel o aeddfedrwydd. O'i chymharu â merch gyffredin yn ei harddegau, roedd hi fel person yn cerdded yn ei gwsg heb erioed wybod am olau dydd.

'Oes gen ti fwy o gerrig, 'ta?' gofynnais.

Gwenodd a thynnu un arall o'i sgert. Edmygais y garreg a chytuno i'w phrynu, ac wrth chwilio am ddarn punt arall gofynnais, 'Beth oedd enw dy fam, Mandy?'

Edrychodd yn ofnus. 'Dydw i ddim yn gwybod. Rhaid i chi beidio â gofyn pethau fel 'na.'

'Pan oeddet ti yn ferch fach, oedd gen ti gaseg?'

Am eiliad gloywodd ei llygaid difynegiant ag atgof annileadwy, yna edrychodd ar rywun dros fy ysgwydd chwith, a throdd ei phleser syml yn gywilydd gwridog.

Trois ryw fymryn. Safai dyn yno, heb fod yn ifanc, heb fod yn gwenu. Dyn caled, ychydig flynyddoedd yn hŷn na fi, yn lân iawn, yn daclus iawn, yn flin iawn.

'Dim sgwrsio, Mandy,' meddai'n gadarn. 'Cofia'r rheolau. Dy ddiwrnod cyntaf allan ac mi rwyt ti'n torri'r rheolau. Mi eith y merched â chdi adref rŵan. Yn ôl yn gwneud gwaith tŷ fyddi di ar ôl hyn. I ffwrdd â chdi; maen nhw'n aros amdanat ti.' Cyfeiriodd ei ben tua'r clwstwr o ferched a oedd yn aros gerllaw, a gwyliodd wrth iddi gerdded yn droetrwm tuag atynt. Cywilydd Mandy druan. Amanda druan. Druan o fy chwaer fach.

'Beth ydy'ch amcan chi?' gofynnodd y dyn. 'Mae'r merched yn dweud eich bod chi wedi prynu oddi wrthyn nhw i gyd. Ar ôl beth ydach chi?'

'Dim,' meddwn. 'Maen nhw'n gerrig tlws.'

Rhythodd yn amheus arna i, ac fe ddaeth dyn arall tebyg ato, wedi i hwnnw orffen siarad â'r merched a oedd bellach yn troi am adref.

'Roedd y boi yma yn holi beth oedd enwau'r merched i gyd,' meddai. 'Yn chwilio am Amanda.'

'Does 'na ddim Amanda.'

'Mandy. Mi siaradodd efo hi.'

Edrychodd y ddau arna i drwy lygaid meinion, a phenderfynais ei bod hi'n bryd gadael. Wnaethon nhw ddim trio fy rhwystro wrth imi gerdded i ffwrdd. Nid fy rhwystro, ond fy nilyn i bob cam.

Feddyliais i fawr am y peth, a throi i mewn i stryd gefn a arweiniai at y maes parcio. Wrth edrych yn ôl i weld a oedden nhw'n dal i 'nilyn i fe welais nid yn unig eu bod nhw, ond bod pedwar ohonynt erbyn hyn. Dau ifanc, fel y genod, oedd y rhai newydd.

Edrychai yn lle rhy gyhoeddus i fawr o ddim ddigwydd, ac mae'n debyg, yn ôl amryw safonau, na ddigwyddodd fawr o ddim. Doedd 'na ddim colli gwaed, er enghraifft.

Roedd 'na dri arall yn cicio'u sodlau ger y fynedfa i'r maes parcio, a safodd y saith ohonyn nhw o 'nghwmpas i cyn i mi gyrraedd y car. Gwthiais un o'r dynion o'r ffordd, a chefais innau fy ngwthio, yn dâl am hynny, gan goedwig o ddwylo. Fy ngwthio yn wysg fy ochr ar hyd y ffordd am rai llathenni ac yna yn erbyn wal frics. Os gwelodd unrhyw un o'r cyhoedd yr hyn oedd yn digwydd, aeth o'r tu arall heibio.

Sefais gan edrych ar y saith. 'Beth sy'n bod?' gofynnais.

Gofynnodd yr ail o'r ddau hynaf, 'Pam oeddet ti'n gofyn am Mandy?'

''N chwaer i ydy hi.'

Fe barodd hyn benbleth i'r ddau henuriad. Edrychodd y ddau ar ei gilydd. Yna ysgydwodd y cyntaf ei ben, yn sicr o'i bethau. 'Does ganddi ddim teulu. Bu farw ei mam flynyddoedd yn ôl. Ti'n deud celwydd. Be wnaeth i ti feddwl mai dy chwaer di ydy hi?'

'Dydan ni mo dy ishio di yn busnesa, yn codi trwbwl,' meddai'r ail un eto. 'Dyn papur newydd ydy o, 'tasach chi'n gofyn i mi.'

Parodd yr ymadrodd iddyn nhw gysoni trais â'u crefydd od. Fe guron nhw fi yn erbyn y wal ychydig bach yn rhy galed ac yn rhy aml, a chicio a gwthio ychydig yn rhy egr, ond ar wahân i geisio'u gwthio nhw draw fel sgrym rygbi, doedd 'na fawr ddim y gallwn i yn gorfforol ei wneud i'w hatal. Un o'r sgarmesoedd dwl hynny oedd hi, lle nad oedd neb yn fodlon mynd yn rhy bell. Fe allen nhw fod wedi hanner fy lladd i'n hawdd petaen nhw ishio, ac fe allwn innau fod wedi eu brifo nhw yn fwy nag a wnes i. Tybiwn mai rhyfyg ffôl fyddai eu cythruddo gan mai fy nychryn i oedd eu bwriad mewn gwirionedd. Felly gwthiais yn erbyn eu cyrff clòs a chicio ambell grimog, a'i gadael hi ar hynny.

Ddeudais i ddim wrthyn nhw yr un peth a allai fod wedi fy arbed rhag y grasfa; a hynny oedd, pe gallen nhw brofi bod Mandy yn wir yn chwaer i mi, y byddai'n etifeddu ffortiwn.

Cuwch o anghymeradwyaeth oedd croeso Harold wrth iddo aros amdana i y tu allan i'r stafell bwyso.

'Rwyt ti'n blydi hwyr,' meddai. 'A pham wyt ti'n hercian?'

'Troi fy nhroed.'

'Wyt ti'n iawn i reidio?'

'Ydw.'

'Hy!'

'Ydy Victor Briggs yma?' gofynnais.

'Nag ydy. Paid â phoeni. Mae Sharpener allan i ennill. A gofala dy fod ti'n ei reidio fo yn dy ffordd arferol, dim o'r busnes gwirion 'ma. Deall? Edrych di ar ôl Sharpener neu mi waldia i di. Ty'd â fo'n ôl yn gyfa.'

Nodiais fy mhen gan guddio gwên, a derbyniais un cuwch anferth arall cyn iddo fo ddiflannu.

'Wir Dduw i ti, Philip,' meddai Steve Millace, wrth gerdded heibio. 'Mae o'n dy drin di fel baw.'

'Nag ydy . . . fel'na mae o.'

'Chymrwn i ddim gynno fo.' Gwelwn y parodrwydd i wylltio yn yr wyneb gor-ifanc, a sylweddolais na wyddai y gallai anwyldeb weithiau ddod mewn parsel blêr.

'Pob hwyl i ti heddiw,' meddwn yn fflat, a 'Diolch' meddai yntau gan fynd i'w bwyso ei hun. Fydd o byth fel ei dad, meddyliais. Byth mor beniog, mor graff, mor ddeallus, mor ddiarbed, nac mor ddrwg.

Dilynais Steve i mewn, a newid i liwiau Victor Briggs, yn brifo drosof oherwydd effeithiau sylw'r Colleagues. Dim byd mawr. Niwsans. Dim byd a allai effeithio ar fy reidio.

Pan es yn ôl allan, y sgwrs uchel agosaf ataf oedd honno rhwng Elgin Yaxley a Bart Underfield a oedd yn curo cefnau'i gilydd ac yn edrych fymryn ar yr ochr feddw. Pliciodd Elgin Yaxley ei hun oddi arno a rhowlian i ffwrdd; trodd Bart yn ddi-lun ryfeddol a tharo yn f'erbyn i.

'Helô,' meddai gan besychu'n llawn gwirod. 'Chdi fydd y cyntaf i wybod. Mae Elgin am gael mwy o geffylau. Ac maen nhw'n dod i mi, wrth gwrs. Mi wnawn i Lambourn gymryd sylw ohonon ni. Y byd rasio i gyd.' Ciledrychodd yn nawddogol arna i. 'Mae Elgin yn ddyn sydd â llawer iawn o syniadau yn ei ben.'

'Y mae o, wir,' meddwn yn sychlyd.

Cofiodd Bart nad oedd yn meddwl rhyw lawer ohono' i, ac aeth â'i newyddion da at glustiau a fyddai'n barotach i wrando. Sefais i edrych arno gan feddwl na fyddai Elgin Yaxley'n lladd mwy o geffylau am y pres yswiriant. Ni fyddai'r un cwmni yswiriant yn goddef y peth ddwywaith.

Ond tybiai Elgin Yaxley nad oedd neb yn gwybod . . . a doedd pobl ddim yn newid. Os rhoesant eu bryd ar dwyllo unwaith, fe wnaent hynny eto. Doeddwn i ddim yn hoffi clywed fod gan Elgin Yaxley syniadau.

Roedd yr hen ddilema yn aros o hyd. Petawn i'n rhoi prawf o anfadwaith Elgin Yaxley i'r heddlu, byddai'n rhaid i mi ddweud sut y cefais i'r ffotograff. Oddi wrth George Millace . . . a oedd yn sgrifennu llythyrau bygythiol. Diweddar ŵr Marie, a oedd yn crafangio allan o weddillion un bywyd i fywyd newydd. Os oedd cyfiawnder yn golygu ei bwrw hi yn ôl i'r dyfnder, byddai'n rhaid i gyfiawnder aros.

Y drydedd ras ar y cerdyn oedd ras Sharpener. Nid hi oedd ras fwyaf y dydd, y bedwaredd oedd honno, Cwpan Aur a noddid gan gwmni o ddistyllwyr brandi, ond roedd ras Sharpener yn un deilwng; *'chase* dwy filltir. Gwnaed Sharpener yn ffefryn oherwydd ei fuddugoliaeth yn Kempton, a hwyliodd yr un mor galonnog oddi amgylch y rhan fwyaf o hirgylch maith Newbury yn bedwerydd. Roedden ni'n drydydd ar y drydedd ffens o'r diwedd, yn ail ar yr ail o'r diwedd, ac enillon ni'r blaen wrth neidio dros y ffens olaf. Eisteddais i lawr a'i yrru â dwylo ac â sodlau, a meddwl, Rarglwydd, fe allwn i wneud efo'r nerth hwnnw a gollais yn y maes parcio yn Horley.

Enillodd Sharpener ac ro'n i wedi ymlâdd, sefyllfa ddwl. Gan wenu fel giât, edrychodd Harold arna i yn ceisio dadwneud byclau'r gengl tra stondiai'r ceffyl hyd y lle, a bu bron iddo fo fy nharo drosodd.

'Dim ond ras ddwy filltir oedd hi,' meddai Harold. 'Be ddiawl sy'n bod arnat ti?'

Llwyddais i agor y byclau a thynnu'r cyfrwy i ffwrdd, a theimlo ychydig o nerth yn dychwelyd i 'mreichiau. Gwenais ar Harold. 'Dim . . . uffar o ras dda. Siâp da.'

'Siâp da o ddiawl. Mi enillaist ti. Mae unrhyw ras wyt ti'n ei hennill yn siâp blydi da.'

Es i mewn i gael fy mhwyso a'i adael ef yng nghanol llongyfarchiadau a gohebwyr chwaraeon. A thra o'n i'n eistedd ar y fainc wrth fy mhèg yn aros i'm hegni duthian yn ôl ataf, penderfynais beth wnawn i ynglŷn ag Elgin Yaxley.

Aeth yn arfer gennyf yn ystod y bythefnos ddiwethaf gario yn y car nid yn unig fy nau hoff gamera ond hefyd y ffotograffau yr oedd galw amdanyn nhw o hyd. Roedd lluniau Lance Kinship yno, er nad oedd ef ei hun wedi dangos ei wyneb heddiw, ac yno hefyd roedd y pedwar llun yn cynnwys Yaxley. Yn syth ar ôl y ras fawr es allan i'w nôl nhw.

Nofis yn y ras olaf oedd yr ail geffyl yr o'n i'n ei reidio i Harold, a chan fod cynifer yn cystadlu nes iddyn nhw benderfynu hollti'r ras yn ddwy, y seithfed fyddai ras olaf y dydd, nid y chweched. Fe roddodd hynny ddigon o amser i mi wneud yr hyn yr o'n i am ei wneud.

Doedd dod o hyd i Elgin Yaxley ddim yn anodd, ei wahanu oddi wrth Bart Underfield oedd y trafferth.

'Ga i siarad â chi am funud?' meddwn wrth Yaxley.

'Dwyt ti ddim yn cael reidio'n ceffylau ni,' meddai Bart yn ddyn i gyd. 'Felly, paid â gwastraffu amser yn gofyn.'

'Mi gewch chi eu cadw nhw,' meddwn.

'Beth wyt ti ishio, 'ta?'

'Rydw i ishio rhoi neges i Mr Yaxley.' Trois at Yaxley. 'Neges breifat, yn eich clyw chi yn unig.'

'O, o'r gora.' Doedd dim amynedd ganddo fo. 'Aros amdana i wrth y bar, Bart.'

Cwynodd a hewiodd Bart ond fe aeth o'r diwedd.

'Well i chi ddod yma,' meddwn wrth Elgin Yaxley, gan gyfeirio at glwt o laswellt ger y fynedfa, yn ddigon pell oddi wrth dorf glustfain y ras fawr a'u llygaid chwilfrydig. 'Fyddwch chi ddim ishio i neb glywed.'

'Beth ddiawl ydy hyn i gyd?' gofynnodd yn flin.

'Neges oddi wrth George Millace,' atebais.

Tynhaodd ei wyneb yn blastar. Safai ei fwstash bach yn un gwrychyn. Trodd y dihidrwydd yn ofn pur.

'Mae gen i ffotograffau,' meddwn, 'y mae'n bosibl yr hoffech chi eu gweld.'

Rhoddais yr amlen gardbord iddo. Teimlwn ei bod yn haws defnyddio'r fwyell seliwloid y tro hwn. Hwyrach mai fi oedd yn caledu . . . neu hwyrach nad oeddwn i'n hoffi Elgin Yaxley. Edrychais arno yn agor yr amlen heb deimlo unrhyw fath o dosturi.

Aeth yn welw, yna'n goch, ac yna ymddangosodd diferion mawr o chwys fel swigod ar ei dalcen. Edrychodd drwy'r pedwar llun a gweld bod y stori i gyd yno: y cyfarfod yn y caffi, dau lythyr George, a'r nodyn damniol gan y ffermwr, David Parker. Roedd y llygaid a edrychai arnaf yn sâl ac yn anghrediniol, ac fe gâi drafferth dod o hyd i'w lais.

'Cymerwch eich amser,' meddwn. 'Mi alla i gredu fod hyn yn sioc.'

Symudai ei geg fel pe bai yn ymarfer ateb, ond ni ddaeth sŵn allan.

'Fe allai unrhyw nifer o gopïau fynd at yr heddlu neu'r cwmnïau yswiriant,' meddwn.

Llwyddodd i gynhyrchu ochenaid wan.

'Mae 'na ffordd arall,' meddwn.

Ffurfiodd ei wddf a'i dafod un gair cryg, anadeiladol. 'Basdad.'

'Mm,' meddwn. 'Dyna ffordd George Millace.'

Doeddwn i ddim wedi gweld neb yn edrych arna i â chasineb pur o'r blaen, a doedd y profiad ddim yn un pleserus. Ond roeddwn yn awyddus i ddarganfod yn union yr hyn roedd George wedi ei dynnu o un, o leiaf, o'i ddioddefwyr, a dyma fy nghyfle gorau.

'Rydw i ishio'r un peth â George Millace,' meddwn, heb flewyn ar dafod.

'Na.' Roedd ei ymateb yn fwy o nâd nag o floedd. Yn llawn hunllef; yn wag o obaith.

'Ydw, wir,' meddwn.

'Ond fedra i mo'i fforddio. Dydy o ddim gen i.'

Roedd y pryder yn ei lygaid bron yn fwy nag y gallwn i ei oddef, ond chwipiais fy ewyllys wan i ddal ati wrth feddwl am bum ceffyl wedi eu saethu. Dywedais eto, 'Yr un peth â George.'

'Nid deg,' meddai'n wyllt. ''Sgen i ddim deg.'

Syllais arno.

Camgymerodd fy nistawrwydd a dechreuodd fregliach yn ei flaen gan ddarganfod ei lais mewn dilyw o eiriau begian, crefu a gwenieithu.

'Mae costau wedi bod arna i, 'ti'n deall? Dydy hi ddim wedi bod yn hawdd. Fedri di ddim gadael imi fod? Paid â gwneud hyn i mi. Mi ddeudodd George mai unwaith ac am byth y byddai hi . . . ac rŵan chdi . . . Pump 'ta?' meddai wrth wynebu fy nistawrwydd. 'Wneith pump y tro? Mae hynny'n ddigon. Does gen i ddim chwaneg. 'Sgen i ddim deg.'

Syllais unwaith eto ac aros.

'*Olreit* 'ta. *Olreit.*' Roedd yn ysgwyd gan bryder a llid. 'Saith a hanner. Wneith hynny? Dyna'r cwbwl sy gen i. Gelen wyt ti . . . rwyt ti'n waeth na George Millace . . . basdads ydach chi i gyd, y blacmelyrs . . .'

Wrth i mi edrych arno ymbalfalodd yn ei boced am lyfr siec a beiro. Gan bwyso'r llyfr siec yn flêr ar gefn amlen galed y lluniau, sgrifennodd y dyddiad, swm o arian, ac fe'i llofnododd. Yna gyda bysedd crynedig rhwygodd y siec o'i gafael a sefyll yno yn dal i gydio ynddi.

'Nid Hong Kong,' meddai.

Wyddwn i ddim beth oedd o'n ei olygu, felly chwiliais am loches mewn distawrwydd a syllu.

'Nid Hong Kong. Nid fan'no eto. Dydw i ddim yn lecio'r lle.' Roedd yn crefu unwaith eto, yn gofyn am friwsion.

'O . . . ' Cuddiais fy nealltwriaeth mewn pesychiad. 'Unrhyw le,' meddwn. 'Unrhyw le y tu allan i Brydain.'

Dyna oedd yr ateb priodol, ond chafodd o ddim cysur ynddo. Estynnais fy llaw am y siec.

Yn grynedig rhoddodd y papur i mi.

'Diolch,' meddwn.

'Dos i'r diawl.'

Trodd a hanner rhedeg, hanner baglu ei ffordd oddi wrthyf, wedi colli arno'i hun yn lân. Mi wnes yn iawn â fo, meddyliais yn ddideimlad. Gad iddo fo ddioddef. Mi fyddai'n dod drosto fo.

Roedd yn fwriad gen i rwygo ei siec wedi i mi weld faint oedd gwerth fy nistawrwydd yn ei dyb ef; faint a dalodd i George. Ei rhwygo oedd fy mwriad, ond wnes i ddim.

Pan edrychais ar y siec fe ddigwyddodd rhywbeth yn fy mhen fel haul tanbaid yn tywynnu drwy awyr ddu, goleuni eang oedd yn egluro popeth ac yn dod â rhyfeddod a llawenydd yn ei sgil.

Roeddwn wedi defnyddio creulondeb George ei hun. Roeddwn wedi mynnu yr hyn a fynasai ef. Ei drefniant arall ar gyfer Elgin Yaxley.

Ac fe'i cefais. I gyd.

Roedd Elgin Yaxley am adael y wlad, ac yn fy llaw i roedd ei siec am saith mil pum cant o bunnoedd.

Doedd y siec ddim wedi ei sgrifennu i mi, nac i ystad George Millace, hyd yn oed, ond yn hytrach i'r Injured Jockeys Fund.

Cerddais hyd y lle am ychydig gan drio dod o hyd i'r cyn-joci oedd yn brif weinyddwr y Fund, ac, o'r diwedd, dois o hyd iddo ym mocs derbyniadau preifat un o'r cwmnïau teledu. Roedd y lle'n llawn dop, ond llwyddais i'w ddenu allan.

'Ishio diod?' gofynnodd gan ddal ei wydr yn uchel.

Ysgydwais fy mhen. Ro'n i'n gwisgo fy lliwiau, clos reidio, esgidiau ac ánorac. 'Yfed efo'r criw yma cyn rasio? Dydw i, hyd yn oed, ddim digon dwl i wneud hynny.'

Meddai'n llawen, 'Beth fedra i ei wneud i ti?'

'Cymryd siec,' meddwn, gan ei rhoi hi iddo.

'Ewadd,' meddai gan edrych arni. 'Ac *ewadd* eto fyth.'

'Ai dyma'r tro cyntaf i Elgin Yaxley fod mor hael?'

'Fel mae'n digwydd, nage,' meddai. 'Mi roddodd ddeng mil inni rai misoedd yn ôl, jyst cyn iddo fo fynd i Hong Kong. Mi gymron ni'r pres, wrth gwrs, ond fedrai rhai o'r ymddiriedolwyr ddim peidio â meddwl mai arian cydwybod oedden nhw. 'Ti'n gwybod, roedd o newydd dderbyn tua chan mil am y ceffylau 'na gafodd eu saethu. Roedd rhywbeth yn amheus ynglŷn â'r holl beth, 'ndoedd?'

'Mm,' meddwn. 'Wel, mae Elgin Yaxley am fynd dramor unwaith eto, medda fo, ac mi roddodd o'r siec yma i ti. Gymri di hi?'

Gwenodd. 'Waeth i ni elwa ar ei gydwybod euog na pheidio.' Plygodd y siec, ei rhoi hi yn ei boced a churo'r boced yn ysgafn â'i law.

'Fyddi di'n cael sieciau mawr fel yna yn amal?' holais yn sgwrslyd.

'Mi fydd pobol yn gadael symiau sylweddol yn eu hewyllys o bryd i'w gilydd, ond na . . . ddim llawer fel Elgin Yaxley.'

'A fyddai rhywun fel Ivor den Relgan yn cefnogi'n hael?' gofynnais.

'Wel, byddai, fel mae'n digwydd. Mi roddodd o fil i ni ar ddechrau'r tymor; rywbryd ym mis Medi. Hael iawn.'

Meddyliais. 'Ydych chi'n cadw rhestr o'r bobol sy'n cyfrannu?'

Chwarddodd. 'Nid o bawb. Mae 'na filoedd yn cyfrannu dros y blynyddoedd. Hen bensiynwyr. Plant. Gwragedd tŷ. Unrhyw un y medri feddwl amdano.' Ochneidiodd. 'Does gynnon ni byth ddigon ar gyfer yr hyn sydd angen ei wneud, ond rydan ni'n ddiolchgar am bopeth gawn ni . . . ac mi rwyt ti'n gwybod hynny i gyd.'

'Ydw. Diolch.'

'Unrhyw bryd.'

Dychwelodd i ganol y dorf lawen, a dychwelais innau i'r stafell bwyso i gael fy nghyfrwy a finnau wedi eu pwyso ar gyfer y ras olaf.

Ro'n i mor ddrwg â George, meddyliais. Yr un mor ddrwg yn union. Ro'n i wedi cael arian drwy fygwth. Doedd y peth ddim yn edrych mor ddrwg wedi i mi ei wneud o fy hun.

Meddai Harold yn y cae bach, 'Mae 'na rywbeth wedi dy blesio di, mae'n amlwg.'

'Bywyd yn gyffredinol,' atebais.

Ro'n i newydd ennill ras. Ro'n i bron yn sicr newydd ddod o hyd i Amanda. Ro'n i wedi darganfod llawer iawn mwy am George. Mae'n wir 'mod i wedi cael fy nghicio a 'mhwnio, ond dim ots. Diwrnod gweddol ar y cyfan.

'Dyma'r creadur,' meddai Harold yn chwyrn, 'a wnaeth lanast o'r ymarfer y Sadwrn diwethaf. Dwi'n gwybod nad ti oedd arno fo . . . nid dy fai di oedd o . . . ond gofala dy fod ti'n gadael iddo weld beth mae o'n gorfod ei neidio. Deall? Dos ar y blaen a gwna'r rhedeg i gyd. Wneith o ddim para ond mae 'na lawer yn rhedeg a dydw i ddim ishio iddo fo gael ei wthio a'i ddal yn eu canol nhw yn gynnar. Iawn?'

Ro'n i'n deall. Roedd 'na dri ar hugain yn rhedeg, bron y mwyafrif a ganiateid mewn ras o'r fath. Roedd ceffyl Harold yn cerdded yn chwyslyd nerfus o gwmpas y cae bach; fe wyddwn fod angen bod yn ddigyffro wrth drin yr anifail hwn.

'Jocis ar gefn eu ceffylau,' meddai'r llais, ac fe aeth fy ngheffyl a minnau i lawr yn dawel at y man cychwyn.

Meddwl am fod ar y blaen a chadw allan o drwbl o'n i pan gododd y tâpiau. Dros y gyntaf, ar y blaen; naid dda, dim problem. Dros yr ail; naid iawn, dim problem. Dros y drydedd . . .

Ar y blaen, yn ôl y gorchymyn. Naid wael, anobeithiol; fe fachodd ei bedair troed yn y ffens yn hytrach na mynd drosti, yr union gamgymeriad a wnaethai wrth ymarfer gartref.

Fe ddaethon ni ein dau i lawr yn glewt ar y cwrs, a daeth dau ar hugain o geffylau dros y ffens ar ein holau.

Mae ceffylau yn gwneud eu gorau glas i osgoi dyn a cheffyl sydd ar y llawr, ond wrth bod cynifer ohonyn nhw a'r rheiny mor agos i'w gilydd ac yn dod mor gyflym, byddai'n wyrthiol pe na bawn i wedi fy nghyffwrdd. Allwch chi ddim dweud ar adegau fel yna faint o garnau sy'n taro, hyd yn oed; roedd popeth yn digwydd mor gyflym. Teimlwn fel doli glwt o dan y rhuthr.

Roedd wedi digwydd o'r blaen. Byddai'n digwydd eto. Gorweddais ar fy ochr yn boenus yn edrych ar glwmpyn o laswellt a meddwl fod hon yn ffordd wirion ar y naw o ennill bywoliaeth.

Bu bron i mi chwerthin. Dwi di meddwl hyn'na o'r blaen, meddyliais. Bob tro yr ydw i lawr fan'ma yn y mwd dwi'n meddwl hyn'na.

Daeth llawer o bobl Cymorth Cyntaf i'm helpu i godi. Doedd dim fel petai wedi ei dorri. Diolch i Dduw am esgyrn cryf. Gwasgais fy mreichiau am fy nghorff fel pe byddai hynny'n lleihau'r dolur.

Cododd y ceffyl a hel ei draed, heb fod ronyn gwaeth. Es yn ôl i'r safleoedd mewn ambiwlans, dangos i'r doctor fy

mod, i bob pwrpas, yn un darn, a gwingo fy ffordd yn ôl i fy
nillad fy hun.

Erbyn i mi adael y stafell bwyso roedd y mwyafrif wedi
mynd, ond roedd Harold yn sefyll yno, efo Ben, y gwas a
deithiai efo fo.

'Wyt ti'n iawn?' holodd Harold.

'Ydw.'

'Mi yrra i di adref,' meddai. 'Mi eith Ben â dy gar di.'

Edrychais ar y poeni hael yn eu hwynebau, a pheidio â
dadlau. Tyrchais yn fy mhoced a rhoi'r goriadau i Ben.

'Roedd hwn'na'n ddiawl o godwm,' meddai Harold, gan
yrru allan o'r gatiau. 'Cythral o un garw.'

'Mm.'

'Ro'n i'n falch o dy weld ti'n codi.'

'Ydy'r ceffyl yn iawn?'

'Ydy, y bygar trwsgwl.'

Fe aethon ni tua Lambourn mewn distawrwydd cyfeillgar.
Teimlwn yn wan ac yn grynedig ond fe âi'r teimlad heibio. Fe
âi bob tro. Bob tro, nes y bydda i'n rhy hen. Byddwn yn rhy
hen yn fy meddwl yn gynt nag y byddai 'nghorff yn diffygio,
meddyliais.

'Os daw Victor Briggs i lawr yma eto,' meddwn, 'ddeudi di
wrtha i?'

Ciledrychodd arna i. 'Rwyt ti ishio'i weld o? Wneith o ddim
gwahaniaeth, wy'st ti. Mae Victor yn gwneud yr hyn mae o
ei ishio.'

'Dwi ishio gwybod . . . beth mae o ei ishio.'

'Gad lonydd iddo fo.'

'Am nad ydy pethau'n iawn. Rydw i wedi gadael popeth i
fod . . . dydy o ddim yn gweithio. Rhaid i mi gael siarad ag
o . . . a phaid ti â phoeni, mi fydda i'n ddiplomatig. Dydw i
ddim ishio colli'r job yma. Dydw i ddim ishio colli ceffylau
Victor. Paid â phoeni. Dwi'n gwybod hynny i gyd. Dwi ishio
siarad efo fo.'

238

'Olreit,' meddai Harold yn amheus. 'Pan ddaw o, mi gei di wybod.'

Safodd y car o flaen drws fy nhŷ.

'Wyt ti'n siŵr dy fod ti'n iawn?' gofynnodd. 'Mi rwyt ti'n edrych yn sigledig . . . Codwm caled. Un drwg.'

'Mi ga i fath poeth . . . i helpu efo'r stiffrwydd. Diolch am y reid adref.'

'Fyddi di'n iach ar gyfer wythnos nesaf? Dydd Mawrth yn Plumpton?'

'Fel cneuen,' meddwn.

Roedd hi'n dywyll yn barod. Es o gwmpas y tŷ yn tynnu'r llenni, yn rhoi goleuadau ymlaen, yn cynhesu coffi. Bath, bwyd, teledu, aspirins, gwely, meddyliais, a gweddïo na fyddwn yn brifo gormod yn y bore.

Parciodd Ben y car yn y cefn a rhoi'r goriadau i mi a dweud nos dawch.

Daeth Mrs Jackson drws nesaf, gwraig gyrrwr y bocs ceffylau, i ddweud wrtha i bod y swyddog trethi wedi galw.

'O?' meddwn.

'Do, ddoe. Gobeithio 'mod i wedi gwneud yn iawn i'w adael o i mewn. Cofiwch chi, Mr Nore, adewais i mohono fo o 'ngolwg. Mi es reit rownd y lle efo fo. Pum munud fuo fo yma. Chyffyrddodd o ddim byd. Dim ond cyfrif stafelloedd. Gobeithio fod hynny'n iawn. Roedd ganddo fo bapurau o'r Cyngor ac ati.'

'Rydw i'n sicr fod popeth yn iawn, Mrs Jackson.'

'A'ch ffôn chi, Mr Nore. Mae o wedi bod yn canu ac yn canu ac yn canu, ddwsinau o weithiau. Mi alla i ei glywed o trwy'r wal wyddoch chi, pan mae popeth yn dawel. Doeddwn i ddim yn gwybod a ddylwn i ei ateb ai peidio. Mi wna i unrhyw bryd, wyddoch chi, os hoffech chi.'

'Caredig iawn,' meddwn. 'Mi ro i wybod i chi os penderfyna i ar hynny.'

Rhoddodd nòd bach serchog ac adref â hi. Byddai wedi

gofalu amdanaf fel mam petawn i wedi gadael iddi, a dwi'n
siŵr ei bod hi'n falch o fynd â dyn y Cyngor i mewn gan ei
bod hi wrth ei bodd yn edrych o gwmpas fy nhŷ. Cymdoges
fusneslyd, gyfeillgar, a chanddi lygaid barcud, un barod i
dderbyn parseli, a heb ei hail am daenu clecs a chynnig
cynghorion. Fe dorrodd ei dau fachgen ffenestr fy nghegin â'u
pêl droed unwaith.

Ffoniais Jeremy Folk. Roedd o allan; hoffwn i adael neges
iddo fo? Deudwch wrtho fo 'mod i wedi darganfod yr hyn yr
oedden ni'n chwilio amdano.

Yr eiliad y rhoddais y ffôn i lawr fe ddechreuodd ganu.
Codais y derbynnydd a chlywed llais brysiog plentyn. 'Mi
fedra i ddweud wrthoch chi ble mae'r stabal. Ai fi ydy'r
cyntaf?'

Atebais nad hi oedd y cyntaf, yn anffodus, a dweud yr un
peth wrth ddeg o blant eraill yn ystod y ddwyawr nesaf. Mi
ofynnodd rhai ohonyn nhw'n siomedig a oeddwn i'n sicr mai
Zephyr Farm Stables oedd y lle. A gofynnodd llawer a o'n i'n
gwybod bod 'na bobl od iawn yn byw yno erbyn hyn.
Dechreuais innau ofyn iddyn nhw a wydden nhw sut oedd y
Colleagues wedi prynu'r lle, ac fe wyddai un tad y stori.

'Roedden ni'n dipyn o ffrindiau efo'r rhai oedd yn cadw'r
stablau,' meddai. 'Ond roedden nhw ishio symud i
Ddyfnaint, ac roedden nhw'n chwilio am brynwr. A dyma'r
ffanatics yma'n ymddangos ryw ddiwrnod — efo sacheidiau
o arian — a phrynu'r lle.'

'Sut clywodd y ffanatics am y lle? Hysbysebwyd o?'

'Na . . . ' meddai, gan aros a meddwl. 'O, dwi'n
cofio . . . y ferch fach oedd yn arfer reidio un o'r cesig. Ia,
dyna ni. Hogan fach annwyl. Mandy rhywbeth neu'i gilydd.
Bob amser yno. Byddai hi'n aros efo'n ffrindiau am
wythnosau'n ddi-ben-draw. Byddwn yn ei gweld hi'n amal.
Roedd 'na sôn bod ei mam ar fin marw a bod y bobol
grefyddol 'ma'n gofalu amdani. Trwy'r fam y clywson nhw

bod y stablau ar werth. Roedden nhw'n byw mewn rhyw furddun yn rhywle ar y pryd, ac roedd angen lle gwell arnyn nhw.'

'Dydych chi ddim yn cofio enw'r fam, mae'n debyg?'

'Na, mae'n ddrwg gen i. Dydw i ddim yn meddwl 'mod i wedi ei glywed erioed. Ac mae 'na flynyddoedd mawr . . . '

'Oes, dwi'n gwybod. Mae'ch gwybodaeth wedi bod yn eithriadol o werthfawr. Mi yrra i ddecpunt i'ch Peter chi, er nad fo oedd y cyntaf.'

Chwarddodd y tad. 'Mi fydd wrth ei fodd.'

Cymerais eu cyfeiriad, ac enw cyn-berchenogion y stablau, ond roedd tad Peter wedi colli cysylltiad efo nhw dros y blynyddoedd a wyddai o ddim ble'r oedden nhw'n byw bellach.

Meddyliais y gallai Jeremy ddod o hyd iddyn nhw, petai angen. Wedi i mi gael bath a bwyta, dadblygiais y ffôn a'i gario i fyny i'r lolfa lle yr amharodd ar y rhaglenni teledu am awr arall. Bendith ar bennau'r plant bychain, meddyliais, gan ddyfalu sawl mil arall oedd am ffonio. Doedd yr un ohonyn nhw wedi reidio y tu mewn i'r waliau pren uchel; eu mamau a'u tadau oedd wedi gwneud hynny pan oedden nhw'n ifanc.

Erbyn naw o'r gloch ro'n i wedi laru ar y cyfan. Er y socian hir poeth roedd fy nghyhyrau cleisiog yn dechrau cloi, a'r gwely oedd y lle callaf i fynd â nhw. Waeth i mi roi cynnig arni, meddyliais. Byddai'n beth enbyd o ddiflas. Felly y byddai bob amser am ryw bedair awr ar hugain ar ôl cymaint o gicio. Os awn i i'r gwely gallwn gysgu trwy'r rhan waethaf.

Dadblygiais y ffôn a mynd i lawr i'r stafell ymolchi yn llewys fy nghrys i grafu peth ar fy nannedd; canodd cloch y drws ffrynt.

Gan felltithio, es i weld pwy oedd yno.

Agorais y drws.

Safai Ivor den Relgan yno, yn gafael mewn gwn.

Syllais ar y pistol gan fethu credu yr hyn a welwn.

''Nôl,' gorchmynnodd. 'Dwi'n dod i mewn.'

Byddai'n anwiredd dweud nad oedd ofn arna i. Ro'n i'n sicr ei fod am fy lladd. Teimlwn fel pe bawn y tu allan i 'nghorff. Yn arnofio. Fy ngwaed yn rasio.

Am yr ail waith y diwrnod hwnnw syllwn i mewn i lygaid oedd yn llawn casineb, ac roedd y grym y tu ôl i lygaid den Relgan yn bwrw rhai Yaxley i'r cysgod. Amneidiodd â baril ei arf du angheuol y dylwn fynd yn ôl, a chymerais ddau neu dri o gamau yn wysg fy nghefn heb deimlo fy nhraed o danaf.

Camodd drwy'r drws a'i gicio ar gau ar ei ôl.

'Rwyt ti yn mynd i dalu,' meddai, 'am yr hyn wnest ti i mi.'

Dywedasai Jeremy wrthyf am fod yn ofalus.

Fues i ddim.

'Roedd George Millace yn un gwael,' meddai, 'ond rwyt ti'n waeth.'

Doeddwn i ddim yn sicr a fyddwn i'n gallu siarad, ond fe wnes. Swniai fy llais yn od, bron yn wichlyd.

'Ai chi . . . ' gofynnais, ' . . . losgodd ei dŷ?'

Fflachiodd ei lygaid. Doedd ei falchder naturiol, a oedd wedi goroesi beth bynnag a ddywedodd Lord White wrtho fo, ddim am gael ei chwalu efo rhyw gwestiynau dwy-a-dimai fel yna. Mewn argyfwng roedd ei agwedd uwchraddol wedi dwysáu os rhywbeth; hwyrach mai'r gred ei fod yn bwysig oedd yr unig beth oedd ar ôl.

'Dwyn, malu, llosgi,' meddai'n wyllt. 'A gen ti yr oedd y stwff trwy'r amser. Y . . . y sarff.'

Roeddwn wedi dinistrio sail ei rym. Wedi diddymu ei awdurdod. Wedi ei adael mor noeth, yn drosiadol, ag ydoedd ar ei falconi yn St Tropez.

Roedd George, meddyliais, wedi defnyddio'r lluniau i'w rwystro rhag cael mynediad i'r Jockey Club. Ro'n i wedi eu defnyddio i'w daflu allan.

Cyn hynny, roedd ganddo ryw gymaint o barch, ryw fath

o hygrededd yng ngolwg y byd rasio. Rŵan doedd ganddo ddim. Un peth oedd peidio â bod i mewn o gwbl. Peth hollol wahanol oedd bod i mewn ac wedyn allan.

Ddangosodd George mo'r lluniau hynny i neb ond den Relgan ei hun.

Fe wnes i.

''Nôl,' cyfarthodd. ''Nôl i fan'na. Dos.'

Chwifiodd ei bistol yn gynnil. Pistol awtomatig. Am beth dwl i'w feddwl. Beth oedd yr ots am hynny?

'Mi glywith fy nghymdogion i yr ergyd,' meddwn yn ddiobaith.

Cilwenodd ond atebodd o ddim. 'Yn ôl heibio'r drws 'na.'

Drws y stafell dywyll, wedi ei gau yn dynn. Hyd yn oed pe bawn i'n gallu neidio i mewn a'i gau, doedd dim lloches. Dim clo. Camais heibio iddo.

'Safa,' meddai.

Mi fydd rhaid i mi redeg, meddyliais yn wyllt. Roedd rhaid imi roi cynnig arni, beth bynnag. Ro'n i wrthi yn troi ar flaen fy nhroed pan chwalwyd clo y drws cefn.

Am eiliad meddyliais fod den Relgan wedi tanio a bod y fwled wedi fy methu ac wedi malu'r gwydr yn y drws, ond yna sylweddolais nad oedd wedi tanio. Roedd 'na ddau berson yn dod i mewn i'r tŷ o'r cefn. Dau berson. Dau ddyn ifanc cryf . . . efo sanau neilon am eu hwynebau.

Roedden nhw'n rhedeg, yn bwrw yn erbyn ei gilydd, yn eiddgar, yn arswydus o ddinistriol.

Ceisiais ymladd yn eu herbyn.

Mi ro'is gynnig arni.

Dduw mawr, meddyliais, ddim dair gwaith mewn un diwrnod, does bosib. Sut gallwn i egluro iddyn nhw . . . roedd gwythiennau wedi eu torri o dan fy nghroen yn barod . . . gormod o ffibrau y cyhyrau wedi eu rhwygo'n barod . . . gormod o ddifrod wedi ei wneud eisoes. Sut gallwn i egluro . . . a phe bawn i'n gallu, ni fyddai wedi gwneud gwahaniaeth yn y byd. Byddai wedi eu plesio, synnwn i ddim.

Daeth meddyliau ac fe aethant. Allwn i ddim gweld, ddim gweiddi, ddim anadlu'n iawn. Gwisgent fenig lledr garw a rwygai fy nghnawd, ac fe wnâi'r ergydion ar fy wyneb imi deimlo'n hurt. Pan syrthiais i'r llawr fe ddefnyddion nhw eu traed. Ar freichiau, coesau, cefn, pen.

Llithrais i rywle.

Pan ddois yn ôl roedd pobman yn ddistaw. Ro'n i'n gorwedd ar lawr o deils gwyn â 'moch mewn pwll o waed. Mewn ffordd gymysglyd, meddyliais gwaed pwy oedd hwn tybed.

Llithrais i rywle eto.

Fy ngwaed i ydy o, meddyliais.

Ceisio agor fy llygaid. Rhywbeth yn bod. Methu. O, wel, dwi'n fyw. Llithro i rywle unwaith eto.

Saethodd o mohona i, meddyliais. A saethodd o fi? Ceisiais symud i weld. Camgymeriad drwg.

Wrth geisio symud aeth fy nghorff i sbasm tynn. Wedi ei gloi mewn cwlwm chwithig o'i gorun i'w sawdl. Ochneidiais oherwydd y wasgfa arteithiol, annisgwyl. Gwaeth na thoriadau, gwaeth na gyrru esgyrn o'u lle, gwaeth na dim . . .

Nerfau'n sgrechian, meddyliais. Yn dweud wrth fy ymennydd am gloi. Yn dweud bod gormod wedi ei frifo, gormod wedi ei falurio, ac na ddylwn symud dim. Gormod o waedu y tu mewn.

Iesu Grist, meddyliais. Gollwng dy afael. Gad i mi fynd. Symuda i ddim. Mi orwedda i yma yn llonydd. Gad i mi fynd.

Ymhen hir a hwyr fe ollyngodd y sbasm ei afael, a gorweddais yn swp diymadferth wedi cael rhyddhad llwyr. Rhy wan i wneud dim ond gweddïo na ddeuai'r clymau chwithig yn ôl. Rhy ddolurus i feddwl fawr ddim.

Gallwn fod wedi gwneud heb y fath feddyliau ag a ddeuai i mi. Meddwl bod pobl yn marw o organau mewnol wedi eu rhwygo . . . aren, iau, sblîn. Meddwl beth yn union oedd yn bod arna i i achosi'r fath adwaith yn fy nghorff. Meddwl y gallai den Relgan ddod yn ôl i orffen y job.

Acenion ganol-byd den Relgan yn dweud, 'Mi gei di dalu am yr hyn wnest ti i mi . . . '

Talu mewn briwiau a gwaedu mewnol a phoen arteithiol. Talu mewn ofn 'mod i'n gorwedd yno i farw. Yn gwaedu oddi mewn. Yn gwaedu i farwolaeth. Y ffordd y byddai pobl a gurwyd i farwolaeth yn marw.

Aeth oesoedd heibio.

Os oedd unrhyw un o'r pethau hynny wedi ei hollti, meddyliais . . . iau, aren, sblîn . . . ac yn tywallt gwaed, byddwn yn sicr o fod yn dangos yr arwyddion erbyn hyn. Anadlu bas, pyls gwan, syched, anesmwythder, chwys. Doedd dim o hyn fel petai yn digwydd.

Cymerais gysur, am ychydig, wrth feddwl nad oeddwn yn gwaethygu. Hwyrach, pe bawn yn symud fesul wythfed y byddai popeth yn iawn.

Ymhell o fod. Yn ôl i afael y sbasm, gynddrwg ag o'r blaen.

Bu'r bwriad i symud yn ddigon i beri'r adwaith. Y neges allanol yn unig. Nid symud fu'r ymateb ond un cwlwm chwithig mawr. Dyma amddiffyniad gorau y corff, mae'n debyg, ond prin y medrwn i ei oddef.

Roedd yn parhau yn rhy hir, ac yn rhy araf yn mynd i ffwrdd, yn rhy betrus, fel pe bai yn bygwth dychwelyd. Addewais na fyddwn yn symud. Symuda i ddim . . . gollwng dy afael . . . gad i mi fynd.

Roedd goleuadau'r tŷ ymlaen, ond roedd y gwres wedi ei ddiffodd. Roeddwn yn oer iawn, yn fferru'n llythrennol. Roedd oerfel yn rhwystro pethau rhag gwaedu, meddyliais. Doedd oerfel ddim yn ddrwg i gyd. Byddai oerfel yn tynhau'r gwythiennau hynny ac yn rhwystro'r stwff coch rhag diferu i'r llefydd na ddylai. Byddai'r gwaedu drosodd. Byddai gwellhad yn dechrau.

Gorweddais yn ddistaw am oriau, yn aros. Yn boenus ond yn fyw. Yn fwy sicr nag erioed fy mod am aros yn fyw. Yn fwy sicr nag erioed fy mod i wedi bod yn lwcus.

Os nad oedd dim wedi ei hollti, gallwn ddelio â'r gweddill. Gwlad gyfarwydd. Diflas, ond adnabyddus.

Doedd gen i ddim syniad beth oedd hi o'r gloch. Allwn i ddim gweld fy wats. Beth petawn i'n symud fy mraich, meddyliais. Dim ond fy mraich. Hwyrach y gallwn i ddod i ben â hynny os byddwn i'n ofalus.

Swniai mor syml. Cadwodd y sbasm mawr draw, ond prin symud wnaeth fy mraich. Gwallgof. Doedd dim byd yn gweithio. Roedd rhywbeth yn bod ar bob cyswllt.

Wedi ysbaid hir arall rhoddais gynnig arni eto. Trio'n rhy galed. Daeth y clymau chwithig yn ôl, gan ddwyn fy anadl, gan fy nal mewn feis, yn waeth rŵan yn fy stumog nag yn unman arall, ddim cynddrwg yn fy mreichiau, ond yn anhyblyg, yn frawychus, yn parhau'n rhy hir.

Gorweddais ar y llawr drwy'r nos ac am ran helaeth o'r bore. Sychodd y gwaed o dan fy mhen. Teimlai fy wyneb fel gobennydd yn llawn graean. Roedd holltau dolurus yn fy ngheg, a gallwn deimlo â 'nhafod ymylon miniog dannedd wedi torri.

O'r diwedd codais fy mhen oddi ar y llawr.

Dim sbasm.

Roeddwn yn gorwedd yn rhan bellaf y pasej, heb fod yn bell o waelod y grisiau. Dyna drueni bod y gwely i fyny'r grisiau. A hefyd y ffôn. Hwyrach y gallwn gael help . . . pe gallwn fynd i fyny'r grisiau.

Yn ochelgar ceisiais symud, gan arswydo beth fyddai'n digwydd. Symudais fy mreichiau, fy nghoesau, ceisio codi ar fy eistedd. Methu gwneud dim. Roedd fy ngwendid yn druenus. Crynai fy nghyhyrau. Symudais ychydig fodfeddi ar draws y pasej, gan led-orwedd. Cyrraedd gwaelod y grisiau. Clun ar lawr y cyntedd, ysgwydd ar un ris, pen ar ris arall, y breichiau'n diffygio gan wendid . . . daeth y sbasm yn ôl.

O, Iesu, meddyliais, faint mwy?

Ymhen awr arall roeddwn wedi llwyddo i gael fy nghrwpar i fyny tair gris ac unwaith eto yn dioddef o glymau chwithig. Digon pell, meddyliais yn bendant. Dim pellach. Roedd hi'n llawer mwy cyfforddus gorwedd ar y grisiau nag oedd hi ar y llawr, cyhyd ag yr arhoswn i'n llonydd.

Arhosais yn llonydd. Yn ddiolchgar, yn flinedig, yn ddioglyd lonydd. Am hydoedd.

Canodd rhywun gloch y drws ffrynt.

Doeddwn i ddim ishio'u gweld nhw pwy bynnag oedd yno. Mi fyddai pwy bynnag oedd yno yn gwneud i mi symud. Doeddwn i ddim eisiau help erbyn hyn, dim ond llonydd. Byddai llonydd yn fy mendio, gydag amser.

Canodd y gloch unwaith eto. Dos o 'ma, meddyliais. Dwi'n well ar fy mhen fy hun.

Am ychydig tybiais imi gael fy nymuniad, ond yna clywais rywun wrth gefn y tŷ, yn dod i mewn drwy'r drws cefn. Y drws cefn oedd wedi torri, ac a oedd yn agor ond i chi ei gyffwrdd.

Nid den Relgan, meddyliais yn nyfnder fy nhrueni. Gobeithio'r nefoedd nad den Relgan . . . nid fo.

Nid fo oedd yno, wrth gwrs. Jeremy Folk.

Jeremy Folk oedd yno, yn dod i mewn yn betrus, gan ofyn, 'Y . . . ' ac 'Oes 'ma bobol . . . ?' a 'Philip . . . ?' ac yn sefyll yn stond gan fraw pan gyrhaeddodd y pasej.

'Iesu Grist,' meddai'n hurt.

'Helô,' meddwn.

'*Philip*.' Pwysodd ymlaen drosta i. 'Dy wyneb . . . '

'Ia.'

'Beth wna i?'

'Dim,' meddwn. 'Eistedd i lawr . . . ar y grisiau.' Teimlai fy ngheg a 'nhafod yn stiff. Fel rhai Marie, meddyliais. Yn union fel Marie.

'Ond beth ddigwyddodd? Gest ti godwm wrth rasio?'

Mi eisteddodd i lawr ar waelod y grisiau, a phlygu ei goesau ei hun ar onglau blêr.

'Ond . . . y gwaed. Mae 'na waed ym mhobman . . . dros dy wyneb . . . yn dy wallt. Bobman.'

'Gad iddo fo,' meddai. 'Mae o wedi sychu.'

'Fedri di weld?' gofynnodd. 'Mae dy lygaid di'n . . . '
Stopiodd, am nad oedd, o bosibl, eisiau dweud wrtha i.

'Mi fedra i weld efo un ohonyn nhw,' meddwn. 'Mae'n ddigon.'

Roedd o, wrth gwrs, eisiau fy symud, eisiau golchi'r gwaed i ffwrdd, a gwneud pethau'n fwy trefnus. Roeddwn innau eisiau aros lle'r o'n i, heb orfod dadlau. Breuddwyd gwrach. Dim ond wrth gyfaddef am y clymau chwithig y perswadiais ef i adael llonydd imi.

Dwysaodd ei ddychryn. 'Mi ffonia i am ddoctor.'

'Cau dy geg,' atebais. 'Dwi'n iawn. Siarada os wyt ti'n dewis, ond paid â *gwneud* dim.'

'Wel . . . ' Rhoddodd y gorau iddi. 'Wyt ti ishio rhywbeth? Te neu rywbeth?'

'Siampên. Chwilia yng nghwpwrdd y gegin.'

Edrychai fel pe bai o'r farn fy mod i'n wallgof, ond siampên oedd y tonic gorau y gwyddwn i amdano ar gyfer pob anhwylder bron. Clywais y corcyn yn popian a dychwelodd â dau wydraid. Rhoddodd fy un i ar y ris wrth ymyl fy llaw chwith, ger fy mhen.

O, wel, meddyliais. Waeth i mi gael gwybod ddim. Byddai'n rhaid i'r clymau chwithig beidio rywbryd. Symudais fy mraich yn ofalus araf a chrafangio am y gwydryn, ac yna ceisio cysylltu'r cyfan â 'ngheg. Cefais o leiaf dri llowciad gweddol cyn i bopeth gloi.

Jeremy, y tro hwnnw, a gafodd ddychryn. Cymerodd y gwydr oedd yn llithro o'm llaw ac fe gafodd ymosodiad pendant o'i amhendantrwydd. 'Aros,' meddwn rhwng fy nannedd. Yn y man, fe laciodd y sbasm, a chredwn nad oedd o efallai mor ddrwg nac mor hir â'r troeon blaenorol, a bod pethau yn gwella o ddifrif.

Roedd perswadio pobl i adael llonydd ichi yn cymryd llawer mwy o ynni nag yr oeddech yn barod i'w wastraffu ar beth felly. Roedd ffrindiau da yn eich blino. Er cymaint yr o'n i'n gwerthfawrogi ei gwmni, byddai'n dda gennyf petai'n rhoi'r gorau i'w ffysian ac yn cau ei geg.

Canodd cloch y drws ffrynt unwaith eto, a chyn i mi allu dweud wrtho fo am beidio, roedd o wedi ei hateb. Suddodd fy ysbryd yn ddyfnach byth. Roedd derbyn ymwelwyr yn ormod o dreth.

Clare oedd yr ymwelydd, wedi dod am fy mod i wedi ei gwahodd.

Penliniodd ar y grisiau wrth fy ymyl a dweud, 'Nid codwm ydy hyn, nage? Mae rhywun wedi gwneud hyn i ti, 'ndoes? Wedi dy guro di?'

'Mwynha ychydig o siampên,' meddwn.

'Gwnaf. Diolch.'

Cododd a mynd i nôl gwydr a dadlau fy achos efo Jeremy.

'Os ydy o am orwedd ar y grisiau, gad iddo fo. Mae o wedi cael ei frifo gannoedd o weithiau. Fo ŵyr orau.'

Dduw mawr, meddyliais. Merch sy'n deall. Anhygoel.

Eisteddodd hi a Jeremy yn y gegin yn eu cyflwyno eu hunain i'w gilydd ac yn yfed fy niod. Ar y grisiau roedd pethau'n gwella. Yn dilyn symudiadau bach arbrofol ches i ddim clymau chwithig. Yfais ychydig o siampên. Teimlo'n boenus ond yn llai sâl. Teimlo y gallwn, cyn bo hir, godi ar fy eistedd.

Canodd cloch y drws ffrynt.

Epidemig.

Cerddodd Clare ar hyd y pasej i'w hateb. Ro'n i'n siŵr y byddai hi'n cadw pwy bynnag oedd yno draw, ond fe fethodd. Doedd y ferch a oedd wedi galw ddim am gymryd ei chadw ar stepen y drws. Gwthiodd Clare o'r ffordd, a chlywais ei sodlau'n clecian ar wib i lawr y pasej tuag ataf.

'Rhaid i mi weld,' meddai'n llawn cyffro. 'Rhaid i mi gael gwybod a ydy o'n dal yn fyw.'

Adwaenwn y llais. Doedd dim rhaid i mi weld yr wyneb tlws, gofidus yn rhewi o sioc pan ddaeth o hyd i mi.

Dana den Relgan.

XVII

'*Dduw mawr,*' meddai.

'Mi rydw i,' atebais innau yn fy nghyflwr chwyddedig, 'yn fyw.'

'Mi ddeudodd o y gallai hi fynd . . . y naill ffordd neu'r llall.'

'Ffordd 'ma aeth hi.'

'Doedd o ddim fel petai o'n malio dim. Ddim yn sylweddoli . . . pe bydden nhw wedi dy ladd di . . . beth fyddai hynny'n ei olygu. Y cwbwl ddeudodd o oedd nad oedd neb wedi eu gweld nhw, na fydden nhw byth yn cael eu harestio, felly pam poeni?'

Holodd Clare, 'Ydach chi'n deud eich bod chi'n gwybod pwy wnaeth hyn?'

Edrychodd Dana arni'n bryderus. 'Edrychwch, mae'n rhaid i mi siarad efo fo. Ar fy mhen fy hun. Fyddai ots gennoch chi?'

'Ond mae o'n . . . ' Arhosodd a dweud, 'Philip?'

'Mae'n iawn.'

'Mi fyddwn ni yn y gegin,' meddai Clare. 'Gwaedda.'

Arhosodd Dana nes iddi fynd, ac yna clwydo wrth fy ochr ar y grisiau gan ddod â'i phen yn agos at fy un i. Edrychais arni drwy'r hollt yn fy llygad, gan weld ei phryder gorffwyll bron a heb wybod ei achos. Nid am fy mywyd i, bellach, gwyddai bod hwnnw'n saff. Nid am fy nistawrwydd, oherwydd roedd y ffaith ei bod hi yma yn gyfaddefiad a allai wneud pethau'n waeth. Llifodd ei gwallt melyn ymlaen yn esmwyth i 'nghyffwrdd bron iawn. Ymwthiodd ei phersawr hyfryd i'm hymwybyddiaeth drwy drwyn clwyfedig. Gorffwysodd sidan ei blows ar fy llaw. Roedd ei llais cosmopolitan yn feddal ei acenion, ac yn erfyngar.

'Plîs,' meddai. '*Plîs.*'

'Plîs . . . beth?'

'Sut medra i ofyn i chi?' Hyd yn oed mewn trwbl, meddyliais, roedd ganddi atyniad cryf. O'r blaen sylwi'n unig ar hyn wnes i, nid ei deimlo, oherwydd o'r blaen dim ond gwên ddi-ddiddordeb a thros ysgwydd a gawswn ganddi; ond rŵan, a'r grym i gyd yn cael ei gyfeirio ataf i, fe'm cefais fy hun yn meddwl y carwn ei helpu, os gallwn.

Meddai'n berswadlyd, 'Plîs rhowch . . . rhowch yr hyn sgrifennais i at George Millace yn ôl i mi.'

Gorweddais heb ateb, gan gau'r llygad a oedd yn gweld. Camddarllenodd hithau fy niffyg ymateb, a oedd, mewn gwirionedd, yn deillio o anwybodaeth, a rhuthro i ddilyw o erfyn emosiynol.

'Dwi'n gwybod y byddwch chi'n meddwl . . . sut y galla i ofyn i chi wedi i Ivor wneud yr hyn wnaeth o . . . sut y galla i ddisgwyl hyd yn oed y ffafr leiaf . . . na thrugaredd . . . na charedigrwydd.' Roedd ei llais yn gybolfa o gywilydd a digalondid, o wylltineb ac o weniaith, pob emosiwn yn codi fel ton ar wahân ac yn gostwng cyn y don nesaf. Doedd gofyn ffafr gan berson a gafodd hanner ei ladd gan ei thad . . . ei gŵr . . . ei chariad . . . ddim yn un o'r negeseuon hawsaf eu cyflawni, ond roedd hi'n rhoi cynnig teg iawn arni. 'Plîs, plîs, dwi'n ymbil arnoch chi am ei roi o'n ôl i mi.'

'Ai eich tad chi ydy o?'

'Na.' Anadliad, sibrydiad, ochenaid.

'Beth 'ta?'

'Mae gynnon ni . . . berthynas.'

Felly wir, meddyliais yn sychlyd.

Meddai, 'Plîs rhowch y sigaréts i mi.'

Y beth? Doedd gen i ddim syniad am beth roedd hi'n sôn.

Gan drio peidio mwmian, gan drio gwneud i 'nhafod dew siarad yn glir, meddwn, 'Deudwch wrtha i am eich . . . perthynas . . . efo den Relgan . . . ac am . . . eich perthynas efo Lord White.'

'Os deuda i, wnewch chi'i roi o i mi? Plîs? *Plîs*, wnewch chi?'

Cymerodd fy nistawrwydd yn arwydd y gallai hi, o leiaf, obeithio'r gorau. Rhuthrodd i egluro gan faglu ar draws ei geiriau o bryd i'w gilydd, ac oedi'n bryderus dro arall; y cwbl yn ymddiheurol ac yn hunanesgusodol, ac arno flas digamsyniol o 'druan ohono' i; cael fy nefnyddio wnes i; nid fy mai i oedd o'.

Agorais y llygad briw, i edrych.

'Dwi 'di bod efo fo am ddwy flynedd . . . heb briodi, fuo hi erioed fel'na . . . dim byd domestig, dim ond . . . '

Rhyw, meddyliais.

'Rydych chi'n siarad yn debyg iddo fo,' meddwn.

'Actores ydw i,' meddai. Oedodd yn herfeiddiol i mi gwestiynu hyn, ond mewn difrif, allwn i ddim. Actores eithaf da, yn fy marn i. Cerdyn Equity, tybed? Doedd gen i mo'r awydd na'r nerth i holi.

'Haf y llynedd,' meddai, 'mi ddaeth Ivor draw yn byrlymu efo'r syniad briliant 'ma. Roedd o mor falch ohono'i hun . . . 'taswn i'n cydweithredu, mi fyddai'n gofalu na fyddwn i'n dioddef . . . hynny ydy . . . ' Ddeudodd hi ddim mwy, ond roedd hi'n amlwg beth roedd ef yn ei olygu. Dim dioddef yn ariannol . . . gair llednais am freib sylweddol.

'Mi ddeudodd o fod 'na ddyn yn y rasys yn barod i fflyrtian. Fyddai o ddim yn arfer mynd â fi yno tan hynny. Ond mi ofynnodd o a fyddwn i'n fodlon mynd efo fo ac esgus bod yn ferch iddo fo a thrio cael y dyn i fflyrtio efo *fi*. Jôc oedd y peth, 'dach chi'n gweld. Mi ddeudodd Ivor bod gan y dyn 'ma enw da, a'i fod mor lân â'r eira, a'i fod o eisiau chwarae tric arno fo . . . Wel, dyna ddeudodd o. Mi ddeudoddd fod y dyn yn dangos arwyddion fod arno ishio antur fach rywiol . . . edrych ar ferched del mewn ffordd arbennig, gan gyffwrdd eu breichiau, fe wyddoch am beth dwi'n sôn.'

Meddyliais pa mor od oedd bod yn ferch dlws, a'i chael

hi'n normal fod dynion canol oed o'ch cwmpas yn chwilio am ryw, yn disgwyl iddyn nhw gyffwrdd eich breichiau.

'Felly, mi aethoch,' meddwn.

Nodiodd ei phen. 'Roedd o'n annwyl . . . John White. Roedd o'n hawdd, hynny ydy . . . ro'n i'n ei licio fo. Dim ond gwenu wnes i . . . ac ro'n i'n ei licio fo . . . ac . . . wel . . . roedd hi'n wir beth ddeudodd Ivor, roedd o'n chwilio, ac ro'n innau yno.'

Dyna lle'r oedd hi, meddyliais, yn brydferth ac nid yn rhy dwp, ac yn ceisio ei ddal. Druan o Lord White, wedi ei fachu am mai dyna oedd o ei eisiau. Cael ei dwyllo gan ei oedran ffôl, gan ei hiraeth am ieuenctid.

'Ishio defnyddio John oedd ar Ivor, wrth gwrs. Ro'n i'n gweld hynny . . . roedd o mor amlwg â'r dydd. Ond do'n i ddim yn gweld cymaint â hynny o ddrwg yn y peth. Hynny ydy . . . pam lai? Roedd popeth yn mynd yn iawn nes i Ivor a fi fynd i St Tropez am wythnos.' Daeth atgofion am wylltineb i gymylu'r wyneb tlws. 'Ac mi sgrifennodd y ffotograffydd atgas hwnnw at Ivor . . . yn dweud wrtho fo am adael llonydd i Lord White neu mi fyddai'n dangos y lluniau ohonon ni iddo fo . . . roedd Ivor yn gandryll o'i gof; welais i erioed mohono fo mor flin . . . ddim tan yr wythnos hon.'

Meddyliodd y ddau ohonon ni am gynddaredd den Relgan yr wythnos honno.

'Ŵyr o eich bod chi yma?' gofynnais.

'Arglwydd mawr, na ŵyr.' Arswydodd o feddwl y fath beth. 'Dydy o'n gwybod dim . . . mae o'n casáu drygiau . . . dim ond am hynny yr ydan ni'n ffraeo . . . gwneud i mi sgrifennu'r rhestr 'na wnaeth George Millace . . . bygwth dangos y lluniau i John os na wnawn i . . . roedd yn *gas* gen i George Millace . . . ond mi . . . rowch chi hi'n ôl i mi, 'n gwnewch chi? Plîs . . . plîs . . . rhaid i chi ddeall, mi fyddai'n fy nistrywio yng ngolwg unrhyw un sy'n cyfri . . . mi dala i. Mi dala i i chi . . . os rhowch chi o i mi.'

Rŵan amdani, meddyliais.

'Beth ydach chi'n . . . ei ddisgwyl i mi ei roi i chi?' gofynnais.

'Y pecyn sigaréts, wrth gwrs. Efo'r sgrifen arno fo.'

'Wrth gwrs . . . ond pam sgrifennoch chi ar becyn sigaréts?'

'Mi sgrifennais ar y papur efo ffelt-tip goch . . . mi ddeudodd George Millace wrtha i am sgrifennu ac mi ddeudais inna na fyddwn i'n gwneud hynny beth bynnag wnâi o; dyna pryd ddeudodd o am imi sgrifennu efo'r ffelt-tip goch ar y papur seloffên sydd o gwmpas y ffags ac y medrwn i esgus nad oeddwn i wedi gwneud, am na fyddai neb yn cymryd sgribl ar bapur seloffên o ddifri . . . ' Stopiodd yn sydyn a dweud gan ddechrau amau, 'Mae o gennoch chi, 'n tydy? Mi roddodd George Millace o i chi . . . efo'r lluniau . . . 'ndo?'

'Beth sgrifennoch chi . . . ar y rhestr 'na?'

'Arglwydd mawr,' meddai. 'Dydy o ddim gennoch chi. Nag ydy wir a dyma finnau wedi dod yma a dweud . . . i ddim . . . dydy o ddim gennoch chi . . . ' Safodd yn sydyn a diflannodd ei phrydferthwch mewn llid. 'Y cachwr. Mi ddylai Ivor fod wedi dy ladd di. Mi ddylai fod wedi gwneud yn siŵr. Dwi'n gobeithio dy fod ti'n *dioddef*.'

Roedd ei gobaith hi'n cael ei wireddu, meddyliais yn dawel. Rhyfedd gyn lleied o ddicter a deimlwn ynglŷn ag ymateb den Relgan. Ro'n i wedi ffustio ei fywyd o, ac roedd yntau wedi ffustio fy nghorff i. Ar y cyfan, meddyliais, fi oedd yn cael y gorau o'r fargen. Fe âi fy helbulon i heibio.

'Bydd yn ddiolchgar,' meddwn.

Roedd hi'n rhy flin, fodd bynnag, am yr hyn yr oedd hi wedi ei ddweud. Chwyrlïodd i lawr y pasej mewn chwa o sidan a phersawr, a rhoi clep ar y drws ffrynt. Crynai'r awyr gan ddicter benywaidd. Diolch byth nad oedd y byd yn llawn o ferched tebyg i Dana den Relgan.

Daeth Clare a Jeremy allan o'r gegin.

'Beth oedd hi ishio?' gofynnodd Clare.

'Rhywbeth nad ydy o gen i.'

Dechreuodd y ddau ofyn beth, yn gyffredinol, oedd wedi bod yn digwydd, ond 'Ddeuda i wrthach chi fory,' oedd fy unig ateb, ac fe roddon nhw'r gorau i holi. Eisteddodd Clare wrth fy ymyl ar y grisiau a rhwbio un o'i bysedd ar fy llaw.

'Dwyt ti ddim yn dda, nag wyt ti?' meddai.

Doeddwn i ddim eisiau cytuno efo hi. 'Faint o'r gloch ydy hi?'

'Hanner awr wedi tri . . . yn tynnu am bedwar.' Edrychodd ar ei wats. 'Ugain munud i bedwar.'

'Cymerwch ginio,' meddwn. 'Chdi a Jeremy.'

'Wyt ti ishio peth?'

'Na.'

Fe gynheson nhw ychydig o gawl a bwyta ychydig o fara a chadw bywyd i fynd yn ei flaen. Meddyliais, yn hollol ddisynnwyr, mai dyma'r unig ddiwrnod erioed i mi ei dreulio yn gorwedd ar y grisiau. Gallwn ogleuo'r llwch yn y carped. Roeddwn yn brifo drosof i gyd, gan ryw stiffrwydd dolurus di-baid; ond roedd hynny'n well na'r clymau chwithig, ac roedd ychydig o symud yn bosibl erbyn hyn. Byddai symud, cyn bo hir, yn anorfod. Arwydd bod pethau'n dechrau dod i drefn . . . roedd mwyfwy o angen mynd i'r stafell ymolchi arna i.

Eisteddwn ar y grisiau â 'nghefn yn pwyso yn erbyn y wal.

Ddim yn rhy ddrwg. Ddim yn rhy ddrwg. Dim sbasmau.

Gwelliant gweladwy ym mherfformiad pob cyhyr. Doedd atgof am nerth ddim yn beth mor bell erbyn hyn. Gallwn sefyll, petawn yn trio, meddyliais.

Daeth Clare a Jeremy i helpu'n gwestiyngar, a heb falchdra defnyddiais eu dwylo i 'nghodi fy hun ar fy nhraed.

Yn simsan, ond ro'n i'n sefyll.

Dim clymau chwithig.

'Beth rŵan?' gofynnodd Clare.

'Mynd i biso.'

Chwarddodd y ddau. Aeth Clare i'r gegin a dywedodd Jeremy rywbeth am olchi'r pwll o waed oddi ar y llawr wrth iddo gynnig ei fraich i'm hebrwng ar draws y cyntedd.

'Paid â thrafferthu,' meddwn.

'Dim trafferth o gwbwl.'

Pwysais ar reilen y lliain sychu yn y stafell ymolchi ac edrych i'r drych uwchben y basn a gweld cyflwr fy wyneb. Chwyddedig, di-siâp. Amhosib ei adnabod. Yn gignoeth mewn rhai mannau. Yn goch tywyll mewn mannau eraill. Gwaed wedi ceulo; fy ngwallt yn bigau o'r herwydd. Un llygad ar goll mewn plygion o gnawd chwyddedig, un yn dangos hollt. Ceg friw, borffor. Dau ddant blaen wedi malu.

Wythnos, meddwn, ac ochneidio. Mae bocswyr yn gwneud hyn drwy'r amser o ddewis. Y ffyliaid.

Wrth wneud dŵr fe ddois yn ymwybodol o niwed trwm i'm canol ond cefais hefyd beth calondid. Dim gwaed yn y dŵr. Mae'n bosib bod fy mherfedd wedi ei chael hi ond ni laniodd yr un o'r traed dynol na cheffylaidd â nerth ffrwydrol ar fy aren. Bûm yn ffodus. Yn eithriadol o ffodus. Diolch i Dduw.

Rhedais ychydig o ddŵr cynnes i'r basn a mwydo peth ar fy wyneb â gwlanen. Doeddwn i ddim yn sicr a oedd hynny'n welliant ai peidio o ran gallu gweld nac o ran cyfforddusrwydd. Lle bu'r gwaed sych daeth mwy o fannau cignoeth a briwiau i'r golwg. Yn dyner sychais y rhannau a olchwyd â thamaid o bapur. Gad y gweddill, meddyliais.

Clywais glec drom yn y cyntedd.

Agorais ddrws y stafell ymolchi a gweld Clare yn dod yn bryderus o'r gegin.

'Wyt ti'n iawn?' gofynnodd. 'Wnest ti ddim syrthio?'

'Na . . . Jeremy, mae'n siŵr.'

Heb frysio dim fe aethon ni'n dau tua ffrynt y tŷ i weld beth oedd o wedi ei ollwng . . . a chanfod Jeremy ei hun yn gorwedd a'i wyneb i lawr ar y teils. Hanner i mewn hanner allan o'r stafell dywyll. Llifai'r dŵr yn ffrydiau hyd y lle o'r bowlen y bu'n ei chario. Ac roedd yna arogl . . . arogl cryf wyau drwg. Arogl y gwyddwn amdano . . .

'Beth ar wyneb y . . . ' dechreuodd Clare.

Iesu Grist, meddyliais; gweddi nid rheg. Gafaelais ynddi yn chwyrn o gwmpas ei gwasg a'i llusgo at y drws. Ei agor. Ei gwthio allan.

'Aros yna,' meddwn yn frysiog. 'Aros y tu allan. Nwy.'

Cymerais anadl ddofn o awyr dywyll aeafol a throi'n ôl. Teimlo mor wan . . . mor anobeithiol. Plygu dros Jeremy, gafael yn ei arddyrnau, un ym mhob llaw, a llusgo.

Tynnu a llusgo dros y teils gwyn, ei dynnu, ei lithro, yn teimlo'r cryndod marwol yn fy mreichiau a 'nghoesau gwan. O'r stafell dywyll, trwy'r cyntedd, at y drws ffrynt. Nid oedd yn bell. Dim mwy na deg troedfedd. Roedd fy ysgyfaint fy hun yn gweiddi am aer . . . ond nid yr aer hwnnw . . . nid wyau drwg.

Gafaelodd Clare yn un o freichiau Jeremy, a rhyngddon ni fe dynnon ni'r truan allan i'r stryd. Caeais y drws ar fy ôl, a phenlinio ar y ffordd oer, yn cyfogi a thuchan ac yn teimlo'n gwbl ddi-werth.

Roedd Clare eisoes yn curo ar ddrws cymydog, a daeth yn ôl efo'r athro oedd yn byw yno.

'Anadlwch . . . i mewn iddo fo,' meddwn.

'Geg yng ngheg?' Nodiais. 'Reit 'ta.' Penliniodd gerllaw Jeremy, ei droi drosodd, a heb oedi dechreuodd ar ei waith yn effeithiol, yn gwybod yn iawn beth i'w wneud.

Diflannodd Clare ond mewn munud roedd hi'n ôl.

'Rydw i wedi galw'r ambiwlans,' meddai, 'ond maen nhw ishio gwybod pa nwy. Does 'na ddim nwy yn Lambourn, medden nhw. Maen nhw ishio gwybod . . . beth i ddod efo nhw.'

'*Respirator*.' Teimlai fy mrest i fy hun yn drwm fel plwm. Roedd anadlu'n anodd. 'Deud wrthyn nhw . . . sylffyr. Rhyw

258

fath o sylffid. Marwol. Deud wrthyn nhw am frysio.'

Edrychai'n frawychus a rhedodd yn ôl i dŷ'r athro, ac fe bwysais innau ar fy ngliniau yn erbyn wal ffrynt fy nhŷ, yn wan, yn pesychu ac yn ddifrifol o sâl. Oherwydd y trwbl newydd, nid yr hen un. Oherwydd y nwy.

Symudodd Jeremy ddim. O, Dduw, meddyliais. O, Grist, gad iddo fo fyw.

Nwy yn fy stafell dywyll; nwy wedi ei fwriadu i mi, nid iddo fo. Rhaid mai dyna ddigwyddodd. Rhaid fod y peth wedi bod yno yr holl oriau 'na, yr holl oriau y bues i'n gorwedd yn y cyntedd.

Meddyliais yn ffwndrus: Jeremy, *paid â marw*. Fy mai i ydy hyn. *Paid â marw*. Mi ddylwn i fod wedi llosgi stwff George Millace . . . yn lle ei ddefnyddio . . . yn lle dod â ni mor agos . . . mor agos i farwolaeth.

Daeth pobl allan o'r tai gan ddod â blancedi a llygaid syn efo nhw. Daliodd yr athro ati, er y gallwn weld ar ei osgo ei fod yn teimlo fod popeth ar ben.

Paid â marw . . .

Teimlodd Clare byls Jeremy. Roedd ei hwyneb fel y galchen.

'Ydy o'n . . . ?' gofynnais.

'Mae rhywbeth yna.'

Paid â marw.

Roedd clywed geiriau Clare yn galondid i'r athro a daliodd ati'n ddiflino. Teimlwn fel pe bai gwregys tynn am fy asennau yn gwasgu ar fy ysgyfaint. Dim ond llond ceg o nwy, a hwnnw'n gymysg ag aer, yr o'n i wedi ei anadlu. Roedd Jeremy wedi anadlu nwy pur, a Clare . . .

'Sut mae dy frest di?' gofynnais.

'Yn dynn,' meddai. 'Yn annifyr iawn.'

Roedd y dorf o'n cwmpas yn cynyddu. Cyrhaeddodd yr ambiwlans, car heddlu, Harold, a meddyg, a hanner poblogaeth Lambourn i'w canlyn.

Cymerodd yr arbenigwyr waith yr athro drosodd a phwmpio aer i mewn ac allan o ysgyfaint Jeremy. Gorweddai Jeremy ei hun fel boncyff tra archwiliai'r meddyg ef a'i lwytho i'r ambiwlans.

Roedd ganddo byls. O ryw fath. Dyna'r cwbl yr oedden nhw'n fodlon ei ddweud. Fe gaeon nhw'r drws arno a'i yrru i Swindon.

Paid â marw, gweddïais. Paid â gadael iddo fo farw. Fy mai i ydy hyn.

Fe gyrhaeddodd injan dân a dynion mewn masgiau. Fe aethon nhw rownd cefn y tŷ yn cludo offer â deialau ac o'r diwedd daethant allan trwy fy nrws ffrynt ac i'r stryd. Yn ôl hynny a glywais i o'u sgwrs â'r heddlu roedden nhw'n awgrymu na ddylai neb fynd i mewn nes byddai'r lefelau tocsig yn y tŷ wedi gostwng.

'Pa nwy ydy o?' gofynnodd un o'r plismyn.

'Hydrogen sylffid.'

'Marwol?'

'Yn eithriadol o farwol. Parlysu'r anadl. Peidiwch â mynd i mewn nes y byddwn ni'n dweud ei bod hi'n iawn. Mae 'na rywbeth y tu mewn 'na sy'n dal i gynhyrchu'r nwy.'

Trodd y plismon ata i. 'Beth ydy o?' gofynnodd.

Ysgydwais fy mhen. 'Dwn i ddim. Does gen i ddim byd fyddai'n ei gynhyrchu.'

Roedd o wedi gofyn yn gynharach beth oedd yn bod ar fy wyneb.

'Codwm mewn ras.'

Fe'i derbyniodd. Roedd jocis clwyfedig yn bethau digon cyffredin yn Lambourn. Symudodd yr holl syrcas i fyny'r stryd i dŷ Harold, a dechreuodd pethau fynd yn gymysglyd.

Ffoniodd Clare yr ysbyty ddwywaith i holi am Jeremy.

'Dal mewn gofal dwys . . . yn sâl iawn. Maen nhw ishio gwybod efo pwy i gysylltu.'

'Ei rieni,' meddwn yn dorcalonnus. 'Cartref Jeremy . . . yn St Albans.' Roedd y rhif yn fy nhŷ, efo'r nwy.

Gwnaeth Harold ychydig o ymholiadau a chafodd rif ffôn tad Jeremy.

Paid â marw, meddyliais. Well i ti blydi byw . . . *Plîs wnei di fyw?*

Stompiodd heddweision i mewn ac allan. Fe ddaeth inspector, a gofyn cwestiynau. Cafodd atebion gan Clare a minnau. Doeddwn i ddim yn gwybod sut roedd 'na hydrogen sylffid yn fy stafell dywyll. Damwain noeth oedd hi fod Jeremy wedi ei anadlu. Doeddwn i ddim yn nabod unrhyw un fyddai'n dymuno rhoi hydrogen sylffid yn fy stafell dywyll. Doeddwn i ddim yn gwybod pwy.

Dywedodd yr inspector nad oedd yn fy nghredu. Doedd neb yn cael pethau perig fel yna yn eu tai heb wybod pam. Ysgydwais fy mhen. Roedd siarad yn gosbedigaeth o hyd. Byddwn yn dweud pam wrtho pe byddai Jeremy yn marw. Fyddwn i ddim fel arall.

Sut gwyddwn i mor sydyn mai nwy oedd o? Bu imi ymateb y munud hwnnw, yn ôl Clare. Sut hynny?

'Sodiwm sylffid . . . roedd o i'w gael ers talwm mewn stiwdios ffotograffig. Mae'n cael ei ddefnyddio weithiau o hyd . . . ond nid yn amal . . . oherwydd yr arogl. Doedd gen i ddim. Nid fy un i oedd o.'

'Ai nwy ydy o?' gofynnodd yn chwilfrydig.

'Nage. Crisialau. Gwenwynig iawn. Mae'n dod mewn pecynnau ar gyfer lliwio lluniau yn sepia. Roedd Kodak yn arfer gwneud un. T-7A . . . dwi'n meddwl.'

'Ond fe wyddech chi mai *nwy* oedd o.'

'Oherwydd bod Jeremy . . . wedi llewygu. Ac mi anadlais innau beth . . . roedd o'n teimlo'n . . . rong. Mi fedrwch wneud nwy drwy ddefnyddio sodiwm sylffid . . . ro'n i'n gwybod mai nwy oedd o . . . dydw i ddim yn gwybod sut . . . jest gwybod o'n i.'

'Sut ydach chi'n gwneud nwy hydrogen sylffid o grisialau sodiwm sylffid?'

'Dydw i ddim yn gwybod.'

Roedd yn pwyso arna i i ateb ond yn wir, wyddwn i ddim. Ac yn awr, syr, meddai, ynglŷn â'ch clwyfau. Eich poen amlwg a'ch gwendid. Cyflwr eich wyneb. Ydych chi'n sicr mai codwm wrth rasio ceffylau oedd yn gyfrifol am y rhain? Oherwydd roedden nhw'n edrych iddo fo, roedd yn rhaid iddo ddweud, fel canlyniad ymosodiad ffyrnig gan fod dynol. Roedd wedi gweld amryw yn ystod ei gyfnod yn yr heddlu.

Codwm, meddwn.

Holodd yr inspector Harold, a oedd yn edrych yn bryderus, ond atebodd ar ei union. 'Codwm caled iawn, inspector. Dwn i ddim sawl ceffyl ddaru ei gicio fo. Os ydych chi am dystion . . . roedd tua chwe mil o bobol yn gwylio.'

Cododd yr inspector ei ysgwyddau ac edrych fel pe bai wedi ei ddadrithio. Hwyrach fod ganddo fo reddf, meddyliais, a synhwyrai fy mod i wedi dweud celwydd am rai pethau. Wedi iddo fo fynd meddai Harold, 'Dwi'n gobeithio dy fod ti'n gwybod beth wyt ti'n ei wneud. Roedd dy wyneb di yn o.k. pan adewais i ti, 'ndoedd o?'

'Mi gei di wybod ryw ddiwrnod,' meddwn gan fwmian.

Gofynnodd i Clare, 'Beth ddigwyddodd?' ond ysgwyd ei phen a wnaeth hithau mewn lludded llwyr a dweud nad oedd hi'n gwybod dim nac yn deall dim a'i bod hi'n teimlo'n ddychrynllyd ei hun. Fe gawson ni gysur, bwyd, ac o'r diwedd welyau gan wraig Harold; ac am hanner nos roedd Jeremy yn dal yn fyw.

Ymhen rhai oriau diflas daeth Harold i mewn i'r stafell fach lle'r o'n i'n eistedd yn fy ngwely. Yn eistedd am y gallwn i anadlu'n well y ffordd honno, ac oherwydd na allwn i gysgu, ac oherwydd y boen ddirdynnol drosof i gyd. Roedd fy nghariad, meddai, wedi mynd i Lundain i weithio, ac fe fyddai'n ffonio gyda'r nos. Roedd yr heddlu eisiau fy ngweld i. A Jeremy? Roedd Jeremy yn dal yn fyw, yn dal yn anymwybodol, yn dal yn ddifrifol wael.

Aeth y dydd rhagddo yn wael.

Aeth yr heddlu i fy nhŷ, i sbaena ac i agor y drysau a'r ffenestri, a daeth yr inspector i dŷ Harold i'n hysbysu o'r canlyniadau.

Fe eisteddon ni yn swyddfa Harold, a gallwn weld, a hithau'n ddydd, mai dyn gweddol ifanc pryd golau oedd yr inspector a chanddo lygaid synhwyrol, ac arferiad o glecian ei figyrnau. Doeddwn i ddim wedi sylwi arno o ran ei berson neithiwr, dim ond ar ei agwedd ymosodol. A doedd honno ddim wedi newid.

'Mae 'na hidlydd dŵr ar dap yn eich stafell dywyll,' meddai. 'Pam?'

'Mae'n rhaid i ddŵr ar gyfer ffotograffau fod yn lân.'

Roedd peth o'r chwydd mwyaf o gwmpas fy ngheg a fy llygaid yn dechrau cilio. Gallwn weld yn well a siarad yn well. Rhywfaint o galondid, o leiaf.

'Mae'ch hidlydd,' meddai'r inspector, 'yn cynhyrchu hydrogen sylffid.'

'Amhosibl.'

'Pam?'

'Wel . . . rydw i'n defnyddio'r peth drwy'r amser. Meddalu dŵr mae o. Rydach chi'n ei adnewyddu efo halen . . . fel pob meddalydd. Allai o ddim cynhyrchu nwy.'

Edrychodd yn hir ac yn fyfyriol arna i. Yna aeth i ffwrdd am awr cyn dychwelyd â bocs yn ei law a dyn ifanc mewn jîns a siwmper wrth ei benelin.

'Rŵan syr,' meddai'r inspector â chwrteisi pob heddwas amheus, 'ai dyma eich hidlydd chi?'

Agorodd y bocs a dangos y cynnwys i mi. Un hidlydd gan Durst, ac wedi ei sgriwio i'w ben damaid o rwber a fyddai fel arfer yn cael ei wthio ar y tap.

'Mae'n edrych yn debyg i fy un i,' meddwn. 'Un fel yna sydd gen i. Beth sy'n bod arno fo? Does dim posib i hwn'na gynhyrchu nwy.'

Rhoddodd yr inspector arwydd i'r dyn ifanc, a gwisgodd hwnnw bâr o fenig rwber a dynnodd o'i boced. Gafaelodd yn yr hidlydd, sef pêl blastig ddu o faint grawnffrwyth a darnau clir ar ei thop a'i gwaelod, a'i datsgriwio o gwmpas ei chanol.

'I mewn fan'ma,' meddai, 'does 'na ddim byd, fel rheol, ond y getrisen sy'n gweithredu fel hidlydd. Ond fel y gwelwch chi yn yr achos hwn mae pethau'n dra gwahanol. Yn hwn mae dau gynhwysydd, y naill uwchben y llall. Mae'r ddau yn wag, rwân . . . ond roedd yr un isaf yn cynnwys crisialau sodiwm sylffid, ac roedd hwn . . . ' oedodd gyda synnwyr cynhenid o'r dramatig, ' . . . yr un uchaf 'ma, yn cynnwys asid sylffiwrig. Mae'n rhaid bod 'na ryw fath o bilen yn gwahanu'r ddau . . . ond pan agorwyd y tap, fe·holltwyd neu fe doddwyd y bilen honno ac fe gymysgodd y ddau gemegyn. Asid sylffiwrig a sodiwm sylffid, wedi eu cymysgu â dŵr . . . cynhyrchydd sylffid effeithiol iawn. Byddai wedi parhau i gynhyrchu nwy hyd yn oed pe bai'r tap wedi ei gau. Fel y gwnaed gan Mr Folk, mae'n debyg.'

Bu tawelwch maith, arwyddocaol, a digalon.

'Felly, syr,' meddai'r inspector, 'does dim posib edrych ar hyn fel damwain.'

'Nac oes,' meddwn yn ddiflas. 'Ond dwn i ddim . . . yn onest rŵan . . . does gen i ddim syniad pwy allai fod wedi rhoi y ffashiwn beth yno . . . Mi fyddai'n rhaid iddyn nhw wybod pa fath o hidlydd oedd gen i, 'nbydde?'

'A bod hidlydd gennych chi yn y lle cyntaf.'

'Mae gan bawb sy'n berchen stafell dywyll ryw fath o hidlydd.'

Tawelwch arall. Roedden nhw fel pe baent yn disgwyl i mi ddweud wrthyn nhw, ond doeddwn i ddim yn gwybod. Doedd bosib mai den Relgan a wnaeth hyn; pam ddylai o fod wedi trafferthu efo'r fath ddyfais pan fyddai cic neu ddwy arall wedi fy ngorffen? Allai o ddim bod yn Elgin Yaxley; chafodd o mo'r amser. Doedd bosib mai un o'r bobl eraill y sgrifennodd George atyn nhw oedd wedi gwneud. Roedd dau ohonyn nhw yn hen hanes, yn llwyr anghofiedig. Roedd un yn dal i fod o gwmpas, ond doeddwn i ddim wedi gwneud dim ynglŷn ag o, a doeddwn i ddim wedi sôn wrth y dyn o dan sylw fod y llythyr ar gael. Nid hwnnw fyddai o, beth bynnag. Ni fyddai ef yn fy lladd yn sicr.

Felly un eglurhad tra anghyfforddus oedd ar ôl . . . sef bod rhywun yn meddwl 'mod i'n meddu ar rywbeth nad oedd o ddim gen i o gwbl. Rhywun a wyddai 'mod i wedi etifeddu rhestr blacmel George Millace . . . a 'mod i wedi defnyddio peth ohoni . . . ac a oedd yn awyddus i mi beidio â defnyddio dim mwy ohoni.

Bu llawer mwy ym mocs George nag yr o'n i wedi ei etifeddu. Doedd gen i, er enghraifft, mo'r pecyn sigaréts hwnnw y sgrifennodd Dana den Relgan ei rhestr drygiau arno. A doedd gen i ddim . . . beth arall, tybed?

'Wel, syr?' gofynnodd yr inspector.

'Does 'na neb wedi bod yn fy nhŷ i ar ôl imi ddefnyddio'r stafell dywyll ddydd Mercher. Dim ond fy nghymydog a'r swyddog trethi . . . ' Arhosais, ac fe neidion nhw at y peth. 'Pa swyddog trethi?'

Gofynnwch i Mrs Jackson, atebais; ac fe ddywedon nhw mai dyna oedd eu bwriad.

'Mi ddeudodd hi na chyffyrddodd o â dim.'

'Ond fe allai fod wedi gweld pa fath o hidlydd . . . '

'Ai fy hidlydd i ydy o?' gofynnais. 'Mae'n edrych yn debyg iawn.'

'Ia, mae'n debyg,' meddai'r dyn ifanc. 'Ond fe fyddai'n rhaid i bwy bynnag a ymyrrodd â'r hidlydd ei weld o i gael gwybod y maint a'r siâp. Yna fe fyddai'n dod yn ôl . . . ac fe fyddai'n cymryd deg eiliad ar hugain, ar y mwyaf, mi dybiwn i, i dynnu'r hen getrisen allan a rhoi'r cemegau newydd yn ei lle. Celfydd iawn, yn ei ffordd.'

'Wneith Jeremy fyw?' gofynnais.

Siglodd y gŵr ifanc ei ben. 'Cemegydd ydw i. Nid meddyg.'

Cyn bo hir fe adawson nhw, a mynd â'r hidlydd efo nhw. Ffoniais yr ysbyty. Dim newid yn ei gyflwr.

Cefais fy ngyrru gan wraig Harold i'r ysbyty yn y prynhawn am ei bod yn mynnu nad oeddwn yn ffit i wneud hynny fy hun.

Welais i mo Jeremy. Ei rieni welais i. Roedden nhw'n fawr eu pryder, yn rhy ofidus i fod yn flin. Nid fy mai i, meddent, er y tybiwn y bydden nhw'n meddwl hynny yn ddiweddarach. Peiriant oedd yn cadw eu mab yn fyw. Parlyswyd ei anadlu. Roedd ei galon yn curo. Roedd ei ymennydd yn fyw.

Wylai ei fam.

'Paid â phoeni gymaint,' meddai gwraig Harold wrth yrru adref. 'Mi fydd o'n iawn.'

Gan ei bod hi'n nabod y chwaer yn yr adran ddamweiniau cefais fy mherswadio i gael pwyth neu ddau yn fy wyneb. Teimlwn yn fwy stiff fyth.

'Os bydd o farw . . . '

'Wneith o ddim marw,' meddai gwraig Harold.

Ffoniodd yr inspector i ddweud y cawn i fynd yn ôl i fy nhŷ, ond nid i'r stafell dywyll; roedd yr heddlu wedi selio honno.

Cerddais yn ddiamcan o gwmpas fy nghartref heb deimlo'n esmwyth o gwbl. Mewn cyflwr truenus yn gorfforol, wedi f'andwyo'n foesol, hyd at fy ngwddf mewn euogrwydd.

Roedd 'na ôl ymchwil yr heddlu ym mhob man. Roedd hyn i'w ddisgwyl, mae'n debyg. Ddaethon nhw ddim ar draws y printiau hynny oedd gen i o lythyrau George Millace; yn y car yr oedd y rheiny. Doedden nhw ddim wedi cyffwrdd y bocs ar y dreser a gynhwysai'r negatifau a edrychai'n gwbl wag.

Y bocs . . .

Fe'i hagorais. Roedd o'n dal i gynnwys y posau yr o'n i wedi eu datrys, a'r un nad oeddwn wedi ei ddatrys.

Y tu mewn i'r amlen blastig ddu roedd yr hyn a ymddangosai fel tamaid o blastig clir a dwy ddalen o bapur teipio.

Hwyrach . . . meddyliais . . . hwyrach mai oherwydd y rhain y gosodwyd y trap nwy.

Ond beth . . . *beth* oedd gen i?

Doedd dim amdani, meddyliais; mi fyddai'n rhaid i mi gael gwybod . . . a hynny'n sydyn, cyn i bwy bynnag oedd wrthi roi cynnig arall ar fy lladd, a llwyddo.

XVIII

Begerais wely am noson arall gan wraig Harold, ac yn y bore ffoniais ysbyty Swindon unwaith eto.

Roedd Jeremy yn fyw. Dim newid.

Eisteddais yng nghegin Harold yn farwol drist, gan yfed coffi.

Am tua'r degfed tro y bore hwnnw atebodd Harold gloch ei ffôn a'r tro hwn dyma fo'n trosglwyddo'r alwad i mi.

'Nid perchennog,' meddai. 'I ti.'

Tad Jeremy. Teimlwn yn sâl ym mhwll fy nghalon.

'Rydan ni'n awyddus i chi gael gwybod . . . ei fod o wedi deffro.'

'O . . . '

'Y peiriant sy'n ei gynnal o hyd. Ond maen nhw'n dweud petai o'n mynd i farw y byddai wedi gwneud hynny erbyn hyn. Mae o'n sâl iawn . . . ond mi ddaw, medden nhw. Meddwl yr hoffech chi wybod.'

'Diolch,' atebais.

Roedd gwybod hyn bron yn waeth na'r pryder. Rhoddais y derbynnydd yn ôl i Harold, dweud bod Jeremy yn well, a 'mod i am fynd i'r iard i edrych ar y ceffylau. Teimlwn fy mod yn mygu yn yr awyr iach. Roedd y rhyddhad yn fy llethu. Sefais yn y gwynt yn aros i'r storm fewnol ostegu, ac yn araf bach cefais ymdeimlad anhygoel o ryddid. Cefais fy rhyddhau, yn llythrennol. Fy rhyddhau o ddedfryd oes. Jeremy, y diawl, meddyliais; yn fy nychryn i fel'na.

Ffoniodd Clare.

'Mae o'n iawn. Mae o wedi deffro,' meddwn.

'Diolch i Dduw,'

'Ga i ofyn ffafr?' gofynnais. 'Ga i aros efo Samantha am noson neu ddwy?'

'Fel ers talwm?'

'Tan ddydd Sadwrn.'

Llyncodd chwerthiniad, a dweud pam lai, a phryd o'n i eisiau dod?

'Heno,' atebais. 'Os ca i.'

'Mi fydd swper yn dy aros di.'

Roedd Harold eisiau gwybod pryd y gallwn i ddechrau rasio eto.

Mi fyddwn yn cael ychydig o driniaeth yn y Clinig Anafiadau yn Llundain, meddwn. Mi fydda i'n iawn erbyn dydd Sadwrn.

'Ond yn ôl dy olwg, fyddi di ddim.'

'Pedwar diwrnod. Mi fydda i'n iawn.'

'Gofala dy fod di.'

Yn bendant, doedd gen i ddim awydd gyrru, ond llai fyth o awydd cysgu ar fy mhen fy hun yn fy nhŷ. Paciais hynny bach yr oedd ei angen arnaf, rhoi bocs rybish George yn y cês a hel fy nhraed am Chiswick, lle, er 'mod i'n gwisgo sbectol haul, roedd y croeso yn un galarus. Cleisiau duon, briwiau wedi eu pwytho, barf dridiau. Ro'n i wedi edrych yn dlysach.

'Ond mae o'n *waeth*,' meddai Clare gan syllu'n ofalus.

'Edrych yn waeth, teimlo'n well.' Lwc na allen nhw weld y gweddill ohono' i. Roedd fy mol yn ddu o olion gwaedu mewnol. Y niwed hwn, penderfynais, oedd wedi achosi'r sbasmau.

Roedd golwg bryderus ar Samantha. 'Mi ddeudodd Clare bod rhywun wedi dy daro di . . . ond feddyliais i 'rioed . . . '

'Edrychwch,' meddwn, 'mi allwn i fynd i rywle arall.'

'Paid â bod yn ddwl. Eistedd i lawr. Mae swper yn barod.'

Wnaethon nhw ddim siarad llawer, na disgwyl i minnau wneud ychwaith. Doeddwn i ddim yn gwmni da. Yn rhy wan o beth mwdredd. Gofynnais wrth yfed y coffi a gawn i ffonio Swindon.

'Jeremy?' gofynnodd Clare.

'Ia.'

'Mi wna i. Be 'dy'r rhif?'

Dywedais wrthi, ac fe aeth trwodd a holi.

'Yn dal ar y peiriant,' meddai, 'ond yn dal i wella.'

'Os wyt ti wedi blino,' meddai Samantha yn dyner, 'dos i dy wely.'

'Wel . . . '

Daeth y ddwy i fyny'r grisiau. Cerddais ar fy union, heb feddwl, i lofft fechan y drws nesaf i'r stafell ymolchi.

Chwarddodd y ddwy. 'Roedden ni'n dyfalu tybed a fyddet ti'n cofio,' meddai Samantha.

Aeth Clare i'w gwaith, a threuliais y rhan fwyaf o'r dydd Mercher yn hepian yn y gadair grog yn y gegin. Deuai Samantha i mewn ac allan ac aeth i'w gwaith rhan-amser yn y bore, siopa yn y prynhawn. Arhosais mewn cyflwr heddychlon am ddychweliad unrhyw fath o ynni i ymennydd neu aelodau, a meddyliais pa mor ffodus o'n i o gael diwrnod fel hwn i fendio.

Y dydd Iau es i'r Clinig Anafiadau am ddwy sesiwn hir o driniaeth electronig, *massage* a phisiotherapi cyffredinol. Addawyd dwy sesiwn arall ddydd Gwener.

Rhwng y ddwy sesiwn ddydd Iau ffoniais bedwar ffotograffydd ac un o'm cydnabod a weithiai ar gylchgrawn arbenigol, ond ni ddeuthum o hyd i neb a wyddai sut oedd codi llun oddi ar blastig na phapur teipio. Doniol iawn, oedd ymateb yr arbenigwr.

Erbyn cyrraedd yn ôl i Chiswick roedd yr haul yn isel ar y gorwel gaeafol, ac yn y gegin roedd Samantha yn glanhau'r ffenestri Ffrengig.

'Ma'n nhw'n edrych mor fudr pan fydd yr haul yn taro arnyn nhw,' meddai wrth rwbio'n ffyrnig. 'Sori os ydy hi'n oer yma, ond fydda i ddim yn hir.'

270

Eisteddais yn y gadair wiail ac edrych arni'n gwasgu glanhawr o botel blastig wen. Gorffennodd ei gwaith y tu allan a daeth i mewn gan gau a chloi'r drysau. Gosododd y botel blastig ar y bwrdd wrth ei hymyl.

AJAX meddai, mewn llythrennau breision.

Crychais fy nhalcen wrth geisio meddwl. Ble clywais i'r gair Ajax o'r blaen?

Camais o'r gadair grog a cherdded yn nes at y botel. Ajax Window Cleaner, meddai mewn llythrennau ar y plastig gwyn, *with ammonia*. Codais y botel. Ei hysgwyd. Hylif. Ogleuais y cynnwys. Sebonaidd. Pêr. Nid arogl cryf.

'Beth sy'n bod?' gofynnodd Samantha. 'Ar beth wyt ti'n edrych?'

'Y stwff yma . . . '

'Ia?'

'Pam y byddai dyn yn gofyn i'w wraig brynu Ajax iddo fo?'

'Am gwestiwn,' meddai Samantha. 'Does gen i ddim syniad.'

'Na hithau,' meddwn. 'Doedd ganddi hithau ddim syniad.'

Tynnodd Samantha y botel o'm llaw a bwrw 'mlaen â'i gwaith. 'Mi fedri di lanhau unrhyw fath o wydr efo fo,' meddai. 'Teiliau bathrwm. Drychau. Stwff defnyddiol iawn.'

Es yn ôl i fy nghadair a siglo'n hamddenol. Edrychodd Samantha arnaf o gil ei llygad a gwenu.

'Roeddet ti'n edrych fel drychiolaeth ddeuddydd yn ôl,' meddai.

'A rŵan?'

'Dydw i ddim yn credu y bydd yn rhaid inni alw am offeiriad wedi'r cwbwl.'

'Mi shafia i fory.'

'Pwy wnaeth hyn i ti?' Swniai ei llais yn ddihidio. Roedd ei llygaid a'i sylw ar y ffenestr. Ond cwestiwn difrifol, serch hynny. Holi, nid am ateb syml mewn un gair, ond am ymroddiad iddi hi ei hun. Math o gais am dâl am loches a roddwyd yn ddigwestiwn. Pe na bawn yn dweud wrthi, gwn na fyddai'n pwyso arnaf. Ond os na ddywedwn wrthi, ni fyddai ein perthynas byth yn datblygu.

Beth oeddwn i ei eisiau, meddyliais, yn y tŷ hwnnw a deimlai'n awr fwyfwy fel cartref? Doeddwn i erioed wedi gweld angen teulu: pobl yn agos drwy'r amser: lle parhaol. Doeddwn i ddim am gael fy nghlymu gan gariad teuluol. Dim dibyniaeth emosiynol a fyddai'n fy mygu. Felly, a fyddwn i, pe bawn yn nythu'n gyfforddus ym mywydau preswylwyr y tŷ hwn, yn teimlo'r awydd i guro fy adenydd a chwilio am ryddid unwaith eto? A oedd rhywun yn newid yn sylfaenol?

Synhwyrodd Samantha yn fy nhawelwch yr hyn yr oeddwn i'n ei ofni, ac fe newidiodd ei hymddygiad y mymryn lleiaf, nid i un o anghyfeillgarwch ond i lai o agosatrwydd. Cyn iddi orffen glanhau'r ffenestr roeddwn wedi mynd yn westai iddi, nid yn . . . beth? Mab, brawd, nai . . . rhan ohoni.

Gwenodd arnaf yn arwynebol a mynd i roi'r tegell ymlaen.

Daeth Clare adref o'r gwaith yn hapus luddedig, ac roedd hithau, er na ofynnodd, yn aros.

Hanner ffordd trwy fy swper, fe'm cefais fy hun yn dweud wrthyn nhw am George Millace. Doedd y peth, erbyn gweld, ddim yn benderfyniad anodd. Dim pwyso a mesur mawr. Dim ond adrodd yr hanes yn naturiol wrthyn nhw.

'Fyddwch chi ddim yn cymeradwyo,' meddwn. 'Rydw i wedi cario 'mlaen o'r lle y gadawodd George.'

Gwrandawodd y ddwy â'u ffyrc yn yr awyr, yn cymryd cegaid o bys a *lasagne* bob hyn a hyn.

'Felly, fel y gwelwch chi,' meddwn wrth orffen. 'Dydy'r peth ddim wedi dod i ben eto. Does 'na ddim modd troi'n ôl neu ddymuno na fyddwn i wedi dechrau ar y peth . . . a rywsut fyddwn i ddim ishio hynny . . . ond mi ofynnais am gael dod yma am ychydig ddyddiau gan nad oeddwn i'n teimlo'n saff yn y tŷ, a dydw i ddim am fyw yno'n barhaol nes y bydda i'n gwybod pwy geisiodd fy lladd i.'

'Hwyrach na chei di fyth wybod,' meddai Clare.

'Paid â dweud hyn'na,' meddai Samantha'n gwta. 'Os na ddaw o i wybod . . . '

Gorffennais y frawddeg ar ei rhan. 'Fydd gen i ddim amddiffyniad.'

'Hwyrach y byddai'r heddlu . . . ' meddai Clare.

'Hwyrach.'

Fe dreulion ni weddill y noson yn fwy meddylgar na thrist, ac roedd y newyddion o Swindon yn dda. Roedd y parlys yn dechrau gollwng ei afael ar ysgyfaint Jeremy. Yn dal i gael cymorth peiriant ond yn dal i wella'n sylweddol yn ystod y pedair awr ar hugain diwethaf. Swniai'r llais ffurfiol a ddarllenai'r bwletin yn ddiflas. A gawn i siarad â Jeremy ei hun, gofynnais. Mi aen nhw i weld. Daeth y llais ffurfiol yn ei ôl; na, ddim tra bydd o mewn gofal dwys. Rhowch gynnig ddydd Sul.

Treuliais amser maith yn y stafell ymolchi ar fore Gwener yn ceisio crafu peth o 'marf i ffwrdd ac ar yr un pryd yn tynnu darnau bach o'r edau a ddefnyddiodd y nyrs yn yr adran ddamweiniau. Rhaid oedd cyfaddef, roedd hi wedi gwneud gwaith da. Mae'n debyg y byddai'r briwiau'n diflannu heb adael creithiau. Roedd y chwydd i gyd wedi mynd hefyd. Arhosai peth o ôl y cleisiau tywyll, a oedd yn troi'n felyn, a doedd y dannedd wedi newid dim. Ond erbyn hyn wyneb oedd yn y drych, nid hunllef.

Edrychai Samantha â pheth ryddhad ar wareiddiad yn dychwelyd, a mynnodd gael ffonio ei deintydd. 'Mae angen capiau i'r dannedd 'na,' meddai, 'a chapiau gei di.' Ac mi ges i gapiau, yn hwyr y prynhawn hwnnw. Rhai dros dro nes y gellid gwneud rhai porslen.

Rhwng y ddwy sesiwn yn y clinig, gyrrais allan o Lundain tua'r gogledd i Basildon yn Essex, lle'r oedd cwmni Prydeinig yn cynhyrchu papur printio ffotograffig. Es yno yn hytrach na

273

theleffonio gan y tybiwn y byddai'n anos iddyn nhw ddweud wyneb yn wyneb nad oedd ganddyn nhw ddim gwybodaeth; ac felly y profodd hi.

Wydden nhw ddim, meddent yn y swyddfa gyfarch, am unrhyw ddeunydd ffotograffig a oedd yn edrych yn debyg i blastig neu bapur teipio. O'n i wedi dod â thameidiau efo fi?

Nac oeddwn. Doeddwn i ddim ishio'u trafod nhw yma rhag ofn eu bod yn sensitif i olau. A allwn i weld rhywun arall?

Anodd, medden nhw.

Ni wnes osgo i adael. Hwyrach y gallai Mr Christopher fy helpu, meddent o'r diwedd — os nad oedd o'n rhy brysur.

Llanc pedair ar bymtheg wedi torri ei wallt mewn dull gwrthgymdeithasol ac yn dioddef o *catarrh* parhaus oedd Mr Christopher. Er hynny, gwrandawodd yn astud.

'A does gan y papur a'r plastig 'ma ddim emwlsiwn arnyn nhw?'

'Na, dydw i ddim yn meddwl.'

Cododd ei ysgwyddau. 'Wel, dyna chi 'ta.'

'Ym mhle?'

'Does gynnoch chi ddim lluniau.'

Sugnais fy nannedd-dros-dro, a gofyn iddo fo yr hyn a swniai'n gwestiwn dwl.

'Pam y byddai ffotograffydd yn defnyddio amonia?'

'Wel, fyddai o ddim. Ddim i bwrpas ffotograffiaeth. Dim amonia pur mewn datblygydd na *bleach* na ffics, hyd y gwn i.'

'Fyddai rhywun yma yn gwybod?' gofynnais.

Syllodd yn dosturiol arna i, gan awgrymu, os na wyddai ef, pa obaith oedd fod neb arall yn gwybod.

'Fe allech ofyn,' meddwn yn llawn perswâd. 'Oherwydd os oes 'na broses sydd yn defnyddio amonia, mi hoffech chithau wybod, 'n hoffech chi?'

'Hoffwn, mae'n debyg.'

Diflannodd, ac arhosais am chwarter awr, gan obeithio nad oedd o wedi mynd i gael ei ginio. Dychwelodd, fodd bynnag, efo dyn oedrannus ac anfoddog a wisgai sbectol. Ond fe wyddai ef am amonia.

'Defnyddir amonia,' meddai, 'yn adrannau ffotograffig diwydiannau peirianyddol. Dyma sydd yn datblygu yr hyn a elwir yn gyffredin, *blueprints*. Dylid, yn fwy cywir, wrth gwrs, gyfeirio at hyn fel y broses *diazo*.'

'Plîs,' meddwn yn wylaidd ac yn llawn diolch, 'a allech chi ddisgrifio'r broses i mi.'

'Beth sy'n bod ar eich wyneb?'

'Colli ffrae.'

'Hy.'

'Proses *diazo*,' meddwn. 'Beth ydy hi?'

'Rydych yn derbyn llun . . . llun llinellol . . . gan ddylunydd. Dywedwch o ran o beiriant. Llun sy'n dangos union fesuriadau ar gyfer cynhyrchu. Ydych chi'n deall?'

'Ydw.'

'Mi fydd angen nifer o gopïau o'r llun hwn ar y diwydiant. Felly, mi fyddan nhw'n gwneud *blueprints* ohono fo. Neu yn hytrach fyddan nhw ddim.'

'Y . . . ' meddwn.

'Mewn *blueprints*,' meddai'n egr, 'mae'r papur yn troi'n las, gan adael y cynllun yn wyn. Y dyddiau hyn mae'r papur yn troi'n wyn ac mae'r llinellau'n datblygu'n ddu. Neu'n goch tywyll.'

'Plîs . . . Ewch ymlaen.'

'O'r dechrau?' gofynnodd. 'Mae'r llun gwreiddiol a dynnwyd, wrth gwrs, ar bapur tryloyw, yn cael ei osod a'i ddal yn dynn gan wydr ar ddalen o bapur *diazo*. Mae papur *diazo* yn wyn ar y cefn ac yn felyn neu'n wyrddaidd ar yr ochr a orchuddiwyd â lliw sensitif i amonia. Tywynnir golau carbon cryf ar y llun gwreiddiol am gyfnod penodedig. Mae'r golau hwn yn llosgi'r holl liw ar y papur *diazo* oddi tano ar wahân i'r rhannau sydd o dan y llinellau ar y llun gwreiddiol. Datblygir y papur *diazo* wedyn mewn mwg amonia poeth, ac mae'r llinellau o liw yn ymddangos, gan droi'n dywyll. Ydy hyn'na'n ddigon?'

'Dwi'n credu ei fod o, yn wir,' meddwn mewn syndod. 'Ydy papur *diazo* yn edrych yn debyg i bapur teipio?'

'Fe allai, petaech chi'n ei dorri i'r maint iawn.'

'A beth am damaid o blastig sy'n edrych yn glir?'

'Swnio'n debyg i ffilm *diazo*,' meddai'n dawel. 'Does dim angen mwg amonia ar gyfer hwnnw. Mi wneith unrhyw fath o hylif oer y tro. Ond byddwch yn ofalus. Mi soniais i am olau carbon, am mai dyna'r math a ddefnyddir mewn diwydiant, ond wrth gwrs, mi fyddai ei adael dipyn hwy yng ngolau'r haul neu unrhyw olau arall yn gwneud y tro yn iawn. Os ydy'r darn o ffilm sydd gynnoch chi yn edrych yn glir, mae'n debyg fod y rhan fwyaf o'r lliw melynaidd wedi ei losgi allan yn barod. Os oes 'na lun yno, mae'n bwysig nad ydach chi'n rhoi gormod o olau arno fo eto.'

'Faint o olau sy'n ormod?' gofynnais yn betrus.

Crychodd ei wefusau. 'Yng ngolau'r haul mi fyddech yn colli'r lliw am byth mewn hanner munud. Golau stafell . . . rhwng pump a deng munud?'

'Mae'n cael ei gadw mewn amlen dywyll.'

'Fe allech fod yn ffodus.'

'A'r dalennau papur 'ma . . . maen nhw'n edrych yn wyn ar y ddwy ochr.'

'Yr un peth,' meddai. 'Maen nhw wedi bod yn y golau. Fe all fod llun yno. Efallai ddim.'

'Sut ydw i'n gwneud mwg amonia, imi gael gwybod?'

'Hawdd,' meddai, fel pe bai pawb yn gwybod y math hynny o beth. 'Rhowch ychydig o amonia mewn sosban a chynheswch y peth. Daliwch y papur uwch ei ben. Peidiwch â'i lychu. Stemiwch o.'

'A fyddech chi,' meddwn yn ofalus, 'yn hoffi ychydig o siampên i ginio?'

276

Dois yn ôl i dŷ Samantha tua chwech o'r gloch yn cario dwy botelaid o Ajax, sosban rad a set o gyhyrau a oedd wedi eu tynnu a'u hysgwyd a'u stumio i gyflwr o atgyfodiad cymharol. Ro'n i hefyd yn teimlo wedi blino'n lân, a doedd hynny ddim yn argoeli'n dda ar gyfer trannoeth gan y byddai 'na, yn ôl Harold, ddau 'chaser yn aros amdana i yn Sandown Park.

Roedd Samantha wedi mynd allan. Edrychodd Clare arna i yn graff o ganol ei gwaith a oedd ar hyd a lled y stafell, a chynnig brandi mawr.

'Mae o yn y cwpwrdd efo'r halen, a'r blawd, a'r perlysiau. Brandi coginio. Wnei di dywallt peth i mi, hefyd, plîs?'

Eisteddais wrth y bwrdd efo hi am ychydig, yn sipian y stwff erchyll ar ei ben ei hun, a theimlo'n well o fod wedi gwneud hynny. Plygai ei phen tywyll dros y llyfr yr oedd yn gweithio arno, ei llaw fedrus yn ymestyn am y gwydr bob hyn a hyn, a'i holl sylw ar y gwaith a oedd ar y gweill.

'Fyddet ti'n byw efo fi?' gofynnais.

Edrychodd i fyny'n fyfyriol, gan grychu peth ar ei thalcen, yn ymholgar.

'Ofynnaist ti i mi . . . '

'Do, mi wnes i,' meddwn. 'Wnei di fyw efo fi?'

O'r diwedd, collodd y gwaith ei sylw. Efo gwên yn ei llygaid gofynnodd, 'Ai cwestiwn academaidd ydi hwnna, 'ta gwahoddiad pendant?'

'Gwahoddiad.'

'Allwn i ddim byw yn Lambourn,' meddai. 'Mae'n rhy bell. Allet ti ddim byw yma . . . mae'n rhy bell oddi wrth y ceffylau.'

'Rhywle rhwng y ddau.'

Edrychodd arna i yn feddylgar. 'Wyt ti o ddifrif?'

'Ydw.'

'Ond dydan ni ddim wedi . . . ' Stopiodd gan adael yr ystyr yn amlwg.

'Bod yn y gwely?'

'Wel . . . '

'Yn gyffredinol,' meddwn. 'Beth wyt ti'n ei feddwl?'

Manteisiodd ar loches ac amser drwy sipian ei diod. Arhosais, a theimlo bod oes wedi mynd heibio.

'Dwi'n meddwl,' meddai o'r diwedd, 'y gallen ni roi cynnig arni.'

Gwenais o fodlonrwydd eithafol.

'Paid ag edrych mor smŷg,' meddai. 'Yfa dy ddiod tra bydda i'n gorffen y llyfr 'ma.'

Gwyrodd ei phen unwaith eto, ond ddarllenodd hi fawr.

'Anobeithiol,' meddai. 'Sut galla i weithio . . . ? Beth am gael swper?'

Mi gymerodd hi hydoedd i goginio pysgod wedi rhewi am fod fy mreichiau o gwmpas ei chanol a 'ngên yn ei gwallt. Ches i ddim blas ar y stwff wrth i ni ei fwyta. Teimlwn yn anarferol o benysgafn. Yn y bôn doeddwn i ddim wedi disgwyl iddi ddweud y deuai hi, ac yn sicr doeddwn i ddim wedi rhag-weld y teimlad anhygoel o antur wedi iddi gytuno. Doedd cael rhywun i boeni amdano ddim yn ymddangos yn gymaint o faich ag y bu; yn wir, erbyn rŵan fe ymddangosai'n fraint.

Rhyfeddol, meddwn yn dawel; mae'r holl beth yn rhyfeddol. Ai dyma deimladau Lord White tuag at Dana den Relgan?

'Pryd fydd Samantha'n ôl?' gofynnais.

Ysgydwodd Clare ei phen. 'Yn llawer rhy fuan.'

'Ddoi di efo fi fory?' gofynnais. 'I'r rasys . . . ac yna aros yn rhywle wedyn?'

'Wrth gwrs.'

'Fydd dim ots gan Samantha?'

Roedd rhyw ddigrifwch yn ei llygaid wrth ddweud, 'Na, dydw i ddim yn meddwl.'

'Pam wyt ti'n chwerthin?'

'Mae hi wedi mynd i'r sinema. Pan ofynnais i pam oedd

hi'n mynd ar dy noson olaf di yma, dywedodd ei bod hi ishio gweld y ffilm. Ro'n i'n meddwl ei fod o'n od, ond mi gredais i hi. Mi roedd hi wedi gweld . . . mwy nag yr o'n i.'

'Dduw mawr,' meddwn. '*Merched.*'

Tra rhoddai hi gynnig arall ar orffen ei gwaith, es i i nôl bocs George a'r amlen blastig ddu.

Benthycais bowlen wydr fflat o'r cwpwrdd. Cymryd y tamaid plastig o'r amlen. Ei roi yn y bowlen. A thywallt hylif Ajax drosto ar unwaith. Daliais fy ngwynt.

Ar amrantiad bron ymddangosodd llinellau browngoch. Siglais y bowlen yn ôl ac ymlaen gan sloshian yr hylif dros y plastig, yn ymwybodol bod rhaid i'r amonia orchuddio'r lliw cyn i'r golau ei losgi i ffwrdd.

Nid llun peirianyddol oedd yno, ond llawysgrifen.

Edrychai'n od.

Wrth i fwy a mwy ddatblygu, sylweddolais fod y plastig y ffordd chwith o safbwynt darllen.

Troi'r peth drosodd. Sloshian ychydig mwy o Ajax dros y cwbl, ei symud, ei ysgwyd. A darllen yr ysgrifen mor glir â'r dydd y'i hysgrifennwyd.

Dyma'r hyn . . . mae'n rhaid mai dyma ydoedd . . . yr hyn a sgrifennodd Dana den Relgan ar y pecyn sigaréts.

Heroin, cocaine, cannabis. Symiau, dyddiadau, prisoedd a dalwyd, enwau cyflenwyr. Dim rhyfedd ei bod hi eisiau'r peth yn ôl.

Cododd Clare ei phen o'i gwaith.

'Beth wyt ti wedi ei ddarganfod?'

'Yr hyn roedd y Dana druan 'na ei ishio nos Sul dwetha.'

'Gad i mi weld,' a daeth draw i edrych i'r bowlen. 'Damniol i'r eithaf,' meddai.

'Mm.'

'Ond sut doth o i'r fei fel hyn?'

Atebais gydag edmygedd, 'Dyfeisgarwch George Millace.

Mi wnaeth o iddi sgrifennu ar bapur seloffên efo ffelt-tip goch . . . roedd hi'n teimlo'n saffach fel yna am fod papur seloffên yn beth mor fregus, brau a hawdd ei ddinistrio . . . ac mae'n siŵr bod y geiriau eu hunain yn edrych yn aneglur iawn a phrint y paced ei hun oddi tanyn nhw. Ond y cwbl roedd George ei ishio oedd llinellau solet ar ddeunydd tryloyw, i wneud print *diazo*.'

Soniais am y cyfan a ddysgais yn Basildon. 'Mae'n rhaid ei fod wedi torri'r seloffên i ffwrdd yn ofalus, ei bwyso yn fflat dan wydr ar ffilm *diazo*, a rhoi golau ar y cwbwl. Â'r rhestr gyffuriau yn saff fel'na, doedd dim ots os oedd y papur seloffên yn cael ei ddinistrio . . . roedd y rhestr wedi ei chuddio, fel popeth arall.'

'Dyn rhyfeddol.'

Nodiais fy mhen. 'Rhyfeddol. Er, cofia di, doedd o ddim yn bwriadu i neb arall ddatrys ei bosau. Er ei fwyn ei hun yr oedd o'n eu gwneud nhw . . . ac i arbed y cofnodion rhag lladron dig.'

'Ac mi lwyddodd.'

'Do'n wir.'

'Ond beth am dy holl ffotograffau di?' meddai, mewn braw sydyn. 'Y rheiny i gyd yn y cwpwrdd. Beth petai . . . '

'Dal dy ddŵr,' meddwn. 'Hyd yn oed pe bydden nhw'n cael eu llosgi neu eu dwyn, chaen nhw mo'r negs. Mae'r rheiny gan y cigydd i lawr y ffordd yn ei rewgell o.'

'Hwyrach bod pob ffotograffydd,' meddai, 'fymryn yn od.'

Sylweddolais i ddim tan yn llawer diweddarach nad oeddwn wedi dadlau yn erbyn ei dosbarthiad. Ddaru mi ddim hyd yn oed feddwl dweud, 'Joci ydw i.'

Gofynnais a oedd ots ganddi pe bawn yn llenwi'r gegin ag oglau amonia'n berwi.

'Mi a' i i olchi 'ngwallt,' meddai.

Wedi iddi fynd arllwysais yr Ajax o'r bowlen i'r sosban, ac ychwanegu peth ato fo o'r botel arall. Agorais y ffenestri

Ffrengig rhag ofn i mi fygu. Yna, deliais y gyntaf o'r dalennau, a edrychai fel papur teipio, uwchben y glanhawr a oedd yn mudferwi, ac edrych ar eiriau George yn dod yn fyw fel petaen nhw wedi eu sgrifennu ag inc anweledig. Roedd hi'n amlwg bod amonia yn anweddu'n sydyn oherwydd fe gymerodd yr ail botel i gyd i gael canlyniadau o'r ail ddalen, ond fe dyfodd geiriau ar honno'n ogystal.

Gyda'i gilydd roedden nhw'n llunio un llythyr, a hwnnw — doedd gen i ddim amheuaeth am hynny — yn llawysgrifen George ei hun. Rhaid ei fod ef ei hun wedi sgrifennu ar bapur tryloyw; efallai ar fag polythîn, papur tresio, gwydr, ffilm heb yr emwlsiwn — unrhyw beth. Wedi iddo sgrifennu, roedd wedi rhoi ei lythyr dros y papur *diazo* ac wedi tywynnu golau arno a'i roi ar unwaith yn yr amlen blastig ddu i'w gadw rhag y golau.

Ac yna beth? Oedd o wedi anfon ei ddarn gwreiddiol tryloyw, ynteu ei gopïo unwaith eto ar damaid o bapur arferol? Hwyrach ei fod wedi ei deipio. Doedd dim modd gwybod. Ond roedd un peth yn sicr, roedd George wedi anfon y llythyr hwn mewn rhyw ffurf neu'i gilydd.

Roeddwn wedi clywed am ganlyniadau ei gyrraedd.

Roeddwn yn amau fy mod yn gwybod pwy oedd eisiau fy lladd.

XIX

Roedd y rhyddhad yn amlwg ar wyneb Harold wrth iddo fy nghyfarfod ar y feranda y tu allan i'r stafell bwyso yn Sandown.

'O leiaf rwyt ti'n edrych yn well . . . ddeudodd y doctor dy fod ti'n iawn?'

Nodiais. 'Mae o wedi llofnodi 'ngherdyn i.' Doedd ganddo ddim rheswm i beidio. Yn ôl ei safonau ef roedd joci a gymerai wythnos i ffwrdd ar ôl codwm yn eithriadol o faldodus. Gofynnodd i mi gyffwrdd bodiau fy nhraed, ac fe basiais y prawf.

'Mae Victor yma,' meddai Harold.

'Ddeudist ti wrtho fo . . . ?'

'Do, mi wnes i. Mae o'n deud nad ydy o ishio siarad efo chdi ar y cwrs. Mae o'n deud ei fod o ishio gweld ei geffylau yn cael eu gweithio ar y Downs. Mae o'n dod ddydd Llun. Mi geith o air efo chdi bryd hynny. A Philip, bydd di'n blydi gofalus beth wyt ti'n ei ddeud wrtho fo.'

'Mm,' meddwn, heb addo dim. 'Beth am Coral Key?'

'Beth amdano fo? Mae o'n ffit.'

'Dim nonsans?'

'Mae Victor yn gwybod sut wyt ti'n teimlo,' meddai Harold.

'Dydy Victor yn malio'r un botwm corn am y ffordd dwi'n teimlo. Ydy o am i'r ceffyl gael ei redeg yn onest?'

'Dydy o ddim wedi dweud dim byd.'

'Oherwydd mi ydw i,' meddwn. 'Os ydw i'n reidio, rydw i'n reidio i ennill. Beth bynnag mae o'n ei ddeud yn y cae bach.'

'Rwyt ti wedi codi dy blydi gwrychyn yn sydyn iawn.'

'Nag ydw . . . dim ond yn arbed arian i ti. Ti yn bersonol. Paid â betio i golli fel y gwnest ti ar Daylight. Dyna'r cwbwl.'

Fe ddywedodd na wnâi. Fe ddywedodd hefyd nad oedd diben inni gael cyfarfod cyfarwyddo ddydd Sul os oedden ni am gael sgwrs efo Victor ddydd Llun, ac y bydden ni'n trafod cynlluniau'r wythnos nesaf wedi hynny. Wnaeth yr un ohonon ni ddweud beth oedd uchaf yn ein meddwl . . . a fyddai 'na gynlluniau ar ôl dydd Llun?

Roedd Steve Millace yn y stafell newid yn cwyno am ddechreuwr yn cychwyn ras pan nad oedd o, Steve Millace, yn barod, gyda'r canlyniad ei fod o a'i geffyl wedi cael eu gadael hanner ffyrlong ar ôl pawb arall ar y dechrau . . . roedd y perchennog mor flin nes ei fod o'n mynnu cael joci arall y tro nesaf, ac fel y gofynnai Steve i bawb hyd ddiflastod, a oedd hyn yn deg?

'Nag ydy,' atebais. 'Dydy bywyd ddim yn deg.'

'Mi ddylai fod.'

'Waeth i ti wynebu'r ffaith na pheidio,' meddwn gan wenu. 'Y gorau y medri di ei ddisgwyl ydy cic yn dy ddannedd.'

'Mae dy ddannedd di'n iawn,' meddai rhywun.

'Capiau arnyn nhw.'

'Codi'r darnau, e? Ai dyna wyt ti'n ei ddweud?'

Nodiais.

Meddai Steve, am nad oedd wedi dilyn y sgwrsio, 'Dylid dirwyo dechreuwyr am gychwyn ras cyn i bob ceffyl fod yn wynebu'r ffordd iawn.'

'Rho'r gorau iddi,' meddai rhywun yn flin, ond fel arfer roedd Steve yn dal i hewian am y peth ddwyawr yn ddiweddarach.

Roedd ei fam, meddai, pan holais, wedi mynd i Ddyfnaint at ffrindiau am orffwys bach.

Y tu allan i'r stafell bwyso roedd Bart Underfield yn darlithio i un o'r dynion papur newydd mwyaf hygoelus ar fwydydd anghyffredin.

'Lol ydy rhoi cwrw a wyau a phethau dwl o'r fath i geffylau. Fydda i byth yn gwneud.'

Ymataliodd y gohebydd rhag dweud — hwyrach am na wyddai — fod hyfforddwyr a ddefnyddiai wyau a chwrw yn fwy llwyddiannus na Bart.

Pan welodd o fi, newidiodd Bart o fod yn awdurdod hollwybodol i fod yn dawedog ac yn llawn malais. Gollyngodd y gohebydd a chymryd dau gam pendant i 'nghyfeiriad i, ond er iddo fy atal, ddywedodd o ddim.

'Wyt ti ishio rhywbeth, Bart?' gofynnais.

Eto, ddywedodd o ddim. Meddyliais nad oedd yn gallu dod o hyd i eiriau digon dwys i gyfleu yr hyn a deimlai. Ro'n i'n dechrau arfer â chael fy nghasáu.

Daeth o hyd i'w lais. 'Aros di,' meddai yn dawel a chwerw. 'Mi dala i iti am hyn.'

Pe byddai ganddo gyllell a phreifatrwydd fyddwn i ddim wedi troi fy nghefn i gerdded i ffwrdd fel y gwnes i.

Roedd Lord White yno yn sgwrsio geg yng ngheg â'i gyd-Stiwardiaid; edrychodd arnaf mewn modd a awgrymai fod hynny'n boenus. Mae'n debyg na fyddai'n gwbl gyfforddus yn fy nghwmni o hyn ymlaen. Byth yn bendant sicr na fyddwn i'n dweud wrth rywun. Byth yn gallu dod i arfer â'r syniad 'mod i'n gwybod.

Fe fyddai'n rhaid iddo fo ddygymod â hyn am amser maith meddyliais. Rywfodd neu'i gilydd, byd rasio fyddai fy myd i, fel ei fyd yntau, am byth. Byddai'n fy ngweld i, a finnau yntau, bob wythnos, nes y byddai un ohonon ni wedi marw.

Pan es allan i reidio Coral Key roedd Victor Briggs yn aros yn y cae bach. Cymeriad trwm yn ei het gantel llydan a'i gôt las laes; yn ddi-wên, yn ddi-sgwrs, yn isel ei ysbryd. Pan gyffyrddais fy nghap yn gwrtais wrth fynd heibio, ches i ddim ymateb, dim ond parhad o'r un edrychiad.

Un od oedd Coral Key ymysg ceffylau Victor Briggs; *novice 'chaser* chwe blwydd oed a dynnwyd allan o'r maes hela pan ddechreuodd o ddangos addewid mewn rasys pwynt-i-bwynt.

Roedd nifer o geffylau mawr y gorffennol wedi dechrau fel yna. Dyna Oxo, a Ben Nevis, y ddau wedi ennill y Grand National, ac er ei bod hi'n annhebygol bod Coral Key yn yr un dosbarth, roeddwn yn synhwyro bod pethau mawr yn ei aros. Doeddwn i ddim am ymyrryd â'i yrfa gynnar am bris yn y byd, dim ots beth oedd fy nghyfarwyddiadau. Yn fy meddwl, ac mae'n bur debyg yn fy agwedd, roeddwn yn herio ei berchennog i ddweud nad oedd o eisiau iddo fo ennill.

Ddywedodd o ddim. Ddywedodd o ddim am ddim byd. Yr unig beth wnaeth o oedd edrych arna i yn ddi-baid a chadw ei geg ar gau.

Ffwdanai Harold hyd y lle fel pe gallai hynny ynddo'i hun chwalu'r awyrgylch anghynnes oedd rhwng ei berchennog a'i joci; a phan es ar gefn y ceffyl a marchogaeth allan tua'r cwrs, teimlwn fel pe bawn i wedi bod mewn maes o drydan noeth.

Hwyrach bod gwreichionen . . . ffrwydrad . . . yn ein haros. Roedd Harold yn synhwyro'r peth. Roedd Harold yn poeni i ddyfnderoedd ei enaid ffrwydrol ei hun.

Hwyrach mai hon fyddai'r ras olaf y byddwn yn ei reidio i Victor Briggs. Wrth aros i'r ras ddechrau meddyliais mai peth ffôl oedd hel meddyliau fel hyn, ac mai'r unig beth pwysig oedd canolbwyntio ar y ras ei hun.

Diwrnod oer, cymylog, gwyntog. Daear dda o dan draed. Saith o redwyr eraill, dim un ohonyn nhw'n arbennig. Pe byddai Coral Key yn neidio gystal ag y gwnâi o wrth i mi ei ddysgu ar y Downs, dylai fod ganddo siawns dda iawn.

Gosodais fy ngogls dros fy llygaid a thynhau'r awenau.

'Dewch i mewn rŵan, jocis,' meddai'r dechreuwr. Cerddodd y ceffylau yn un llinell syth tua'r tâpiau, ac wrth i'r giât godi saethodd pob un i ffwrdd oddi ar gyhyrau tynion. Tair ffens ar ddeg; dwy filltir. Meddyliais yn ofidus y byddwn yn gwybod yn fuan iawn a o'n i'n ffit ai peidio.

Roedd hi'n bwysig ei fod o'n neidio'n dda. Dyna o'n i'n ei fwynhau orau. Dyna o'n i orau am ei wneud. Roedd 'na saith

ffens yn agos at ei gilydd yr ochr bellaf i'r cwrs . . . Os oedd
rhywun yn dod at y gyntaf yn iawn, roedd y gweddill yn dod
yn ddidrafferth, ond roedd dal yn ôl wrth ddod at y gyntaf yn
golygu saith camgymeriad a sawl hyd ar ei hôl hi erbyn y
diwedd.

I gychwyn roedd 'na ddwy ffens, yna'r codiad tir heibio'r
safleoedd, yna'r tro uchaf, wedyn i lawr tua'r ffens lle
disgynnais i oddi ar Daylight. Dim problem ar Coral Key;
cliriodd y cwbl. Yna'r tro tua'r saith ffens dynn, ac os o'n i
wedi colli un hyd yn cael Coral Key i'r safle iawn ar gyfer y
gyntaf, erbyn y seithfed ro'n i wedi ennill deg.

Rhy gynnar i fod yn fodlon. Rownd tro hir y gwaelod,
Coral Key yn ail ac yn cymryd ei wynt. Tair ffens i fynd ac
yna'r dynfa hir am adref.

Rhwng y ddwy ffens olaf daliais yr arweinydd. Fe neidion
ni'r ffens olaf ochr yn ochr, dim rhyngon ni. Rasio i fyny'r
dynfa, yn stretsio, yn hedfan . . . yn gwneud popeth fedrwn i.

Y ceffyl arall a enillodd o ddau hyd.

'Mi redodd yn dda,' meddai Harold, yn bryderus braidd,
gan fwytho Coral Key. Ac ni ddywedodd Victor Briggs ddim
byd.

Tynnais y cyfrwy oddi arno a mynd i mewn i bwyso. Hyd
y gwelwn doedd 'na ddim un ffordd y gallwn i fod wedi ennill
y ras yna. Roedd gan y ceffyl arall fwy na digon wrth gefn i
guro fy sialens. Roedd yn gryfach na Coral Key, ac yn gynt.
Doeddwn i ddim wedi teimlo'n wan, a doeddwn i ddim wedi
difetha dim drwy wneud camgymeriadau wrth neidio. Wedi
methu ennill o'n i.

Roedd angen llaw gadarn arna i cyn siarad â Victor Briggs;
a doedd hi ddim gen i.

Pan fydd bywyd yn eich cicio yn eich dannedd, ewch i weld
y deintydd.

Enillais y *'chase* arall, yr un nad oedd yn bwysig i neb, ar wahân i'r perchenogion, pedwarawd gloddestgar o wŷr busnes.

'Uffar o ras dda,' medden nhw gan wenu'n llydan. 'Uffar o reid dda.'

Gwelais Victor Briggs yn edrych yn ddinistriol arna i o ddecllath i ffwrdd. Tybed a wyddai ef faint y byddwn i'n barod i'w roi am gyfnewid y ddau ganlyniad.

'Mae'n debyg mai'r un anghywir ddaeth gyntaf,' meddai Clare.

'Ia.'

'Pa mor bwysig ydy peth fel hyn?'

'Gawn ni weld ddydd Llun.'

'Wel . . . beth am anghofio'r cwbwl lot?'

'Ddylwn i ddim cael unrhyw drafferth gwneud hynny,' meddwn gan edrych ar ei chôt dynn dywyll, ei chap toslyn gwyn a'r esgidiau uchel gloyw. Edrych ar y llygaid mawr llwyd a'r geg gyfeillgar. Anhygoel, meddyliais, cael rhywun fel yna yn aros amdana i y tu allan i'r stafell bwyso. Yn rhyfeddol o wahanol i fynd adref ar eich pen eich hun. Fel tân mewn tŷ oer. Fel siwgwr ar fefus.

'Fyddai ots mawr gen ti,' gofynnais, 'pe baen ni'n cymryd y ffordd hir, ac yn ymweld â fy nain?'

Roedd yr hen ddynes wedi torri.

Nid eistedd i fyny'n syth ar ei gobennydd yr oedd hi bellach, ond pwyso'n llipa arno; ac roedd y llygaid, hyd yn oed, yn colli'r frwydr. Doedd y sglein ymosodol ddim yno mwyach.

'Ddoist ti â hi?'

Dim cyfarchiad, dim rhagymadrodd; doedd hynny ddim wedi newid. Hwyrach mai camgymeriad oedd disgwyl i newid yn y meddwl gyd-fynd â newid yn y corff. Hwyrach fod fy

287

nheimladau tuag ati yn wahanol . . . a'r cwbl oedd yn aros yn ddigyfnewid oedd ei chasineb parhaol tuag ataf i.

'Naddo,' meddwn. 'Ddois i ddim â hi. Mae hi wedi ei cholli.'

'Ddeudist ti y byddet ti'n dod o hyd iddi.'

'Mae hi wedi ei cholli.'

Pesychodd yn wan, cododd ei brest denau. Caeodd ei llygaid am ychydig yna'u hagor eto. Symudodd law wan ar y gynfas.

'Gadewch eich arian i James,' meddwn.

Fel atsain allanol o'r cyndynrwydd mewnol, ysgydwodd ei phen.

'Gadewch nhw i elusen, 'ta,' meddwn. 'I gartref cŵn.'

'Dwi'n casáu cŵn.' Ei llais oedd yn wan, nid ei rhagfarn.

'Beth am fadau achub?'

'Casáu'r môr. 'Ngneud i'n sâl.'

'Ymchwil feddygol?'

'Nath hynny fawr o les i mi, naddo?'

'Wel,' meddwn yn araf, 'beth am eu gadael i urdd grefyddol o ryw fath?'

'Rhaid dy fod ti'n colli dy bwyll. Dwi'n casáu crefydd. Achos cynnen. Achos rhyfeloedd. Fyddwn i ddim yn rhoi ceiniog iddyn nhw.'

Eisteddais heb wahoddiad yn y gadair freichiau.

'Alla i wneud rhywbeth i chi?' gofynnais. 'Ar wahân, wrth gwrs, i ddod o hyd i Amanda. Alla i nôl rhywbeth? Oes 'na rywbeth yr ydach chi ei ishio?'

Gwenodd yn wawdlyd. 'Paid â meddwl y medri di fy seboni i i gael dimai o 'mhres i, achos weithith hynny ddim.'

'Mi fyddwn i'n rhoi dŵr i gath sy'n marw,' meddwn, 'hyd yn oed petai hi'n poeri yn fy wyneb.'

Agorodd ei cheg mewn braw a chynddaredd.

'Paid â . . . bod mor hyf!'

'Peidiwch â bod mor hyf â meddwl y byddwn i'n symud ffeuen i gael eich pres chi.'

Caeodd ei cheg yn llinell dynn.

'Fedra i nôl rhywbeth ichi?' gofynnais unwaith eto, yn ddiffuant. 'Ydach chi ishio rhywbeth?'

Atebodd hi ddim am rai eiliadau, yna dweud, 'Dos o 'ma.'

'Wel, mi wna i hynny'n y man,' meddwn. 'Ond yn gyntaf rydw i am gynnig rhywbeth arall.' Oedais ychydig er mwyn rhoi cyfle iddi gega, a chan na wnaeth hi, es yn fy mlaen. 'Rhag ofn y down ni o hyd i Amanda rywbryd . . . pam na sefydlwch chi ymddiriedolaeth iddi? Clymwch y cyfalaf yn ddiogel yng ngofal degau o ymddiriedolwyr dibynadwy. Gofalwch na allai hi byth gael y pres i'w dwylo ei hun — na neb arall a fyddai . . . hwyrach . . . ar ôl ei ffortiwn. Gwnewch hi'n amhosibl i neb ond Amanda elwa . . . gydag incwm sy'n cael ei dalu yn ôl cyfarwyddyd yr ymddiriedolwyr yn unig.'

Edrychodd arna i drwy lygaid hanner caeedig.

'Ble bynnag y mae hi,' meddwn, 'dim ond dwy ar bymtheg neu ddeunaw oed ydy hi. Rhy ifanc i etifeddu llawer o arian heb amodau caeth. Gadewch y pres iddi . . . ar amodau fel rhaffau dur.'

'Dyna'r cwbwl?'

'Mm.'

Gorweddai'n dawel, heb symud.

Arhosais. Ro'n i wedi aros ar hyd fy oes am rywbeth heblaw casineb gan fy nain. Gallwn aros am byth.

'Dos,' meddai.

Sefais a dweud, 'Iawn, 'ta.'

Cerdded at y drws. Gosod fy llaw ar y bwlyn.

'Gyrra ychydig o rosod i mi,' meddai fy nain.

Fe ddaethon ni o hyd i siop flodau oedd yn dal ar agor yn y dref, er eu bod nhw'n sgubo'r llawr yn barod i gau.

'Ydy hi ddim yn sylweddoli mai Rhagfyr ydy hi?' gofynnodd Clare. 'Mi gostith rhosod ffortiwn i ti.'

'Petaet ti'n marw, ac awydd rhosod arnat ti, wyt ti'n meddwl y byddet ti'n poeni am hynny?'

'Efallai ddim.'

Y cwbl oedd ganddyn nhw yn y siop oedd pymtheg blaguryn bach ar goesau hir, main. Fawr o alw am rosod. Sbarion priodas oedd y rhain.

Fe yrron ni'n ôl i'r cartref a'u rhoi nhw i nyrs i'w danfon ar unwaith gyda cherdyn yn dweud y byddwn i'n cael rhai gwell yr wythnos nesaf.

'Dydy hi ddim yn haeddu hyn,' meddai Clare.

'Druan o'r hen greadures.'

Fe arhoson ni mewn tafarn ar lan Tafwys. Tafarn a feddai ar drawstiau a bwyd da a ffenestri llofftydd a edrychai allan ar goed helyg noeth a dŵr brown araf yr afon.

Doedd neb yn ein nabod. Fe gofrestron ni'n hunain fel Mr a Mrs a bwyta swper yn araf a llithro'n dawel i'r gwely. Nid ei thro cyntaf hi, meddai; oedd ots gen i? Gwell o lawer, meddwn. Dim pwys mawr ar forwyndod? Dim cincs o gwbl hyd y gwyddwn. Ardderchog, meddai.

Fe ddechreuodd yn gyfeillgar a datblygu'n nwyd. A gorffen mewn diffyg anadl a chwerthin, a suddo i fwmial a chwsg. Phrofais i erioed cystal. Allwn i ddim ateb ar ei rhan hi. Ond phetrusodd hi ddim ailgynnig fore trannoeth.

Yn y prynhawn, mewn cytgord heddychlon, fe aethon ni i weld Jeremy.

Gorweddai ar wely uchel mewn stafell ar ei ben ei hun, gyda thomen o offer anadlu ar y naill ochr. Roedd o, er hynny, yn anadlu efo'i ysgyfaint ei hun. Tybiais mai ansicr oedd pethau o hyd gan fod nyrs yn dod i mewn bob hyn a hyn i ofalu fod popeth yn iawn a sicrhau fod botwm y gloch yn wastadol o dan ei fawd.

Edrychai'n deneuach nag erioed, ac yn llwyd welw, ond doedd dim byd mawr wedi effeithio ar ei ymennydd. Pefriai ei lygaid mor fyw ag erioed, a llwyddai i fod yn gymaint o lari ag arfer, fel amddiffynfa yn erbyn diffyg urddas ei safle. Dioddefai'r nyrs druan ei wag-siarad blinderus pan ddeuai i ofalu amdano.

Ceisiais ymddiheuro am yr hyn a ddioddefodd. Ni fynnai glywed dim am y peth.

'Paid ag anghofio,' meddai, ''mod i yno am fy mod i ishio bod yno. Wnaeth neb fy ngorfodi.' Cefais archwiliad sydyn ganddo. 'Mae dy wyneb yn edrych yn o.k. Sut wyt ti'n gwella mor gyflym?'

'Dwi'n gwneud bob tro.'

'Bob tro . . . ' chwarddodd yn wan. 'Bywyd od gen rai pobol. Wastad yn mendio.'

'Am faint y byddi di i mewn?'

'Dridiau neu bedwar.'

'Dyna'r cwbwl?' gofynnodd Clare. 'Ond rwyt ti'n edrych . . . y . . . '

Edrychai'n wynnach na'r gobennydd y gorweddai ei ben arno. Cytunodd a dweud, 'Rydw i'n anadlu'n llawer gwell, rŵan. Unwaith y penderfynan nhw nad oes peryg i'r nerfau roi'r gorau iddi eto, mi ga i fynd. Does 'na ddim byd arall yn bod.'

'Mi ddanfona i di adref, os bydd angen tacsi,' meddwn.

'Hwyrach y daw hi i hynny.'

Arhoson ni ddim yn hir, gan fod sgwrsio yn amlwg yn ei flino. Jyst cyn inni fynd meddai, ''Dach chi'n gwybod beth, roedd y nwy 'na mor gyflym. Nid yn araf fel nwy y deintydd. Ches i ddim amser i wneud dim . . . roedd o fel anadlu wal frics.'

Yng nghanol y tawelwch myfyriol mentrodd Clare ddweud, 'Fyddai neb wedi byw pe byddai yno ar ei ben ei hun.'

'Gwneud i rywun feddwl . . . e?' meddai Jeremy'n hapus.

Wrth yrru'n ôl tua'r dafarn meddai Clare, 'Soniaist ti ddim am Amanda wrtho fo.'

'Digon o amser.'

'Mi ddaeth o i lawr y Sul dwetha am dy fod ti wedi gadael neges iddo fo i ddweud dy fod ti wedi dod o hyd iddi. Pan oedden ni yn y gegin ddeudodd o hynny. Doedd dy ffôn di ddim yn gweithio, meddai o, felly mi ddaeth i lawr.'

'Ro'n i wedi tynnu'r plwg allan.'

'Rhyfedd fel mae pethau'n digwydd.'

'Mm.'

Cadarnhad o'n noson gyntaf oedd yr ail. Yn ddigon tebyg ond yn newydd ac yn wahanol. Amser gogleisiol, ffyrnig, tyner, dwys, cynhyrfus. Profiad a oedd gymaint wrth ei bodd hi â minnau.

'Ble mae'r iselder 'ma mae rhywun i fod i'w gael?' gofynnodd, yn hwyr iawn. '*Post*-rhywbeth.'

'Yn y bore, wedi i ti fynd.'

'Ond mae hynny oriau i ffwrdd.'

'Ydy, mae o.'

Fe ddaeth y bore, fel arfer. Gyrrais hi i'r orsaf i ddal ei thrên, a mynd yn fy mlaen i Lambourn.

Wedi i mi gyrraedd, a chyn mynd at Harold, piciais i mewn i'r tŷ. Roedd popeth yn dawel. Popeth yn oer. Popeth yn od o anghyfarwydd, fel pe nad oedd cartref bellach y noddfa naturiol groesawus y dylai fod. Gwelais am y tro cyntaf y llymder, yr oerni emosiynol oedd mor amlwg i Jeremy ar ei ymweliad cyntaf. Doedd o ddim yn gweddu i mi bellach. Roedd y person a wnaeth y cartref yma yn gadael, yn cilio i'r gorffennol. Teimlwn braidd yn hiraethus . . . ond doedd dim modd ei alw'n ôl rŵan. Aethai'r newid yn rhy bell.

Gan grynu ryw fymryn gosodais amrywiaeth o ffotograffau

ar fwrdd y gegin, ac yna galw ar fy nghymydog parod, Mrs Jackson, i ddod i'w gweld.

'Am beth ddylwn i chwilio, Mr Nore?'

'Unrhyw un a welsoch chi o'r blaen.'

Astudiodd nhw bob yn un, yn ufudd a gofalus, ac aros yn ddibetrus wrth un wyneb.

'Dyna beth od!' ebychodd. 'Hwnna ydy dyn y Cyngor ddaeth yma ynglŷn â'r trethi. Yr un y gadewais i mewn. Roedd yr heddlu yn hynod o goeglyd am hynny, ond fel y deudais i wrthyn nhw, dydach chi ddim yn *disgwyl* i bobol ddweud eu bod nhw'n swyddogion y Cyngor os nad ydyn nhw, nac ydach?'

'Ydach chi'n sicr mai hwn ydy'r un?'

'Yn ben-dant,' meddai. 'Roedd o'n gwisgo'r un het hefyd.'

'Yna wnewch chi sgrifennu ar gefn y llun i mi, Mrs Jackson?' Rhoddais bin *Lumocolor* iddi, pin a fyddai'n sgrifennu'n fawr ac yn ddu ar gefn papur ffotograffig. Gofynnais iddi sgrifennu mai'r dyn hwn a alwodd yn nhŷ Philip Nore, gan esgus bod yn swyddog trethi, ddydd Gwener, 27 Tachwedd.

'Ai dyna'r cwbwl?' gofynnodd.

'Eich llofnod, Mrs Jackson. Ac a wnewch chi ailsgrifennu'r un neges ar gefn y llun hwn, os gwelwch yn dda?'

Fe wnaeth hynny'n araf gydwybodol. 'Ydych chi am roi'r rhain i'r heddlu?' gofynnodd. 'Dydw i ddim ishio iddyn nhw ddod yn ôl a holi'r holl gwestiynau 'na i mi. Ddôn nhw ddim yn ôl, ddôn nhw?'

'Fyddwn i ddim yn meddwl,' atebais.

XX

Fe ddaethai Victor Briggs yn ei Mercedes, ond yn Land Rover Harold yr aeth o i'r Downs. Es i i fyny ar gefn ceffyl. Cyflawnwyd gwaith y bore, ac roedd pawb yn weddol fodlon ar bethau, a daeth pob un yn ôl yn ei ffordd ei hun i'r stabl.

Pan reidiais i mewn i'r iard safai Victor Briggs wrth ei gar, yn disgwyl. Llithrais oddi ar y ceffyl, a gofyn i un o'r gweision ofalu amdano.

'I'r car,' meddai Victor.

Prin ei eiriau, fel arfer. Safai yno yn ei ddillad arferol, yn gwisgo menig rhag y gwynt oer, yn tywyllu'r dydd. Pe bawn i'n gallu gweld ei galon, meddyliais, un ddu fyddai hi.

Eisteddais yn sedd y teithiwr, eisteddodd yntau y tu ôl i'r olwyn. Taniodd y peiriant, gollwng y brêc llaw, gwthio'r gêr awtomatig i'w lle. Symudodd y telpyn mawr o fetel yn dawel allan o Lambourn yn ôl tua'r Downs.

Parciodd ar ymyl las lle gellid gweld hanner Berkshire. Diffoddodd yr peiriant, pwyso yn ôl yn ei sedd a dweud, 'Wel?'

'Wyddoch chi be ydw i am ei ddweud?' gofynnais.

'Rydw i'n clywed pethau,' meddai. 'Rydw i'n clywed llawer iawn o bethau.'

'Mi wn i hynny.'

'Mi glywais i bod den Relgan wedi gollwng ei fwncwn arnat ti.'

'Do wir?' Edrychais arno gyda pheth diddordeb. 'Ble glywsoch chi hynny?'

Tynhaodd ei wefusau ychydig, ond yna fe atebodd, 'Clwb gamblo.'

'Beth glywsoch chi?'

'Mae'n wir, 'ndydy?' meddai. 'Roedd y marciau'n dal yno ddydd Sadwrn.'

'Glywsoch chi am unrhyw resymau?'

Mygodd hanner gwên.

'Mi glywais,' meddai, 'dy fod ti wedi peri i den Relgan gael ei daflu allan o'r Jockey Club gryn dipyn yn gynt nag y daeth o i mewn.'

Gwyliodd fy syndod brawychus gyda hanner gwên y methodd â'i chuddio y tro hwn.

'Glywsoch chi sut?'

'Na,' meddai'n ofidus. 'Dim ond mai ti oedd yn gyfrifol. Y mwncwn oedd yn siarad. Nerth braich lle dylai ymennydd fod. Mae den Relgan yn gofyn am drafferth wrth eu defnyddio nhw. Fydd rheina byth yn cadw eu cegau ar gau.'

'Ydyn nhw . . . ar gael . . . i'r cyhoedd yn gyffredinol?'

'Bownsyrs mewn clwb gamblo. Cyhyrau ar log. Fel petai.'

'Nhw gurodd wraig George Millace . . . glywsoch chi hynny hefyd?'

Wedi oedi nodiodd ei ben, ond ni chynigiodd sylw.

Edrychais ar ei wyneb difynegiant, ei groen tew gwyn, ei gysgod tywyll o farf. Dyn cyfrinachol, cydnerth, araf ei symudiadau, a chanddo gysylltiad â byd na wyddwn i fawr ddim amdano. Clybiau gamblo, llogi dynion i guro rhywun, clecs troseddwyr a drwgweithredwyr.

'Roedd y mwncwn yn dweud eu bod wedi dy adael di i farw,' meddai. 'Wythnos yn ddiweddarach, rwyt ti'n ennill ras.'

'Roedden nhw'n gor-ddweud,' meddwn yn sychlyd.

Ysgydwodd ei ben. 'Roedd un ohonyn nhw wedi dychryn. Yn crynu'n ei sgidiau. Dweud eu bod nhw wedi mynd yn rhy bell . . . efo'r traed.'

'Ydach chi'n eu nabod yn dda?' gofynnais.

'Siarad maen nhw.'

Tawelwch eto, yna dywedais heb bwyslais, 'Mi yrrodd George Millace lythyr i chi.'

Symudodd yn ei sedd, bron nad oedd yn ymlacio, gan

anadlu allan yn un ochenaid hir. Bu'n aros i gael gwybod, meddyliais. Yn amyneddgar. Yn ateb cwestiynau. Yn ceisio plesio.

'Ers faint mae o gen ti?' gofynnodd.

'Tair wythnos.'

'Fedri di mo'i ddefnyddio fo.' Roedd yna awgrym o gryndod buddugoliaeth yn ei ddatganiad. 'Mi fyddet ti mewn trwbwl dy hun.'

'Sut gwyddech chi ei fod o gen i?' gofynnais.

Caeodd ei lygaid, yna'u hagor. Tynhaodd y geg. Meddai'n araf, 'Mi glywais i fod George Millace . . . '

'Bod George Millace beth?'

'Wedi gadael ei ffeiliau i ti.'

'A!' meddwn. 'Gair neis, didramgwydd: ffeiliau. Sut glywsoch chi eu bod nhw gen i? Gan bwy?'

'Ivor,' meddai. 'A Dana. Y ddau ar wahân.'

'Wnewch chi ddweud wrtha i?'

Meddyliodd am y peth, gan edrych arnaf yn syn, ac yna dweud yn gyndyn, 'Roedd Ivor yn rhy wyllt i fod yn ddoeth. Mi ddeudodd o ormod amdanat ti . . . dy alw di'n sarff gwenwynig . . . dweud dy fod ti hanner can gwaith yn waeth na George Millace. A Dana . . . noson arall . . . gofynnodd a wyddwn i fod gen ti gopïau o lythyrau blacmelio a anfonwyd gan George, a dy fod ti'n eu defnyddio. Gofynnodd a fedrwn i ei helpu i gael ei rhai hi yn ôl.'

Dyma fy nhro i i wenu. 'Beth ddeudsoch chi?'

'Dweud na fedrwn i mo'i helpu.'

'Pan siaradoch chi efo nhw,' meddwn, 'ai mewn clybiau gamblo yr oeddech chi?'

'Ia.'

'Ai eich clybiau gamblo chi ydyn nhw?'

'Dim o dy fusnes,' meddai.

'Wel,' meddwn, 'pam na ddeudwch chi wrtha i?'

Ar ôl ychydig dywedodd, 'Mae gen i ddau bartner. Pedwar

clwb. Dyw'r cwsmeriaid, ar y cyfan, ddim yn gwybod 'mod i'n berchennog. Dwi'n symud o gwmpas. Dwi'n chwarae. Dwi'n gwrando. Ydy hyn'na'n ateb dy gwestiwn?'

Nodiais. 'Ydy, diolch. Ai eich mwncwn chi oedd y rheiny?'

'Fi sy'n eu cyflogi,' meddai'n swta, 'fel bownsyrs. Nid i gam-drin merched a jocis.'

'Dipyn o waith ychwanegol, ia? Rhywbeth bach ar ôl oriau gwaith?'

Atebodd o ddim yn uniongyrchol. 'Rydw i wedi bod yn disgwyl i ti hawlio rhywbeth oddi wrtha i, os ydy'r llythyr 'na gen ti. Rhywbeth mwy nag . . . atebion.'

Meddyliais am y llythyr a gofiwn air am air:

Annwyl Victor Briggs,

Rwyf yn sicr y bydd o ddiddordeb i chi wybod bod yr wybodaeth ganlynol gen i. Ar bump achlysur gwahanol yn ystod y chwe mis diwethaf fe drefnoch chi â'ch *bookmaker* i dwyllo'r cyhoedd drwy ofalu na fyddai eich ceffylau chi, a oedd yn ffefrynnau *odds-on*, yn ennill eu rasys.

Yn dilyn roedd rhestr o bump ras gyda'r symiau a dderbyniodd Victor am fetio. Roedd y llythyr yn parhau:

Mae yn fy meddiant ddatganiad wedi ei arwyddo gan y *bookmaker* o dan sylw.

Fel y gwelwch, Philip Nore oedd yn reidio'r ceffylau hyn i gyd, ac mae'n sicr ei fod yn gwybod beth yr oedd yn ei wneud.

Gallwn anfon y datganiad i'r Jockey Club, ac fe fyddai hynny'n golygu eich diarddel eich dau. Byddaf yn eich ffonio yn fuan i awgrymu trefniant arall.

Anfonwyd y llythyr dros dair blynedd yn gynharach. Am dair blynedd roedd Victor Briggs wedi rhedeg ei geffylau yn onest. Wythnos i'r diwrnod wedi i George Millace farw, aeth Victor

Briggs yn ôl i'w hen ffyrdd. Aeth yn ôl . . . a darganfod nad oedd y joci yr oedd ganddo afael arno mor hawdd i'w drin ag y bu.

'Doeddwn i ddim yn bwriadu gwneud dim ynglŷn â'r llythyr 'na,' meddwn. 'Doeddwn i ddim am ddweud wrthoch chi ei fod o gen i. Tan rŵan.'

'Pam lai? Roeddet ti ishio reidio i ennill. Fe allet ti fod wedi ei ddefnyddio i wneud i mi gytuno. Roeddet ti wedi cael gwybod y byddet ti'n colli dy waith os na fyddet ti'n gwneud fel ro'n i'n dweud. Fe wyddet ti na allwn wynebu cael fy niarddel. Ac eto ddefnyddiaist ti mo'r llythyr i hynny. Pam ddim?'

'Ro'n i ishio . . . i chi redeg y ceffylau er eu mwyn eu hunain.'

Syllodd arna i'n ddywedwst am hir.

'Mi ddeuda i wrthat ti,' meddai o'r diwedd. 'Ddoe mi adiais i'r holl arian yr ydw i wedi eu hennill er pan fu imi ennill efo Daylight yn Sandown. Y rhai ddaeth yn ail a thrydydd, yn ogystal ag enillion Sharpener. Adiais fy enillion o fetio, ennill a lleoli. Mi wnes fwy o bres wrth i ti reidio'n strêt nag a wnes i wrth i ti gamu oddi ar Daylight.' Oedodd gan ddisgwyl ymateb ond, oherwydd fy mod wedi dysgu ganddo ef, syllais yn ôl arno. 'Rydw i wedi gweld,' meddai, 'nad wyt ti am reidio mwy o rasys ffics. Rydw i wedi deall hynny. Dwi'n gwybod dy fod ti wedi newid. Rwyt ti'n berson gwahanol. Yn hŷn. Yn gryfach. Os dali di ati i reidio i mi, ofynna i ddim i ti golli'r un ras.' Oedodd unwaith eto. 'Ydy hyn'na'n ddigon? Ai dyna oeddet ti ishio'i glywed?'

Edrychais i ffwrdd oddi wrtho ac allan ar y tirwedd gwyntog.

'Ia.'

Ar ôl ychydig meddai, 'Wyt ti'n gwybod nad hawlio arian iddo'i hun yr oedd George Millace? O leiaf . . . '

'Cyfraniad i'r Injured Jockeys?'

'Rwyt ti'n gwybod y cwbwl, 'ndwyt ti?'

'Rydw i wedi darganfod,' meddwn, 'nad cael pres iddo fo'i hun oedd bwriad George. Hawlio . . . ' Chwiliais am y gair ' . . . rhwystredigaeth.'

'Oddi wrth faint o bobol?'

'Mi wn i am saith. Wyth mae'n debyg, petai dy *bookmaker* yn fodlon cyfaddef.'

Roedd yn gegrwth.

'Roedd George Millace,' meddwn, 'yn mwynhau gwneud i bobol ymgreinio. Gwnâi hynny i bawb mewn rhyw ffordd neu'i gilydd. I'r rheiny y byddai'n eu dal yn torri'r gyfraith byddai'n gwneud hynny ag awch. Roedd ganddo fo "drefniant arall" i bawb . . . dadleniad, neu wneud fel y mynnai George. A'r hyn roedd George ei ishio, gan amlaf, oedd creu rhwystredigaeth. Rhwystro Ivor den Relgan yn ei awydd am rym. Rhwystro Dana rhag cymryd cyffuriau. Rhwystro pobol eraill . . . rhag gwneud pethau eraill.'

'I'm rhwystro i,' meddai Victor, gydag awgrym o hiwmor yn ei lygad, 'rhag cael fy niarddel.' Ysgydwodd ei ben. 'Rwyt ti'n iawn, wrth gwrs. Pan ffoniodd George Millace, blacmel uniongyrchol ro'n i'n ei ddisgwyl. Yna, y cwbwl ddeudodd o oedd y dylwn i fihafio fy hun. Cyhyd ag y byddi di'n bihafio, Victor, meddai, ddigwyddith 'na ddim byd. Victor. Roedd o'n fy ngalw i'n Victor. Wnes i 'rioed gyfarfod y dyn. Gwybod pwy oedd o, wrth gwrs, ond dyna'r cwbwl. Victor, meddai, fel pe bawn i'n rhyw gi rhech. Cyhyd ag y byddi di'n hogyn da ddigwyddith dim byd. Ond os bydda i'n amau rhywbeth, Victor, meddai, mi ddilyna i Philip Nore rownd efo fy lensys teleffoto â'r *motordrive*, a phan fydd o'n sgwâr yng nghanol fy sgrîn, mi fyddwch chi'ch dau am y tsipar.'

'Ydach chi'n cofio yr hyn ddeudodd o air am air ar ôl yr holl amser?' gofynnais, wedi fy synnu.

'Mi recordiais ei sgwrs ffôn . . . ro'n i ishio tystiolaeth o flacmel. Y cwbwl ges i oedd darlith ar foes ac awgrym y dylwn roi mil o bunnoedd i'r Injured Jockeys Fund.'

'A dyna'r cwbwl? Am byth?'

'Roedd o'n arfer wincio arna i ar y cwrs,' meddai Victor. Chwarddais.

'Ia, doniol iawn,' meddai. 'Dyna'r cyfan?'

'Ddim yn hollol. Mae 'na rywbeth arall y medrwch chi ei wneud i mi, os byddwch chi mor garedig. Rhywbeth y gwyddoch amdano, ac y medrwch chi ei ddweud wrtha i. Rhywbeth y gallech chi ddweud wrtha i yn y dyfodol.'

'Beth?'

'Am ddrygiau Dana.'

'Hogan ddwl. Wrandawith hi ddim.'

'Mi wneith cyn bo hir. Mae modd . . . ei hachub o hyd. Ac ar wahân iddi hi . . . '

Dywedais wrtho yr hyn yr o'n i ei eisiau. Gwrandawodd yn astud. Wedi i mi orffen derbyniais blwc o wên guddiedig ganddo.

'O'i gymharu â chdi,' meddai, 'amatur oedd George Millace.'

Gyrrodd Victor i ffwrdd yn ei gar, a cherddais innau yn ôl i Lambourn dros y Downs.

Dyn od, meddyliais. Ro'n i wedi dysgu mwy amdano mewn hanner awr nag yn y saith mlynedd cyn hynny, a do'n i'n dal ddim yn gwybod llawer am y creadur. Er hynny, roedd o wedi rhoi i mi yr hyn ro'n i ei eisiau. Ei roi yn hael. Rhoi fy job imi heb amodau a hynny cyhyd ag y mynnwn . . . a chymorth mewn mater arall a oedd yr un mor bwysig. Ac nid oherwydd bod y llythyr gen i y gwnaeth o'r pethau 'ma, ddim i gyd, beth bynnag.

Wrth gerdded adref drwy'r gwynt ar y moelydd noeth, meddyliais am drefn pethau yn ystod yr wythnosau diwethaf. Nid am George a'i fomiau, ond am Jeremy ac Amanda.

Oherwydd taerineb Jeremy fe es i chwilio am Amanda, ac wrth chwilio am Amanda ro'n i wedi cyfarfod nain, ewythr a chwaer. A gwyddwn rywbeth, o leiaf, am fy nhad. Roedd gen i ymdeimlad o berthyn nad oedd gen i o'r blaen.

Roedd gen i berthnasau. Roedd gen i berthnasau fel pawb arall. Nid rhai caruaidd na chlodwiw na llwyddiannus o reidrwydd, ond roedden nhw *yno*. Er nad oeddwn i wedi gweld eu heisiau, roedden nhw yno yn dawel yn y meddwl yn gerrig sylfaen.

Oherwydd 'mod i wedi chwilio am Amanda roeddwn wedi dod o hyd i Samantha, ac ynghyd â hi, ymdeimlad o barhad, o berthyn. Ro'n i'n gweld patrwm fy mhlentyndod mewn persbectif gwahanol, nid fel caleidosgôp toredig, ond fel llinell barhaus. Gwyddwn am le y treuliais gyfnod ynddo, am ddynes oedd wedi fy magu, ac roedden nhw'n fy arwain yn esmwyth yn awr at Charlie.

Nid mynd gyda'r llanw yr o'n i bellach.

Roedd gen i wreiddiau.

Cyrhaeddais fan ar y bryn lle gallwn weld fy nhŷ — y trum hwn a welwn o ffenestri fy lolfa. Arhosais. Gallwn weld y rhan fwyaf o Lambourn yn gorwedd islaw. Iard Harold a'i dŷ. Y rhes isel i gyd a 'nhŷ i yn y canol.

Roeddwn wedi perthyn i'r pentref hwnnw, anadlu ei gymlethdodau am saith mlynedd. Bod yn hapus, yn drist, yn iawn. Bu'n lle a elwais yn gartref. Ond rŵan, o ran meddwl ac ysbryd, roeddwn i'n gadael y lle . . . a chyn bo hir o ran corff yn ogystal. Byddwn yn byw yn rhywle arall efo Clare. A byddwn yn ffotograffydd.

Gorweddai'r dyfodol y tu mewn i mi; yn aros, wedi ei dderbyn. Un diwrnod, yn fuan iawn, byddwn yn cerdded i mewn iddo.

Byddwn yn rasio, meddyliais, tan ddiwedd y tymor. Pum neu chwe mis arall. Yna, ym mis Mai neu Fehefin, pan ddeuai'r haf, byddwn yn rhoi'r gorau iddi. Yn ymddeol, fel yr oedd yn rhaid i bob joci ei wneud yn hwyr neu'n hwyrach. Byddwn yn dweud wrth Harold yn fuan, er mwyn rhoi cyfle iddo ddod o hyd i rywun arall erbyn yr hydref. Byddwn yn mwynhau yr hyn oedd ar ôl, a hwyrach yn cael cynnig arall ar y Grand National. Gallai unrhyw beth ddigwydd. Doedd neb byth yn gwybod.

Roedd yr awydd a'r nerth corfforol yn dal gen i. Gwell mynd, mae'n debyg, cyn i'r ddeubeth ddarfod.

Es ymlaen i lawr y bryn heb ddifaru o gwbl.

XXI

Daeth Clare i lawr ddeuddydd yn ddiweddarach i ddewis y lluniau yr oedd arni eu heisiau o'r cwpwrdd ffeiliau; i wneud portffolio, meddai hi. Gan mai hi oedd fy asiant, hi fyddai'n chwilio am fusnes. Chwarddais. Roedd o'n fater difrifol, meddai hi.

Doedd gen i ddim rasys y diwrnod hwnnw. Roeddwn wedi trefnu i nôl Jeremy o'r ysbyty a mynd ag ef adref, ac i Clare ddod efo fi yr holl ffordd. Ro'n i hefyd wedi ffonio Lance Kinship i ddweud wrtho bod ei ail set yn barod ers tro byd, ac am nad o'n i wedi ei weld o, a chan fy mod i'n pasio heibio ei ddrws ffrynt, a hoffai o imi eu taro i mewn?

Byddai hynny'n iawn, meddai. Y prynhawn, yn gynnar, awgrymais. 'Iawn,' meddai; ac roedd yn dal i swnio fel 'iân'. Ac fe hoffwn i ofyn rhywbeth i chi, meddwn. 'O? Iawn. Unrhyw beth.'

Edrychai Jeremy yn llawer gwell, ac wedi cael ei liw yn ôl yn dda. Aeth i mewn i gefn fy nghar a dodwyd blanced o'i amgylch; plyciodd honno i ffwrdd ar ei union gan ddweud nad hen ŵr methiannus oedd o ond cyfreithiwr ifanc gweithredol.

'A gyda llaw,' meddai, 'daeth fy ewythr i lawr ddoe. Newyddion drwg, mae arna i ofn. Mi fuo'r hen Mrs Nore farw nos Lun.'

'O, na,' meddwn.

'Wel, fe wyddet ti mai mater o amser oedd hi,' meddai Jeremy.

'Gwyddwn, ond . . . '

'Mi ddaeth fy ewythr â dau lythyr i'w rhoi i ti. Maen nhw yn fy nghês i yn rhywle. Tynna nhw allan cyn i ni ddechrau.'

Tynnais nhw o'r cês a'u darllen yno ym maes parcio'r ysbyty.

Llythyr oedd un. Copi o'i hewyllys oedd y llall.

Dywedodd Jeremy, 'Mae'n debyg ei bod hi wedi galw fy ewythr allan ar frys i'r cartref i wneud ei hewyllys, ac fe ddeudodd y meddyg wrth fy ewythr nad oedd 'na fawr o amser.'

'Wyddost ti beth sydd ynddi?' gofynnais.

Siglodd ei ben. 'Y cwbl ddeudodd fy ewythr oedd ei bod hi'n benstiff hyd at y diwedd.'

Agorais y dalennau teipiedig.

Yr wyf i, Lavinia Nore, sydd yn fy iawn bwyll, yn diddymu pob ewyllys flaenorol . . .

Roedd 'na domen o stwff cyfreithiol a rhai trefniannau pensiwn ar gyfer hen gogydd a garddwr, ac yna ddau baragraff syml.

. . . Hanner gweddill fy ystad i fy mab, James Nore . . .

. . . Hanner gweddill fy ystad i fy ŵyr, Philip Nore, y cyfan iddo ef heb amodau na rhaffau dur.

'Beth sy'n bod?' gofynnodd Clare. 'Rwyt ti'n edrych yn sarrug.'

'Yr hen wrach . . . mae hi wedi cael y llaw drechaf arna i.'

Agorais yr amlen arall. Y tu mewn roedd 'na lythyr mewn llawysgrifen grynedig, heb ddechrau, heb ddiwedd.

Meddai:

Rwyf yn meddwl dy fod wedi dod o hyd i Amanda ond na ddywedaist wrthyf gan na fyddai hynny yn rhoi dim pleser i mi.

Ai lleian ydyw?

Cei wneud a fynnot â'r arian. Os ydyn nhw yn dy wneud di'n sâl, fel y dywedaist un tro, yna . . . BYDD YN SÂL.

Neu rho nhw i fy ngenynnau.

Rhosod anobeithiol.

Rhoddais yr ewyllys a'r llythyr i Clare a Jeremy, ac fe'u darllenwyd mewn distawrwydd. Eisteddodd pawb yno yn meddwl, nes y plygodd Clare y llythyr, ei ddodi yn yr amlen a'i roi yn fy llaw i.

'Beth wnei di?' gofynnodd.

'Dwn i ddim. Gofalu na wneith Amanda lwgu, mae'n debyg. Heblaw am hynny . . . '

'Ei fwynhau,' meddai Jeremy. 'Roedd yr hen ddynes yn dy garu di.'

Gwrandewais ar yr eironi yn ei lais, a meddwl tybed a oedd hynny yn wir. Cariad neu gasineb. Cariad a chasineb. Hwyrach ei bod wedi teimlo'r ddau yr un pryd wrth lunio'i hewyllys.

Fe yrron ni o Swindon i gyfeiriad St Albans, gan droi mymryn oddi ar y ffordd i fynd â phrintiau Lance Kinship iddo.

'Mae'n ddrwg gen i am hyn,' meddwn wrth Clare a Jeremy. 'Ond chymrith o ddim yn hir.'

Doedden nhw ddim fel pe baent yn malio dim. Fe ddaethon ni o hyd i'r tŷ heb fawr o drafferth . . . tirwedd nodweddiadol Kinship-aidd: arddull Sioraidd ffug, ffrynt mawr crand, pileri wrth y giât, dwylath o ddreif.

Codais y pecyn ffotograffau allan o fŵt y car a chanu'r gloch.

Lance ei hun agorodd y drws, wedi ei wisgo heddiw, nid mewn dillad boneddwr gwledig, ond mewn jîns, *espadrilles*, crys-T streips coch a gwyn. Dillad cyfarwyddwr ffilmio rhyngwladol, meddyliais. Dim ond y megaffon oedd yn eisiau.

'Ty'd i mewn,' meddai. 'Mi dala i ti am y rhain.'

'O.K. Ond fedra i ddim bod yn hir. Mae gen i bobol yn y car.'

Edrychodd tua'r car a gweld wynebau Clare a Jeremy, yna aeth i mewn ac fe'i dilynais. Arweiniodd y ffordd at lolfa fawr oedd yn un môr o lawr pren ac ynddi ormod o ddodrefn *lacquer* tywyll. Byrddau crôm a gwydr. Lampau art deco.

Rhoddais y pecyn lluniau iddo.

'Well i chi edrych arnyn nhw,' meddwn, 'i wneud yn siŵr eu bod nhw'n iawn.'

Cododd ei ysgwyddau. 'Pam na ddylen nhw fod?' Er hynny, agorodd yr amlen a thynnu'r cynnwys allan.

Dangosai'r llun uchaf Lance Kinship yn ei ddillad crachach yn edrych yn syth i lygad y camera. Sbectol. Het trilbi. Agwedd awdurdodol.

'Trowch o drosodd,' meddwn.

Cododd ei amrannau ac ufuddhau; a darllen yr hyn sgrifennodd Mrs Jackson ar ei gefn. *Dyma'r swyddog o'r Cyngor* . . .

Mewn llai nag eiliad roedd hi fel petai un person wedi dod allan ac un arall wedi cerdded i mewn i'r un croen. Rhoddodd y gorau i'w act ffug a llithro i fod yn gawdel o falais ansefydlog. Edrychai dillad llachar y cymeriad a roddwyd o'r neilltu, fel papur lapio anrhegion am fom llaw. O 'mlaen rŵan yr oedd y Lance Kinship nad oeddwn i o'r blaen ond wedi amau ei fod yn bod. Nid yr ymhonnwr lled ddigrif oedd yn esgus bod yr hyn nad ydoedd, ond y seicotig cymhleth a wnâi unrhyw beth i gadw'r sioe allanol i fynd.

Yn ei annigonolrwydd, mae'n debyg, y gorweddai ei berygl. Yn ei bellter o realaeth. Yn ei feddylfryd theatrical a welodd lofruddiaeth yn ateb i'w broblemau.

'Cyn i chi ddeud dim,' meddwn, 'mi fyddai'n well i chi edrych ar y pethau eraill yn yr amlen.'

Tyrchodd trwyddyn nhw â bysedd blin. Y printiau yr oedd yn eu disgwyl, a hefyd atgynhyrchiad du a gwyn o restr cyffuriau Dana den Relgan ynghyd â'r llythyr y cefais hyd iddo ar y papur *diazo*.

Roedden nhw, iddo ef, yn drychineb sylfaenol.

Gadawodd i'r lluniau o'r cynhyrchydd ffilmiau byd-enwog syrthio ar y llawr o'i gwmpas fel dail lliw deg wrth wyth, ond daliodd ei afael yn y tair dalen ddu a gwyn, wedi brawychu'n ddirfawr.

'Mi ddeudodd hi . . . ' meddai'n gryg, 'mi roddodd hi ei gair i mi nad oedd o gen ti. Mi dyngodd hi nad oeddet ti'n gwybod am beth roedd hi'n sôn . . . '

'Roedd hi'n siarad am y cyffuriau yr oeddet ti'n eu cyflenwi iddi. Ynghyd â dyddiadau a phrisiau. Ar seloffên y sgrifennwyd y rhestr yna sydd yn dy law di, ac mae'n amlwg, 'ndydy, mai yn ei llawysgrifen hi y mae hi, a bod dy enw di yn ymddangos yn rheolaidd.'

'Mi lladda i di,' meddai.

'Na wnei ddim. Mi gest dy gyfle. Mae hi'n rhy hwyr, rŵan. Pe byddai'r nwy wedi fy lladd i, mi fyddai hi'n iawn arnat ti. Ond wnaeth o ddim.'

Ddeudodd o ddim 'Pa nwy?' Ond fe ddywedodd, 'Aeth y cwbwl yn rong. Ond doedd dim ots. Ro'n i'n meddwl . . . nad oedd ots.' Edrychodd i lawr yn ddiymadferth ar y printiau du a gwyn.

'Roeddet ti'n meddwl nad oedd ots am dy fod ti wedi clywed gan Dana den Relgan nad oedd y rhestr gen i. Ac os nad oedd y rhestr gen i, doedd y llythyr ddim gen i. Dim ots beth arall ges i gan George Millace, doedd y rhestr a'r llythyr ddim gen i . . . Dyna oeddet ti'n ei feddwl 'nde? Felly, os nad oedden nhw gen i, doedd dim angen fy lladd i. Felly oedd ei dallt hi?'

Atebodd o ddim.

'Mae hi'n llawer rhy hwyr erbyn hyn,' meddwn, 'oherwydd mae 'na brintiau eraill dros y lle i gyd. Copi arall o'r print yna efo datganiad Mrs Jackson ar y cefn. Banc, cyfreithwyr, ffrindiau, mae gan bawb gyfarwyddyd i fynd at yr heddlu petawn i'n digwydd marw yn ddamweiniol. Mae'n neilltuol o bwysig i ti fy nghadw i'n fyw o hyn allan.'

Yn araf iawn y suddodd arwyddocâd yr hyn yr o'n i'n ei

ddweud i mewn i'w ben. Edrychodd yn amheus yn ôl ac ymlaen rhwng fy wyneb a'r lluniau lawer gwaith.

'Llythyr George Millace . . . ' meddai.

Nodiais. Dyma oedd yn llythyr George, yn ei lawysgrifen ei hun:

Annwyl Lance Kinship,

Yr wyf wedi derbyn rhestr hynod ddiddorol gan Dana den Relgan am y cyffuriau yr ydych chi wedi eu cyflenwi iddi hi yn ystod y misoedd diweddar. Rwyf yn sicr eich bod yn delio'n gyson yn y cynnyrch hwn.

Ymddengys ei bod yn wybyddus mewn sawl cylch eich bod yn fodlon cyfnewid, am wahoddiad i achlysuron a fydd yn boddhau eich ego, gyflenwadau o cocaine, cannabis a heroin.

Fe allwn, wrth gwrs, roi rhestr gyflawn Dana den Relgan gerbron yr awdurdodau priodol. Fe'ch ffoniaf yn y man, fodd bynnag, i awgrymu trefniant arall.

Yr eiddoch yn gywir,
George Millace

'Wedi ei deipio oedd o pan ges i o,' meddai Lance Kinship yn ddi-gic. 'Mi llosgais i o.'

'Pan ffoniodd George,' gofynnais, 'ddeudodd o beth oedd ei "drefniant arall"?'

Ciliodd y sioc yn wyneb Lance Kinship, a thyfodd casineb yn ei le.

'Dwi'n dweud dim wrthat ti.'

Anwybyddais ef. 'A ddeudodd George wrthat ti am beidio cyflenwi cyffuriau . . . a chyfrannu i'r Injured Jockeys Fund?'

Agorodd ei geg, ond fe'i caeodd yn dynn ac yn filain.

'Ai ffonio wnaeth o . . . ' gofynnais, 'neu a ddaeth o yma i drefnu ei delerau?'

Tawelwch tynn.

'A roist ti rywbeth . . . o dy gwpwrdd . . . yn ei wisgi?'

'Profa hynny!' meddai'n fuddugoliaethus.

Allai neb, wrth gwrs. Amlosgwyd George, a dim ond am alcohol y profwyd ei waed. Fuo 'na ddim profion am gyffuriau eraill. Dim am dawelyddion, hwyrach, a oedd yn ddi-flas, ac a fyddai, o gael digon ohonyn nhw, wedi gyrru gyrrwr i gysgu.

Roedd George, meddyliais yn drist, wedi sathru ar un ysglyfaeth yn ormod. Sathrodd ar yr hyn a ystyriai yn llyngeryn heb nabod y cobra.

Roedd George wedi gwneud camgymeriad mawr os daeth o yma i weld ei ysglyfaeth yn gwingo wrth iddo fynnu ei delerau. Freuddwydiodd George erioed y byddai'r cachgi gwan yn lladd er mwyn cadw ei ffordd anfoesol o fyw; sylweddolodd George erioed gymaint roedd anadlu'r un awyr â'r jet-set yn ei olygu iddo fo. Rhaid bod George wedi mwynhau gweld cynddaredd Lance Kinship. Wedi mynd i mewn i'w gar dan chwerthin. Druan o George.

'Wnest ti ddim meddwl,' meddwn, 'y byddai George yn gadael copi o'i lythyr yn rhywle?'

Roedd hi'n amlwg oddi wrth yr olwg oedd ar ei wyneb na chroesodd y peth erioed mo'i feddwl. Rhaid ei fod wedi ymateb yn fyrbwyll. A bu'n agos iawn at lwyddo.

'Pan glywaist ti fod George wedi blacmelio pobol eraill . . . gan gynnwys Dana . . . ai dyna pryd y dechreuaist ti feddwl y gallai'r llythyr fod yn fy meddiant i?'

'Mi glywais,' meddai'n wyllt, 'mi glywais . . . yn y clybiau . . . mae'r llythyrau gan Philip Nore . . . mae o wedi dinistrio den Relgan . . . wedi trefnu i'w daflu allan o'r Jockey Club . . . Oeddet ti'n meddwl . . . y byddwn i . . . unwaith y ces i wybod hynny . . . y byddwn i'n aros i ti ddod rownd ata i?'

'Yn anffodus,' atebais yn araf, 'rydw i *wedi* dod rownd atat ti.'

'Na.'

'Do.' meddwn. 'Ac mi ddeuda i yn syth nad ydw i, ragor na George, yn chwilio am arian.'

Doedd o ddim fel petai o wedi ei gysuro ryw lawer.

'Mi ddeuda i wrthat ti hefyd mai newyddion drwg i ti ydy bod fy mam wedi marw o heroin.'

Meddai'n wyllt, 'Ond do'n i ddim yn nabod dy fam!'

'Nac oeddet, wrth gwrs. A does 'na'r un posibilrwydd dy fod ti wedi rhoi'r stwff iddi dy hun. Ond mae gen i ragfarn barhaol yn erbyn pobol sy'n gwthio cyffuriau. Mae'n iawn i ti gael gwybod. Waeth i ti ddeall pam yr ydw i'n mynnu . . . yr hyn dwi ishio.'

Cymerodd gam greddfol tuag ata i. Cofiais am y gic karate honno a fwriodd at den Relgan yn Kempton, a meddwl tybed a allai fod mor effeithiol mewn sandalau ar lawr pren. Meddwl tybed a oedd ganddo unrhyw ddawn wirioneddol, ynteu actio'r rhan honno oedd o eto fyth.

Edrychai'n chwithig, nid yn beryglus. Dyn heb fod yn ifanc, heb fod yn hen, yn moeli, yn gwisgo sbectol . . . a dillad traeth yn ei dŷ ym mis Rhagfyr.

Dyn a allai, o'i wthio, ladd. A lladd, o feddwl am y peth, nid trwy gyffyrddiad corfforol, ond o bellter gan ddefnyddio cyffuriau a nwy.

Chyrhaeddodd o mohono i i 'nharo â'r ergyd yr oedd o wedi'i bwriadu. Llithrodd ar un o'r printiau a glanio'n galed ar ei ben-glin. Chwalodd yr anurddas hwn hynny oedd ar ôl o'i hyder, oherwydd wrth iddo edrych i fyny arnaf, nid casineb na her oedd yn ei lygaid ond ofn.

'Dydw i ddim ishio'r un peth â George. Nid gofyn i ti beidio gwthio cyffuriau ydw i. Dwi ishio i ti ddweud wrtha i pwy sy'n rhoi'r heroin i ti.'

Cododd yn afrosgo ar ei draed, yn gwingo gan ddychryn. 'Fedra i ddim. Fedra i ddim . . . '

'Ddylai hynny ddim bod yn rhy anodd,' meddwn yn dyner. 'Rhaid dy fod ti'n gwybod o ble rwyt ti'n ei gael o. Rwyt ti'n cael digon ohono fo i'w werthu, i'w roi i ffwrdd. Mae gen ti ddigon o hyd, yn ôl y sôn. Felly, mae'n rhaid bod gen ti gyflenwad cyson . . . on'does 'na? Hwnnw ydy'r un dwi 'i ishio.'

Y ffynhonnell, meddyliais. Un ffynhonnell yn cyflenwi nifer o wthwyr. Roedd busnes cyffuriau fel bwystfil erchyll ac iddo lawer o freichiau; torrwch un fraich ac roedd un newydd yn tyfu yn ei lle. Doedd dim modd ennill y rhyfel yn erbyn cyffuriau . . . ond roedd rhaid ymladd, hyd yn oed pe na bai hynny ond er mwyn genod dwl oedd yn sniffian eu ffordd i ddamnedigaeth dragwyddol. Er mwyn y rhai tlws. Er mwyn Dana. Er mwyn Caroline, fy nglöyn byw o fam, a oedd wedi fy arbed rhag fy nghaethiwed fy hun.

'Dwyt ti ddim yn deall . . . ' Roedd Lance Kinship yn fyr ei wynt. 'Mae'n amhosibl. Fedra i ddim dweud wrthat ti. Mi fyddwn yn cael fy . . . lladd.'

Ysgydwais fy mhen. 'Dim ond rhwng y ddau ohonon ni. Ddaw neb i wybod pwy ddeudodd . . . os na wnei di dy hun siarad, fel y gwnaeth den Relgan yn y clybiau gamblo.'

'Fedra i ddim,' meddai gan anobeithio.

'Os na wnei di,' meddwn yn sgwrslyd, 'mi fydda i'n dweud wrth y plismyn sy'n ymchwilio i ymgais i lofruddio yn fy nhŷ fod fy nghymydog wedi dy nabod di fel yr un ddaeth i'r tŷ pan nad o'n i yno, gan esgus bod yn swyddog trethi. Go brin y byddai hynny'n ddigon i dy garcharu di, ond mi fyddai'n fwy na digon iddyn nhw dy holi di am lawer o bethau . . . pa mor hawdd fyddai i ti gael gafael ar gemegau, ac ati.'

Edrychai'n sâl.

'Yn ail,' meddwn, 'mi ofala i y bydd pobol yn dod i wybod mai peth annoeth fyddai iddyn nhw dy wahodd di i'w partïon, er dy fod ti'n dod â phethau iddyn nhw, am fod yr heddlu yn cadw eu llygaid arnat ti. Mae bod â chyffuriau anghyfreithlon yn dy feddiant yn drosedd o hyd, dwi'n meddwl.'

'Rwyt . . . ti'n . . . '

Nodiais. Allai o ddim dod o hyd i air oedd yn ddigon drwg.

'Mi wn i i ble'r wyt ti'n mynd . . . am y tai hynny i gyd. Mae pawb yn siarad. Pawb wedi deud wrtha i. Gair yng nghlust sgwad y drygiau . . . a chdi fyddai'r un olaf ym Mhrydain i gael ei wahodd i barti.'

'Ond . . . dwi'n . . . '

'Ia, mi wn i,' meddwn. 'Mynd i'r llefydd yna sy'n gwneud bywyd yn werth i fyw i ti. Dydw i ddim yn gofyn i ti beidio mynd. Dydw i ddim yn gofyn i ti beidio mynd â dy anrhegion bach. Gofyn o ble'r wyt ti'n cael yr heroin ydw i. Nid y cocaine, nid y cannabis, dim ond yr heroin. Yr un marwol.'

Ymddangosodd golwg fach slei yng nghongl ei lygad clwyfus.

'A phaid â meddwl,' meddwn gan ddisgwyl hyn, 'y medri di ddweud unrhyw hen beth wrtha i. Waeth i ti gael gwybod y bydd enw dy gyflenwydd yn cael ei roi i'r sgwad ddrygiau. Ond paid â phoeni, bydd y ffordd mor drofaus fel na fydd neb yn dy gysylltu di â'r peth. Ond mae'n bosib y bydd dy gyflenwydd presennol, yn hwyr neu'n hwyrach, yn sychu. A phan ddigwydd hynny, mi fyddi di'n saff oddi wrtha i.'

Crynodd fel pe bai ei goesau am roi ffordd oddi tano.

'Er, cofia di,' meddwn yn ofalus, 'gan fod un cyflenwydd wedi colli ei fusnes, hwyrach y byddi di'n chwilio am un arall. A phwy a ŵyr na bydda i'n gofyn, yn y man, am ei enw yntau?'

Roedd ei wyneb yn chwysu ac yn llawn anghrediniaeth. ''Ti'n golygu y bydd hyn . . . yn mynd yn ei flaen . . . ac yn ei flaen?'

'Dyna ni.'

'Ond fedri di ddim!'

'Dwi'n meddwl mai ti laddodd George Millace. Yn sicr ti geisiodd fy lladd i. A bron iawn lladd cyfaill i mi. Pam wyt ti'n meddwl na fydden i am hawlio iawn am hyn?'

Syllodd.

'Ychydig iawn rydw i'n ei ofyn,' meddwn. 'Gair neu ddau wedi ei sgrifennu bob hyn a hyn.'

'Nid yn fy llawysgrifen i,' meddai gan weld popeth yn tywyllu.

'Wrth gwrs yn dy lawysgrifen di,' meddwn yn sych. 'Er mwyn y sillafu, ac yn y blaen. Ond paid â phoeni, mi fyddi'n saff. Rydw i'n gaddo na ddaw neb i wybod o ble daeth yr wybodaeth. Fydd neb byth yn yngan dy enw di na f'enw i.'

'Wyt ti'n siŵr . . . yn sicr?'

Tynnais lyfr nodiadau bychan a ffelt-tip o fy mhoced. 'Rŵan,' meddwn. 'Dy gyflenwr.'

'Ddim rŵan,' meddai, gan betruso.

'Pam lai?' meddwn yn dawel. 'Waeth inni ddechrau rŵan ddim. Eistedd i lawr.'

Eisteddodd wrth un o'i fyrddau gwydr a chrôm, yn edrych yn hollol hurt. Sgrifennodd enw a chyfeiriad ar y llyfr bach.

'A'i lofnodi,' meddwn yn gyfeillgar.

'*Arwyddo.* . . . ?'

'Wrth gwrs. Dim ond dy enw.'

Sgrifennodd: *Lance Kinship*. Ac yna, oddi tano, mewn sgrifen flodeuog, ychwanegodd *Cyfarwyddwr Ffilmiau*.

'Ardderchog,' meddwn yn galonogol. Codais y llyfr a darllen yr hyn a sgrifennodd. Enw tramor. Cyfeiriad yn Llundain. Un o freichiau'r bwystfil o dan y fwyell.

Cedwais y ddogfen fach yn fy mhoced, y ddogfen a fyddai'n gwneud iddo chwysu am flwyddyn . . . ac yna chwysu'r flwyddyn wedyn a'r nesaf wedyn. Y ddogfen y byddwn i'n tynnu llun ohoni, a'i chadw'n saff.

'Dyna'r cwbwl?' gofynnodd yn ddideimlad.

'Am rŵan,' meddwn.

Chododd o ddim wrth i mi adael. Dim ond eistedd ar ei gadair *lacquer* ddu yn ei grys-T a'i jîns gwyn, yn syllu'n hurt i'r gwagle.

Byddai'n ailgydio yn ei act, meddyliais. Pethau fel 'na ydy *pseuds*.

Es allan i'r car lle'r eisteddai Clare a Jeremy, a sefyll am eiliad yn awyr oer y gaeaf cyn agor y drws.

Nid problemau'r byd oedd problemau'r mwyafrif o bobl, meddyliais, ond y problemau oedd reit wrth eu hymyl. Nid ymboeni'n aruthrol am achub dynoliaeth, ond am greu trefn o fewn eu milltir sgwâr.

Fyddai fy mywyd i na George Millace byth yn newid tynged cenhedloedd, ond gallai ein gweithredoedd newid bywydau unigolion; ac roedden nhw wedi gwneud hynny.

Roedd yr atgasedd a deimlwn tuag ato pan oedd yn fyw yn amherthnasol i'r agosatrwydd a deimlwn tuag ato ar ôl iddo farw. Roeddwn wedi dod i ddeall ei feddwl, ei fwriadau, ei gredoau. Roeddwn wedi datrys ei bosau. Wedi tanio ei ynnau.

Es i mewn i'r car.

'Popeth yn iawn?' gofynnodd Clare.

'Ydy,' meddwn.